中国古典文学名著丛书

三侠五义

上

[清] 石玉昆 著

華夏出版社
HUAXIA PUBLISHING HOUSE

图书在版编目（CIP）数据

三侠五义／（清）石玉昆著．—北京：华夏出版社，2013.01（2024.09重印）
（中国古典文学名著丛书）
ISBN 978－7－5080－6342－3

Ⅰ．①三… Ⅱ．①石… Ⅲ．①侠义小说－中国－清代 Ⅳ．①I242.4

中国版本图书馆CIP数据核字（2011）第080907号

出版发行： 华夏出版社
（北京市东直门外香河园北里4号　邮编100028）
经　　销： 新华书店
印　　制： 永清县晔盛亚胶印有限公司
版　　次： 2013年01月北京第1版
2024年09月北京第2次印刷
开　　本： 670×970　1/16开
印　　张： 40
字　　数： 601.6千字
定　　价： 80.00元（上下）

前　言

《三侠五义》是由清朝咸丰年间评书艺人石玉昆口头创作的评书。

石玉昆，号问竹主人，北方著名讲唱艺术家，生卒年不详。满族。他于清道光、咸丰年间以自弹自唱西城子弟书（即西调）著称于世。他不仅弹唱俱佳，而且还编写长篇评书《龙图公案》亲自进行说唱，很受市民欢迎。《龙图公案》根据旧本中五鼠闹东京的故事，别出心裁，改编成侠义英雄白玉堂等人辅佐包拯为民申冤办案、并且平定藩王作乱的故事。其中人物描写细腻，情节曲折，富有生活气息。这部书的说唱曲词现存50余种。另外，保存下来的还有《青石山》、《风波亭》等数种。石玉昆说书的内容由当时的文良等人笔录下来，称为《龙图耳录》（有上海古籍出版社1982年印本）。光绪初，北京隆福寺街的聚珍堂书店曾以木活字排印《三侠五义》、《七侠五义》行世，流传甚广。现代的评书艺人大多根据这两种版本进行演出，影响颇大。相传石玉昆的演唱以巧腔著称。现在单弦的曲牌里的〔石韵书〕就是石玉昆演唱赋赞类唱词的唱腔，可见其对各曲艺形式的影响之大。

《三侠五义》中的“三侠”是指北侠欧阳春、南侠展昭、丁氏双侠丁兆兰、丁兆蕙二人为一侠；“五义”是指窜天鼠卢方、撆地鼠韩彰、钻山鼠徐庆，翻江鼠蒋平，锦毛鼠白玉堂这五鼠弟兄。《三侠五义》的主要内容是：包拯幼时，其二嫂几度加害未死。长大后入都会试，途中得识侠士展昭，共除金龙寺恶僧，至隐逸村助李员外擒歹徒。后经殿试中进士，点翰林，出任定远县令。在任上智断墨斗案、扇坠案、乌盆案，官声大振，却因审理乌盆案时用刑不慎夹死凶手而被上司革职。归故里十年，又进京求官，得丞相王苞举荐，任开封府尹。在开封任上得主簿公孙策之助，又智断尸蛊案。恤民情，参奏国舅庞昆不法，乃奉旨下陈州查赈放粮。至三星镇破女头男尸案。至陈州捉刺客，铡庞昱。放赈三年，陈州大治。草桥天齐庙遇落难李太后，得知真宗朝刘妃、郭槐狸猫换太子故事。包公送李后还朝，夜审郭槐，使沉冤得雪，升任丞相。继而又断葛登云谋霸范仲禹妻害命案等；展昭金殿试艺，钦封四品护卫，赐号御猫；茉花村遇双侠丁兆兰、丁兆蕙，与其妹月华比剑联姻。白玉堂三试颜查散，结为兄弟。柳家庄颜查散蒙冤，白玉堂开封府寄柬留刀，包公明断此案。白玉堂大内忠烈祠题诗，杀恶太监郭安。“五鼠”闹东京。范仲禹奉旨审太师庞吉。白玉堂盗包公三宝，展昭入陷空岛得三宝，白玉堂归案受封。欧阳春太岁庄除马刚。众侠大破邓家堡，拿花蝴蝶花冲，杭州知府倪继祖庵堂认母，私访霸王庄落难。艾虎出世。欧阳春等大破霸王庄，救太守，拿马强。姚成诬告欧阳春，白玉堂奉旨办案。智化盗冠，丁兆蕙栽赃，艾虎告状，五堂会审，四衣库首领马朝贤正法。卧虎沟沙龙救乡亲，众侠义大破黑狼山。施俊娶真假牡丹。

《三侠五义》中的不少故事还成为各类戏曲的题材来源，如京剧《打銮驾》、《遇皇后》、《北侠除霸》、《打龙袍》、《五鼠闹东京》等。作为中国最早出现的武侠作品之一，《三侠五义》对中国近代评书、武侠小说乃至文学艺术影响深远，称得上是开山鼻祖。清末民初出现了《五女七贞》、《永庆升平》、《三侠剑》、《雍正剑侠图》、《卧虎藏龙》、《蜀山奇侠传》等武侠名作。现代的金庸、古龙、梁羽生等的武侠小说创作也都受到了它的影响。

目　录

第　一　回

设阴谋临产换太子　奋侠义替死救皇娘

诗曰：

纷纷五代乱离间，一旦云开复见天。
草木百年新雨露，车书万里旧江山。
寻常巷陌陈罗绮，几处楼台奏管弦。
天下太平无事日，莺花无限日高眠。

话说宋朝自陈桥兵变，众将立太祖为君，江山一统，相传至太宗，又至真宗，四海升平，万民乐业，真是风调雨顺，君正臣良。

一日，早朝，文武班齐，有西台御史兼钦天监文彦博出班奏道："臣夜观天象，见天狗星犯阙，恐于储君[①]不利。恭绘形图一张，谨呈御览。"承奉接过，陈于御案之上。天子看罢，笑曰："朕观此图，虽则是上天垂象，但朕并无储君，有何不利之处？卿且归班，朕自有道理。"早期已毕，众臣皆散。

转向宫内，真宗闷闷不乐，暗自忖道："自御妻薨[②]后，正宫之位久虚，幸有李、刘二妃现今俱各有娠，难道上天垂象就应于她二人身上不成？"才要宣召二妃见驾，谁想二妃不宣而至，参见已毕，跪而奏曰："今日乃中秋佳节，妾妃等已将酒宴预备在御园之内，特请圣驾今夕赏月，作个不夜之欢。"天子大喜，即同二妃来到园中，但见秋色萧萧，花香馥馥，又搭着金风瑟瑟，不禁心旷神怡。真宗玩赏，进了宝殿，归了御座，李、刘二妃陪侍。宫娥献茶已毕。

天子道："今日文彦博具奏，他道现时天狗星犯阙，主储君不利。朕虽乏嗣，且喜二妃俱各有孕，不知将来谁先谁后，是男是女。上天既然垂兆，朕赐汝二人玉玺龙袱各一个，镇压天狗冲犯；再朕有金丸一对，内藏九

---

① 储君——帝王的亲属中已经确定继承皇位等最高统治权的人。

② 薨(hōng)——君主时代称诸侯或大官死。

曲珠子一颗，系上皇所赐，无价之宝，朕幼时随身佩带，如今每人各赐一枚，将妃子等姓名宫名刻在上面，随身佩带。”李、刘二妃听了，望上谢恩。天子即将金丸解下，命太监陈林拿到尚宝监，立时刻字去了。

这里二位妃子吩咐摆酒，安席进酒。登时鼓乐迭奏，彩戏俱陈，皇家富贵自不必说。到了晚间，皓月当空，照得满园如同白昼，君妃快乐，共赏冰轮，星斗齐辉，觥筹交错①。天子饮至半酣，只见陈林手捧金丸，跪呈御前。天子接来细看，见金丸上面，一个刻着“玉宸宫李妃”，一个刻着“金华宫刘妃”，镌的甚是精巧。天子深喜，即赏了二妃。二妃跪领，钦遵佩带后，每人又各献金爵三杯。天子并不推辞，一连饮了，不觉大醉，哈哈大笑，道：“二妃子如有生太子者，立为正宫。”二妃又谢了恩。

天子酒后说了此话不知紧要，谁知生出无限风波。你道为何？皆因刘妃心地不良，久怀嫉妒之心，今一闻此言，惟恐李妃生下太子立了正宫。自那日归宫之后，便与总管都堂郭槐暗暗铺谋定计，要害李妃。谁知一旁有个宫人名唤寇珠，乃刘妃承御的宫人。此女虽是刘妃心腹，她却为人正直，素怀忠义，见刘妃与郭槐计议，好生不乐。从此后各处留神，悄地窥探。

单言郭槐奉了刘妃之命，派了心腹亲随，找了个守喜婆尤氏；这守喜婆就屁滚尿流，又把自己男人托付郭槐，也做了添喜郎了。

一日，郭槐与尤氏秘密商议，将刘妃要害李妃之事，细细告诉。奸婆听了，始而为难。郭槐道：“若能办成，你便有无穷富贵。”婆子闻听，不由满心欢喜，眉头一皱，计上心来，便对郭槐道：“如此如此，这般这般。”郭槐闻听，说：“妙！妙！真能办成，将来刘妃生下太子，你真有不世之功。”又嘱咐临期不要误事，并给了好些东西。婆子欢喜而去。郭槐进宫，将此事回明，刘妃欢喜无限，专等临期行事。

光阴迅速，不觉的到了三月，圣驾至玉宸宫看视李妃。李妃参驾。天子说：“免参。”当下闲谈，忽然想起明日乃是南清宫八千岁的寿辰，便特派首领陈林前往御园办理果品，来日与八千岁祝寿。陈林奉旨去后，只见李妃双眉紧蹙②，一时腹痛难禁。天子着惊，知是要分娩了，立刻起驾出

---

① 觥（gōng）筹交错——形容许多人相聚饮酒的热闹情形。

② 蹙（cù）——皱（眉头）。

宫，急召刘妃带领守喜婆前来守喜。刘妃奉旨，先往玉宸宫去了。郭槐急忙告诉尤氏。尤氏早已备办停当，双手捧定大盒，交付郭槐，一同至玉宸宫而来。

你道此盒内是什么东西？原来就是二人定的奸计，将狸猫剥去皮毛，血淋淋、光油油，认不出是何妖物，好生难看。二人来至玉宸宫内，别人以为盒内是吃食之物，哪知其中就里①。恰好李妃临蓐②，刚然分娩，一时血晕，人事不知。刘妃、郭槐、尤氏做就活局，趁着忙乱之际，将狸猫换出太子，仍用大盒将太子就用龙袱包好装上，抱出玉宸宫，竟奔金华宫而来。刘妃即唤寇珠提藤篮暗藏太子，叫她到销金亭用裙绦勒死，丢在金水桥下。寇珠不敢不应，惟恐派了别人，此事更为不妥，只得提了藤篮，出凤右门至昭德门外，直奔销金亭上，忙将藤篮打开，抱出太子。且喜有龙袱包裹，安然无恙。抱在怀中，心中暗想："圣上半世乏嗣，好容易李妃产生太子，偏遇奸妃设计陷害，我若将太子谋死，天良何在？也罢！莫若抱着太子一同赴河，尽我一点忠心罢了。"刚然出得销金亭，只见那边来了一人，即忙抽身，隔窗细看。见一个公公打扮的人，踏过引仙桥，手中抱定一个宫盒，穿一件紫罗袍绣立蟒，粉底乌靴，胸前悬一挂念珠，项左斜插一个拂尘儿，生的白面皮，精神好，双目把神光显。这寇承御一见，满心欢喜，暗暗地念佛说："好了！得此人来，太子有了救了！"原来此人不是别人，就是素怀忠义、首领陈林。只因奉旨到御园采办果品，手捧着金丝砌就龙妆盒，迎面而来。一见寇宫人怀抱小儿，细问情由。寇珠将始末根由，说了一回。陈林闻听，吃惊不小，又见有龙袱为证。二人商议，即将太子装入盒内，刚刚盛得下。偏偏太子啼哭，二人又暗暗的祷告。祝赞已毕，哭声顿止。二人暗暗念佛，保佑太子平安无事，就是造化。二人又望空叩首罢，寇宫人急忙回宫去了。

陈林手捧妆盒，一腔忠义，不顾死生，直往禁门而来。才转过桥，走至禁门，只见郭槐拦住道："你往哪里去？刘娘娘宣你，有话面问。"陈公公闻听，只得随往进宫，却见郭槐说："待我先去启奏。"不多时，出来说："娘娘宣你进去。"陈公公进宫，将妆盒放在一旁，朝上跪倒，口尊："娘娘，奴

---

① 就里——内部情况。

② 临蓐（rù）——指孕妇分娩前一段时间。

婢陈林参见,不知娘娘有何懿旨?”刘妃一言不发,手托茶杯,慢慢吃茶,半晌,方才问道:“陈林,你提这盒子往哪里去?上有皇封,是何缘故?”陈林奏道:“奉旨前往御园采拣果品,与南清宫八大王上寿,故有皇封封定,非是奴婢擅敢自专的。”刘妃听了,瞧瞧妆盒,又看看陈林,复又说道:“里面可有夹带?从实说来!倘有虚伪,你吃罪不起。”陈林当此之际把生死付于度外,将心一横,不但不怕,反倒从容答道:“并无夹带。娘娘若是不信,请去皇封,当面开看。”说着话,就要去揭皇封。刘妃一见,连忙拦住道:“既是皇封封定,谁敢私行开看!难道你不知规矩么?”陈林叩头说:“不敢,不敢!”刘妃沉吟半晌,因明日果是八千岁寿辰,便说:“既是如此,去罢!”陈林起身,手提盒子,才待转身,忽听刘妃说:“转来!”陈林只得转身。刘妃又将陈林上下打量一番,见他面上颜色丝毫不漏,方缓缓地说道:“去罢。”陈林这才出宫。这也是一片忠心,至诚感应,始终瞒过奸妃,脱了这场大难。

出了禁门,直奔南清宫内,传:“旨意到。”八千岁接旨入内殿,将盒供奉上面,行礼已毕。因陈林是奉旨钦差,才要赐座,只见陈林扑簌簌泪流满面,双膝跪倒,放声大哭。八千岁一见,唬得惊疑不止,便问道:“伴伴,这是何故?有话起来说。”陈林目视左右。贤王心内明白,便吩咐:“左右回避了。”陈林见没人,便将情由,细述一遍。八千岁便问:“你怎么就知道必是太子?”陈林说:“现有龙袱包定。”贤王听罢,急忙将妆盒打开,抱出太子一看,果有龙袱;只见太子哇的一声,竟痛哭不止,仿佛诉苦的一般。贤王爷急忙抱入内室,并叫陈林随入里面,见了狄娘娘,又将原由,说了一遍。大家商议,将太子暂寄南清宫抚养,候朝廷诸事安顿后,再做道理。陈林告别,回朝复命。

谁知刘妃已将李妃生产妖孽,奏明圣上。天子大怒,立将李妃贬入冷宫下院,加封刘妃为玉宸宫贵妃。可怜无靠的李妃受此不白之冤,向谁申诉?幸喜冷宫的总管姓秦名凤,为人忠诚,素与郭槐不睦,已料此事必有奸谋;今见李妃如此,好生不忍,向前百般安慰。又吩咐小太监余忠:“好生服侍娘娘,不可怠慢。”谁知余忠更有奇异之处,他的面貌酷肖①李妃的玉容,而且素来做事豪侠,往往为他人奋不顾身,因此秦凤更加疼爱他,虽

① 酷肖(xiào)——极其相像。

是师徒，情如父子。他今见娘娘受此苦楚，恨不能以身代之，每欲设计救出，只是再也想不出法子来，也只得罢了。

且说刘妃此计已成，满心欢喜，暗暗地重赏了郭槐与尤氏，并叫尤氏守自己的喜。到了十月满足，恰恰也产了一位太子，奏明圣上。天子大喜，即将刘妃立为正宫，颁行天下。从此人人皆知国母是刘后了。待郭槐犹如开国的元勋一般，尤氏就为掌院，寇珠为主宫承御。清闲无事。

谁想乐极生悲，过了六年，刘后所生之子，竟至得病，一命呜呼。圣上大痛，自叹半世乏嗣，好容易得了太子，偏又夭亡，焉有不心疼的呢？因为伤心过度，竟是连日未能视朝。这日八千岁进宫问安。天子召见八千岁，奏对之下，赐座闲谈，问及世子共有几人，年纪若干。八千岁一一奏对，说至三世子，恰与刘后所生之子岁数相仿。天子闻听，龙颜大悦，立刻召见，进宫见驾。一见世子，不由龙心大喜，更奇怪的是，形容态度与自己分毫不差，因此一乐，病就好了。即传旨将三世子承嗣①，封为东宫守缺太子。便传旨叫陈林带往东宫参见刘后，并往各宫看视。陈林领旨，引着太子，先到昭阳正院朝见刘后，并启奏说："圣上将八千岁之三世子，封为东宫太子，命奴婢引来朝见。"太子行礼毕。刘后见太子生的酷肖天子模样，心内暗暗诧异。陈林又奏还要到各宫看视。刘后说："既如此，你就引去；快来见我，还有话说呢。"陈林答应着，随把太子引往各宫去。

路过冷宫，陈林便向太子说："这是冷宫，李娘娘因产生妖物，圣上将李娘娘贬入此宫。若说这位娘娘，是最贤德的。"太子闻听产生妖物一事，心中就有几分不信。这太子乃一代帝王，何等天聪，如何信这怪异之事？可也断断想不到就在自己身上，便要进去看视。恰好秦凤走出宫来，（陈林素与秦凤最好，已将换太子之事悄悄说明："如今八千岁的世子就是抵换的太子。"秦凤听了大喜。）先参见了太子，便转身进宫奏明李娘娘，不多时，出来说道："请太子进宫。"陈林一同引进，见了娘娘，太子不由得泪流满面。这正是母子天性攸关②。陈林一见，心内着忙，急将太子引出，仍回正宫去了。

刘后正在宫中闷坐细想，忽见太子进宫面有泪痕，追问何故啼哭。太

---

① 承嗣（sì）——把兄弟等的儿子收做自己的儿子。

② 天性攸（yōu）关——关系到人先天具有的品质或性情。攸：所。

子又不敢隐瞒，便说："适从冷宫经过，见李娘娘形容憔悴，心实不忍，奏明情由，还求母后遇便在父王跟前解劝解劝，使脱了沉埋，以慰孩儿凄惨之忧。"说着，便跪下去了。刘后闻听，便心中一惊，假意连忙搀起，口中夸赞道："好一个仁德的殿下！只管放心，我得便就说便了。"太子仍随着陈林上东宫去了。

太子去后，刘后心中哪里丢得下此事，心中暗想："适才太子进宫，猛然一见，就有些李妃形景；何至见了李妃之后，就在哀家跟前求情！事有可疑。莫非六年前叫寇珠抱出宫去，并未勒死，不曾丢在金水桥下？"因又转想："曾记那年有陈林手提妆盒从御园而来，难道寇珠擅敢将太子交与陈林，携带出去不成？若要明白此事，须拷问寇珠这贱人，便知分晓。"越想愈觉可疑，即将寇珠唤来，剥去衣服，细细拷问，与当初言语一字不差。刘后更觉恼怒，便召陈林当面对证，也无异词。刘后心内发焦，说："我何不以毒攻毒，叫陈林掌刑追问。他二人做的事，如今叫一人受苦，焉有不说的道理。"便命陈林掌刑，拷问寇珠。刘后虽是如此心毒，哪知横了心的寇珠，视死如归。可怜她柔弱身躯，只打得身无完肤，也无一字招承。正在难分难解之时，见有圣旨来宣陈林。刘后惟恐耽延工夫，露了马脚，只得打发陈林去了。寇宫人见了陈林已去大约刘后必不干休，与其零碎受苦，莫若寻个自尽。因此触槛①而死。刘后吩咐将尸抬出，就有寇珠心腹小宫人偷偷埋在玉宸宫后。刘后因无故打死宫人，威逼自尽，不敢启奏，也不敢追究了。刘后不得真情，其妒愈深，转恨李妃不能忘怀，悄与郭槐商议，密访李妃嫌隙，必须置之死地方休。也是合当有事。

且说李妃自见太子之后，每日伤感，多亏秦凤百般开解，暗将此事，一一奏明。李妃听了，如梦方醒，欢喜不尽，因此每夜烧香，祈保太子平安。被奸人访着，暗在天子前启奏，说："李妃心下怨恨，每夜降香诅咒，心怀不善，情实难宥②。"天子大怒，即赐白绫七尺，立时赐死。谁知早有人将信暗暗透于冷宫。秦凤一闻此言，胆裂魂飞，忙忙奏知李娘娘。李娘娘闻听，登时昏迷不醒。正在忙乱，只见余忠赶至面前，说道："事不宜迟！快将娘娘衣服脱下，与奴婢穿了。奴婢情愿自身替死。"李妃苏醒过来，一

---

① 槛（kǎn）——门槛，门限。

② 宥（yòu）——宽恕，原谅。

闻此言，只哭得哽气倒噎，如何还说得出话来。余忠不容分说，自己摘下花帽，扯去网巾，将发散开，挽了一个绺儿；又将自己衣服脱下，放在一旁，只求娘娘早将衣服赐下。秦凤见他如此忠烈，又是心疼，又是羡慕，只得横了心在旁催促更衣。李妃不得已将衣脱下，与他换了，便哭说道："你二人是我大恩人了！"说罢，又昏过去了。秦凤不敢耽延，忙忙将李妃移至下房，装作余忠卧病在床。刚然收拾完了，只见圣旨已到，钦派孟彩嫔验看。秦凤连忙迎出，让至偏殿暂坐。"俟娘娘归天后，请贵人验看就是了。"孟彩嫔一来年轻，不敢细看；二来感念李妃素日恩德，如今遭此凶事，心中悲惨，如何想得到是别人替死呢。不多时，报道："娘娘已经归天了，请贵人验看。"孟彩嫔闻听，早已泪流满面，哪里还忍近前细看，便道："我今回复圣旨去了。"此事若非余忠与娘娘面貌仿佛，如何遮掩得过去。于是按礼埋葬。

此事已毕，秦凤便回明余忠病卧不起。郭槐原与秦公公不睦，今闻余忠患病，又去了秦凤膀臂，正中心中机关，便不容他调养，立刻逐出，回籍为民。因此秦凤将假余忠抬出，特派心腹人役送至陈州家内去了。后文再表。

从此秦凤踽踽①凉凉，凄凄惨惨，时常思念徒儿死的可怜又可敬，又惦记着李娘娘在家中怕受了委屈。这日晚间正在伤心，只见本宫四面火起。秦凤一见已知是郭槐之计，一来要斩草除根，二来是公报私仇。"我纵然逃出性命，也难免失火之罪；莫若自焚，也省得与他作对。"于是秦凤自己烧死在冷宫之内。此火果然是郭槐放的。此后刘后与郭槐安心乐意，以为再无后患了。就是太子也不知其中详细，谁也不敢泄漏。又奉旨钦派陈林督管东宫，总理一切，闲杂人等不准擅入。这陈林却是八千岁在天子面前保举的，从此太平无事了。如今将仁宗的事已叙明了，暂且搁起，后文自有交代。

便说包公降生，自离娘胎，受了多少折磨，较比仁宗，坎坷更加百倍，正所谓"天将降大任"之说。闲言少叙。单表江南庐州府合肥县内有个包家村，住一包员外，名怀，家富田多，骡马成群，为人乐善好施，安分守己，因此人人皆称他为"包善人"，又曰"包百万"。包怀原是谨慎之人，既

---

① 踽踽(jǔjǔ)——形容一个人走路孤零的样子。

有百万之称，自恐担当不起。他又难以拦阻众人，只得将包家村改为包村，一是自己谦和，二免财主名头。院君周氏，夫妻二人皆四旬以外。所生二子，长名包山，娶妻王氏，生了一子，尚未满月；次名包海，娶妻李氏，尚无儿女。他弟兄二人虽是一母同胞，却大不相同：大爷包山为人忠厚老诚，正直无私，恰恰娶了王氏，也是个好人；二爷包海为人尖酸刻薄，奸险阴毒，偏偏娶了李氏，也是心地不端。亏得老员外治家有法，规范严肃，又喜大爷凡事宽和，诸般逊让兄弟，再也叫二爷说不出话来，就是妯娌之间，王氏也是从容和蔼，在小婶前毫不较量，李氏虽是刁悍，她也难以施展。因此一家尚为和睦，每日大家欢欢喜喜。父子兄弟春种秋收，务农为业，虽非诗书门第，却是勤俭人家。

不意老院君周氏安人年已四旬开外，忽然怀孕。员外并不乐意，终日忧愁。你说这是什么意思呢？老来得子是快乐，包员外为何不乐？只因夫妻皆是近五旬的人了，已有两个儿子，并皆娶媳生子，如今安人又养起儿女来了。再者院君偌大年纪，今又生产，未免受伤；何况乳哺三年更觉勤劳，如何禁得起呢？因此每日忧烦，闷闷不乐，竟是时刻不能忘怀。这正是：家遇吉祥反不乐，时逢喜事顿添愁。

未审后事如何，且听下回分解。

第　二　回

奎星兆梦忠良降生　雷部宣威狐狸避难

且说包员外终日闷闷,这日独坐书斋,正踌躇此事,不觉双目困倦,伏几而卧。朦胧之际,只见半空中祥云缭绕,瑞气氤氲①;猛然红光一闪,面前落下个怪物来,头生双角,青面红发,巨口獠牙,左手拿一银锭,右手执一朱笔,跳舞着奔落前来。员外大叫一声,醒来却是一梦,心中尚觉乱跳。正自出神,忽见丫鬟掀帘而入,报道:"员外,大喜了! 方才安人产生一位公子,奴婢特来禀知。"员外闻听,抽了一口凉气,只吓得惊疑不止;怔了多时,咳了一声,道:"罢了,罢了! 家门不幸,生此妖邪。"急忙立起身来,一步一咳,来至后院看视,幸安人无恙,略问了几句话,连小孩也不瞧,回身仍往书房来了。这里服侍安人的,包裹小孩的,殷实之家自然俱是便当的,不必细表。

单说包海之妻李氏抽空儿回到自己房中,只见包海坐在那里发呆。李氏道:"好好儿的'二一添作五'的家当,如今弄成'三一三十一'了。你到底想个主意呀。"包海答道:"我正为此事发愁。方才老当家的将我叫到书房,告诉我梦见一个青脸红发的怪物,从空中掉将下来,把老当家的吓醒了,谁知就生此子。我细细想来,必是咱们东地里西瓜成了精了。"李氏闻听,便撺掇②道:"这还了得! 若是留在家内,他必做耗③。自古书上说,妖精入门,家败人亡的多着呢。如今何不趁早儿告诉老当家的,将他抛弃在荒郊野外,岂不省了担着心,就是家私也省了'三一三十一'了。一举两得,你想好不好?"这妇人一套话,说得包海如梦初醒,连忙起身来到书房,一见员外,便从头至尾的把话说了一遍,但不提起家私一事。谁知员外正因此烦恼,一闻包海之言,恰合了念头,连声说好:"此事就交付

---

① 氤氲(yīnyūn)——形容烟或气很盛。

② 撺掇(cuānduo)——从旁鼓动人(做某事),怂恿。

③ 耗(hào)——坏的音信或消息。

于你,快快办去。将来你母亲若问时,就说落草①不多时就死了。”包海领命,回身来至卧房,托言公子已死,急忙抱出,用茶叶篓子装好,携至锦屏山后,见一坑深草,便将篓子放下。刚要搿出小儿。只见草丛里有绿光一闪,原来是一只猛虎眼光射将出来。包海一见,只吓得魂不附体,连尿都吓出来了,连篓带小孩一同抛弃,抽身跑将回来,气喘吁吁,不顾回禀员外,跑到自己房中,倒在炕上,连声说道:“吓杀我也!吓杀我也!”李氏忙问道:“你这等见神见鬼的,不是妖精作了耗了?”包海定了定神,答道:“厉害!厉害!”一五一十,说与李氏道:“你说可怕不可怕?只是那茶叶篓子没有拿回来。”李氏笑道:“你真是‘整篓洒油,满地捡芝麻’,大处不算小处算咧!一个篓能值几何?一分家私省了,岂不乐吗!”包海笑嘻嘻道:“果然是‘表壮不如里壮’,这事多亏贤妻你巧咧。这孩子这时候管保叫虎吧嗒②咧!”

谁知他二人在屋内说话,不防窗外有耳。恰遇贤人王氏从此经过,一一听去,急忙回至屋中,细想此事好生残忍,又着急,又心疼,不觉落下泪来。正自悲泣,大爷包山从外边进来,见此光景,便问情由。王氏将此事一一说知。包山道:“原来有这等事!不要紧,锦屏山不过五六里地,待我前去看看,再做道理。”说罢,立刻出房去了。王氏自丈夫去后,担惊害怕,惟恐猛虎伤人,又恐找不着三弟,心中好生委决不下。

且言包山急急忙忙奔到锦屏山后,果见一片深草,四下找寻,只见茶叶篓子横躺在地,却无三弟。大爷着忙,连说:“不好!大约是被虎吃了。”又往前走了数步,只见一片草俱各倒卧在地,足有一尺多厚,上爬着个黑漆漆、亮油油、赤条条的小儿。大爷一见,满心欢喜,急忙打开衣服,将小儿抱起,揣在怀内,转身竟奔家来,悄悄地归到自己屋内。

王氏正在盼望之际,一见丈夫回来,将心放下;又见抱了三弟回来,喜不自胜,连忙将自己衣襟解开,接过包公,以胸膛偎抱。谁知包公到了贤人怀内,天生的聪俊,将头乱拱,仿佛要乳食吃的一般;贤人即将乳头放在包公口内,慢慢的喂哺。包山在旁,便与贤人商议:“如今虽将三弟救回,但我房中忽然有了两个小孩,别人看见,岂不生疑?”贤人闻听,道:“莫若

① 落草——指婴儿出生。
② 吧嗒——形容吃东西发出的声音,此处是吃的意思。

将自己才满月的儿子，另寄别处，寻人抚养，妾身单单乳哺三弟，岂不两全呢。”包山闻听大喜，便将自己孩儿偷偷抱出，寄于他处斷养。可巧就有本村的乡民张得禄，因妻子刚生一子，未满月已经死了，正在乳旺之时，如今得了包山之子，好生欢喜。

且说由春而夏，自秋徂[①]冬，光阴迅速，转瞬过了六个年头，包公已到七岁，总以兄嫂呼为父母，起名就叫黑子。最奇怪的是从小至七岁未尝哭过，也未尝笑过，每日里哭丧着小脸儿不言不语；就是人家逗他，他也不理。因此人人皆嫌，除了包山夫妻百般护持外，人皆没有爱他的。

一日，乃周氏安人生辰，不请外客，自家家宴。王氏贤人带领黑子与婆婆拜寿。行礼已毕，站立一旁。只见包黑跑到安人跟前，双膝跪倒，恭恭敬敬也磕了三个头。把个安人喜的眉开眼笑，将他抱在怀中，因说道：“曾记六年前产生一子，正在昏迷之时，不知怎么落草就死了；若是活着，也与他一般大了。”王氏闻听，见旁边无人，连忙跪倒，禀道：“求婆婆恕媳妇胆大之罪，此子便是婆婆所生。媳妇恐婆婆年迈，乳食不足，担不得乳哺操劳，故此将此子暗暗抱至自己屋内抚养，不敢明言。今因婆婆问及，不敢不以实情禀告。”贤人并不提起李氏夫妻陷害一节。周氏老安人连忙将贤人扶起，说道：“如此说来，吾儿多亏媳妇抚养，又免我劳心，真是天下第一贤德人了。但是一件，我那小孙孙现在何处?”王氏禀道：“现在别处斷养。”安人闻听，立刻叫将小孙孙领来。面貌虽然不同，身量却不甚分别。急将员外请至，大家言明此事。员外心中虽乐，然而想起从前情事对不过安人，如今事已如此，也就无可奈何了。

从此包黑认过他的父母，改称包山夫妻仍为兄嫂。安人是年老惜子，百般珍爱，改名三黑；又有包山夫妻照应，各处留神，纵然包海夫妻暗暗打算，也是不能凑手[②]。转眼之间，又过了二年，包公到了九岁之时，包海夫妇心心念念要害包公。

这一日，包海在家，便在员外跟前下了谗言，说：“咱们庄户人总以勤俭为本，不宜游荡。将来闲得好吃懒做的，如何使得。现今三黑已九岁了，也不小了，应该叫他跟着村庄牧童，或是咱家的老周的儿子长保学习

---

① 徂(cú)——往，到。

② 凑手——方便，顺手。

牧放牛羊，一来学本事，二来也不吃闲饭。”一片话说得员外心活，便与安人说明，犹如三黑天天跟着闲逛的一般。安人应允，便嘱长工老周加意照料。老周又嘱咐长保儿：“天天出去牧放牛羊，好好儿哄着三官人顽耍；倘有不到之处，我是现打不赊的。”因此三公子每日同长保出去牧放牛羊，或在村外，或在河边，或在锦屏山畔，总不过离村五六里之遥，再也不肯远去。

一日，驱逐牛羊来至锦屏山鹅头峰下，见一片青草，将牛羊就在此处牧放。乡中牧童彼此玩耍。独有包公一人或观山水，或在林木之下席地而坐，或在山环之中枕石而眠，却是无精打采，仿佛心有所思的一般。正在山环之中石上歇息，只见阴云四合，雷闪交加，知道必有大雨，急忙立起身来，跑至山窝古庙之中。才走至殿内，只听得忽喇喇霹雳一声，风雨骤至。包公在供桌前盘膝端坐，忽觉背后有人一搂，将腰抱住。包公回头看时，却是一个女子，羞容满面，其惊怕之态令人可怜。包公暗自想道：“不知谁家女子从此经过，遇此大雨，看她光景想来是怕雷。慢说此柔弱女子，就是我三黑闻此雷声，也觉胆寒。”因此索性将衣服展开，遮护女子。外边雷声愈急，不离顶门。约有两三刻的工夫，雨声渐小，雷始止声。

不多时，云散天晴，日已夕晖，回头看时，不见了那女子。心中纳闷，走出庙来，找着长保，驱赶牛羊。刚才到村头，只见服侍二嫂嫂的丫鬟秋香手托一碟油饼，说道：“这是二奶奶给三官人做点心吃的。”包公一见，便说道：“回去替我给嫂嫂道谢。”说着，拿起要吃，不觉手指一麻，将饼落在地下。才待要捡，从后来了一只癞犬，竟自衔饼去了。长保在旁，便说：“可惜一张油饼，却被它吃了。这是我家癞犬，等我去赶回来。”包公拦住，道：“它既衔去，纵然拿回，也吃不得了。咱们且交代牛羊要紧。”说着说着，来到老周屋内。长保将牛羊赶入圈中，只听他在院内嚷道：“不好了！怎么癞狗七孔流血了？”老周闻听，同包公出得院来，只见犬倒在地，七窍流血。老周看了诧异，道：“此犬乃服毒而死的。不知他吃了什么了？”长保在旁插言：“刚才二奶奶叫秋香送饼与三官人吃，失手落地，被咱们的癞狗吃了。”老周闻听，心下明白，请三官人来至屋内，暗暗的嘱咐：“以后二奶奶给的吃食，务要留神，不可堕入术中。”包公闻听，不但不信,反倒嗔怪①他离间叔嫂不和,赌气别了老周回家,好生气闷。

过了几天,只见秋香来请,说二奶奶有要紧的事。包公只得随她来至二嫂屋内。李氏一见,满面笑容,说:“秋香昨日到后园,忽听枯井内有人说话,因在井口往下一看,不想把金簪掉落井中,恐怕安人见怪;若叫别人打捞,井口又小,下不去,又恐声张出来。没奈何,故此叫她急请三官人来。”问包公道:“三叔,因你身量又小,下井将金簪摸出,以免嫂嫂受责。不知三叔你肯下井去么?”包公道:“这不打紧!待我下去,给嫂嫂摸出来就是了。”于是李氏呼秋香拿绳子,同包公来到后园井边。包公将绳拴在腰间,手扶井口,叫李氏同秋香慢慢的放松。刚才系到多一半,只听上面说:“不好!揪不住了!”包公觉得绳子一松,身如败絮一般,扑通一声,竟自落在井底。且喜是枯井无水,却未摔着。心中方才明白,暗暗思道:“怪不得老周叫我留神,原来二嫂嫂果有害我之心。只是如今既落井中,别人又不知道,我却如何出得去呢?”

正在闷闷之际,只见前面忽有光明一闪。包公不知何物,暗忖道“莫非果有金钗放光么?”向前用手一扑,并未扑着,光明又往前去。包公诧异,又往前赶,越扑越远,再也扑他不着。心中焦躁,满面汗流,连说:“怪事,怪事!井内如何有许多路径呢?”不免尽力追去,看是何物。因此扑赶有一里之遥,忽然光儿不动。包公急忙向前扑住,看时却是古镜一面。翻转细看,黑暗之处再也瞧不出来。只觉得冷气森森,透人心胆。正看之间,忽见前面明亮,忙将古镜揣起,爬将出来。看时乃是场院后墙以外地沟,心内自思道:“原来我们后园枯井竟与此道相通。不要管他。幸喜脱出了枯井之内,且自回家便了。”

走到家中,好生气闷。自己坐着,无处发泄这口闷气,走到王氏贤人屋内,撅着嘴发怔。贤人问道:“老三,你从何处而来?为着何事,这等没好气?莫不有人欺负你了?”包公说:“我告诉嫂嫂,并无别人欺我。皆因秋香说二嫂嫂叫我,赶着去见,谁知她叫我摸簪……”于是将赚入枯井之事,一一说了一回。王氏闻听,心中好生不平,又是难受,又无可奈何,只得解劝安慰,嘱咐以后要处处留神。包公连连称是。说话间,从怀中掏出古镜交与王氏,便说:“是从暗中得来的,嫂嫂好好收藏,不可失落。”

---

① 嗔(chēn)怪——对别人的言语或行动表示不满。

包公去后，贤人独坐房中，心里暗想："叔叔婶婶所做之事，深谋密略，莫说三弟孩提之人难以揣度，就是我夫妻二人也难测其阴谋。将来倘若弄出事端，如何是好！可笑他二人只为家私，却忘伦理。"正在嗟叹，只见大爷包山从外而入，贤人便将方才之话，说了一遍。大爷闻听，连连摇首，道："岂有此理！这必是三弟淘气，误掉入枯井之中，自己恐怕受责，故此捏造出这一片谎言，不可听他。日后总叫他时时在这里就是了，可也免许多口舌。"

大爷口虽如此说，心中万分难受，暗自思道："二弟从前做的事体我岂不知，只是我做哥哥的焉能认真，只好含糊罢了。此事若是明言，一来伤了手足的和气，二来添妯娌疑忌。"沉吟半晌，不觉长叹一声，便向王氏说："我看三弟气宇不凡，行事奇异，将来必不可限量。我与二弟已然耽搁，自幼不曾读书，如今何不延师教训三弟。倘上天怜念，得个一官半职，一来改换门庭，二来省受那赃官污吏的闷气。你道好也不好？"贤人闻听，点头连连称是，又道："公公之前须善为说词方好。"大爷说："无妨，我自有道理。"

次日，大爷料理家务已毕，来见员外，便道："孩儿面见爹爹，有一事要禀。"员外问道："何事？"大爷说："只因三黑并无营生，与其叫他终日牧羊，在外游荡，也学不出好来，何不请个先生教训教训呢？就是孩儿等自幼失学，虽然后来补学一二，遇见为难的账目，还有念不下去的，被人欺哄。如今请个先生，一来教三黑些书籍；二来有为难的字帖，亦可向先生请教；再者三黑学会了，也可以管些出入账目。"员外闻听可管些账目之说，便说："使得。但是一件，不必请饱学先生，只要比咱们强些的就是了，教个三年两载，认得字就是了。"大爷闻听员外允了，心中大喜，即退出来，便托乡邻延请饱学先生，是必要叫三弟一举成名。

且表众乡邻闻得"包百万"家要请先生，谁不献勤，这个也来说，那个也来荐。谁知大爷非名儒不请。可巧隔村有一宁老先生，此人品行端正，学问渊深，兼有一个古怪脾气，教徒弟有三不教：笨了不教；到馆中只要书童一个，不许闲人出入；十年之内只许先生辞馆①，不许东家辞先生。有

① 馆——旧时指塾师教书的地方。

此三不教，束修①不拘多少，故此无人敢请。

一日，包山访听明白，急亲身往谒②，见面叙礼。包山一见，真是好一位老先生，满面道德，品格端方，即将延请之事说明，并说："老夫子三样规矩，其二其三，小子俱是敢应的。只是恐三弟笨些，望先生善导为幸。"当下言明，即择日上馆。是日备席延请，递贽敬束修，一切礼仪自不必说。即领了包公，来至书房，拜了圣人③，拜了老师，师徒一见，彼此对看，爱慕非常。并派有伴童包兴，与包公同岁，一来伺候书房茶水，二来也叫他学几个字儿。这正是英才得遇春风人，俊杰来此喜气生。

未审后事如何，下回分晓。

---

① 束修——古时称送给老师的报酬。

② 往谒(yè)——前去拜见。

③ 圣人——此处专指孔子。

第　三　回

金龙寺英雄初救难　隐逸村狐狸三报恩

且说当下开馆，节文已毕，宁老先生入了师位，包公呈上《大学》。老师点了句断，教道："大学之道。"包公便说："在明明德。"老师道："我说的是'大学之道'。"包公说："是。难道下句不是'在明明德'么?"老师道："再说。"包公便道："在新民，在止于至善。"老师闻听，甚为诧异，叫他往下念，依然丝毫不错；然仍不大信，疑是在家中有人教他的，或是听人家念学就了的，尚不在怀。谁知到后来，无论什么书籍俱是如此，教上句便会下句，有如温熟书的一般，真是把个老先生喜的乐不可支，自言道："哈哈！不想我宁某教读半世，今在此子身上成名。这正是孟子有云：'得天下英才而教育之，一乐也。'"遂乃给包公起了官印一个"拯"字，取意将来可拯民于水火之中；起字"文正"，取其意"文"与"正"，岂不是"政"字么?言其将来理国政，必为治世良臣之意。

不觉光阴荏苒①，早过了五个年头，包公已长成十四岁，学得满腹经纶，诗文之佳自不必说。先生每每催促递名送考，怎奈那包员外是个勤俭之人，恐怕赴考有许多花费。从中大爷包山不时在员外跟前说道："叫三黑赴考，若得进一步也是好的。"无奈员外不允，大爷只好向先生说："三弟年纪太小，恐怕误事，临期反为不美。"于是又过了几年，包公已长成十六岁了。

这年又逢小考，先生实在忍耐不住，急向大爷包山说道："此次你们不送考，我可要替你们送了。"大爷闻听，急又向员外跟前禀说道："这不过先生要显弄他的本领，莫若叫三黑去这一次；若是不中，先生也就死心塌地了。"大爷说的员外一时心活，就便允了。大爷见员外已应允许考，心中大喜，急来告知先生。先生当时写了名字报送。即到考期，一切全是大爷张罗，员外毫不介意。大爷却是殷殷盼望。到了揭晓之期，天尚未

① 荏苒(rěnrǎn)——(时间)渐渐过去。

亮，只听得一阵喧哗，老员外以为必是本县差役前来，不是派差，就是拿车。正在游疑之际，只见院公进来报喜，道："三公子中了生员了！"员外闻听，倒抽了一口气，说道："罢了，罢了！我上了先生的当了。这也是家运使然，活该是冤孽，再也躲不开的。"因此一烦，自己藏于密室，连亲友前来贺他也不见，就是先生他也不致谢一声。多亏了大爷一切周旋，方将此事完结。

惟有先生暗暗地想道："我自从到此课读也有好几年了，从没见过本家老员外。如今教得他儿子中了秀才，何以仍不见面，连个谢字也不道，竟有如此不通情理之人，实实令人纳闷了。又可气，又可恼！"每每见了包山，说了好些嗔怪的言语。包山连忙赔罪，说道："家父事务冗繁，必要定日相请，恳求先生宽恕。"宁公是个道学之人，听了此言，也就无可说了。亏得大爷暗暗求告太爷，求至再三，员外方才应允，定了日子，下了请帖，设席与先生酬谢。

是日请先生到待客厅中，员外迎接，见面不过一揖，让至屋内，分宾主坐下。坐了多时，员外并无致谢之辞。然后摆上酒筵，将先生让至上座，员外在主位相陪。酒至三巡，菜上五味，只见员外愁容满面，举止失措，连酒他也不吃。先生见此光景，忍耐不住，只得说道："我学生在贵府打搅了六七年，虽有微劳开导指示，也是令郎天分聪明，所以方能进此一步。"员外闻听，呆了半晌，方才说道："好。"先生又说道："若论令郎刻下学问，慢说是秀才，就是举人、进士，也是绰绰有余的了，将来不可限量。这也是尊府上德行。"员外听说至此，不觉双眉紧蹙，发恨道："什么德行！不过家门不幸，生此败家子。将来但能保得住不家败人亡，就是造化了。"先生闻听，不觉诧异，道："贤东何出此言？世上哪有不望儿孙中举作官之理呢？此话说来，真真令人不解。"员外无奈，只得将生包公之时所作噩梦，说了一遍。"如今提起，还是胆寒。"宁公原是饱学之人，听见此梦之形景，似乎奎星；又见包公举止端方，更兼聪明过人，就知是有来历的，将来必是大贵，暗暗点头。员外又说道："以后望先生不必深教小儿，就是十年束修断断不敢少的，请放心！"一句话将个正直宁公说得面红过耳，不悦道："如此说来，令郎是叫他不考的了？"员外连声道："不考了！不考了！"先生不觉勃然大怒，道："当初你的儿子叫我教，原是由得你的；如今我的徒弟叫他考，却是由得我的。以后不要你管，我自有主张罢了。"怒冲冲不等席完,竟自去了。

你道宁公为何如此说?他因员外是个愚鲁之人,若是谏劝,他决不听,而且自己徒弟又保得必作脸;莫若自己拢来,一则不至误了包公,二则也免包山跟着为难。这也是他读书人一片苦心。

因至乡试年头,全是宁公作主,与包山一同商议,硬叫包公赴试,叫包山都推在老先生身上。到了挂榜之期,谁知又高高的中了乡魁。包山不胜欢喜,惟有员外愁个不了,仍是藏着不肯见人。大爷备办筵席,请了先生坐上席,所有贺喜的乡亲两边相陪,大家热闹了一天。诸事已毕,便商议叫包公上京会试,禀明员外。员外到了此时,也就没的说了,只是不准多带跟人,惟恐耗费了盘川,就带伴童包兴一人。

包公起身之时,拜别了父母,又辞了兄嫂。包山暗与了盘川。包公又到书房参见了先生。先生嘱咐了多少言语,又将自己的几两修金送给了包公。包兴备上马,大爷包山送至十里长亭。兄弟留恋多时,方才分手。

包公认镫乘骑,带了包兴,竟奔京师,一路上少不得饥餐渴饮,夜宿晓行。一日,到了座镇店,主仆两个找了一个饭店。包兴将马接过来,交与店小二喂好。找了一个座儿,包公坐在正面,包兴打横。虽系主仆,只因出外,又无外人,爷儿两个就在一处吃了。堂官过来安放杯筷,放下小菜。包公随便要一角酒、两样菜。包兴斟上酒,包公刚才要饮,只见对面桌上来了一个道人坐下,要了一角酒,且自出神,拿起壶来不向杯中斟,花喇喇倒了一桌子。见他嗐声叹气,似有心事的一般。包公正在纳闷,又见从外进来一人,武生打扮,叠暴着英雄精神,面带着侠气。道人见了,连忙站起,只称:“恩公请坐。”那人也不坐下,从怀中掏出一锭大银,递给道人,道:“将此银暂且拿去,等晚间再见。”那道人接过银子,趴在地下,磕了一个头,出店去了。

包公见此人年纪约有二十上下,气宇轩昂,令人可爱,因此立起身来,执手当胸,道:“尊兄请了。能不弃嫌,何不请过来彼此一叙?”那人闻听,将包公上下打量了一番,便笑容满面,道:“既承错爱,敢不奉命。”包兴连忙站起,添分杯筷,又要了一角酒、二碟菜,满满斟上一杯。包兴便在一旁侍立,不敢坐了。包公与那人分宾主坐了,便问:“尊兄贵姓?”那人答道:“小弟姓展名昭,字熊飞。”包公也通了名姓。二人一文一武,言语投机,不觉饮了数角。展昭便道:“小弟现有些小事情,不能奉陪尊兄,改日再会。"说罢,会了钱钞。包公也不谦让。包兴暗道:"我们三爷嘴上抹石灰。"那人竟自作别去了。包公也料不出他是什么人。

吃饭已毕,主仆乘马登程。因店内耽误了工夫,天色看看已晚,不知路径。忽见牧子归来,包兴便向前问道:"牧童哥,这是什么地方?"童子答道:"由西南二十里方是三元镇,是个大去处。如今你们走差了路了。此是正西,若要绕回去,还有不足三十里之遥呢。"包兴见天色已晚,便问道:"前面可有宿处么?"牧童道:"前面叫做沙屯儿,并无店口,只好找个人家歇了罢。"说罢,赶着牛羊去了。

包兴回复包公,竟奔沙屯儿而来。走了多时,见道旁有座庙宇,匾上大书"敕建护国金龙寺"。包公道:"与其在人家借宿,不若在此庙住宿一夕。明日布施些香资,岂不方便。"包兴便下马,用鞭子前去叩门,里面出来了一个僧人,问明来历,便请进了山门。包兴将马拴好,喂在槽上。和尚让至云堂小院,三间净室,叙礼归座,献罢茶汤。和尚问了包公家乡姓氏,知是上京的举子。包公问道:"和尚上下?"回说:"僧人法名叫法本,还有师弟法明,此庙就是我二人住持。"说罢,告辞出去。

一会儿,小和尚摆上斋来,不过是素菜素饭。主仆二人用毕,天已将晚。包公即命包兴将家伙送至厨房,省得小和尚来回跑。包兴闻听,急忙把家伙拿起。因不知厨房在哪里,出了云堂小院,来至禅院,只见几个年轻的妇女花枝招展,携手嘻笑,说道:"西边云堂小院住下客了,咱们往后边去罢。"包兴无处可躲,只得退回,容她们过去,才将家伙找着厨房送去,急忙回至屋内,告知包公,恐此庙不大安静。

正说话间,只见小和尚左手拿一只灯,右手提一壶茶,走进来贼眉贼眼,将灯放下,又将茶壶放在桌上,两只贼眼东瞧西看,连话也不说,回头就走。包兴一见,连说:"不好! 这是个贼庙!"急来外边看时,山门已经倒锁了,又看别处,竟无出路,急忙跑回。包公尚可自主,包兴张口结舌说:"三爷,咱们快想出路才好!"包公道:"门已关锁,又无别路可出,往哪里走?"包兴着急,道:"现有桌椅,待小人搬至墙边,公子赶紧跳墙逃生。等凶僧来时,小人与他拼命。"包公道:"我自小儿不会登梯爬高;若是有墙可跳,你赶紧逃生,回家报信,也好报仇。"包兴哭道:"三官人说哪里话来,小人至死,再也离不了相公的!"包公道:"既是如此,咱主仆二人索性死在一处。等那僧人到来再作道理,只好听命由天罢了。"包公将椅子挪在中间门口，端然正坐。包兴无物可拿，将门闩擎在手中，在包公之前，说："他若来时，我将门闩尽力向他一杵，给他个冷不防。"两只眼直勾勾地嗔瞅着板院门。

正在凝神，忽听门外了吊吭哧一声，仿佛砍掉一般，门已开了，进来一人。包兴吓了一跳，门栓已然落地，浑身乱抖，堆缩在一处。只见那人浑身是青，却是夜行打扮，包公细看不是别人，就是白日在饭店遇见的那个武生。包公猛然省悟，他与道人有晚间再见一语，此人必是侠客。

原来列位不知，白日饭店中那道人也是在此庙中的。皆因法本、法明二人抢掠妇女，老和尚嗔责，二人不服，将老僧杀了。道人惟恐干连，又要与老和尚报仇，因此告至当官。不想凶僧有钱，常与书吏差役人等接交，买嘱通了，竟将道人重责二十大板，作为诬告良人，逐出境外。道人冤屈无处可伸，来到林中欲寻自尽，恰遇展爷行到此间，将他救下，问得明白，叫他在饭店等候。他却暗暗采访实在，方赶到饭店之内，赠了道人银两。不想遇见包公，同饮多时，他便告辞先行，回到旅店歇息。至天交初鼓，改扮行装，施展飞檐走壁之能，来至庙中，从外越墙而入，悄地行藏，飞至宝阁。

只见阁内有两个凶僧，旁列四五个妇女，正在饮酒作乐，又听得说："云堂小院那个举子，等到三更时分再去下手不迟。"展爷闻听，暗道："我何不先救好人，后杀凶僧，还怕他飞上天去不成。"因此来到云堂小院，用巨阙宝剑削去了吊铁环，进来看时，不料就是包公。展爷上前拉住包公，携了包兴道："尊兄随我来。"出了小院，从旁边角门来至后墙，打百宝囊中掏出如意索来，系在包公腰间，自己提了绳头，飞身一跃上了墙头，骑马势蹲住，将手轻轻一提，便将包公提在墙上，悄悄附耳说道："尊兄下去时，便将绳子解开，待我再救尊管。"说罢，向下一放。包公两脚落地，急忙解开绳索，展爷提将上去，又将包兴救出，向外低声道："你主仆二人就此逃走去罢。"只见身形一晃，就不见了。

包兴搀扶着包公哪敢稍停，深一步，浅一步，往前没命的好跑。好容易奔到一个村头，天已五鼓，远远有一灯光。包兴说："好了！有人家了。咱们暂且歇息歇息，等到天明再走不迟。"急忙上前叫门。柴扉开处，里面走出一个老者来，问是何人。包兴道："因我二人贪赶路程，起得早了，辨不出路径，望你老人家方便方便，俟①天明便行。”老者看了包公是一儒流，又看了包兴是个书童打扮，却无行李，只当是近处的，便说道：“既是如此，请到里面坐。”

主仆二人来至屋中，原来是连舍三间，两明一暗。明间安一磨盘，并方屉罗桶等物，却是卖豆腐生理。那边有小小土炕，让包公坐下。包兴问道：“老人家贵姓？”老者道：“老汉姓孟，还有老伴，并无儿女，以卖豆腐为生。”包兴道：“老人家有热水讨一杯吃。”老者道：“我这里有现成的豆腐浆儿，是刚出锅的。”包兴道：“如此更好。”孟老道：“待我拿个灯儿，与你们盛浆。”说罢，在壁子里拿出一个三条腿的桌子放在炕上，又用土坯将那条腿儿支好；掀开旧布帘子，进里屋内，拿出一个黄土泥的蜡台；又在席篓子里摸了半天，摸出一只半截的蜡来，向油灯点着，安放在小桌上。包兴一旁道：“小村中竟有胳膊粗的大蜡。”细看时，影影绰绰，原来是绿的，上面尚有“冥路”二字，方才明白是吊祭用过，孟老得来，舍不得点，预备待客的。只见孟老从锅台上拿了一个黄砂碗，用水洗净，盛了一碗白亮亮、热腾腾的浆递与包兴。包兴捧与包公喝时，其香甜无比。包兴在旁看着，馋的好不难受。只见孟老又盛一碗递与包兴。包兴连忙接过，如饮甘露一般。他主仆劳碌了一夜，又受惊恐，今在草房之中如到天堂，喝这豆腐浆不亚如饮玉液琼浆。不多时，大豆腐得了。孟老化了盐水，又与每人盛了一碗，真是饥渴之下，吃下去肚内暖烘烘的，好生快活。又与孟老闲谈，问明路途，方知离三元镇尚有不足二十里之遥。

正在叙话之间，忽见火光冲天。孟老出院看时，只看东南角上一片红光，按方向好似金龙寺内走火。包公同包兴也到院中看望，心内料定必是侠士所为，只得问孟老：“这是何处走火？”孟老道：“二位不知，这金龙寺自老和尚没后，留下这两个徒弟无法无天，时常谋杀人命，抢掠妇女。他比杀人放火的强盗还利害呢！不想他也有今日！”说话之间，又进屋内，歇了多时。只听鸡鸣茅店，催客前行。主仆二人深深致谢了孟老，改日再来酬报。孟老道：“些小微意。何劳齿及。”送至柴扉，又指引了路径：“出了村口，过了树林，便是三元镇的大路了。”包兴道：“多承指引了。”

主仆执手告别，出了村口，竟奔树林而来；又无行李马匹，连盘川银两

① 俟(sì)——等待。

俱已失落。包公却不着意，觉得两腿酸痛，步履艰难，只得一步捱一步，往前款款行走。爷儿两个一壁走着，说着话。包公道："从此到京尚有几天路程，似这等走法，不知道多久才到京中？况且又无盘川，这便如何是好！"包兴听了此言，又见相公形景可惨，恐怕愁出病来，只得要撒谎安慰，便道："这也无妨。只要到了三元镇，我那里有个舅舅，向他借些盘川，再叫他备办一头骡子与相公骑坐，小人步下跟随，破着十天半月的工夫，焉有不到京师之理。"包公道："若是如此，甚好了。只是难为了你了。"包兴道："这有什么要紧。咱们走路，仿佛闲游一般，包管就生出乐趣，也就不觉苦了。"这虽是包兴宽慰他主人，却是至理。主仆就说着话儿，不知不觉，已离三元镇不远了。

看看天气已有将午，包兴暗暗打算："真是，我哪里有舅舅？已到镇上，且同公子吃饭，先从我身上卖起。混一时是一时，只不叫相公愁烦便了。"一时来到镇上，只见人烟稠密，铺户繁杂。包兴不找那南北碗菜应时小卖的大馆，单找那家常便饭的二荤铺，说："相公，咱爷儿俩在此吃饭罢。"包公却分不出哪是贵贱，只不过吃饭而已。

主仆二人来到铺内，虽是二荤铺，俱是连脊的高楼。包兴引着包公上楼，拣了个干净座儿，包公上座，包兴仍是下边打横。跑堂的过来放下杯筷，也有两碟小菜，要了随便的酒饭。登时间，主仆饱餐已毕，包兴立起身来，向包公悄悄地道："相公在此等候，别动。小人去找找舅舅就来。"包公点头。

包兴下楼出了铺子，只见镇上热闹非常，先抬头认准了饭铺字号，却是望春楼，这才迈步。原打算来找当铺。到了暗处，将自己内里青绸夹袍蛇退皮脱下来，暂当几串铜钱，雇上一头驴，就说是舅舅处借来的，且混上两天再作道理。不想四五里地长街，南北一直，再没有一个当铺。及至问人时，原有一个当铺，如今却是只当候赎了。包兴闻听，急得浑身是汗，暗暗说道："罢咧！这便如何是好？"正在为难，只见一簇人围绕着观看。包兴挤进去，见地下铺一张纸，上面字迹分明。忽听旁边有人侉声侉气①说道："告白"……又说："白老四是我的朋友，为什么告他呢？"包兴闻听，不由笑道："不是这等，待我念来。上面是：'告白四方仁人君子知之，今有

① 侉(kuǎ)声侉气——语音不正，特指口音与本地语音不同。

隐逸村内李老大人宅内小姐被妖迷住,倘有能治邪捉妖者,谢纹银三百两,决不食言。谨此告白。'"包兴念完,心中暗想道:"我何不如此如此。倘若事成,这一路上京便不吃苦了;即或不成,混他两天吃喝也好。"想罢,上前。这正是:难里巧逢机会事,急中生出智谋来。

未审后事如何,下回分解。

第　四　回

除妖魅包文正联姻　受皇恩定远县赴任

且说包兴见了告白，急中生出智来。见旁边站着一人，他即便向那人道："这隐逸村离此多远?"那人见问，连忙答道："不过三里之遥。你却问他怎的?"包兴道："不瞒你们说，只因我家相公惯能驱逐邪祟，降妖捉怪，手到病除。只是一件，我们原是外乡之人，我家相公虽有些神通，却不敢露头，惟恐妖言惑众，轻易不替人驱邪，必须来人至诚恳求。相公必然说是不会降妖，越说不会，越要恳求。他试探了来人果是真心，一片至诚，方能应允。"那人闻听，说："这有何难。只要你家相公应允，我就是赴汤投火也是情愿的。"包兴道："既然如此，闲话少说。你将这告白收起，随了我来。"两旁看热闹之人，闻听有人会捉妖的，不由的都要看看，后面就跟了不少的人。

包兴带领那人来在二荤铺门口，便向众人说道："众位乡亲，倘我家相公不肯应允，欲要走时，求列位拦阻拦阻。"那人也向众人说道："相烦众位高邻，倘若法师不允，奉求帮衬帮衬。"包兴将门口儿埋伏了个结实，进了饭店，又向那人说道："你先到柜上将我们钱会①了。省得回来走时，又要耽延工夫。"那人连连称是，来到柜上，只见柜内俱各执手相让，说："李二爷请了，许久未来到小铺。"（谁知此人姓李名保，乃李大人宅中主管。）李保连忙答应道："请了。借重，借重。楼上那位相公、这位管家吃了多少钱文，写在我账上罢。"掌柜的连忙答应，暗暗告诉跑堂的知道。包兴同李保来至楼梯之前，叫李保听咳嗽为号，急便上楼恳求。李保答应，包兴方才上楼。

谁知包公在楼上等的心内焦躁，眼也望穿了，再也不见包兴回来，满腹中胡思乱想。先前犹以为见他母舅必有许多的缠绕，或是借贷不遂，不好意思前来见我。后又转想："从来没听见他说有这门亲戚，别是他见我

① 会——付账。

行李盘费皆无,私自逃走了罢? 或者他年轻幼小,错走了路头,也未可知。"疑惑之间,只见包兴从下面笑嘻嘻的上来。包公一见,不由的动怒,嗔道:"你这狗才往哪里去了? 叫我在此好等!"包兴上前悄悄地道:"我没找着我母舅。如今倒有一事……"便将隐逸村李宅小姐被妖迷住、请人捉妖之事,说了一遍。"如今请相公前去混他一混。"包公闻听,不由的大怒,说:"你这狗才!"包兴不容分说,在楼上连连咳嗽。

只见李保上得楼来,对着包公双膝跪倒,道:"相公在上。小人名叫李保,奉了主母之命,延请法官以救小姐。方才遇见相公的亲随,说相公神通广大,法力无边,望祈搭救我家小姐才好。"说罢磕头,再也不肯起来。包公说道:"管家休听我那小价之言,我是不会捉妖的。"包兴一旁插言道:"你听见了? 说出不会来了。快磕头罢!"李保闻听,连连叩首,连楼板都碰了个山响。包兴又道:"相公,你看他一片诚心,怪可怜的。没奈何,相公慈悲慈悲罢。"包公闻听,双眼一瞪,道:"你这狗才,满口胡说!"又向李保道:"管家你起来,我还要赶路呢。我是不会捉妖的。"李保哪里肯放,道:"相公如今是走不的了。小人已哀告众位乡邻,在楼下帮衬着小人拦阻。再者众乡邻皆知相公是法官,相公若是走了,倘被小人主母知道,小人实实吃罪不起。"说罢,又复叩首。包公被缠不过,只是暗恨包兴。复又转想道:"此事终属妄言,如何会有妖魅。我包某以正胜邪,莫若随他看看,再作脱身之计便了。"想罢,向李保道:"我不会捉妖,却不信邪。也罢,我随你去看看就是了。"

李保闻听包公应允,满心欢喜,磕了头,站起来,在前引路。包公下得楼来,只见铺子门口人山人海,俱是看法官的。李保一见,连忙向前,说道:"有劳列位乡亲了。且喜我李保一片至诚,法官业已应允,不劳众位拦阻。望乞众位闪闪,让开一条路,实为方便。"说罢,奉了一揖。众人闻听,往两旁一闪,当中让出一条胡同来。仍是李保引路,包公随着,后面是包兴。只听众人中有称赞的道:"好相貌! 好神气! 怪道有此等法术。只这一派的正气,也就可以避邪了。"其中还有好事儿的,不辞劳苦,跟随到隐逸村的也就不少。不知不觉进了村头,李保先行禀报去了。

且说这李大人不是别人,乃吏部天官李文业,告老退归林下。就是这隐逸村名,也是李大人起的,不过是退归林下之意。夫人张氏,膝下无儿,只生一位小姐。因游花园,偶然中了邪祟,原是不准声张。无奈夫人疼爱女儿的心盛，特差李保前去各处，觅请法师退邪。李老爷无可奈何，只得应允。这日正在卧房，夫妻二人讲论小姐之病，只见李保禀道：“请到法师，是个少年儒流。”老爷闻听，心中暗想：“既是儒流，读圣贤之书，焉有攻乎异端之理。待我出去责备他一番。”想罢，叫李保请至书房。

李保回身来至大门外，将包公主仆引至书房。献茶后，复进来说道：“家老爷出见。”包公连忙站起。从外面进来一位须发半白、面若童颜的官长。包公见了，不慌不忙，向前一揖，口称：“大人在上，晚生拜揖。”李大人看见包公气度不凡、相貌清奇，连忙还礼，分宾主坐下，便问：“贵姓？仙乡？因何来到敝处？”包公便将上京会试、路途遭劫，毫无隐匿，和盘说出。李大人闻听，原来是个落难的书生。你看他言语直爽，倒是忠诚之人，但不知他学问如何？于是攀话之间，考问多少学业。包公竟是问一答十，就便是宿儒名流，也不及他的学问渊博。李大人不胜欢喜，暗想道：“看此子骨格清奇，又有如此学问，将来必为人上之人。”谈不多时，暂且告别，并吩咐李保：“好生服侍包相公，不可怠慢。晚间就在书房安歇。”说罢，回内去了。所有捉妖之事，一字却也未提。

谁知夫人暗里差人告诉李保，务必求法官到小姐屋内捉妖，如今已将小姐挪至夫人卧房去了。李保便问：“法官应用何物？趁早预备。”包兴便道：“用桌子三张、椅子一张，随围桌椅披，在小姐室内设坛。所有朱砂新笔、黄纸宝剑、香炉烛台俱要洁净的，等我家相公定性养神，二鼓上坛便了。”李保答应去了。不多时，回来告诉包兴道：“俱已齐备。”包兴道：“既已齐备，叫他们拿到小姐绣房。大家帮着，我设坛去。”李保闻听，叫人抬桌搬椅，所有软片东西俱自己拿着，请了包兴，一同引至小姐卧房。只闻房内一股幽香。就在明间堂屋，先将两张桌子并好，然后搭了一张搁在前面桌子上，又把椅子放在后面桌上，系好了围桌，搭好了椅披；然后设摆香炉烛台，安放墨砚纸笔宝剑等物。设摆停当，方才同李保出了绣房，竟奔书房而来。叫李保不可远去，听候呼唤，即便前来。李保连声答应。

包兴便进了书房，已有初更的时候。谁知包公劳碌了一夜，又走了许多路程，困乏已极，虽未安寝，已经困得前仰后合。包兴一见，说：“我们相公吃饱了就困，也不怕存住食。”便走到跟前，叫了一声“相公”。包公惊醒，见包兴，说：“你来的正好，服侍我睡觉罢。”包兴道：“相公就是这么睡觉，还有什么说的？咱们不是捉妖来了吗？”包公道：“那不是你这狗才干的！我不会捉妖。”包兴悄悄道：“相公也不想想，小人费了多少心机，给相公找了这样住处，又吃那样的美馔①，喝那样好陈绍酒又香又陈。如今吃喝足了，就要睡觉。俗语说：‘无功受禄，寝食不安。’相公也是这么过意的去么？咱们何不到小姐卧房看看？凭着相公正气，或者胜了邪魅，岂不两全其美呢？”一席话说的包公心活；再者自己也不信妖邪，原要前来看看的，只得说道：“罢了，由着你这狗才闹罢了。”包兴见包公立起身来，急忙呼唤：“快掌灯呀！”只听外面连声答应：“伺候下了。”

包公出了书房，李保提灯，在前引道，来至小姐卧房一看，只见灯烛辉煌，桌椅高搭，设摆的齐备，心中早已明白是包兴闹的鬼，迈步来到屋中，只听包兴吩咐李保道：“所有闲杂人等俱各回避。最忌的是妇女窥探。”李保闻听，连忙退出，藏躲去了。

包兴拿起香来，烧放炉内，趴在地下，又磕了三个头。包公不觉暗笑。只见他上了高桌，将朱砂墨研好，蘸了新笔，又将黄纸撕了纸条儿。刚才要写，只觉得手腕一动，仿佛有人把着的一般。自己看时，上面写的：“淘气，淘气！该打，该打！”包兴心中有些发毛，急急在灯上烧了，忙忙地下了台。只见包公端坐在那边。包兴走至跟前，道：“相公与其在这里坐着，何不在高桌上坐着呢？”包公无奈，只得起身，上了高台，坐在椅子上；只见桌子上放着宝剑一口，又有朱砂黄纸笔砚等物。包公心内也暗自欢喜：“难为他想的周到。”因此不由的将笔提起，蘸了朱砂，铺下黄纸。刚才要写，不觉腕随笔动，顺手写将下去。才要看时，只听外面哎呀了一声，咕咚栽倒在地。

包公闻听，急忙提了宝剑，下了高台，来至卧房看时，却是李保。见他惊惶失色，说道：“法官老爷，吓死小人了！方才来至院内，只见白光一道冲户而出，是小人看见，不觉失色栽倒。”包公也觉纳闷，进得屋来，却不见包兴。与李保寻时，只见包兴在桌子底下缩作一堆，见有人来方敢出头。却见李保在旁，便遮饰道：“告诉你们，我家相公作法不可窥探，连我还在桌子底下藏着呢。你们何得不遵法令？幸亏我家相公法力无边。”一片谎言说的很像，这也是他的聪明机变的好处。李保方才说道：“只因我家老爷夫人惟恐相公深夜劳苦，叫小人前来照应，请相公早早安歇。”

---

① 馔（zhuàn）——饭食。

包公闻听，方叫包兴打了灯笼，前往书房去了。

李保叫人来拆了法台，见有个朱砂黄纸字帖，以为法官留下的镇压符咒，连宝剑一同拿起，回身来到内堂，禀道："包相公业已安歇了。这是宝剑，还有符咒，俱各交进。"丫鬟接进来。李保才待转身，忽听老爷说道："且住！拿来我看。"丫鬟将黄纸字帖呈上。李老爷灯下一阅，原来不是符咒，却是一首诗句道："避劫山中受大恩，欺心毒饼落于尘。寻钗井底将君救，三次相酬结好姻。"李老爷细看诗中隐藏事迹，不甚明白，便叫李保暗向包兴探问其中事迹，并打听娶亲不曾，明日一早回话。李保领命。

你道李老爷为何如此留心？只因昨日书房见了包公之后，回到内宅，见了夫人，连声夸奖说："包公人品好，学问好，将来不可限量。"张氏夫人闻听，道："既然如此，他若将我孩儿治好，何不就与他结为秦晋之好呢？"老爷道："夫人之言，正合我意。且看我儿病体何如，再作道理。"所以老两口儿惦记此事。又听李保说二鼓还要上坛捉妖，因此不敢早眠。天交二鼓，尚未安寝，特遣李保前来探听。不意李保拿了此帖回来，故叫他细细的访问。

到了次日，谁知小姐其病若失，竟自大愈，实是奇事。老爷夫人更加欢喜，急忙梳洗已毕，只见李保前来回话："昨晚细问包兴，说这字帖上的事迹，是他相公自幼儿遭的魔难，皆是逢凶化吉，并未遇害。并且问明尚未定亲。"李老爷闻听，满心欢喜，心中已明白是狐狸报恩，成此一段良缘，便整衣襟来至书房。李保通报，包公迎出。只见李老爷满面笑容，道："小女多亏贤契救拔，如今沉疴①已愈，实为奇异。老夫无儿，只生此女，尚未婚配，意欲奉为箕帚，不知贤契意下如何？"包公答道："此事晚生实实不敢自专，须要禀明父母兄嫂，方敢联姻。"李老爷见他不肯应允，便笑嘻嘻从袖中掏出黄纸帖儿，递与包公，道："贤契请看此帖便知，不必推辞了。"包公接过一看，不觉面红过耳，暗暗思道："我晚间恍惚之间，如何写出这些话来？"又想道："原来我小时山中遇雨，见那女子竟是狐狸避劫，却蒙她累次救我，她竟知恩报恩。"包兴在旁着急，恨不得赞成相公应允此事，只是不敢插口。李老爷见包公沉吟不语，便道："贤契不必沉吟。据老夫看来，并非妖邪作祟，竟为贤契来作红线来了，可见凡事自有一定

---

① 疴(kē)——病。

道理,不可过于迂阔。”包公闻听,只得答道:“既承大人错爱,敢不从命。只是一件,须要禀明:候晚生会试以后,回家禀明父母兄嫂,那时再行纳聘。”李老爷见包公应允,满心欢喜,便道:“正当如此。大丈夫一言为定,谅贤契绝不食言。老夫静候佳音便了。”

说话之间,排开桌椅,摆上酒饭,老爷亲自相陪。饮酒之间,又谈论些齐家治国之事,包公应答如流,说的有经有纬,把个李老爷乐的再不肯放他主仆就行,一连留住三日,又见过夫人。三日后备得行囊马匹、衣服盘费,并派主管李保跟随上京。包公拜别了李老爷后,又嘱咐一番。包兴此时欢天喜地,精神百倍,跟了出来。只见李保牵马坠镫,包公上了坐骑,李保小心伺候,事事精心。一日,来到京师,找寻了下处,所有吏部投文之事全不用包公操心,竟等临期下场而已。

且说朝廷国政,自从真宗皇帝驾崩,仁宗皇帝登了大宝,就封刘后为太后,立庞氏为皇后,封郭槐为总管都堂,庞吉为国丈加封太师。这庞吉原是个谗佞①之臣,倚了国丈之势,每每欺压臣僚。又有一班趋炎附势之人,结成党羽,明欺圣上年幼,暗有擅自专权之意。谁知仁宗天子自幼历过多少磨难,乃是英明之主。先朝元老左右辅弼,一切正直之臣照旧供职,就是庞吉也奈何不得。因此朝政法律严明,尚不至紊乱②。只因春闱③在迩④,奉旨钦点太师庞吉为总裁。因此会试举子就有走门路的、打关节的,纷纷不一。惟有包公自己仗着自己学问。考罢三场,到了揭晓之期,因无门路,将包公中了第二十三名进士,翰林无分,奉旨榜下即用知县,得了凤阳府定远县知县。包公领凭后,收拾行李,急急出京,先行回家拜见父母兄嫂,禀明路上遭险,并与李天官结亲一事。员外安人又惊又喜,择日祭祖,叩谢宁老夫子。过了数日,拜别父母兄嫂,带了李保、包兴起身赴任。将到定远县地界,包公叫李保押着行李慢慢行走,自己同包兴改装易服,沿途私访。

有话即长,无话即短。一日,包公与包兴暗暗进了定远县,找了个饭

---

① 谗佞(chánnìng)——说人坏话或用花言巧语巴结人的人。
② 紊(wěn)乱——杂乱,纷乱。
③ 春闱(wéi)——春试。
④ 迩(ěr)——近。

铺打尖[1]。正在吃饭之时,只见从外面来了一人。酒保见了,让道:“大爷少会呀!”那人拣个座儿坐下。

不知那人后来如何,且听下回分解。

① 打尖——旅途中休息下来吃点东西。

第　五　回

墨斗剖明皮熊犯案　乌盆诉苦别古鸣冤

且说酒保斟上一壶酒来。那人一面喝酒，一面带有惊慌之色，举止失宜。只见坐不多时，发了回怔，连那壶酒也未吃完，便匆匆会了钱钞而去。包公看此光景，因问酒保道："这人是谁？"酒保道："他姓皮名熊，乃二十四名马贩之首。"包公记了姓名，吃完了饭，便先叫包兴到县传谕，就说老爷即刻到任。包公随后就出了饭铺，尚未到县，早有三班衙役、书吏人等迎接上任。到了县内，有署印的官交了印信，并一切交代，不必细说。

包公便将秋审册籍细细稽察，见其中有个沈清伽蓝殿杀死僧人一案，情节支离。便即传出谕去，立刻升堂审问沈清一案。所有三班衙役早知消息，老爷暗自一路私访而来，就知这位老爷的厉害，一个个兢兢业业，早已预备齐全。一闻传唤，立刻一班班进来，分立两旁，喊了堂威。包公入座，标了禁牌，便吩咐："带沈清。"不多时，将沈清从监内提出，带至公堂，打去刑具，朝上跪倒。包公留神细看，只见此人不过三旬年纪，战战兢兢，匍匐在尘埃，不像个行凶之人。包公看罢，便道："沈清，你为何杀人？从实招来！"沈清哭诉道："只因小人探亲回来，天气太晚，那日又蒙蒙下雨，地下泥泞，实在难行。素来又胆小，又不敢夜行，便在这县南三里多地有个古庙，暂避风雨。谁知次日天未明，有公差在路，见小人身后有血迹一片。公差便问小人从何而来，小人便将昨日探亲回来、天色太晚、在庙内伽蓝殿上存身的话，说了一遍。不想公差拦住不放，务要同小人回至庙中一看。哎呀！太爷呀！小人同差役到庙看时，见佛爷之旁有一杀死的僧人。小人实是不知僧人是谁杀的。因此二位公差将小人解至县内，竟说小人谋杀和尚。小人真是冤枉！求青天大老爷明察！"包公闻听，便问道："你出庙时，是什么时候？"沈清答道："天尚未明。"包公又问道："你这衣服，因何沾了血迹？"沈清答道："小人原在神橱之下，血水流过，将小人衣服沾污了。"老爷闻听，点头，吩咐带下，仍然收监。立刻传轿，打道伽蓝殿。包兴伺候主人上轿，安好伏手。包兴乘马跟随。

包公在轿内暗思："他既谋害僧人，为何衣服并无血迹，光有身后一片呢？再者虽是刀伤，彼时并无凶器。"一路盘算，来到伽蓝殿，老爷下轿，吩咐跟役人等不准跟随进去，独带包兴进庙。至殿前，只见佛像残朽败坏，两旁配像俱已坍塌。又转到佛像背后，上下细看，不觉暗暗点头。回身细看神橱之下，地上果有一片血迹迷乱。忽见那边地下放着一物，便捡起看时，一言不发，拢入袖中，即刻打道回衙。来至书房，包兴献茶，回道："李保押着行李来了。"包公闻听，叫他进来。李保连忙进来，给老爷叩头。老爷便叫包兴传该值的头目进来。包兴答应。去不多时，带了进来，朝上跪倒："小人胡成给老爷叩头。"包公问道："咱们县中可有木匠么？"胡成应道："有。"包公道："你去多叫几名来，我有紧要活计要做的，明早务要俱各传到。"胡成连忙答应，转身去了。

到了次日，胡成禀道："小人将木匠俱已传齐，现在外面伺候。"包公又吩咐道："预备矮桌数张，笔砚数分，将木匠俱带至后花厅，不可有误。去罢。"胡成答应，连忙备办去了。这里包公梳洗已毕，即同包兴来至花厅，吩咐木匠俱各带进来。只见进来了九个人，俱各跪倒，口称："老爷在上，小的叩头。"包公道："如今我要做各样的花盆架子，务要新奇式样。你们每人画他一个，老爷拣好的用，并有重赏。"说罢，吩咐拿矮桌笔砚来。两旁答应一声，登时齐备。只见九个木匠分在两旁，各自搜索枯肠，谁不愿新奇讨好呢！内中就有使惯了竹笔，拿不上笔来的；也有怯官的，战战哆嗦画不像样的；竟有从容不迫，一挥而就的。包公在座上，往下细细留神观看。不多时，俱各画完，挨次呈递。老爷接一张，看一张，看到其中一张，便问道："你叫什么名字？"那人道："小人叫吴良。"包公便向众木匠道："你们散去，将吴良带至公堂。"左右答应一声，立刻点鼓升堂。

包公入座，将惊堂木一拍，叫道："吴良，你为何杀死僧人？从实招来！免得皮肉受苦。"吴良听说，吃惊不小，回道："小人以木匠做活为生，是极安分的，如何敢杀人呢？望乞老爷详察。"老爷道："谅你这厮决不肯招。左右，尔等立刻到伽蓝殿将伽蓝神好好抬来。"左右答应一声，立刻去了。不多时，将伽蓝神抬至公堂。百姓们见把伽蓝神泥胎抬到县衙听审，谁不要看看新奇的事，都来。只见包公离了公座，迎将下来，向伽蓝神似有问答之状。左右观看，不觉好笑。连包兴也暗说道："我们老爷这是装什么腔儿呢？"只见包公重新入座，叫道："吴良，适才神圣言道，你那日行凶之时,已在神圣背后留下暗记。下去比来。”左右将吴良带下去。只见那神圣背后肩膀以下,果有左手六指儿的手印;谁知吴良左手却是六指儿,比上时丝毫不错。吴良吓得魂飞胆裂。左右的人无不吐舌,说:“这位太爷真是神仙,如何就知是木匠吴良呢?”殊不知包公那日上庙验看时,地下捡了一物,却是个墨斗;又见那伽蓝神身后六指手的血印,因此想到木匠身上。

左右又将吴良带至公堂跪倒。只见包公把惊堂木一拍,一声断喝,说:“吴良,如今真赃实犯,还不实说么?”左右复又威吓,说:“快招!快招!”吴良着忙道:“太爷不必动怒,小人实招就是了。”案房书吏在一旁写供。吴良道:“小人原与庙内和尚交好。这和尚素来爱喝酒,小人也是酒鬼。因那天和尚请我喝酒,谁知他就醉了。我因劝他收个徒弟,以为将来的收缘结果。他便说:‘如今徒弟实在难收。就是将来收缘结果,我也不怕。这几年的工夫,我也积攒了有二十多两银子了。’他原是醉后无心的话。小人便问他:‘你这银子收藏在何处呢?若是丢了,岂不白费了这几年的工夫么?’他说:‘我这银子是再丢不了的,放的地方人人再也想不到的。’小人就问他:‘你到底搁在哪里呢?’他就说:‘咱们俩这样相好,我告诉你,你可不许告诉别人。’他方说出将银子放在伽蓝神脑袋以内。小人一时见财起意,又见他醉了,原要用斧子将他劈死了。回老爷,小人素来拿斧子劈木头惯了,从来未劈过人。乍乍儿的劈人,不想手就软了,头一斧子未劈中。偏遇和尚泼皮要夺我斧子。我如何肯让他,又将他按住,连劈几斧,他就死了。闹了两手血。因此上神桌,便将左手扶住神背,右手在神圣的脑袋内掏出银子,不意留下了个手印子。今被太爷神明断出,小人实实该死。”包公闻听所供是实,又将墨斗拿出,与他看了。吴良认了是自己之物,因抽斧子落在地下。包公叫他画供,上了刑具,收监。沈清无故遭屈,赏官银十两,释放。

刚要退堂,只听有击鼓喊冤之声。包公即着带进来。但见从角门进来二人,一个年纪二十多岁,一个有四十上下。来到堂上,二人跪倒。年轻的便道:“小人名叫匡必正。有一叔父开缎店,名叫匡天佑。只因小人叔父有一个珊瑚扇坠,重一两八钱,遗失三年未有下落。不想今日遇见此人,他腰间佩的正是此物。小人原要借过来看看,怕的是认错了。谁知他不但不借给看，开口就骂，还说小人讹[1]他，扭住小人不放。太爷详察。”又只见那人道：“我姓吕名佩，今日狭路相逢，遇见这个后生，将我拦住，硬说我腰间佩的珊瑚坠子是他的。青天白日，竟敢拦路打抢。这后生实实可恶！求太爷与我判断。”包公闻听，便将珊瑚坠子要来一看，果然是真的，淡红，光润无比，便向匡必正道：“你方才说此坠重够多少？”匡必正道：“重一两八钱。倘若不对，或者东西一样的极有，小人再不敢讹人。”包公又问吕佩道：“你可知道此坠重够多少？”吕佩道：“此坠乃友人送的，并不晓得多少分两。”包公回头，叫包兴取戥子[2]来。包兴答应，连忙取戥平[3]了，果然重一两八钱。包公便向吕佩道：“此坠若按分两，是他说的不差，理应是他的。”吕佩着急，道：“嗳呀！太爷呀！此坠原是我的，好朋友送我的，又平什么分两呢？我是不敢撒谎的。”包公道：“既是你相好朋友送的，他叫什么名字？实说！”吕佩道：“我这朋友姓皮名熊，他是马贩头儿，人所共知。”包公猛然听“皮熊”二字，触动心事，吩咐将他二人带下去，立刻出签，传皮熊到案。包公暂且退堂，用了酒饭。

不多时，人来回话：“皮熊传到。”包公复又升堂：“带皮熊。”皮熊上堂跪倒，口称：“太爷在上，传小人有何事故？”包公道：“闻听你有珊瑚扇坠，可是有的？”皮熊道：“有的。那是三年前小人捡的。”包公道：“此坠你可送过人么？”皮熊道：“小人不知何人失落，如何敢送人呢？”包公便问：“此坠尚在何处？”皮熊道：“现在小人家中。”包公吩咐将皮熊带在一边，叫把吕佩带来。包公问道：“方才问过皮熊，他并未曾送你此坠，此坠如何到了你手？快说！”吕佩一时慌张，方说出是皮熊之妻柳氏给的。包公就知话内有因，连问道：“柳氏她如何给你此坠呢？实说！”吕佩便不言语。包公吩咐：“掌嘴！”两旁人役刚要上前，只见吕佩摇手，道：“老爷不必动怒，我说就是了。”便将与柳氏通奸，是柳氏私赠此坠的话，说了一遍。皮熊在旁听见他女人和人通奸，很觉不够瞧[4]的。包公立刻将柳氏传到。谁知柳氏深恨丈夫在外宿奸，不与自己一心一计，因此来到公堂，不用审问，

① 讹(é)——讹诈。

② 戥(děng)子——也作“等子”，一种称量金银、药品等的小秤。

③ 平——旧指一种衡量的标准。

④ 瞧(qiáo)——同“瞧”。

便说出丈夫皮熊素与杨大成之妻毕氏通奸。“此坠从毕氏处携来,交与小妇人收了二三年。小妇人与吕佩相好,私自赠他的。”包公立刻出签,传毕氏到案。

正在审问之际,忽听得外面又有击鼓之声,暂将众人带在一旁,先带击鼓之人上堂。只见此人年有五旬,原来就是匡必正之叔匡天佑,因听见有人将他侄儿扭结到官,故此急急赶来,禀道:“只因三年前不记日子,托杨大成到缎店取缎子,将此坠做为执照。过了几日,小人到铺问时,并未见杨大成到铺,也未见此坠,因此小人到杨大成家内。谁知杨大成就是那日晚间死了,也不知此坠的下落,只得隐忍不言。不料小人侄儿今日看见此坠,被人告到太爷台前。惟求太爷明镜高悬,伸此冤枉!”说罢,磕下头去。

包公闻听,心下明白,叫天佑下去,即带皮熊、毕氏上堂,便问毕氏:“你丈夫是何病死的?”毕氏尚未答言,皮熊在旁答道:“是心疼病死的。”包公便将惊堂木一拍,喝声:“该死的狗才!她丈夫心疼病死的,你如何知道?明是因奸谋命。快把怎生谋害杨大成致死情由,从实招来!”两旁一齐威吓:“招!招!招!”皮熊惊慌,说道:“小人与毕氏通奸是实,并无谋害杨大成之事。”包公闻听,说:“你这刁嘴的奴才!曾记得前在饭店之中,你要吃酒,神色慌张,举止失措,酒也未曾吃完。今日公堂之上,还敢支吾!左右,抬上刑来!”皮熊只吓得哑口无言,暗暗自思道:“这位太爷如此明察,别的谅也瞒不过他去,莫若实说,也免得皮肉受苦。”想罢,连连叩头,道:“太爷不必动怒,小人愿招。”包公道:“招来!”皮熊道:“只因小人与毕氏通奸,情投意合,惟恐杨大成知道,将我二人拆散。因此定计,将他灌醉,用刀杀死,暗用棺木盛殓,只说心疼暴病而死。彼时因见珊瑚坠,小人拿回家去,交付妻子收了。即此便是实情。”包公闻听,叫他画供。即将毕氏定了凌迟,皮熊定了斩决,将吕佩责四十板释放,柳氏官卖,匡家叔侄将珊瑚坠领回无事。因此人人皆知包公断事如神,各处传扬,就传到了行侠尚义的一个老者耳内。

且说小沙窝内有一老者姓张行三,为人耿直,好行侠义,因此人都称他为“别古”。(与众不同谓之“别”,不合时宜谓之“古”。)原是打柴为生,皆因他有了年纪,挑不动柴草,众人就叫他看着过秤,得了利息大家平分。这也是他素日为人拿好儿换来的。

一日，闲暇无事，偶然想起："三年前，东塔洼赵大欠我一担柴钱四百文，我若不要了，有点对不过众伙计们；他们不疑惑我使了，我自己居心实在的过意不去。今日无事，何不走走呢。"于是拄了竹杖，锁了房门，竟往东塔洼而来。

到了赵大门首，只见房舍焕然一新，不敢敲门，问了问邻右之人，方知赵大发财了，如今都称"赵大官人"了。老头子闻听，不由心中不悦，暗想道："赵大这小子，长处掐，短处捏，那一种行为，连柴火钱都不想着还。他怎么配发财呢？"转到门口，便将竹杖敲门，口中道："赵大，赵大。"只听里面答应道："是谁，这末'赵大'、'赵二'的？"说话间，门已开了。张三看时，只见赵大衣冠鲜明，果然不是先前光景。赵大见是张三，连忙说道："我道是谁，原来是张三哥。"张三道："你先少和我论哥儿们。你欠我的柴火钱，也该给我了。"赵大闻听，道："这有什么要紧。老弟老兄的，请到家里坐。"张三道："我不去，我没带着钱。"赵大说："这是什么话？"张三道："正经话。我若有钱，肯找你来要账吗？"正说着，只见里面走出一个妇人来，打扮的怪模怪样的，问道："官人，你同谁说话呢？"张三一见，说："好呀！赵大，你干这营生呢，怨的发财呢！"赵大道："休得胡说，这是你弟妹小婶。"又向妇人道："这不是外人，是张三哥到了。"妇人便上前万福。张三道："恕我腰疼，不能还礼。"赵大说："还是这等爱顽。还请里面坐罢。"张三只得随着进来，到了屋内，只见一路一路的盆子堆的不少。彼此让座。赵大叫妇人倒茶。张三道："我不喝茶。你也不用闹酸款，欠我的四百多钱总要还我的，不用闹这个软局子。"赵大说："张三哥，你放心，我哪就短了你四百文呢。"说话间，赵大拿了四百钱递与张三。张三接来揣在怀内，站起身来，说道："不是我爱小便宜，我上了年纪，夜来时常爱起夜。你把那小盆给我一个，就算折了欠我的零儿罢。从此两下开交，彼此不认得，却使得？"赵大道："你这是何苦！这些盆子俱是挑出来的，没沙眼，拿一个就是了。"张三挑了一个黢黑的乌盆，挟在怀中，转身就走，也不告别，竟自出门去了。

这东塔洼离小沙窝也有三里之遥。张三满怀不平，正遇着深秋景况，夕阳在山之时，来到树林之中，耳内只听一阵阵秋风飒飒，败叶飘飘，猛然间滴溜溜一个旋风，只觉得汗毛眼里一冷。老头子将脖子一缩，腰儿一躬，刚说一个"好冷"，不防将怀中盆子掉在尘埃，在地下咕噜噜乱转，隐隐悲哀之声，说："摔了我的腰了。"张三闻听，连连唾了两口，捡起盆子往前就走。有年纪之人如何跑得动，只听后面说道："张伯伯，等我一等。"回头又不见人，自己怨恨，道："如何白日就会有鬼？想是我不久于人世了。"一边想，一边走，好容易奔至草房，急忙放下盆子，撂了竹杖；开了锁儿，拿了竹杖，拾起盆子，进得屋来将门顶好，觉得困乏已极，自己说："管他什么鬼不鬼的，且梦周公。"刚才说完，只听得悲悲切切，口呼："伯伯，我死得好苦也！"张三闻听，道："怎么的竟自把鬼关在屋里了？"别古秉性忠直，不怕鬼邪，便说道："你说罢，我这里听着呢。"隐隐说道："我姓刘名世昌，在苏州阊①门外八宝乡居住。家有老母周氏，妻子王氏，还有三岁的孩子乳名百岁。本是缎行生理。只因乘驴回家，行李沉重，那日天晚，在赵大家借宿。不料他夫妻好狠，将我杀害，谋了资财，将我血肉和泥焚化。到如今闪了老母，抛却妻子，不能见面。九泉之下，冤魂不安，望求伯伯替我在包公前伸明此冤，报仇雪恨。就是冤魂在九泉之下，也感恩不尽。"说罢，放声痛哭。张三闻听他说的可怜，不由的动了他豪侠的心肠，全不畏惧，便呼道："乌盆。"只听应道："有呀，伯伯。"张三道："虽则替你鸣冤，惟恐包公不能准状，你须跟我前去。"乌盆应道："愿随伯伯前往。"张三见他应叫应声，不觉满心欢喜，道："这去告状，不怕包公不信。言虽如此，我是上了年纪之人，记性平常，必须将他姓名住处记清背熟了方好。"于是重新背了一回，样样记明。

老头儿为人心热，一夜不曾合眼，不等天明，爬起来，挟了乌盆，拄起竹杖，锁了屋门，竟奔定远县而来。出得门时，冷风透体，寒气逼人，又在天亮之时。若非张三好心之人，谁肯冲寒冒冷，替人鸣冤。及至到了定远县，天气过早，尚未开门；只冻得他哆哆嗦嗦，找了个避风的所在，席地而坐。喘息多时，身上觉得和暖。老头儿又高兴起来了，将盆子扣在地下，用竹杖敲着盆底儿，唱起什不闲来了。刚唱一句"八月中秋月照台"，只听的一声响，门分两扇，太爷升堂。

张三忙拿起盆子，跑向前来喊"冤枉"。就有该值的回禀，立刻带进，包公座上问道："有何冤枉？诉上来。"张三就把东塔洼赵大家讨账，得了一个黑盆，遇见冤魂自述的话，说了一遍。"现有乌盆为证。"包公闻听，

---

① 阊——音 chāng。

便不以此事为妄谈，就在座上唤道："乌盆。"并不见答应。又连唤两声，也无影响。包公见别古年老昏愦①，也不动怒，便叫左右撵去便了。

张老出了衙门，口呼："乌盆。"只听应道："有呀，伯伯。"张老道："你随我诉冤，你为何不进去呢？"乌盆说道："只因门上门神拦阻，冤魂不敢进去，求伯伯替我说明。"张老闻听，又嚷"冤枉"。该值的出来，嗔道："你这老头子还不走！又嚷的是什么？"张老道："求爷们替我回复一声：'乌盆有门神拦阻，不敢进见。'"该值的无奈，只得替他回禀。包公闻听，提笔写字一张，叫该值的拿去门前焚化，仍将老头子带进来，再讯二次。张老抱着盆子，上了公堂，将盆子放在当地，他跪在一旁。包公问道："此次叫他可应了？"张老说："是。"包公吩咐："左右，尔等听着。"两边人役应声，洗耳静听。只见包公座上问道："乌盆。"不见答应。包公不由动怒，将惊堂木一拍："我骂你这狗才！本县念你年老之人，方才不加责于你，如今还敢如此。本县也是你愚弄的吗？"用手抽签，吩咐打责了十板，以戒下次。两旁不容分说，将张老打了十板。闹得老头儿呲牙咧嘴，一拐一拐的，挟了乌盆，拿了竹杖，出衙去了。

转过影壁，便将乌盆一扔，只听得嗳呀一声，说："碰了我脚面了！"张老道："奇怪！你为何又不进去呢？"乌盆道："只因我赤身露体，难见星主。没奈何，再求伯伯替我申诉明白。"张老道："我已然为你挨了十大板，如今再去，我这两条腿不用长着咧。"乌盆又苦苦哀求。张老是个心软的人，只得拿起盆子。他却又不敢伸冤，只得从角门溜溜秋秋往里便走。只见那边来了一个厨子，一眼看见，便叫："胡头儿，胡头儿，那老头儿又来了。"胡头正在班房谈论此事说笑，忽听老头子又来了，连忙跑出来要拉。张老却有主意，就势坐在地下，叫起屈来了。

包公那里也听见了，吩咐带上来，问道："你这老头子为何又来？难道不怕打么？"张老叩头道："方才小人出去又问乌盆，他说赤身露体，不敢见星主之面。恳求太爷赏件衣服遮盖遮盖，他才敢进来。"包公闻听，叫包兴拿件衣服与他。包兴连忙拿了一件夹袄，交与张老。张老拿着衣服出来，该值的说："跟着他，看他是拐子！"只见他将盆子包好，拿起来，不放心，又叫着："乌盆，随我进来。"只听应道："有呀，伯伯，我在这里。"

---

① 昏愦（kuì）——今写作"昏聩"，眼花耳聋，比喻头脑糊涂，不明是非。

张老闻听他答应,这一回留上心了,便不住叫着进来。到了公堂,仍将乌盆放在当中,自己在一旁跪倒。包公又吩咐两边仔细听着,两边答应“是”。此所谓上命差遣,概不由己。有说老头子有了病了的,有说太爷好性儿的,也有暗笑的。连包兴在旁也不由的暗笑:“老爷今日叫疯子磨住了。”只见包公座上呼唤:“乌盆。”不想衣内答应说:“有呀,星主。”众人无不诧异。只见张老听见乌盆答应了,他便忽的跳将起来,恨不能要上公案桌子。两旁众人吆喝,他才复又跪下。包公细细问了张老。张老仿佛背书的一般:他姓甚名谁,家住哪里,他家有何人,作何生理,怎么遇害,是谁害的,滔滔不断说了一回,清清楚楚。两旁听的无不叹息。包公听罢,吩咐包兴取十两银子来,赏了张老,叫他回去听传。别古千恩万谢地去了。

包公立刻吩咐书吏办文一角,行到苏州,调取尸亲前来结案。即行出签,拿赵大夫妇,登时拿到,严加讯问,并无口供。包公沉吟半晌,便吩咐:“赵大带下去,不准见刁氏。”即传刁氏上堂。包公说:“你丈夫供称陷害刘世昌,全是你的主意。”刁氏闻听,恼恨丈夫,便说出赵大用绳子勒死的,并言现有未用完的银两。即行画招,押了手印。立刻派人将赃银起来。复又带上赵大,叫他女人质对。谁知这厮好狠,横了心再也不招,言银子是积攒的。包公一时动怒,请了大刑,用夹棍套了两腿,问时仍然不招。包公一声断喝,说了一个“收”字。不想赵大不禁夹,就呜呼哀哉了。包公见赵大一死,只得叫人搭下去,立刻办详,禀了本府,转又行文上去,至京启奏去了。

此时尸亲已到。包公将未用完的银子,俱叫他婆媳领取讫;并将赵大家私奉官折变,以为婆媳养赡。婆媳感念张老替他鸣冤之恩,愿带到苏州养老送终。张老也因受了冤魂嘱托,亦愿照看孀居孤儿。因此商量停当,一同起身往苏州去了。

要知后事如何,下回分晓。

第　六　回

罢官职逢义士高僧　应龙图审冤魂怨鬼

且说包公断明了乌盆，虽然远近闻名，这位老爷正直无私，断事如神，未免犯了上司之嫉，又有赵大刑毙，故此文书到时，包公例应革职。包公接到文书，将一切事宜交代署印之人，自己住庙。李保看此光景，竟将银两包袱收拾收拾，逃之夭夭了。

包公临行，百姓遮道哭送。包公劝勉了一番，方才乘马，带着包兴，出了定远县，竟不知投奔何处才好。包公在马上自己叹息，暗里思量道："我包某命运如此淹蹇①，自幼受了多少的颠险，好容易蒙兄嫂怜爱，聘请恩师，教诲我一举成名。不想妄动刑具，致毙人命。虽是他罪应如此，究竟是粗心浮躁，以至落了个革职，至死也无颜回家。无处投奔，莫若仍奔京师，再作计较。"只顾马上嗟叹。包兴跟随，明知老爷为难，又不敢问。信马由缰，来至一座山下，虽不是峻岭高峰，也觉得凶恶。正在观看之际，只听一棒锣响，出来了无数的喽兵，当中一个矮胖黑汉，赤着半边身的胳膊，雄赳赳，气昂昂，不容分说，将主仆二人拿下捆了，送上山去。谁知山中尚有三个大王，见缚了二人前来，吩咐绑在两边柱子上，等四大王到来，再行发落。不一时，只见四大王慌慌张张，喘吁吁跑了来，嚷道："不好了！山下遇见一人好本领，强小弟十倍，才一交手，我便倒了。幸亏跑得快，不然吃大亏了。哪位哥哥去会会他？"只见大大王说："二弟，待劣兄前往。"二大王说："小弟奉陪。"于是二人下山，见一人气昂昂在山坡站立。大大王近前一看，不觉哈哈大笑，道："原来是兄长，请到山中叙话。"

你道此山何名？名叫土龙岗，原是山贼窝居之所。原来张龙、赵虎误投庞府，见他是权奸之门，不肯逗留，偶过此山，将山贼杀走，他二人便作了寨主。后因王朝、马汉科考武场，亦被庞太师逐出，愤恨回家，路过此山，张、赵两个即请到寨，结为兄弟。王朝居长，马汉第二，张龙第三，赵虎

---

① 淹蹇(jiǎn)——极其不顺利。

第四。王、马、张、赵四人已表明来历。

且说马汉同定那人来至山中，走上大厅，见两旁柱上绑定二人，走近一看，不觉失声道："嗳呀！县尊为何在此？"包公睁眼看时，说道："莫不是恩公展义士么？"王朝闻听，连忙上前解开，立刻让至厅上，坐定了。展爷问及，包公一一说了。大家俱各叹息。展爷又叫王、马、张、赵给包公赔了罪，分宾主坐下。立时摆酒，彼此谈心，甚是投机。包公问道："我看四位俱是豪杰，为何作这勾当？"王朝道："我等皆为功名未遂，亦不过暂借此安身，不得已而为之。"展爷道："我看众弟兄皆是异姓骨肉。今日恰逢包公在此，虽则目下革职，将来朝廷必要擢用①。那时众位兄弟何不设法弃暗投明，与国出力，岂不是好？"王朝道："我等久有此心。老爷倘蒙朝廷擢用，我等俱愿效力。"包公只得答应："岂敢，岂敢。"大家饮至四更方散。

至次日，包公与展爷告辞。四人款留不住，只得送下山来。王朝素与展爷相好，又远送几里。包公与展爷恋恋不舍，无奈分别而去。

单言包公主仆乘马竟奔京师。一日，来至大相国寺门前，包公头晕眼花，竟从马上栽将下来。包兴一见，连忙下马看时，只见包公二目双合，牙关紧闭，人事不知。包兴叫着不应，放声大哭。惊动庙中方丈，乃得道高僧，俗家复姓诸葛名遂，法号了然，学问渊深，以至医卜星相，无一不精，闻得庙外人声，来到山门以外，近前诊了脉息，说："无妨，无妨。"又问了方才如何落马的光景，包兴告诉明白。了然便叫僧众帮扶抬到方丈东间，急忙开方抓药。包兴精心用意煎好。吃不多时，至二鼓天气，只听包公哎呀一声，睁开二目，见灯光明亮，包兴站在一旁，那边椅子上坐着个僧人。包公便问："此是何处？"包兴便将老爷昏过多时，亏这位师傅慈悲用药救活的话，说了一回，包公刚要挣扎起来致谢，和尚过来按住，道："不可劳动，须静静安心养神。"

过了几日，包公转动如常，才致谢和尚。以至饮食用药调理，俱已知是和尚的，心中不胜感激。了然细看包公气色，心下明白，便问了年命，细算有百日之难，过了日子就好了，自有机缘，便留住包公在庙内居住。于是将包公改作道人打扮，每日里与了然不是下棋，便是吟诗，彼此爱慕。

---

① 擢(zhuó)用——提升任用。

将过了三个月。一日,了然求包公写"冬季唪经祝国裕民"八字,叫僧人在山门两边粘贴。包公无事,同了然出来,一旁观看。只见那壁厢来了一个厨子,手提菜筐,走至庙前,不住将包公上下打量,瞧了又瞧,看了又看,直瞅着包公进了庙,他才飞也似地跑了,包公却不在意,回庙去了。

你道此人是谁?他乃丞相府王芑①的买办厨子。只因王老大人面奉御旨,赐图像一张,乃圣上梦中所见,醒来时宛然在目,御笔亲画了形像,特派王老大人暗暗密访此人。丞相遵旨回府,又叫妙手丹青照样画了几张,吩咐虞侯、伴当、执事人员各处留神,细细访查。不想这日买办从大相国寺经过,恰遇包公,急忙跑回相府,找着该值的虞侯,便将此事,说了一遍。虞侯闻听,不能深信,亦不敢就回,即同买办厨子暗到庙中,闲游的一般,各处瞻仰。后来看到方丈,果见有一道人与老僧下棋,细看相貌正是龙图之人,心中不胜惊骇,急忙赶回相府,禀知相爷。

王大人闻听,立刻传轿到大相国寺拈香。一是王大人奉旨所差之事,不敢耽延;二是老大人为国求贤,一番苦心。不多时,来到庙内。小沙弥②闻听,急忙跑至方丈室内,报与老和尚知道。只见了然与包公对弈,全然不理。倒是包公说道:"吾师也当迎接。"了然道:"老僧不走权贵之门,迎他则甚?"包公道:"虽然如此,他乃是个忠臣,就是迎他,也不至于沾碍老师。"了然闻听,方起身道:"他此来与我无沾碍,恐与足下有些瓜葛。"说罢,迎出去了。

接至禅堂,分宾主坐了。献茶已毕,便问了然:"此庙有多少僧众?多少道人?老夫有一心愿,愿施僧鞋僧袜,每人各一双,须当面领去。"了然明白,即吩咐僧道领取,一一看过,并无此人。王大人问道:"完了么?你庙中还有人没有?"了然叹道:"有是还有一人,只是他未必肯要大人这一双鞋袜。如要见这人,大概还须大人以礼相见。"王丞相闻听,忙道:"就烦长老引见引见何如?"了然答应,领至方丈。包公隔窗一看,也不能回避了,只得上前一揖,道:"废员参见了。"王大人举目细看形容,与圣上御笔画的龙图分毫不差,不觉大惊,连忙让座,问道:"足下何人?"包公便道:"废员包拯,曾任定远县。"因断乌盆革职的话,说了一遍。王大人见

---

① 芑——音 qǐ。

② 沙弥——指初出家的年轻的和尚。

包公说话耿直，忠正严肃，不觉满心欢喜，立刻备马，请包公随至相府。进了相府，大家看大人轿后一个道士，不知什么缘故。当下留在书房安歇。

次日早朝，仍将包公换了县令服色，先在朝房伺候。净鞭三下，天子升殿。王芑出班奏明仁宗。天子大喜："立刻宣召见朕。"包公步上金阶跪倒，三呼已毕。王子闪龙目一看，果是梦中所见之人，满心欢喜，便问为何罢职。包公便将断乌盆将人犯刑毙身死情由，毫无遮饰，一一奏明。王芑在班中着急，恐圣上见怪。谁知天子不但不怪，反喜道："卿家既能断乌盆负屈之冤魂，必能镇皇宫作祟之邪。今因玉宸宫内每夕有怨鬼哀啼，甚属不净，不知是何妖邪，特派卿前往镇压一番。"即着王芑在内阁听候。钦派太监总管杨忠带领包公，至玉宸宫镇压。

这杨忠素来好武，胆量甚好，因此人皆称他为"杨大胆"。奉旨赐他宝剑一口，每夜在内巡逻。今日领包公进内。他哪里瞧得起包公呢，先问了姓，后又问了名，一路称为老黑，又叫老包。来到昭德门，说道："进了此门，就是内廷了。想不到你七品前程如此造化！今日对了圣心，派你入宫，将来回家到乡里说古去罢。是不是？老黑呀！怎么我和你说话，你怎么不响呢？"包公无奈，答道："公公说的是。"杨忠又道："你别和我闹这个整脸儿。我是好顽好乐的。这就是你，别人还巴结不上呢。"说着话，进了凤右门，只见有多少内侍垂手侍立。内中有一个头领，上前执手，道："老爷今日有何贵干？"杨忠说："辛苦，辛苦！咱家奉旨带领此位包先生前到玉宸宫镇邪。此乃奉旨官差。我们完差之时，不定三更五更回来，可就不照门了，省得又劳动你们。请罢，请罢！"说罢，同了包公，竟奔玉宸宫。只见金碧交辉，光华烂漫，到了此地，不觉肃然起敬。连杨忠爱说爱笑，到了此地，也就哑口无言了。

来至殿门，杨忠止步，悄向包公道："你是钦奉谕旨，理应进殿除邪。我就在这门槛上照看便了。"包公闻听，轻移慢步，侧身而入，来至殿内，内正中设立宝座，连忙朝上行了三跪九叩之礼。又见旁边设立座位，包公躬身入座。杨忠见了，心下暗自佩服道："瞧不得小小官儿，竟自颇知国礼。"又见包公如对君父一般，秉正端坐，凝神养性，二目不往四下观瞧，另有一番凛然难犯的神色，不觉的暗暗夸奖道："怪不得圣上见了他喜欢呢。"正在思想之际，不觉的谯楼漏下。猛然间听的呼呼风响，杨忠觉得毛发皆竖，连忙起身，手掣宝剑，试舞一回。要不了几路已然气喘。只得归入殿内,锐气已消,顺步坐在门槛子上。包公在座上,不由得暗暗发笑。

杨忠正自发怔,只见丹墀①以下起了一个旋风,滴溜溜在竹丛里团团乱转,又隐隐的听得风中带着悲泣之声。包公闪目观瞧,只见灯光忽暗,杨忠在外扑倒;片刻工夫,见他复起,袅袅婷婷,走进殿来,万福跪下。此时灯光复又明亮。包公以为杨忠戏耍,便以假作真,开言问道:“你今此来,有何冤枉?诉上来。”只听杨忠娇滴滴声音,哭诉道:“奴婢寇珠原是金华宫承御,只因救主遭屈,含冤地府,于今廿载,专等星主来临,完结此案。”便将当初定计陷害的原委,哭诉了一遍。“因李娘娘不日难满,故特来泄机由。星主细细搜查,以报前冤,千万不可泄漏。”包公闻听点头,道:“既有如此沉冤,包某必要搜查。但你必须隐形藏迹,恐惊主驾,获罪不浅。”冤魂说道:“谨遵星主台命。”叩头站起,转身出去,仍坐在门槛子上。

不多时,只见杨忠张牙欠嘴,仿佛睡醒的一般,瞧见包公仍在那边端坐,不由悄悄地道:“老黑,你没见什么动静,咱家怎生回复圣旨?”包公道:“鬼已审明,只是你贪睡不醒,叫我在此呆等。”杨忠闻听诧异,道:“什么鬼?”包公道:“女鬼。”杨忠道:“女鬼是谁?”包公道:“名叫寇珠。”杨忠闻听,只吓得惊异不止,暗自思道:“寇珠之事算来将近二十年之久,他竟如何知道?”连忙陪笑,道:“寇珠她为什么事在此作祟呢?”包公道:“你是奉旨,同我进宫除邪,谁知你贪睡。我已将鬼审明,只好明日见了圣上,我奏我的。你说你的便了。”杨忠闻听,不由着急,道:“嗳呀!包……包先生,包老爷,我的亲亲的包……包大哥,你这不把我毁透了吗?可是你说的,圣上命我同你进宫;归齐我不知道,睡着了,这是什么差使眼儿呢?怎的了!可见你老人家就不疼人了。过后就真没有用我们的地方了?瞧你老爷们这个劲儿,立刻给我个眼里插棒槌,也要我们搁得住呀!好包先生,你告诉我,我明日送你个小巴狗儿,这么短的小嘴儿。”包公见他央求可怜,方告诉他道:“明日见了圣上,就说:‘审明了女鬼,系金华宫承御寇珠含冤负屈,来求超度她的冤魂。臣等业已相许,以后再不作祟。’”杨忠听毕,记在心头,并谢了包公,如敬神的一般,他也不敢言语亵渎②了。

① 墀(chí)——台阶上面的空地。

② 亵渎(xièdú)——轻慢,不尊敬。

出了玉宸宫，来至内阁，见了丞相王芑，将审明的情由，细述明白。少时圣上临朝，包公和杨忠一一奏明，只说冤魂求超度，却不提别的。圣上大悦，愈信乌盆之案。即升用开封府府尹、阴阳学士。包公谢恩。加封“阴阳”二字，从此人传包公善于审鬼。白日断阳，夜间断阴，一时哄传遍了。

包公先拜了丞相王芑，爱慕非常；后谢了了然；又至开封府上任，每日查办事件。便差包兴回家送信，并具禀替宁老夫子请安；又至隐逸村投递书信，一来报喜，二来求婚毕姻。包兴奉命，即日起身，先往包村去了。

未知后事如何，且听下回分解。

第　七　回

得古今盆完婚淑女　收公孙策密访奸人

且说包兴奉了包公之命寄信回家，后又到隐逸村。这日包兴回来，叩见包公，呈上书信，言："太老爷太夫人甚是康健，听见老爷得了府尹，欢喜非常，赏了小人五十两银子。小人又见大老爷大夫人，欢喜自不必说，也赏了小人三十两银子。惟有大夫人给小人带了个薄薄儿包袱，嘱咐小人好好收藏，到京时交付老爷。小人接在手中，虽然有些分量，不知是何物件，惟恐路上磕碰。还是大夫人见小人为难，方才说明此包内是一面古镜，原是老爷井中捡的。因此镜光芒生亮，大夫人挂在屋内。有一日，二夫人使唤的秋香走至大夫人门前滑了一跤，头已跌破，进屋内就在挂镜处一照。谁知血滴镜面，忽然云翳开豁。秋香大叫一声，回头跑在二夫人屋内，冷不防按住二夫人将右眼挖出；从此疯癫，至今锁禁，犹如活鬼一般。二夫人死去两三番，现在延医调治，尚未痊愈。小人见二老爷，他无精打采的，也赏了小人二两银子。"说着话，将包袱呈上。包公也不开看，吩咐好好收讫。包兴又回道："小人又见宁师老爷看了书信，十分欢喜，说叫老爷好好办事，尽忠报国，还教导了小人好些好话。小人在家住了一天，即到隐逸村报喜投书。李大人大喜，满口应承，随后便送小姐前来就亲。赏了小人一个元宝、两匹尺头，并回书一封。"即将信呈上。包公接书看毕，原来是张氏夫人同着小姐，于月内便可来京。立刻吩咐预备住处，仍然派人前去迎接。便叫包兴暂且歇息，次日再商量办喜事一节。

不多几日，果然张氏夫人带领小姐俱各到了。一切定日迎娶事务，俱是包兴尽心备办妥当。到了吉期，也有多少官员前来贺喜，不必细表。

包公自毕姻后，见李氏小姐幽闲贞静，体态端庄，诚不失大家闺范，满心欢喜。而且妆奁中有一宝物，名曰"古今盆"，上有阴阳二孔，堪称希世奇珍。包公却不介意。过了三朝满月，张氏夫人别女回家，临行又将自己得用的一个小厮名唤李才，留下服侍包公，与包兴同为内小厮心腹。

一日，放告坐堂，见有个乡民年纪约有五旬上下，口称"冤枉"。立刻带至堂上。包公问道:“你姓甚名谁?有何冤枉?诉上来。”那人向上叩头,道:“小人姓张名致仁,在七里村居住。有一族弟名叫张有道,以货郎为主,相离小人不过数里之遥。有一天,小人到族弟家中探望,谁知三日前竟自死了!问我小婶刘氏是何病症?为何连信也不送呢?刘氏回答是心疼病死的,因家中无人,故此未能送信。小人因有道死的不明,在祥符县申诉情由,情愿开棺检验。县太爷准了小人状子。及至开棺检验,谁知并无伤痕。刘氏她就放起刁来,说了许多诬赖的话。县太爷将小人责了二十大板,讨保回家。越想此事,实实张有道死的不明。无奈何投到大老爷台前,求青天与小人作主。”说罢,眼泪汪汪,匍匐在地。包公便问道:“你兄弟素来有病么?”张致仁说:“并无疾病。”包公又问道:“你几时没见张有道?”致仁道:“素来弟兄和睦,小人常到他家,他也常来小人家。五日前尚在小人家中。小人因他五六天没来,因此小人找到他家,谁知三日前竟自死了。”包公闻听,想到五日前尚在他家,他第六天去探望,又是三日前死的,其中相隔一两天,必有缘故。包公想罢,准了状词,立刻出签,传刘氏到案。暂且退了堂,来至书房,细看呈子,好生纳闷。包兴与李才旁边侍立。忽听外边有脚步声响。包兴连忙迎出,却是外班,手持书信一封,说:“外面有一儒流求见。此书乃了然和尚的。”包兴闻听,接过书信,进内回明,呈上书信。包公是极敬了然和尚的,急忙将书拆阅,原来是封荐函,言此人学问品行都好。包公看罢,即命包兴去请。

包兴出来看时,只见那人穿戴的衣冠,全是包公在庙时换下衣服,又肥又长,肋里肋腻①的,并且帽子上面还捏着摺儿。包兴看罢,知是当初老爷的衣服,必是了然和尚与他穿戴的,也不说明,便向那人说道:“我家老爷有请。”只见那人斯斯文文,随着包兴进来。到了书房,包兴掀帘。只见包公立起身来,那人向前一揖,包公答了一揖,让座。包公便问:“先生贵姓?”那人答道:“晚生复姓公孙名策,因久困场屋,屡落孙山,故流落在大相国寺。多承了然禅师优待,特具书信前来,望祈老公祖推情收录。”包公见他举止端详,言语明晰,又问了些书籍典故,见他对答如流,学问渊博,竟是个不得第的才子。包公大喜。

正谈之间,只见外班禀道:“刘氏现已传到。”包公吩咐伺候,便叫李

① 肋里肋腻(lēilēde)——(衣服)不整洁,不利落。

才陪侍公孙先生，自己带了包兴，立刻升堂，入了公座，便叫："带刘氏。"应役之人接声喊道："带刘氏！带刘氏！"只见从外角门进来一个妇人，年纪不过二十多岁，面上也无惧色，口中尚自言自语，说道："好端端的人，死了叫他翻尸倒骨的，不知前生作了什么孽了！如今又把我传到这里来，难道还生出什么巧招儿来吗？"一边说，一边上堂，也不东瞧西看，她便袅袅婷婷朝上跪倒，是一个久惯打官司的样儿。包公便问道："你就是张刘氏么？"妇人答道："小妇人刘氏，嫁与货郎张有道为妻。"包公又问道："你丈夫是什么病死的？"刘氏道："那一天晚上，我丈夫回家，吃了晚饭，一更之后便睡了。到了二更多天，忽然说心里怪疼的。小妇人吓得了不得，急忙起来。便嚷疼得利害，谁知不多一会就死了。害的小妇人好不苦也！"说罢，泪流满面。包公把惊堂木一拍，喝道："你丈夫到底是什么病死的？讲来！"站堂喝道："快讲！"刘氏向前跪爬半步，说道："老爷，我丈夫实是害心疼病死的，小妇人焉敢撒谎。"包公喝道："既是害病死的，你为何不给他哥哥张致仁送信？实对你说，现在张致仁在本府堂前已经首告。实实招来，免得皮肉受苦！"刘氏道："不给张致仁送信，一则小妇人烦不出人来，二则也不敢给他送信。"包公闻听，道："这是为何？"刘氏道："因小妇人丈夫在日，他时常到小妇人家中，每每见无人，他言来语去，小妇人总不理他。就是前次他到小妇人家内，小妇人告诉他兄弟已死，不但不哭，反倒向小妇人胡说八道，连小妇人如今直学不出口来。当时被小妇人连嚷带骂，他才走了。谁知他恼羞成怒，在县告了，说他兄弟死的不明，要开棺检验。后来太爷到底检验了，并无伤痕，才将他打了二十板。不想他不肯歇心，如今又告到老爷台前，可怜小妇人丈夫死后，受如此罪孽，小妇人又担如此丑名，实实冤枉！恳求老青天与小妇人作主啊！"说着，说着，就哭起来了。

包公见她口似悬河，牙如利剑，说的有情有理，暗自思道："此妇听她言语，必非善良。若与张致仁质对，我看他那诚朴老实形景，必要输与妇人口角之下。须得查访实在情形，妇人方能服输。"想罢，向刘氏说道："如此说来，你竟是无故被人诬赖了。张致仁着实可恶。我自有道理，你且下去，三日后听传罢了。"刘氏叩头下去，似有得色。包公更觉生疑。

退堂之后，来到书房，便将口供呈词与公孙策观看。公孙策看毕，躬身说道："据晚生看此口供，张致仁疑的不差。只是刘氏言语狡猾，必须探访明白，方能折服妇人。”不料包公心中所思主见，公孙策一言道破，不觉欢喜，道：“似此如之奈何？”公孙策正欲作进见之礼，连忙立起身来，道：“待晚生改扮行装，暗里访查访查，如有机缘，再来禀复。”包公闻听，道：“如此说，有劳先生了。”叫包兴：“将先生盘川并要何物件，急忙预备，不可误了。”包兴答应，跟随公孙策来至书房，公孙策告诉明白，包兴连忙办理去了。不多时，俱各齐备。原来一个小小药箱儿，一个招牌，还有道衣丝绦鞋袜等物。公孙策通身换了，背起药箱，连忙从角门暗暗溜出，到七里村查访。

谁知乘兴而来，败兴而返，闹了一天并无机缘可寻。看看天晚，又觉得腹中饥饿，只得急忙且回开封府再做道理。不料忙不择路，原是往北，他却往东南岔下去了。多走数里之遥，好容易奔至镇店，问时知是榆林镇，找了兴隆店投宿，又乏又饿。正要打算吃饭，只见来了一群人，数匹马，内中有一黑矮之人，高声嚷道：“凭他是谁，快快与我腾出！若要惹恼了你老爷的性儿，连你这店俱各给你拆了。”旁有一人说道：“四弟不可。凡事有个先来后到，就是叫人家腾挪也要好说，不可如此的罗唣①。”又向店主人道：“东人，你去说说看。皆因我们人多，两下住着不便，奉托！奉托！”店东无奈，走到上房，向公孙策说道：“先生没有什么说的，你老将就将就我们！说不得屈尊你老，在东间居住，把外间这两间让给我们罢！”说罢，深深一揖。公孙策道：“来时原不要住上房，是你们小二再三说，我才住此房内。如今来的客既是人多，我情愿将三间满让。店东给我个单房，我住就是了。皆是行路，纵有大厦千间，不过占七尺眠，何必为此吵闹呢。”正说之间，只见进来了黑凛凛一条大汉，满面笑容，道：“使不得！使不得！老先生请自尊便罢。这外边两间承情让与我等，足已够了。我等从人俱叫他们下房居住，再不敢劳动了。”公孙策再三谦逊，那大汉只是不肯，只得挪在东间去了。

那大汉叫从人搬下行李，揭下鞍辔，俱各安放妥协。又见上人却是四个，其余五六个俱是从人，要净面水，唤开水壶，吵嚷个不了。又见黑矮之人先自呼酒要菜。店小二一阵好忙，闹的公孙策竟喝了一壶空酒，菜总没来，又不敢催。忽听黑矮人说道：“我不怕别的，明日到了开封府，恐他记

---

① 罗唣（zào）——吵闹寻事。

念前仇，不肯收录，那却如何是好？”又听黑脸大汉道：“四弟放心，我看包公决不是那样之人。”公孙策听至此处，不由站起身来，出了东间，对着四人举手，道：“四位原是上开封的，小弟不才，愿作引进之人。”四人听了，连忙站起身来。仍是那大汉说道：“足下何人？请过来坐，方好讲话。”公孙策又谦逊再三，方才坐下。各通姓名。

原来这四人正是土龙岗的王朝、马汉、张龙、赵虎四条好汉。听说包公作了府尹，当初原有弃暗投明之言，故将山上喽啰粮草金银俱各分散，只带了得用伴当①五六人，前来开封府投效，以全信行。他们又问公孙策，公孙策答道：“小可现在开封府。因目下有件疑案，故此私行暗暗查访。不想在此得遇四位，实实三生有幸了。”彼此谈论多时，真是文武各尽其妙。大家欢喜非常。惟独赵四爷粗俗，却有酒量颇豪。王朝恐怕他酒后失言，叫外人听之不雅，只得速速要饭。大家吃毕，闲谈饮茶。天到二更以后，大家商议，今晚安歇后，明日可早早起来，还行路呢。这正是只因清正声名远，致使英雄跋涉来。

未审明日王、马、张、赵投奔开封府如何，且听下回分解。

---

① 伴当——旧时指跟随着做伴的仆人或伙伴。

第　八　回

救义仆除凶铁仙观　访疑案得线七里村

且说四爷赵虎因多贪了几杯酒，大家闲谈，他连一句也插不上，一旁前仰后合，不觉的瞌睡起来。困因酒后，酒因困魔，后来索性放倒头，酣睡如雷，因打呼，方把大家提醒。王朝说："只顾说话儿，天已三更多了，先生也乏了，请安歇罢。"大家方才睡下。谁知赵四爷心内惦着上开封府，睡的容易，醒的剪绝。外边天气不过四鼓之半，他便一咕噜身爬起来，乱嚷道："天亮了！快些起来赶路！"又叫从人备马捎行李，把大家吵醒。谁知公孙策心中有事尚未睡着，也只得随大家起来。只见大爷将从人留下一个，腾出一匹马叫公孙策乘坐。叫那人将药箱儿招牌，"俟天亮时背至开封府，不可违误。"吩咐已毕，叫店小二开了门，大家乘马，趁着月色，迤逦[1]而行。天气尚未五更。正走之间，过了一带林子，却是一座庙宇。猛见墙角边人影一晃。再细看时，却是一个女子，身穿红衣，到了庙门[illegible]身而入。大家看的明白，口称"奇怪"。张龙说："深夜之间，女子入庙，必非好事。天气尚早，咱们何不到庙看看呢？"马汉说："半夜三更，无故敲打山门，见了僧人怎么说呢？"王朝说道："不妨，就说贪赶路程，口渴得很，讨杯茶吃，有何不可。"公孙策道："既如此，就将马匹行李叫从人在树林等候，省得僧人见了兵刃生疑。"大家闻听，齐说："有理，有理。"于是大家下马，叫从人在树林看守。从人答应。五位老爷迈步竟奔山门而来。

到了庙门，趁着月光，看的明白，匾上大书"铁仙观"。公孙策道："那女子挨身而入，未听见她插门，如何是关着呢？"赵虎上前，抡起拳头，在山门上就噹、噹、噹的三拳，口中嚷道："道爷开门来！"口中嚷着，随手又是三拳，险些儿把山门砸掉。只听里面道："是谁？是谁？半夜三更怎么说！"只听哗啦一声，山门开处，见个道人。公孙策连忙上前施礼，道："道爷，多有惊动了。我们一行人贪赶路程，口渴舌干，欲借宝刹歇息歇息，讨

---

① 迤逦（yǐlǐ）——曲折连绵。

杯茶吃，自有香资奉上，望祈方便。”那道人闻听，便道：“等我禀明白了院长，再来相请。”正说之间，只见走出一个浓眉大眼、膀阔腰粗、怪肉横生的道士来，说道：“既是众位要吃茶，何妨请进来。”王朝等闻听，一拥而入，来至大殿，只见灯烛辉煌。彼此逊坐。见道人凶恶非常，并且酒气喷人，已知是不良之辈。

张龙、赵虎二人悄地出来寻那女子，来到后面，并无踪迹。又到一后院，只见一口大钟，并无别物。行至钟边，只听有人呻吟之声。赵虎说：“在这里呢。”张龙说：“贤弟，你去掀钟，我拉人。”赵虎挽挽袖子，单手抓住钟上铁爪，用力向上一掀。张龙说：“贤弟吃住劲，不可松手！等我把住底口。”往上一挺，就把钟内之人露将出来。赵爷将手一松，仍将钟扣在那边，仔细看此人时，却不是女子，是个老者，捆做一堆，口内塞着棉花，急忙掏出，松了捆绑。那老者干呕做一团，定了定神，方才说：“嗳哟！苦死我也！”张龙便问：“你是何人？因何被他们扣在钟下？”那老头儿道：“小人名唤田忠，乃陈州人氏。只因庞太师之子安乐侯庞昱奉旨前往赈济，不想庞昱到了那里，并不放赈，在彼盖造花园，抢掠民间女子。我主人田起元，主母金氏玉仙因婆婆染病，在庙里许下愿心。老太太病好，主母上庙还愿，不意被庞昱窥见，硬行抢去。又将我主人送县监禁。老太太一闻此信时，生生吓死。是我将老主母埋葬已毕。想此事一家被害，非上京控告不可。因此贪赶路程，过了宿头，于四更后投至此庙，原为歇息。谁知道人见我行李沉重，欲害小人。正在动手之时，忽听众位爷们敲门，便将小人扣在钟下，险些儿伤了性命。”

正在说话间，只见那边有一道人探头缩脑。赵四爷急忙赶上，兜的一脚，踢翻在地，将拳向面上一晃：“你嚷，我就是一拳！”那贼道看见柳斗大的皮锤，哪里还有魂咧，赵四爷便将他按住在钟边。

不想这前边凶道名唤萧道智，在殿上张罗烹茶，不见了张、赵二人，叫道人去请也不见回来，便知事有不妥，悄悄的退出殿来，到了自己屋内，将长衣甩去，手提一把明亮亮的朴刀，竟奔后院而来。恰入后门，就瞧见老者已放，赵虎按着道人，不由心头火起，手举朴刀，扑向张龙。张爷手急眼快，斜刺里就是一腿。道人将将躲过，一刀照定张龙面门削来。张爷手无寸铁，全仗步法巧妙，身体灵便，一低头将刀躲过，顺手就是一掌。恶道惟恐是暗器，急待侧身时，张爷下边又是一扫堂腿。好恶道！金丝绕腕势躲过,回手反背又是一刀。究竟有兵刃的气壮,无家伙的胆虚,张龙支持了几个照面,看看不敌。

正在危急之际,只见王朝、马汉二人见张龙受敌,王朝赶近前来,虚晃一掌,左腿飞起,直奔胁下。恶道闪身时,马汉后边又是一拳,打在背后。恶道往后一扑,急转身,摔手就是一刀,亏得马汉眼快,歪身一闪,刚然躲过,恶道倒垂势又奔了王朝而来。三个人赤着手,刚刚敌的住——就是防他的刀便了。王朝见恶道奔了自己,他便推月势等刀临切近,将身一撤。恶道把身使空,身往旁边一闪,后面张龙照腰就是一脚。恶道觉得后面有人,趁着月影也不回头,伏身将脚往后一蹬。张龙脚刚落地,恰被恶道在迎面骨上蹬了一脚,力大势猛,身子站立不住,不由的跌倒在地。赵虎在旁看见,连忙叫道:"三哥,你来挡住那个道人。"张龙连忙起来挡住道人。只见赵虎站起来,竟奔东角门前边去了。张龙以为四爷必是到树林取兵刃去了。

迟了不多时,却见赵虎从西角门进来。张龙想道:"他取兵刃不能这么快,他必是解了解手儿回来了。"眼瞧着他迎面扑了恶道,将左手一扬(是个虚晃架式),右手对准面门一摔,口中说:"恶道,看我的法宝取你!"只见白扑扑一股稠云打在恶道面上,登时二目难睁,鼻口倒噎,连气也喘不过来。马汉又在小肚上尽力的一脚,恶道站立不住,咕咚栽倒在地,将刀扔在一边。赵虎赶进一步,一跪腿,用磕膝盖按住胸膛,左手按膀背,将右袖从新向恶道脸上一路乱抖。原来赵虎绕到前殿,将香炉内香灰装在袖内。俗语说的好:"光棍眼内揉不下沙子去。"何况是一炉香灰,恶道如何禁得起。四个人一齐动手,将两个道人捆缚,预备送到祥符县去。此系祥符地面之事,由县解府,按劫掠杀命定案。四人复又搜寻,并无人烟。后又搜至旁院之中,却是菩萨殿三间,只见佛像身披红袍。大家方明白,红衣女子乃是菩萨现化。此时公孙策已将树林内伴当叫来,拿获道人。便派从人四名,将恶道交送县内。立刻祥符县申报到府。大家带了田忠,一同出庙,此时天已大亮,竟奔开封府而来。暂将四人寄在下处。

公孙策进内参见包公,言访查之事尚未确实,今有土龙岗王、马、张、赵四人投到,并铁仙观救了田忠,捉拿恶道交祥符县、不日解到的话,说了一遍。复又立起身来,说:"晚生还要访查刘氏案去。"当下辞了包公,至茶房。此时药箱招牌俱已送到。公孙策先生打扮停当,仍从角门去了。

且说包公见公孙策去后，暗叫包兴将田忠带至书房，问他替主明冤一切情形，叫左右领至茶房居住，不可露面，恐走漏了风声，庞府知道。又吩咐包兴将四勇士暂在班房居住，俟有差听用。

且说公孙策离了衙门，复至七里村沿途暗访，心下自思："我公孙策时乖运蹇，屡试不第。幸亏了然和尚一封书信荐至开封府，偏偏头一天到来就遇见这一段公案，不知何日方能访出。总是我的运气不好，以致诸事不顺。"越思越想，心内越烦，不知不觉出了七里村。忽然想起，自己叫着自己说："公孙策，你好呆！你是作什么来了？就是这么走着，有谁知你是医生呢？既不知道你是医生，你又焉能打听出来事情呢？实实呆的可笑！"原来公孙策只顾思索，忘了摇串铃了。这时想起，连忙将铃儿摇起，口中说道："有病早来治，莫要多延迟。养病如养虎，虎大伤人的。凡有疑难大症，管保手到病除。贫不计利。"

正在念诵，可巧那一边一个老婆子唤道："先生，这里来，这里来。"公孙策闻听，向前问道："妈妈唤我么？"那婆子道："可不是。只因我媳妇身体有病，求先生医治医治。"公孙策闻听，说："既是如此，妈妈引路。"

那婆子引进柴扉，掀起了蒿子杆的帘子，将先生请进。看时，却是三间草房，一明两暗。婆子又掀起西里间单布帘子，请先生土炕上坐了。公孙策放了药箱，倚了招牌，刚然坐下，只见婆子搬了个不带背、三条腿椅子在地下相陪。婆子便说道："我姓尤，丈夫早已去世。有个儿子名叫狗儿，在大户陈应杰家做长工。只因我的儿媳妇得病，有了半月了。她的精神短少，饮食懒进，还有点午后发烧。求先生看看脉，吃点药儿。"公孙策道："令媳现在哪屋？"婆子道："在东屋里呢，待我告诉她。"说着，站起，往东屋里去了。只听说道："媳妇，我给你请个先生来，求他老看看，管保就好咧。"只听妇人道："母亲，不看也好，一来我没有什么大病，二来家无钱钞，何苦妄费钱文。"婆子道："嗳哟！媳妇呵！你没听见先生说么，'贫不计利'；再者'养病如养虎'。好孩子，请先生瞧瞧罢。你早些好了，也省得老娘悬心。我就是倚靠你，我那儿子也不指望他了！"说至此，妇人便道："母亲，请先生过来看看就是了。"婆子闻听，说："还是我这孩子听话。好个孝顺的媳妇！"一边说着，便来到西屋，请公孙策。公孙策跟定婆子来至东间，与妇人诊脉。

原来医者有“望”、闻”、“问”、“切”①四条，又道：“医者易也，易者移也。”故有移重就轻之法。假如给老年人看准脉息不好，必要安慰，说道：“不要紧，立个方儿，吃与不吃均可。”后至出来，方向本家说道：“老人家脉息不好得很，赶紧预备后事罢。”本家问道：“先生，你为何方才不说？”医家道：“我若不开导着说，上年纪的人听说利害，痰向上一涌，那不登时交代了么？”此是移重就轻之法。闲言少叙。

且说公孙策与妇人看病，虽是私访，他素来原有实学，所有医理，先生尽皆知晓。诊完脉息，已知病源。站起身来，仍然来至西间坐下，说道：“我看令媳之脉，乃是双脉。”尤氏闻听，道：“哎哟！何尝不是。她大约有四五个月没见……”公孙策又道：“据我看来，病源因气恼所致，郁闷不舒，竟是个气裹胎了。若不早治，恐入痨症。必须将病源说明，方好用药。”婆子闻听，不由的吃惊：“先生真是神仙，谁说不是气恼上得的呢！待我细细告诉先生。我儿子在陈大户家做长工，素日多亏大户帮些银钱。那一天，忽然我儿子拿了两个元宝回来……”说至此处，只听东屋妇人道：“此事不必说了。”公孙策忙说道：“用药必须说明，我听的确，下药方能见效。”婆子道：“孩子，你养你的病，这怕什么？”又说道：“我见元宝不免生疑，便问这元宝从何而来。我儿子说，只因大户与七里村张有道之妻不大清楚。这一天陈大户到张家去了，可巧叫他男人撞见，因此大户要害他男人，给我儿两个元宝。”说至此，东屋妇人又道：“母亲不消说了，此事如何说得！”婆子道：“儿呀，先生也不是外人，说明了好用药呀。”公孙策道：“正是，正是，若不说明，药断不灵。”婆子接说：“给我儿两个元宝，正叫他找什么东西的。原是我媳妇劝他不依，后来跪在地下央求。谁知我不肖的儿子不但不听，反将媳妇踢了几脚，揣起元宝，赌气走了未回。后来果然听说张有道死了。又听见说接三的那日，晚上棺材里连响了三阵，仿佛炸尸的一般，连和尚都吓跑了，因此我媳妇更加忧闷。这便是得病的

① 望闻问切——中医诊断疾病的方法。望是观察病人的发育情况、面色、舌苔、表情等；闻是听病人的说话声音、咳嗽、喘息，并且嗅出病人的口臭、体臭等气味；问是询问病人自己所感到的症状，以前所患过的病等；切是用手诊脉或按腹部诊察有没有痞块等。通常这四种方法结合在一起使用，叫做四诊。

原由。”

公孙策听毕，提起笔来写了一方，递与婆子。婆子接来一看，道：“先生，我看别人方子有许多的字，怎么先生的方儿只一行字呢？”公孙策答道：“药用当而通神。我这方乃是独门奇方。用红锦一张，阴阳瓦焙了，无灰老酒冲服，最是安胎活血的。”婆子闻听，记下。公孙策又道：“你儿子做成此事，难道大户也无谢礼么？”公孙策问及此层，他算定此案一明，尤狗儿必死，婆媳二人全无养赡，就势要给他婆媳二人想出个主意。这也是公孙策文人妙用。话已说明。且说婆子说道：“听说他许给我儿子六亩地。”先生道：“这六亩地可有字样么？”婆子道：“哪有字样呢，还不定他给不给呢。”先生道：“这如何使得！给他办此大事，若无字据，将来你如何养赡呢？也罢，待我替你写张字儿，倘若到官时，即以此字和他要地。”真是乡里人好哄。当时婆子乐极了，说：“多谢先生！只是没有纸，可怎么好呢？”公孙策道：“不妨，我这里有纸。”打开药箱，拿出一大张纸来，立刻写就，假画了中保，押了个花押，交给婆子。婆子深深谢了。先生背起药箱，拿了招牌，起身便走。婆子道：“有劳先生！又无谢礼，连杯茶也没吃，叫婆子好过意不去。”公孙策道：“好说，好说。”出了柴扉，此时精神百倍，快乐非常。原是屡试不第，如今仿佛金榜标名似的，连乏带饿全忘了，两脚如飞，竟奔开封府而来。这正是心欢访得希奇事，意快听来确实音。

未审后事如何，下回分解。

第　九　回

断奇冤奏参封学士　造御刑查赈赴陈州

且说公孙策回到开封府，仍从角门悄悄而入，来至茶房，放下药箱招牌，找着包兴，回了包公。立刻请见。公孙策见礼已毕，便将密访的情由，如此如此，这般这般，细细述了一遍。包公闻听欢喜，暗暗想："此人果有才学，实在难为他访查此事。"便叫包兴与公孙策更衣，预备酒饭，请先生歇息。又叫李才将外班传进，立刻出签，拿尤狗儿到案。外班答应。去不多时，前来回说："尤狗儿带到。"

老爷点鼓升堂，叫带尤狗儿，上堂跪倒。包公问道："你就是尤狗儿么？"回道："老爷，小人叫驴子。"包公一声断喝："哇！你明是狗儿，你为何叫驴子呢？"狗儿回道："老爷，小人原叫狗儿来着。只因他们说狗的个儿小，改叫驴子，岂不大些儿呢？因此就改了叫驴子。老爷若不爱叫驴子，还叫狗儿就是了。"两旁喝道："少说！少说！"包公叫道："狗儿。"应道："有。""只因张有道的冤魂告到本府台前，说你与陈大户主仆定计，将他谋死。但此事皆是陈大户要图谋张有道的妻子刘氏。你不过是上人差遣，概不由己；虽然受了两个元宝，也是小事。你可要从实招来，自有本府与你作主，出脱你的罪名便了。你不必忙，慢慢的讲来。"狗儿听见冤魂告状，不由的心中害怕。后又见老爷和颜悦色地出脱他的罪名，与他作主，放了心了，即向上叩头，道："老爷既施天恩，与小人作主，小人只得实说。因小人当家的与张有道的女人有交情，可和张有道没有交情。那一天被张有道撞见了，他跑回来就病了，总想念刘氏，他又不敢去。因此想出一个法子来，须得将张有道害了，他或上刘氏家去，或将刘氏娶到家里来，方才遂心。故此将小人叫到跟前说：'我托付你一宗事情。'我说：'当家的，有什么事呢？'他说：'这宗事情不容易，你须用心搜寻才有。'我就问：'找什么呢？'他说：'这宗东西叫尸龟，仿佛金头虫儿，尾巴上发亮，有蝼虫大小。'我就问：'这宗东西出在哪里呢？'他说：'须在坟里找。总要尸首肉都化了，才有这虫儿。'小人一听，就为了难了，说：'这可怎么找法呢？'他见小人为难，便给小人两个元宝,叫小人且自拿着:‘事成之后,我给你六亩地。不论日子,总要找了来。白日也不做活,养着精神,夜里好找。’可是老爷说的:‘上人差遣,概不由己。’又说:“受人之托,当忠人之事。’因此小人每夜到坟地里去,好容易得了此虫,晒成干,研了末,或茶或饭酒上,必是心疼而死,并无伤痕,惟有眉攒中间有小小红点,便是此毒。后来听见张有道死了,大约就是这宗东西害的。求老爷与小人作主。”包公听罢此话,大约无甚虚假。书吏将供单呈上,包公看了,拿下去,叫狗儿画了招。立刻出签,将陈应杰拿来。老爷又吩咐狗儿道:“少时陈大户到案,你可要当面质对,老爷好与你作主。”狗儿应允。包公点头,吩咐:“带下去。”

只见差人当堂跪倒,禀道:“陈应杰拿到。”包公又吩咐传刘氏并尤氏婆媳。先将陈大户带上堂来,当堂上了刑具。包公问道:“陈应杰,为何谋死张有道? 从实招来!”陈大户闻听,吓得惊疑不止,连忙说道:“并无此事呀,青天老爷!”包公将惊堂木一拍,道:“你这大胆的奴才! 在本府堂前还敢支吾么? 左右,带狗儿。”立刻将狗儿带上堂来,与陈应杰当面对证。大户只吓得抖衣而战,半晌,方说道:“小人与刘氏通奸是实情,并无谋死有道之事。这都是狗儿一片虚词,老爷千万莫信。”包公大怒,吩咐:“看大刑伺候!”左右一声喊,将三木往堂上一撂,把陈大户吓得胆裂魂飞,连忙说道:“愿招! 愿招!”便将狗儿找寻尸龟,悄悄交与刘氏,叫或茶或饭酒上,立刻心疼而死,并告诉她放心,并无一点伤痕,连血迹也无有,从头至尾,说了一遍。包公看了供单,叫他画了招。

只见差役禀道:“刘氏与尤氏婆媳俱各传到。”包公吩咐先带刘氏。只见刘氏仍是洋洋得意,上得堂来,一眼瞧见陈大户,不觉朱颜更变,形色张皇,免不得向上跪倒。包公却不问她,便叫陈大户与妇人当面质对。陈大户对着刘氏哭道:“你我干此事,以为机密,再也无人知道,谁知张有道冤魂告到老爷台前。事已败露,不能不招,我已经画招。你也画了罢,免得皮肉受苦。”妇人闻听,骂了一声:“冤家! 想不到你如此脓包,没能为! 你既招承,我又如何推托呢?”只得向上叩首,道:“谋死亲夫张有道情实,再无别词。就是张致仁调戏一节,也是诬赖他的。”包公也叫画了手印。

又将尤氏婆媳带上堂来。婆子哭诉前情,并言毫无养赡。“只因陈大户曾许过几亩地,婆子恐他诬赖,托人写了一张字儿。”说着话,从袖中将字儿拿出呈上。包公一看,认得是公孙策的笔迹,心中暗笑,便向陈大户道:“你许给他几亩地,怎不拨给他呢?”陈大户无可奈何,并且当初原有此言,只得应许拨给几亩地与尤氏婆媳。包公便饬①发该县办理。包公又问陈大户道:“你这尸龟的方子,是如何知道的?”陈大户回道:“是我家教书的先生说的。”包公立刻将此先生传来,问他如何知道的,为何教他这法子。先生费士奇回道:“小人素来学习些医学,因知药性。或于完了功课之时,或刮风下雨之日,不时和东人谈谈论论。因提及此药不可乱用,其中有六脉八反,乃是最毒之物。才提到尸龟。小人是无心闲谈,谁知东家却是有心记忆,故此生出事来。求老爷详察。”包公点头,道:“此语虽是你无心说出,只是不当对匪人言论此事,亦当薄薄有罪,以为妄谈之戒。”即行办理文书,将他递解还乡。刘氏定了凌迟,陈大户定了斩立决,狗儿定了绞监候。原告张致仁无事。

包公退了堂,来至书房,即打了摺底,叫公孙策誊清。公孙策刚然写完,包兴进来,手中另持一纸,向公孙策道:“老爷说咧,叫把这个誊清夹在摺内,明早随着摺子一同具奏。”先生接过一看,不觉目瞪神痴,半晌方说道:“就照此样写么?”包兴道:“老爷亲自写的。叫先生誊清,焉有不照样写的理呢?”公孙策点头,说:“放下,我写就是了。”心中好不自在。原来这个夹片是为陈州放粮,不该信用椒房②宠信之人,直说圣上用人不当,一味顶撞言语。公孙策焉有不担惊之理呢?写只管写了,明日若递上去,恐怕是辞官表一道。总是我公孙策时运不顺,偏偏遇的都是这些事,只好明日听信儿再为打算罢。

至次日五鼓,包公上朝。此日正是老公公陈伴伴接摺子,递上多时,就召见包公。原来圣上见了包公摺子,初时龙心甚为不悦。后来转又一想,此乃直言敢陈,正是忠心为国,故尔转怒为喜,立刻召见包公。奏对之下,明系陈州放赈恐有情弊,因此圣上加封包公为龙图阁大学士,仍兼开封府事务,前往陈州稽察放赈之事,并统理民情。包公并不谢恩,跪奏道:“臣无权柄,不能服众,难以奉诏。”圣上因此又赏了御札三道。包公谢恩,领旨出朝。

---

① 饬(chì)——旧时公文中上级命令下级。

② 椒房——汉代后妃所住的宫殿,用椒和泥涂壁,取其温暖有香气,兼有多子之意,因此称椒房。也用作后妃的代称。

且说公孙策自包公入朝后，他便提心吊胆，坐立不安，满心要打点行李起身，又恐谣言惑众，只得忍耐。忽听一片声喊，以为事体不妥。正在惊惶之际，只见包兴先自进来告诉："老爷圣上加封龙图阁大学士，派往陈州查赈。"公孙策闻听，这一乐真是喜出望外。包兴道："特派我前来与先生商议，打发报喜人等，不准他们在此嘈杂。"公孙策欢欢喜喜，与包兴斟酌妥协，赏了报喜的去后，不多时包公下朝。大家叩喜已毕。便对公孙策道："圣上赐我御札三道，先生不可大意。你须替我仔细参详，莫要辜负圣恩。"说罢，包公进内去了。

这句话把个公孙策打了个闷葫芦，回至自己屋内，千思万想，猛然省悟，说："是了！这是逐客之法，欲要不用我，又赖不过了然的情面，故用这样难题目。我何不如此如此鬼混一番，一来显显我胸中的抱负，二来也看看包公胆量。左右是散伙罢咧！"于是研墨蘸笔，先度量了尺寸，注写明白。后又写了做法，并分上、中、下三品，龙、虎、狗的式样。他用笔画成三把铡刀，故意的以"札"字做"铡"字，看包公有何话说。画毕，来至书房。包兴回明了包公，请进。公孙策将画单呈上，以为包公必然大怒，彼此一拱手就完了。谁知包公不但不怒，将单一一看明，不由春风满面，口中急急称赞："先生真天才也！"立刻叫包兴传唤木匠。"就烦先生指点，务必连夜荡出样子来，明早还要恭呈御览。"公孙策听了此话，愣柯柯的连话也说不出来。此时就要说这是我画着玩的，也改不过口来了。

又见包公连催外班快传匠役。公孙策见真要办理此事，只得退出，重新将单子细细的搜求，又添上如何包铜叶子，如何钉金钉子，如何安鬼王头，又添上许多样色。不多时，匠役人等来到。公孙策先叫看了样子，然后教他做法。众人不知有何用处，只得按着吩咐的样子荡起，一个个手忙脚乱，整整闹了一夜，方才荡得。包公临上朝时，俱各看了，吩咐用黄箱盛上，抬至朝中，预备御览。

包公坐轿来至朝中，三呼已毕，出班奏道："臣包拯昨蒙圣恩赐臣御札三道，臣谨遵旨，拟得式样，不敢擅用，谨呈御览。"说着话，黄箱已然抬到，摆在丹墀。圣上闪目观瞧，原来是三口铡刀的样子，分龙、虎、狗三品。包公又奏："如有犯法者，各按品级行法。"圣上早已明白包公用意，是借"札"字之音改作"铡"字，做成三口铡刀，以为镇吓外官之用，不觉龙颜大喜，称羡包公奇才巧思，立刻准了所奏："不必定日请训，俟御刑造成，急速起身。"

包公谢恩,出朝上轿,刚到街市之上,见有父老十名一齐跪倒,手持呈词。包公在轿内看得分明,将脚一跺轿底(这是暗号),登时轿夫止步打杵。包兴连忙将轿帘微掀,将呈子递进。不多时,包公吩咐掀起轿帘。包兴连忙将轿帘掀起。只见包公嗤、嗤将呈子撕了个粉碎,掷于地下,口中说道:"这些刁民!焉有此事?叫地方将他们押去城外,惟恐在城内滋生是非。"说罢,起轿竟自去了。这些父老哭哭啼啼,抱抱怨怨,说道:"我们不辞辛苦奔至京师,指望伸冤报恨。谁知这位老爷也是怕权势的,真是闻名不如见面。我等冤枉再也无处诉了。"说罢,又大哭起来。旁边地方催促,道:"走罢,别叫我们受热。大小是个差使,哭也无益,何处没有屈死的呢?"众人闻听,只得跟随地方出城。刚到城外,只见一骑马飞奔前来,告诉地方道:"送他们出城,你就不必管了,回去罢!"地方连忙答应,抽身便回去了。来人却是包兴,跟定父老,到无人处,方告诉他们道:"老爷不是不准呈子,因市街上耳目过多,走漏风声,反为不美。老爷吩咐,叫你们俱不可散去,且找幽僻之处藏身,暗暗打听老爷多攒起身时,叫你们一同随去。如今先叫两个有年纪的,悄悄跟我进城,到衙门有话问呢。"众人闻听,俱各欢喜。其中单叫两个父老,远远跟定包兴,到了开封府。包兴进去回明,方将两个父老带至书房。包公又细细问了一遍。原来是十三家,其中有收监的,有不能来的。包公吩咐:"你们在外不可声张,俟我起身时一同随行便了。"二老者叩头谢了,仍然出城而去。

且说包公自奏明御刑之后,便吩咐公孙策督工监造,务要威严赫耀,更要纯厚结实。便派王、马、张、赵四勇士服侍御刑:王朝掌刀,马汉卷席捆人,张龙、赵虎抬人入铡。公孙策每日除监造之外,便与四勇士服侍御刑,操演规矩,定了章程礼法,不可紊乱。

不数日光景,御刑打造已成,包公具摺请训,便有无数官员前来饯行。包公将御刑供奉堂上,只等众官员到齐,同至公堂之上,验看御刑。众人以为新奇,正要看看是何制度。不多时,俱到公堂,只见三口御铡上面俱有黄龙袱套,四位勇士雄赳赳,气昂昂,上前抖出黄套,露出刑外之刑,法外之法。真是"光闪闪,令人毛发皆竖;冷飕飕,使人心胆俱寒"。正大君子看了尚可支持,奸邪小人见了魂魄应飞,真算从古至今未有之刑也!众人看毕,回归后面。所有内外执事人等忙忙乱乱,打点起身。包公又暗暗吩咐,叫田忠跟随公孙策同行。到了起行之日,有许多同僚在十里长亭送别,也不细表。沿途上叫告状的父老也暗暗跟随。

这日包公走至三星镇,见地面肃静,暗暗想道:“地方官制度有方。”正自犯想,忽听喊冤之声,却不见人。包兴早已下马,顺着声音找去,原来在路旁空柳树里。及至露出身来,却又是个妇人,头顶呈词,双膝跪倒。包兴连忙接过呈子。此时轿已打杵,上前将状子递入轿内。包公看毕,对那妇人道:“你这呈子上言家中无人,此呈却是何人所写?”妇人答道:“从小熟读诗书,父兄皆是举贡,嫁得丈夫也是秀才,笔墨常不释手。”包公将轿内随行纸墨笔砚,叫包兴递与妇人另写一张。只见不加思索,援笔立就,呈上。包公接过一看,连连点头,道:“那妇人,你且先行回去听传。待本阁到了公馆,必与你审问此事。”那妇人磕了一个头,说:“多谢青天大人!”当下包公起轿,直投公馆去了。

未识后事如何,下回分解。

第　十　回

买猪首书生遭横祸　扮化子勇士获贼人

且说包公在三星镇接了妇人的呈子。原来那妇人娘家姓文，嫁与韩门为妻。自从丈夫去世，膝下只有一子，名唤瑞龙，年方一十六岁。在白家堡租房三间居住。韩文氏做些针指①，训教儿子读书。子在东间读书，母在西间做活。娘儿两个将就度日，并无仆妇下人。一日晚间，韩瑞龙在灯下念书，猛回头见西间帘子一动，有人进入西间，是葱绿衣衿，大红朱履，连忙立起身赶入西间，见他母亲正在灯下做活。见瑞龙进来，便问道："吾儿，晚上功课完了么？"瑞龙道："孩儿偶然想起个典故，一时忘怀，故此进来找书查看查看。"一壁说着，奔了书箱。虽则找书，却暗暗留神，并不见有什么，只得拿一本书出来，好生纳闷，又怕有贼藏在暗处，又不敢声张，恐怕母亲害怕，一夜也未合眼。到了次日晚间读书，到了初更之后，一时恍惚，又见西间帘子一动，仍是朱履绿衫之人进入屋内。韩生连忙赶至屋中，口叫"母亲"。只这一声，倒把个韩文氏吓了一跳，说道："你不念书，为何大惊小怪的？"韩生见问，一时不能答对，只得实诉道："孩儿方才见有一人进来，及至赶入屋内，却不见了。昨晚也是如此。"韩文氏闻听，不觉诧异："倘有歹人窝藏，这还了得！我儿持灯照看照看便了。"韩生接过灯来，在床下一照，说："母亲，这床下土为何高起许多呢？"韩文氏连忙看时，果是浮土，便道："且把床挪开细看。"娘儿两个抬起床来，将浮土略略扒开，却露出一只箱子，不觉心中一动，连忙找了铁器将箱盖打开。韩生见里面满满的一箱子黄白之物，不由满心欢喜，说道："母亲，原来是一箱子金银，敢则是财来找人。"文氏闻听，喝道："胡说！焉有此事！纵然是财，也是无义之财，不可乱动。"无奈韩生年幼之人，见了许多金银。如何割舍得下；又因母子很穷，便对文氏道："母亲，自古掘土得金的不可枚举。况此物非是私行窃取的，又不是别人遗失捡了来的，何以谓之不义

---

① 针指——也写作"针黹"，指针线。

呢？这必是上天怜我母子孤苦，故尔才有此财发现，望乞母亲详察。”文氏听了，也觉有理，便道：“既如此，明早买些三牲祭礼，谢过神明之后，再做道理。”韩生闻听母亲应允，不胜欢喜，便将浮土仍然掩上，又将木床暂且安好。母子各自安寝。

韩生哪里睡得着，翻来覆去，胡思乱想，好容易心血来潮，入了梦乡，总是惦念此事。猛然惊醒，见天发亮，急忙起来禀明母亲，前去买办三牲祭礼。谁知出了门一看，只见月明如昼，天气尚早，只得慢慢行走。来至郑屠铺前，见里面却有灯光，连忙敲门，要买猪头，忽然灯光不见了，半晌，毫无人应，只得转身回来。刚走了几步，只听郑屠门响。回头看时，见灯光复明，又听郑屠道：“谁买猪头？”韩生应道：“是我，赊个猪头。”郑屠道：“原来是韩相公。既要猪头，为何不拿个家伙来？”韩生道：“出门忙了就忘了，奈何？”郑屠道：“不妨，拿一块垫布包了，明日再送来罢。”因此用垫布包好，交付韩生。韩生两手捧定，走不多时，便觉乏了；暂且放下歇息，然后又走。迎面恰遇巡更人来，见韩生两手捧定带血布包，又累得气喘吁吁，未免生疑，便问：“是何物件？”韩生答道：“是猪头。”说话气喘，字儿不真。巡更人更觉疑心，一人说话，一人弯腰打开布包验看，明月之下，又有灯光照得真切，只见里面是一颗血淋淋发髻蓬松女子人头。韩生一见，只吓得魂飞魄散。巡更人不容分说，即将韩生解至郿县，俟天亮禀报。

县官见是人命，立刻升堂，带上韩生一看，却是个懦弱书生，便问道：“你叫何名？因何杀死人命？”韩生哭道：“小人叫韩瑞龙，到郑屠铺内买猪头，忘拿家伙，是郑屠用布包好递与小人。后遇巡更之人追问，打开看时，不想是颗人头。”说罢，痛哭不止。县官闻听，立刻出签，拿郑屠到案。谁知郑屠拿到，不但不应，他便说连买猪头之事也是没有的。又问他：“垫布不是你的么？”他又说：“垫布是三日前韩生借去的，不想他包了人头移祸于小人。”可怜年幼的书生，如何敌得过这狠心屠户！幸亏官府明白，见韩生不像杀人行凶之辈，不肯加刑，连屠户暂且收监，设法再问。

不想韩文氏在三星镇递了呈词，包公准状。及至来到公馆，县尹已然迎接，在外伺候。包公略为歇息，吃茶，便请县尹相见，即问韩瑞龙之案。县官答道：“此案尚在审讯，未能结案。”包公吩咐，将此案人证俱各带至公馆听审。少刻带到。包公升堂入座，先带韩瑞龙上堂，见他满面泪痕，战战兢兢，跪倒堂前。包公叫道：“韩瑞龙，因何谋杀人命？诉上来。”韩生泪涟涟道:“只因小人在郑屠铺内买猪头,忘带家伙,是他用垫布包好递给小人,不想闹出这场官司。”包公道:“住了。你买猪头,遇见巡更之人,是什么时候?”韩生道:“天尚未亮。”包公道:“天未亮,你就去买猪头何用? 讲!”韩生到了此时不能不说,便一五一十,回明堂前,放声大哭,“求大人超生。”包公暗暗点头道:“这小孩子家贫,贪财心盛。看此光景,必无谋杀人命之事。”吩咐:“带下去。”便对县官道:“贵县,你带人役到韩瑞龙家相验板箱,务要搜查明白。”县官答应,出了公馆,乘马,带了人役去了。

这里包公又将郑屠提出,带上堂来,见他凶眉恶眼,知是不良之辈,问他时与前供相同。包公大怒,打了二十个嘴巴,又责了三十大板。好恶贼! 一言不发,真会挺刑。吩咐:“带下去。”

只见县官回来,上堂禀道:“卑职奉命前去韩瑞龙家验看板箱,打开看时里面虽是金银,却是冥资纸锭;又往下搜寻,谁知有一无头死尸,却是男子。”包公问道:“可验明是何物所伤?”一句话把个县尹问了个怔,只得禀道:“卑职见是无头之尸,未及验看是何物所伤。”包公嗔道:“既去查验,为何不验看明白?”县尹连忙道:“卑职粗心,粗心。”包公吩咐:“下去。”县尹连忙退出,吓了一身冷汗,暗自说:“好一位利害钦差大人,以后诸事小心便了。”

再说包公吩咐再将韩瑞龙带上来,便问道:“韩瑞龙,你住的房屋是祖积? 还是自己盖造的呢?”韩生回道:“俱不是,乃是租赁居住的,并且住了不久。”包公又问:“先前是何人居住?”韩生道:“小人不知。”包公听罢,叫将韩生并郑屠寄监。

老爷退堂,心中好生忧闷,叫人请公孙先生来,彼此参详此事:一个女子头,一个男子身,这便如何处治? 公孙先生又要暗访。包公摇头,道:“得意不宜再往,待我细细思索便了。”公孙退出,与王、马、张、赵大家参详此事,俱各无有定见。公孙先生自回下处。

愣爷赵虎便对三位哥哥言道:“你我投至开封府,并无寸进之功。如今遇了为难的事,理应替老爷分忧,待小弟暗访一番。”三人听了,不觉大笑,说:“四弟,此乃机密细事,岂是你粗鲁之人干得的? 千万莫要留个话柄!”说罢,复又大笑。四爷脸上有些下不来,搭搭讪讪的回到自己屋内,没好气的。倒是跟四爷的从人有机变,向前悄悄对四爷耳边说:“小人倒有个主意。”四爷说:“你有什么主意?”从人道:“他们三位不是笑话你老吗？你老倒要赌赌气，偏去私访，看是如何。然而必须巧妆打扮，叫人认不出来。那时若是访着了，固然是你老的功劳；就是访不着，悄悄儿回来，也无人知觉，也不至于丢人。你老想好不好？”愣爷闻听大喜，说：“好小子！好主意！你就替我办理。”从人连忙去了，半晌，回来道：“四爷，为你老这宗事好不费事呢，好容易才找了来了。花了十六两五钱银子。”四爷说：“什么多少，只要办的事情妥当就是了。”从人说：“管保妥当。咱们找个僻静的地方，小人就把你老打扮起来，好不好？”

四爷闻听，满心欢喜，跟着从人出了公馆，来至静处，打开包袱，叫四爷脱了衣衿。包袱里面却是锅烟子，把四爷脸上一抹，身上手上俱各花花答答的抹了；然后拿出一顶半零不落的开花儿的帽子，与四爷戴上；又拿上一件滴零搭拉的破衣，与四爷穿上；又叫四爷脱了裤子鞋袜，又拿条少腰没腿的破裤叉儿，与四爷穿上；腿上给四爷贴了两贴膏药，唾了几口吐沫，抹了些花红柳绿的，算是流的脓血；又有没脚跟的榨板鞋，叫四爷他拉上；余外有个黄瓷瓦罐，一根打狗棒，叫四爷拿定：登时把四爷打扮了个花铺盖相似。这一身行头别说十六两五钱银子，连三十六个钱谁也不要。他只因四爷大秤分金，扒堆使银子，哪里管他多少；况且又为的是官差私访，银子上更不打算盘了。临去时，从人说：“小人于起更时，仍在此处等候你老。”四爷答应，左手提罐，右手拿棒，竟奔前村而去。

走着，走着，觉得脚指扎的生疼。来到小庙前石上坐下，将鞋拿起一看，原来是鞋底的钉子透了。抡起鞋来在石上拍搭、拍搭紧摔，好容易将钉子摔下去。不想惊动了庙内的和尚，只当有人敲门，及至开门一看，是个叫化子在那里摔鞋。四爷抬头一看，猛然问和尚：“你可知女子之身、男子之头，在于何处？”和尚闻听，道：“原来是个疯子。”并不答言，关了山门进去了。

四爷忽然省悟，自己笑道：“我原来是私访，为何顺口开河？好不是东西！快些走罢。”自己又想道：“既扮做化子，应当叫化才是。这个我可没有学过，说不得到哪里说哪里，胡乱叫两声便了。”便道：“可怜我一碗半碗，烧的黄的都好！”先前还高兴，以为我是私访；到后来见无人理他，自想似此如何打听得事出来，未免心中着急。又见日色西斜，看看的黑了。幸喜是月望之后，天色虽然黑了，东方却是一轮明月。走至前村。也是事有凑巧，只见一家后墙有个人影往里一跳。四爷心中一动，暗说：

“才黑如何便有偷儿？不要管他，我也跟进去瞧瞧。”想罢，放下瓦罐，丢了木棒，摔了破鞋，光着脚丫子，一伏身往上一纵。纵上墙头，看墙头有柴火垛一堆，就从柴垛顺溜下去。留神一看，见有一人趴伏在那里。愣爷便上前伸手按住。只听那人哎哟了一声。四爷说：“你嚷，我就捏死你！”那人道：“我不嚷！我不嚷！求爷爷饶命。”四爷道：“你叫什么名字？偷的什么包袱？放在哪里？快说！”只听那人道：“我叫叶阡儿，家有八十岁的老母无赡养。我是头次干这营生呀，爷爷！”四爷说：“你真没偷什么？”一面问，一面检查细看，只见地下露着白绢条儿。四爷一拉，土却是松的，越拉越长，猛力一抖，见是一双小小金莲；复又将腿攥住，尽力一掀，原来是一个无头的女尸。四爷一见，道：“好呀！你杀了人，还和我闹这个腔儿呢。实对你说，我非别人，乃开封府包大人阁下赵虎的便是。因为此事，特来暗暗私访。”叶阡儿闻听，只吓得胆裂魂飞。口中哀告，道：“赵爷，赵爷！小人作贼情实，并没有杀人。”四爷说：“谁管你！且捆上再说。”就拿白绢条子绑上，又恐他嚷，又将白绢条子撕下一块，将他口内塞满，方才说：“小子好好在这里，老爷去去就来。”四爷顺着柴垛，跳出墙外，也不顾瓦罐木棒与那破鞋，光着脚奔走如飞，直向公馆而来。

此时天交初鼓，只见从人正在那里等候，瞧着像四爷，却听见脚底下呱咭、呱咭的山响，连忙赶上去说：“事体如何？”四爷说：“小子，好兴头得很！”说着话，就往公馆飞跑。从人看此光景，必是闹出事来了，一壁也就随着跟来。谁知公馆之内，因钦差在此，各处俱有人把门，甚是严整。忽然见个化子从外面跑进，连忙上前拦阻，说道：“你这人好生撒野，这是什么地方！”话未说完，四爷将手向左右一分，一个个一溜歪斜，几乎栽倒。四爷已然进去。众人才待再嚷，只见跟四爷的从人进来，说道：“别嚷，那是我们四老爷。”众人闻听，各皆发怔，不知什么原故。

这位愣爷跑到里面，恰遇包兴，一伸手拉住，说：“来得甚好！”把个包兴吓了一跳，连忙问道：“你是谁？”后面从人赶到，说：“是我们四爷。”包兴在黑影中看不明白，只听赵虎说：“你替我回禀回禀大人，就说赵虎求见。”包兴方才听出声音来：“嗳哟！我的愣爷，你吓杀我咧！”一同来至灯下，一看四爷好模样儿，真是难画难描，不由得好笑。四爷着急，道：“你先别笑，快回老爷！你就说我有要紧事求见。快着！快着！”包兴见他这般光景，必是有什么事，连忙带着赵爷到了包公门首。包兴进内回禀，包公立刻叫:“进来。”见了赵虎这个样子,也觉好笑,便问:“有什么事?”赵虎便将如何私访,如何遇着叶阡儿,如何见了无头女尸之话,从头至尾,细述一回。包公正因此事没有头绪,今闻此言,不觉满心欢喜。

未知如何,且听下回分解。

第十一回

审叶阡儿包公断案　遇杨婆子侠客挥金

且说包公听赵虎拿住叶阡儿，立刻派差头四名，着两个看守尸首，派两人急将叶阡儿押来。吩咐去后，方叫赵虎后面更衣，又极力夸说他一番。赵虎洋洋得意，退出门来。从人将净面水衣服等，俱各预备妥协。四爷进了门，就赏了从人十两银子，说："好小子！亏得你的主意，老爷方能立此功劳。"愣爷好生欢喜，慢慢的梳洗，安歇安歇。

且言差头去不多时，将叶阡儿带到，仍是捆着。大人立刻升堂，带上叶阡儿，当面松绑。包公问道："你叫何名？为何无故杀人？讲来！"叶阡儿回道："小人名叫叶阡儿，家有老母。只因穷苦难当，方才作贼，不想头一次就被人拿住，望求老爷饶命。"包公道："你作贼已属不法，为何又去杀人呢？"叶阡儿道："小人作贼是真，并未杀人。"包公将惊堂木一拍："好个刁恶奴才！束手问你，断不肯招。左右，拉下去，打二十大板。"只这二十下子，把个叶阡儿打了个横迸，不由着急，道："我叶阡儿怎么这末时运不顺，上次是那么着，这次又这末着，真是冤枉！"包公闻听话里有话，便问道："上次是怎么着？快讲！"叶阡儿自知失言，便不言语。

包公见他不语，吩咐："掌嘴！着实地打！"叶阡儿着急，道："老爷不要动怒，我说，我说！只因白家堡有个白员外，名叫白熊。他的生日之时，小人便去张罗，为的是讨好儿。事完之后，得些赏钱，或得点子吃食。谁知他家管家白安比员外更小气刻薄，事完之后，不但没有赏钱，连杂烩菜也没给我一点。因此小人一气，晚上就偷他去了。"包公道："你方才言道是头次作贼，如今是第二次了。"叶阡儿回道："偷白员外是头一次。"包公道："偷了怎么？讲！"叶阡儿道："他家道路是小人认得的，就从大门溜进去，竟奔东屋内隐藏。这东厢房便是员外的妾名玉蕊住的。小人知道她的箱柜东西多呢。正在隐藏之时，只听得有人弹槅扇响；只见玉蕊开门，进来一人，又把槅扇关上。小人在暗处一看，却是主管白安，见他二人笑嘻嘻的进了帐子。不多时，小人等他二人睡了，便悄悄的开了柜子，一摸摸着木匣子,甚是沉重,便携出,越墙回家。见上面有锁,旁边挂着钥匙,小人乐得了不得。及至打开一看。——罢咧！谁知里面是个人头！这次又遇着这个死尸。故此小人说‘上次是那末着,这次是这末着’。这不是小人时运不顺么?”

包公便问道:“匣内人头是男是女?讲来!”叶阡儿回道:“是个男头。”包公道:“你将此头是埋了?还是报了官了呢?”叶阡儿道:“也没有埋,也没有报官。”包公道:“既没埋,又没报官,你将这人头丢在何处了呢?讲来!”叶阡儿道:“只因小人村内有个邱老头子,名叫邱凤,因小人偷他的倭瓜被他拿住……”包公道:“偷倭瓜！这是第三次了!”叶阡儿道:“偷倭瓜才是头一次呢。这邱老头子恨急了,将井绳蘸水,将小人打了个结实,才把小人放了,因此怀恨在心,将人头掷在他家了。”包公便立刻出签两枝,差役四名,二人拿白安,二人拿邱凤,俱于明日听审,将叶阡儿押下去寄监。

至次日,包公正在梳洗,尚未升堂,只见看守女尸的差人回来一名,禀道:“小人昨晚奉命看守死尸,至今早查看,谁知这院子正是郑屠的后院,前门封锁,故此转来禀报。”包公闻听,心内明白,吩咐:“知道了。”那人仍然回去。

包公立刻升堂,先带郑屠,问道:“你这该死的奴才！自己杀害人命,还要脱累他人。你既不知女子之头,如何你家后院埋着女子之尸?从实招来。讲!”两旁威喝:“快说！快说!”郑屠以为女子之尸,必是老爷派人到他铺中搜出来的,一时惊得木塑相似,半晌,说道:“小人愿招。只因那天五鼓起来,刚要宰猪,听见有人叩门求救。小人连忙开门放入。又听得外面有追赶之声,口中说道:‘既然没有,明早细细搜查,大约必是在哪里窝藏下了。’说着话,仍归旧路回去了。小人等人静后,方才点灯一看,却是个年幼女子。小人问她因何夤夜①逃出,她说:‘名叫锦娘。只因身遭拐骗,卖入烟花。我是良家女子,不肯依从。后来有蒋太守之子,倚仗豪势,多许金帛,要买我为妾;我便假意殷勤,递酒献媚,将太守之子灌得大醉,得便脱逃出来。’小人见她美貌,又是满头珠翠,不觉邪心顿起,谁知女子嚷叫不从。小人顺手提刀,原是威吓她,不想刀才到脖子上,头就掉

① 夤(yín)夜——深夜。

了。小人见她已死，只得将外面衣服剥下，将尸埋在后院。回来正拔头上簪环，忽听有人叫门，买猪头。小人连忙把灯吹灭了。后来一想，我何不将人头包了。叫他替我抛了呢？总是小人糊涂慌恐，不知不觉就将人头用垫布包好，重新点上灯，开开门，将买猪头的叫回来——就是韩相公。可巧没拿家伙，因此将布包的人头递与他，他就走了。及至他走后，小人又后悔起来，此事如何叫人掷的呢？必要闹出事来。复又一想，他若替我掷了也就没事；倘若闹出事来，总给他个不应就是了。不想老爷明断，竟把个尸首搜出来。可怜小人杀了回子人，所有的衣服等物动也没动，就犯了事了。小人冤枉！”包公见他俱各招认，便叫他画招。

刚然带下去，只见差人禀道：“邱凤拿到。”包公吩咐带上来，问他何故私埋人头。邱老儿不敢隐瞒，只得说：“那夜听见外面咕咚一响，怕是歹人偷盗，连忙出屋看时，见是个人头，不由害怕，因叫长工刘三拿去掩埋。谁知刘三不肯，和小人要一百两银子。小人无奈，给了他五十两银子，他才肯埋了。”包公道：“埋在何处？”邱老说：“问刘三便知分晓。”包公又问：“刘三在何处？”邱老儿说：“现在小人家内。”包公立刻吩咐县尹带领差役，押着邱老，找着刘三，即将人头刨来。

刚然去后，又有差役回来禀道：“白安拿到。”立刻带上堂来。见他身穿华服，美貌少年。包公问道：“你就是白熊的主管白安么？”应道：“小人是。”“我且问你，你主人待你如何？”白安道：“小人主人待小人如同骨肉，实在是恩同再造。”包公将惊堂木一拍：“好一个乱伦的狗才！既如此说，为何与你主人侍妾通奸？讲！”白安闻听，不觉心惊，道：“小人素日奉公守法，并无此事呀。”包公吩咐：“带叶阡儿。”叶阡儿来至堂上，见了白安，说：“大叔不用分辩了，应了罢，我已然替你回明了。你那晚弹槅扇与玉蕊同进了帐子，我就在那屋里来着。后来你们睡了，我开了柜，拿出木匣，以为发注财，谁知里面是个人脑袋。没什么说的，你们主仆作的事儿，你就从实招了罢。大约你不招，也是不行的。”一席话说的白安张口结舌，面目变色。包公又在上面催促，说：“那是谁的人头？从实说来！”白安无奈，爬半步道：“小人招就是了。那人头乃是小人家主的表弟，名叫李克明。因家主当初穷时，借过他纹银五百两，总未还他。那一天李克明到我们员外家，一来看望，二来讨取旧债。我主人相待酒饭。谁知李克明酒后失言，说他在路上遇一疯颠和尚，名叫陶然公，说他面上有晦气，给他一个游仙枕,叫他给与星主。他又不知星主是谁,问我主人。我主人也不知是谁,因此要借他游仙枕观看。他说里面阆苑琼楼,奇花异草,奥妙非常。我主人一来贪着游仙枕,二来又省还他五百两银子,因此将他杀死,叫我将尸埋在堆货屋子里。我想我与玉蕊相好,倘被主人识破,如何是好;莫若将人头割下,灌下水银,收在玉蕊柜内,以为将来主人识破的把柄。谁知被他偷去此头,今日闹出事来。"说罢,往上叩头,包公又问道:"你埋尸首之屋,在于何处?"白安道:"自埋之后,闹起鬼来了,因此将这三间屋子另打出,开了门,租与韩瑞龙居住。"包公听说,心内明白,叫白安画了招,立刻出签,拿白熊到案。

此时县尹已回,上堂来禀道:"卑职押解邱凤,先找着刘三,前去刨头,却在井边。刘三指地基时,里面却是个男子之尸,验过额角是铁器所伤。因问刘三,刘三方说道:'刨错了,这边才是埋人头的地方。'因此又刨,果有人头,系用水银灌过的男子头。卑职不敢自专,将刘三一干人证带到听审。"包公闻听县尹之言,又见他一番谨慎,不似先前的荒唐,心中暗喜,便道:"贵县辛苦,且歇息歇息去。"

叫带刘三上堂。包公问道:"井边男子之尸从何而来?讲!"两边威吓:"快说!"刘三连忙叩头,说:"老爷不必动怒,小人说就是了。回老爷,那男子之尸不是外人,是小人的叔伯兄弟刘四。只因小人得了当家的五十两银子,提了人头刚要去埋,谁知刘四跟在后面。他说:'私埋人头,应当何罪?'小人许了他十两银子,他还不依;又许他对半平分,他还不依。小人问他:'要多少呢?'他说:'要四十五两。'小人一想,通共才五十两,小人才得五两剩头,气他不过。小人于是假应,叫他帮着刨坑,要深深的。小人见他猫腰撮土,小人就照着太阳上一锹头,就势儿先把他埋了;然后又刨一坑,才埋了人头,不想今日阴错阳差。"说罢,不住叩头。包公叫他画了招,且自带下去。

此时白熊业已传到,所供与白安相符,并将游仙枕呈上。包公看了,交与包兴收好,即行断案:郑屠与女子抵命,白熊与李克明抵命,刘三与刘四抵命,俱各判斩;白安以小犯上,定了绞监候;叶阡儿充军;邱老儿私埋人头,畏罪行贿,定了徒罪;玉蕊官卖;韩瑞龙不听母训,贪财生事,理当责处,姑念年幼无知,释放回家,孝养孀母,上进攻书;韩文氏抚养课读,见财思义,教子有方,着县尹赏银二十两以为旌表;县官理应奏参,念他勤劳办事,尚肯用心,照旧供职。包公断明此案,声名远振。歇息一天,才起身赴陈州。

且言常州府武进县遇杰村南侠展昭,自从土龙岗与包公分手,独自遨游名山胜迹,到处玩赏。一日归家,见了老母甚好。多亏老家人展忠料理家务,井井有条,全不用主人操一点心,为人耿直,往往展爷常被他抢白几句。展爷念他是个义仆,又是有年纪的人,也不计较他。惟有在老母跟前,晨昏定省,克尽孝道。一日,老母心内觉得不爽。展爷赶紧延医调治,衣不解带,昼夜侍奉。不想桑榆暮景①,竟是一病不起,服药无效,一命归西去了。展爷呼天抢地,痛哭流涕,所有丧仪一切,全是老仆展忠办理,风风光光将老太太殡葬了,展爷在家守制遵礼。

到了百日服满,他仍是行侠作义,如何肯在家中。一切事体俱交与展忠照管,他便只身出门,到处游山玩水,遇有不平之事,便与人分忧解难。有一日,遇一群逃难之人携男抱女,哭哭啼啼,好不伤心惨目。展爷便将钞包银两分散众人,又问他们从何处而来。众人同声回道:“公子爷再休提起。我等俱是陈州良民,只因庞太师之子安乐侯庞昱奉旨放赈,到陈州原是为救饥民。不想他倚仗太师之子,不但不放赈,他反将百姓中年轻力壮之人挑去造盖花园,并且抢掠民间妇女,美貌的作为姬妾,蠢笨者充当服役。这些穷民本就不能活,这一荼毒②岂不是活活要命么?因此我等往他方逃难去,以延残喘。”说罢,大哭去了。展爷闻听,气破英雄之胆,暗说道:“我本无事,何妨往陈州走走。”主意已定,直奔陈州大路而来。

这日正走之间,看见一座坟茔,有个妇人在那里啼哭,甚是悲痛,暗暗想道:“偌大年纪,有何心事,如此悲哀?必有古怪。”欲待上前,又恐男女嫌疑。偶见那边有一张烧纸,连忙捡起作为因由,便上前道:“老妈妈不要啼哭,这里还有一张纸没烧呢。”那婆子止住悲声,接过纸去,归入堆中烧了。展爷便搭搭讪讪问道:“妈妈贵姓?为何一人在此啼哭?”婆子流泪道:“原是好好的人家,如今闹的剩了我一个,焉有不哭!”展爷道:“难道妈妈家中,俱遭了不幸了么?”婆子道:“若都死了,也觉死心塌地了,惟有这不死不活的更觉难受。”说罢,又痛哭如梭。展爷见这婆子说话拉

---

① 桑榆暮景——落日的余辉照在桑榆树梢上,比喻老年的时光。

② 荼(tú)毒——荼是一种苦菜,毒指毒虫毒蛇之类,比喻毒害。

杂,不由心内着急,便道:“妈妈有甚为难之事,何不对我说说呢?”婆子拭拭眼泪,又瞧了展爷是武生打扮,知道不是歹人,便说道:“我婆子姓杨,乃是田忠之妻。”便将主人田起元夫妻遇害之事,一行鼻涕两行泪,说了一遍,又说:“丈夫田忠上京控告,至今杳无音信。现在小主在监受罪,连饭俱不能送。”展爷闻听,这英雄又是凄惶,又是愤恨,便道:“妈妈不必啼哭。田起元与我素日最相好。我因在外访友,不知他遭了此事。今既饔飧①不济,我这里有白银十两,暂且拿去使用。”说罢,抛下银两,竟奔皇亲花园而来。

未知如何,下回分解。

---

① 饔飧(yōngsūn)——早餐和晚餐。

第十二回

展义士巧换藏春酒　庞奸侯设计软红堂

且说展爷来至皇亲花园，只见一带簇新的粉墙，露出楼阁重重。用步丈量了一番，就在就近处租房住了。到了二更时分，英雄换上夜行的衣靠，将灯吹灭，听了片时，寓所已无动静，悄悄开门，回手带好，仍然放下软帘，飞上房，离了寓所，来到花园（白昼间已然丈量过了）。约略远近，在百宝囊中掏出如意绦来，用力往上一抛（是练就准头），便落在墙头之上，用脚尖蹬住砖牙，飞身而上。到了墙头，将身趴伏。又在囊中取一块石子轻轻抛下，侧耳细听。（此名为“投石问路”。下面或是有沟，或是有水，就是落在实地，再没有听不出来的。）又将钢爪转过，手搂丝绦，顺手而下。两脚落在实地，脊背贴墙，往前面与左右观看一回，方将五爪丝绦往上一抖，收下来装在百宝囊中。蹑足潜踪，脚尖儿着地，真有鹭浮鹤行之能。来至一处，见有灯光，细细看时，却是一明两暗，东间明亮，窗上透出人影，乃是一男一女，二人饮酒。展爷悄立窗下，只听得男子说道：“此酒娘子只管吃下，无妨；外间案上那一瓶，断断动不得的！”又听妇人道：“那个酒叫什么名儿呢？”男子道：“叫作藏春酒。若是妇人吃了，欲火烧身，无不依从。只因侯爷抢了金玉仙来，这妇人至死不从，侯爷急得没法，是我在旁说道：‘可以配药造酒，管保随心所欲。’侯爷闻听，立刻叫我配酒。我说：‘此酒大费周折，须用三百两银子。’”那妇人便道：“什么酒费这许多银子？”男子道：“娘子，你不晓得，侯爷他恨不能妇人一时到手，我不趁此时赚他的银两，如何发财呢？我告诉你说，配这酒不过高高花上十两头。这个财是发定了！”说毕，哈哈大笑。又听妇人道：“虽然发财，岂不损德呢！况且又是个贞烈之妇，你如何助纣为虐①呢？”男子说道：“我是为穷困所使，不得已而为之。”

正在说话间，只听外面叫道：“臧先生，臧先生。”展爷回头，见树梢头

① 助纣（zhòu）为虐——也说“助桀（jié）为虐”，比喻帮助坏人做坏事。

露出一点灯光，便闪身进入屋内，隐在软帘之外。又听男子道："是哪位？"一壁起身，一壁说："娘子，你还是躲在西间去，不要抛头露面的。"妇人往西间去了。臧先生走出门来。

这时展爷进入屋内，将酒壶提出，见外面案上放着一个小小的玉瓶；又见那边有个红瓶，忙将壶中之酒倒在红瓶之内，拿起玉瓶的藏春酒倒入壶中，又把红瓶内的好酒倾入玉瓶之内。提起酒壶，仍然放在屋内。悄地出来，盘柱而上，贴住房檐，往下观看。

原来外面来的是跟侯爷的家丁庞福，奉了主人之命，一来取藏春酒，二来为和臧先生讲账。

这先生名唤臧能，乃是个落第的穷儒，半路儿看了些医书，记了些偏方，投在安乐侯处作帮衬[①]。当下出来，见了庞福，问道："主管到此何事？"庞福说："侯爷叫我来取藏春酒，叫你亲身拿去，当面就兑银子。可是先生，白花花的三百两，难道你就独吞吗？我们辛辛苦苦，白跑不成？多少不拘，总要染染手儿呀。先生，你说怎么样？"臧能道："当得，当得，不能白跑。倘若银子到手，必要请你吃酒的。"庞福道："先生真是明白爽快人。好的，咱们倒要交交咧。先生取酒去罢。"臧能回身进屋，拿了玉瓶关上门，随庞福去了，直奔软红堂。哪知南侠见他二人去后，盘柱而下，暗暗的也就跟将下去了。

这里妇人从西间屋内出来，到了东间，仍然坐在旧处，暗自思道："丈夫如此伤害天理，作的都是不仁之事。"越思越想，好不愁烦，不由得拿起壶来斟了一杯，慢慢的独酌[②]。谁知此酒入腹之后，药性发作，按纳不住。正在胡思乱想之际，只听有人叩门，连忙将门开放，却是庞禄，怀中抱定三百两银子送来。妇人让至屋内。庞禄将银子交代明白，回身要走，倒是妇人留住，叫他坐下，便七长八短地说。正在说时，只听外面咳嗽，却是臧能回来了。庞禄出来迎接着，张口结舌说道："这三——三百两银子，已交付大嫂子了。"说完，抽身就走。

臧能见此光景，忙进屋内一看，只见他女人红扑扑的脸，仍是坐在炕上发怔，心中好生不乐："这是怎么了？"说罢，在对面坐了。这妇人因方

① 帮衬——帮忙。

② 独酌（zhuó）——自斟自饮。

才也是一惊，一时心内清醒，便道："你把别人的妻子设计陷害，自己老婆如此防范。你拍心想想，别人恨你不恨?"一句话问的臧能闭口无言，便拿起壶来，斟上一杯，一饮而尽。不多时，坐立不安，心痒难抓，便道："不好！奇怪得很！"拿起壶来一闻，忙道："了不得！了不得！快拿凉水来！"自己等不得，立起身来，急找凉水吃下，又叫妇人吃了一口，方问道："你才吃这酒来么?"妇人道："因你去后，我刚吃得一杯酒……"将下句咽下去了。又道："不想庞禄送银子来，才进屋内，放下银子，你就回来了。"臧能道："还好，还好！佛天保佑！险些儿把个绿头巾戴上。只是这酒在小玉瓶内，为何跑在这酒壶里来了？好生蹊跷[①]！"妇人方明白，才吃的是藏春酒，险些儿败了名节，不由的流泪道："全是你安心不善，用尽机谋，害人不成，反害了自己。"臧能道："不用说了，我竟是个混帐东西！看此地也不是久居之地，如今有了这三百两银子，待明早托个事故，回咱老家便了。"

再说展爷随至软红堂，见庞昱叫使女掌灯，自己手执白玉瓶，前往丽芳楼而去。南侠到了软红堂，见当中鼎内焚香，上前抓了一把香灰；又见花瓶内插着蝇刷，拿起来插在领后，穿香径先至丽芳楼，隐在软帘后面。只听得众姬妾正在那里劝慰金玉仙，说："我们抢来，当初也是不从。到后来弄的不死不活的，无奈顺从了。倒得好吃好喝的，……"金玉仙不等说完，口中大骂："你们这一群无耻贱人！我金玉仙有死而已！"说罢，放声大哭，这些侍妾被她骂得闭口无言。正在发怔，只见丫鬟二名引着庞昱上得楼来，笑容满面，道："你等劝她，从也不从？既然不从，我这里有酒一杯，叫她吃了，便放她回去。"说罢，执杯上前。金玉仙惟恐恶贼近身，劈手夺过，掷于楼板之上。庞昱大怒，便要吩咐众姬妾一齐下手。

只听楼梯山响，见使女杏花上楼，喘吁吁禀道："刚才庞福叫回禀侯爷，太守蒋完有要紧的话回禀，立刻求见，现在软红堂恭候着呢。"庞昱闻听太守黑夜而来，必有要紧之事，回头吩咐众姬妾："你们再将这贱人开导开导，再要扭性，我回来定然不饶！"说着话，站起身来，直奔楼梯。刚下到一层，只见毛哄哄一拂，脑后灰尘飞扬，脚底下觉得一绊，站立不稳，咕噜噜滚下楼去。后面两个丫鬟也是如此。三个人滚到楼下，你拉我，我

---

① 蹊跷(qīqiāo)——奇怪。

拉你,好容易才立起身来,奔至楼门。庞昱说道:“吓杀我也!吓杀我也!什么东西毛哄哄的?好怕人也!”丫鬟执起灯一看,只见庞昱满头的香灰。庞昱见两个丫鬟也是如此,大叫道:“不好了!不好了!必是狐仙见了怪了,快走罢!”两个丫鬟哪里还有魂咧!三个人不管高低,深一步,浅一步,竟奔软红堂而来。

迎头遇见庞福,便问道:“有什么事?”庞福回道:“太守蒋完说紧急之事,要立刻求见,在软红堂恭候。”庞昱连忙掸去香灰,整理衣衿,大摇大摆,步入软红堂来。太守参见已毕,在下座坐了。庞昱问道:“太守深夜至此,有何要事?”太守回道:“卑府今早接得文书,圣上特派龙图阁大学士包公前来查赈,算来五日内必到。卑府一闻此信,不胜惊惶,特来禀知侯爷,早为准备才好。”庞昱道:“包黑子乃吾父门生,谅不敢不回避我。”蒋完道:“侯爷休如此说。闻得包公秉正无私。不畏权势,又有钦差御赐御铡三口,甚属可畏。”又往前凑了一凑,道:“侯爷所作之事,难道包公不知道么?”庞昱听罢,虽有些发毛,便硬着嘴道:“他知道,便把我怎么样么?”蒋完着急,道:“‘君子防患未然①。’这事非同小可,除非是此时包公死了,万事皆休。”这一句话提醒了恶贼,便道:“这有何难!现在我手下有一个勇士名唤项福,他会飞檐走壁之能,即可派他前往两三站去路上行刺,岂不完了此事?”太守道:“如此甚好。必须以速为妙。”庞昱连忙叫庞福,去唤项福立刻来至堂上。恶奴去不多时,将项福带来,参过庞昱,又见了太守。

此时南侠早在窗外窃听,一切定计话儿俱各听得明白了。因不知项福是何等人物,便从窗外往里偷看,见果然身体魁梧,品貌雄壮,真是一条好汉,可惜错投门路。只听庞昱说:“你敢去行刺么?”项福道:“小人受侯爷大恩,别说行刺,就是赴汤投火也是情愿的。”南侠外边听了,不由骂道:“瞧不得这么一条大汉,原来是一个谄谀②的狗才。可惜他辜负了好胎骨!”正自暗想,又听庞昱说:“太守,你将此人领去,应如何派遣吩咐,务必妥协机密为妙。”蒋完连连称“是”,告辞退出。

太守在前,项福在后。走不几步,只听项福说:“太守慢行,我的帽子掉了。”太守只得站住。只见项福走出好几步,将帽子拾起。太守道:“帽

---

① 防患未然——在事故或灾害尚未发生之前采取预防措施。

② 谄谀(chǎnyú)——为了讨好,卑贱地奉承人;谄媚阿谀。

子如何落得这么远呢?”项福道:“想是树枝一刮,蹦出去的。”说罢,又走几步,只听项福说:“好奇怪！怎么又掉了?”回头一看,又没人。太守也觉奇怪。一同来至门首,太守坐轿,项福骑马,一同回衙去了。

你道项福的帽子连落二次,是何原故？这是南侠试探项福学业何如。头次从树旁经过,即将帽子从项福头上提了抛去,隐在树后,见他毫不介意;二次走至太湖石畔,又将帽子提了抛去,隐在石后,项福只回头观看,并不搜查左右。可见粗心,学艺不精,就不把他放在心上,且回寓所歇息便了。

未识如何,下回分解。

第十三回

安平镇五鼠单行义　苗家集双侠对分金

且说展爷离了花园，暗暗回寓，天已五更，悄悄地进屋，换下了夜行衣靠①，包裹好了，放倒头便睡了。至次日，别了店主，即往太守衙门前私自窥探：影壁前拴着一匹黑马，鞍辔②鲜明；后面梢绳上拴着一个小小包袱，又搭着个钱褡裢③，有一个人拿着鞭子席地而坐。便知项福尚未起身，即在对过酒楼之上，自己独酌眺望。不多一会，只见项福出了太守衙门。那人连忙站起，拉过马来，递了马鞭子。项福接过，认镫乘上，加上一鞭，便往前边去了。

南侠下了酒楼，悄地跟随。到了安平镇地方，见路西也有一座酒楼，匾额上写着"潘家楼"。项福拴马，进去打尖。南侠跟了进去，见项福坐在南面座上，展爷便坐在北面，拣了一个座头坐下。跑堂的擦抹桌面，问了酒菜。展爷随便要了，跑堂的传下楼去。

展爷复又闲看，见西面有一老者昂然而坐，仿佛是个乡宦，形景可恶，俗态不堪。不多时，跑堂的端了酒菜来，安放停当。展爷刚然饮酒，只听楼梯声响，又见一人上来，武生打扮，眉清目秀，年少焕然。展爷不由的放下酒杯，暗暗喝彩；又细细观看一番，好生的羡慕。那人才要拣个座头，只见南面项福连忙出席，向武生一揖，口中说道："白兄久违了！"那武生见了项福，还礼不迭，答道："项兄阔别多年，今日幸会。"说着话，彼此谦逊，让至同席。项福将上座让了那人。那人不过略略推辞，即便坐了。

展爷看了，心中好生不乐，暗想道："可惜这样一个人，却认得他，他俩真是天渊之别。"一壁细听他二人说些什么。只听项福说道："自别以来，今

---

① 靠——古代武将所穿的铠甲。

② 辔(pèi)——驾驭牲口用的嚼子和缰绳。

③ 褡裢(dālián)——长方形的口袋，中央开口，两端各成一个袋子，装钱物用，一般分大小两种，大的可以搭在肩上，小的可以挂在腰带上。

已三载有余。久欲到尊府拜望，偏偏的小弟穷忙。令兄可好?”那武生听了，眉头一皱，叹口气，道：“家兄已去世了!”项福惊讶，道：“怎么大恩人已故了！可惜，可惜!”又说了些欠情短礼没要紧的言语。

你道此人是谁？他乃陷空岛五义士，姓白名玉堂，绰号锦毛鼠的便是。当初项福原是耍拳棒、卖膏药的，因在街前卖艺，与人角持，误伤了人命。多亏了白玉堂之兄白锦堂，见他像个汉子，离乡在外，遭此官司，甚是可怜，因此将他极力救出，又助了盘川，叫他上京求取功名。他原想进京寻个进身之阶，可巧路途之间遇见安乐侯上陈州放赈。他打听明白，先宛转结交庞福，然后方荐与庞昱。庞昱正要寻觅一个勇士，助己为虐，把他收留在府内。他便以为荣耀已极。似此行为，便是下贱不堪之人了。

闲言少叙。且说项福正与玉堂说话，见有个老者上得楼来，衣衫褴褛①，形容枯瘦，见了西面老者紧行几步，双膝跪倒，二目滔滔落泪，口中苦苦哀求。那老者仰面摇头，只是不允。展爷在那边看着，好生不忍。正要问时，只见白玉堂过来，问着老者道：“你为何向他如此？有何事体？何不对我说来?”那老者见白玉堂这番形景，料非常人，口称：“公子爷有所不知，因小老儿欠了员外的私债，员外要将小女抵偿，故此哀求员外，只是不允。求公子爷与小老儿排解排解。”白玉堂闻听，瞅了老者一眼，便道：“他欠你多少银两?”那老者回过头来，见白玉堂满面怒色，只得执手答道：“原欠我纹银五两，三年未给利息，就是三十两，共欠银三十五两。”白玉堂听了冷笑，道：“原来欠银五两!”复又向老者道：“当初他借时，至今三年，利息就是三十两。这利息未免太轻些!”一回身，便叫跟人平三十五两，向老者道：“当初有借约没有?”老者闻听立刻还银子，不觉立起身来，道：“有借约。”忙从怀中掏出，递与玉堂。玉堂看了。从人将银子平来，玉堂接过，递与老者道：“今日当着大众，银约两交，却不该你的了。”老者接过银子，笑嘻嘻答道：“不该了！不该了!”拱拱手儿，即刻下楼去了。玉堂将借约交付老者，道：“以后似此等利息银两，再也不可借他的了。”老者答道：“不敢借了。”说罢，叩下头去。玉堂搀起，仍然归座。那老者千恩万谢而去。

刚走至展爷桌前，展爷说：“老丈不要忙。这里有酒，请吃一杯压压

---

① 褴褛(lánlǚ)——(衣服)破烂。

惊，再走不迟。”那老者道：“素不相识，怎好叨扰？”展爷笑道：“别人费去银子，难道我连一杯水酒也花不起么？不要见外，请坐了。”那老者道：“如此承蒙抬爱了。”便坐于下首。展爷与他要了一角酒吃着，便问：“方才那老者姓甚名谁？在哪里居住？”老儿说道：“他住在苗家集，他名叫苗秀。只因他儿子苗恒义在太守衙门内当经承①，他便成了封君了，每每地欺负邻党，盘剥重利。非是小老儿受他的欺侮，便说他这些忿恨之言。不信，爷上打听，就知我的话不虚了。”展爷听在心里。老者吃了几杯酒，告别去了。

又见那边白玉堂问项福的近况如何。项福道：“当初多蒙令兄抬爱，救出小弟，又赠银两，叫我上京求取功名。不想路遇安乐侯，蒙他另眼看待，收留在府。今特奉命前往天昌镇，专等要办宗要紧事件。”白玉堂闻听，便问道：“哪个安乐侯？”项福道：“焉有两个呢，就是庞太师之子安乐侯庞昱。”说罢，面有得色。玉堂不听则可，听了登时怒气嗔嗔，面红过耳，微微冷笑，道：“你敢则投在他门下了？好！”急唤从人会了帐，立起身来，回头就走，一直下楼去了。

展爷看的明白，不由暗暗称赞道：“这就是了。”又自忖道：“方才听项福说，他在天昌镇专等，我曾打听包公还得等几天到天昌镇。我何不趁此时，且至苗家集走走呢？”想罢，会钱下楼去了。真是行侠作义之人，到处随遇而安，非是他务必要拔树搜根，只因见了不平之事，他便放不下，仿佛与自己的事一般，因此才不愧那个“侠”字。

闲言少叙。到了晚间初鼓之后，改扮行装，潜入苗家集，来到苗秀之家。所有窜房越脊，自不必说。展爷在暗中见有待客厅三间，灯烛明亮，内有人说话。蹑足潜踪，悄立窗下，细听正是苗秀问他儿子苗恒义道：“你如何弄了许多银子？我今日在潘家集也发了个小财，得了三十五两银子。”便将遇见了一个俊哥替还银子的话，说了一遍，说罢大笑。苗恒义亦笑道：“爹爹除了本银，得了三十两银子的利息；如今孩儿一文不费，白得了三百两银子。”苗秀笑嘻嘻地问道：“这是什么缘故呢？”苗恒义道：“昨日太守打发项福起身之后，又与侯爷商议一计，说项福此去成功便罢，倘不成功，叫侯爷改扮行装，私由东皋林悄悄入京，在太师府内藏躲，

① 经承——官署中一般书吏的通称。

候包公查赈之后有何本章,再作道理。又打点细软箱笼并抢来女子金玉仙,叫他们由观音庵岔路上船,暗暗进京。因问本府:'沿路盘川所有船只,须用银两多少?我好打点。'本府太爷哪里敢要侯爷的银子呢,反倒躬身说道:'些须小事,俱在卑府身上。'因此回到衙内,立刻平了三百两银子,交付孩儿,叫我办理此事。我想侯爷所行之事,全是无法无天的。如今临走,还把抢来的妇人暗送入京。况他又有许多的箱笼,到了临期,孩儿传与船户:他只管装去,到了京中费用多少,和他那里要;他若不给,叫他把细软留下,作为押账当头。爹爹,想侯爷所作的俱是暗昧①之事,一来不敢声张,二来也难考查。这项银两原是本府太爷应允,给与不给,侯爷如何知道。这三百两银子,难道不算白得吗?"展爷在窗外听至此,暗自说道:"真是'恶人自有恶人磨',再不错的。"猛回头见那边又有一个人影儿一晃,及至细看,仿佛潘家楼遇见的武生,就是那替人还银子的俊哥儿,不由暗笑道:"白日替人还银子,夜间就讨账来了。"忽然远远的灯光一闪。展爷惟恐有人来,一伏身盘柱而上,贴住房檐,往下观看,却又不见了那个人,暗道:"他也躲了。何不也盘在那根柱子上,我们二人闹个'二龙戏珠'呢。"正自暗笑,忽见丫鬟慌慌张张跑至厅上,说:"员外,不好了!安人不见了!"苗秀父子闻听,吃了一惊,连忙一齐往后跑去了。南侠急忙盘柱而下,侧身进入屋内,见桌上放着六包银子,外有一小包。他便揣起了三包,心中说道:"三包、一小包留下给那花银子的。叫他也得点利息。"抽身出来,暗暗到后边去了。

原来那个人影儿,果是白玉堂。先见有人在窗外窃听,后见他盘柱而上,贴立房檐,也自暗暗喝彩,说此人本领不在他下。因见灯光,他便迎将上来,恰是苗秀之妻同丫鬟执灯前来登厕。丫鬟将灯放下,回身取纸。玉堂趁空,抽刀向着安人一晃,说道:"要嚷,我就是一刀!"妇人吓得骨软筋酥,哪里嚷得出来。玉堂伸手将那妇人提出了茅厕,先撕下一块裙子塞住妇人之口。好狠的玉堂!又将妇人削去双耳,用手提起掷在厕旁粮食囤内。他却在暗处偷看,见丫鬟寻主母不见,奔至前厅报信,听得苗秀父子从西边奔入,他却从东边转至前厅。此时南侠已揣银走了。玉堂进了屋内一看,桌上只剩了三封银子,另一小包,心内明知是盘柱之人拿了一半,

---

① 暗昧(mèi)——暧昧,不光明,不可告人。

留下一半。暗暗承他的情，将银子揣起，他就走之乎也。

这里苗家父子赶至后面，一面追问丫鬟，一面执灯找寻。至粮囤旁，听见呻吟之声，却是妇人；连忙搀起细看，浑身是血，口内塞着东西，急急掏出。苏醒了，半晌，方才哎哟出来，便将遇害的情由，说了一遍，这才瞧见两个耳朵没了。忙差丫鬟仆妇搀入屋内，喝了点糖水。苗恒义猛然想起待客厅上还有三百两银子，连说："不好！中了贼人调虎离山之计了。"说罢，向前飞跑。苗秀闻听，也就跟在后面。到了厅上一看，哪里还有银子咧！父子二人怔了多时，无可如何，惟有心疼怨恨而已。

未知端底，下回分晓。

第十四回

小包兴偷试游仙枕　勇熊飞助擒安乐侯

且说苗家父子丢了银子,因是暗昧之事,也不敢声张,竟吃了哑巴亏了。白玉堂揣着银子自奔前程。展爷是拿了银子,一直奔天昌镇去了。这且不言。

单说包公在三星镇审完了案件,歇马,正是无事之时。包兴记念着游仙枕,心中想道:"今晚我悄悄的睡睡游仙枕,岂不是好。"因此到晚间伺候包公安歇之后,便嘱咐李才说:"李哥,你今晚辛苦一夜。我连日未能歇息,今晚脱个空儿。你要警醒些,老爷要茶水时,你就伺候。明日我再替你。"李才说:"你放心去罢,有我呢。彼此都是差使,何分你我。"

包兴点头一笑,即回至自己屋内,又将游仙枕看了一番,不觉困倦,即将枕放倒。头刚着枕,便入梦乡。出了屋门,见有一匹黑马,鞍韂俱是黑的,两边有两个青衣,不容分说,搀上马去。迅速非常,来到一个所在,似开封府大堂一般。下了马,心中纳闷:"我如何还在衙门里呢?"又见上面挂着一匾,写着"阴阳宝殿"。正在纳闷,又见来了一个判官,说道:"你是何人?擅敢假充星主,前来鬼混!"喝声:"拿下!"便出来了一个金甲力士,一声断喝,将包兴吓醒,出了一身冷汗。暗自思道:"凡事都有生成的造化。我连一个枕头都消受不了。判官说我假充星主;将来此枕,想是星主才睡得呢。怪不得李克明要送与星主。"左思右想,哪里睡得着呢,赌气起来,听了听方交四鼓,急忙来至包公住的屋内。只见李才坐在椅子上,前仰后合在那里打盹。又见灯花结了个如意儿烧了多长,连忙用烛剪剪了一剪。只见桌上有个字帖儿,拿起一看,不觉失声道:"这是哪里来的?"一句话将李才吓醒,连忙说道:"我没有睡呀。"包兴说:"没睡,这字帖儿打哪里来的?"李才尚未答言,只听包公问道:"什么字帖? 拿来我看。"包兴执灯,李才掀帘,将字帖呈上。包公接来一看,便问道:"天有什么时候了?"包兴举灯向表上一看,说:"才交寅刻。"包公道:"也该起来了。"

二人服侍包公穿衣净面时,包公便叫李才去请公孙先生。不多时,公孙先生来到。包公便将字帖与他观看。公孙策接来，只见上面写道："明日天昌镇，谨防刺客凶。分派众人役，分为两路行：一路东皋林，捉拿恶庞昱；一路观音庵，救活烈妇人。要紧，要紧！"旁有一行小字："烈妇人即金玉仙。"公孙策道："此字从何而来呢？"包公道："何必管他的来历。明日到天昌镇严加防范。再派人役，先生吩咐他们在两路稽查便了。"公孙策连忙退出，与王、马、张、赵四勇士商议。大家俱各小心留神。

你道此字从何而来？只因南侠离了苗家集奔至天昌镇，见包公尚未到来，心中一想："恐包公匆忙来至，不及提防。莫若我迎将上去，遇便泄漏机关，包公也好早作准备。"好英雄！不辞辛苦，他便赶至三星镇。恰好三更，来至公馆，见李才睡着，也不去惊动他，便溜进去将纸条儿放下，仍回天昌镇等候去了。

且说次日包公到了天昌镇，进了公馆，前后左右搜查明白。公孙策暗暗吩咐马快、步快两个头儿，一名耿春，一名郑平，二人分为左右，稽查出入之人；叫王、马、张、赵四人围住老爷的住所，前后巡逻；自己同定包兴、李才护持包公。"倘有动静，大家知会，一齐动手。"分派已定，看看到了掌灯之时，处处灯烛照如白昼，外面巡更之人往来不断。别人以为是钦差大人在此居住，哪里知道是提防刺客呢。内里王、马、张、赵四人磨拳擦掌，暗藏兵器，百倍精神，准备捉拿刺客。真是防范的严谨！

到了三更之后，并无动静。只见外面巡更的，灯光明亮，照彻墙头。里面赵虎仰面各处里观瞧，顺着墙外灯光，走至一株大榆树下。赵虎忽然往上一看，便嚷道："有人了！"只这一声，王、马、张三人亦皆赶到，外面巡更之人也止住步了。掌灯一齐往树上观看，果然有个黑影儿。先前仍以为是树影；后来树上之人见下面人声嘶喊，灯火辉煌，他便动手动脚的。大家一见，便觉鼎沸起来。只听外面人道："跳下去了，里面防范着！"谁知树上之人趁着这一声，便攥住树梢，将身悠起，趁势落在耳房上面，一伏身往起一纵，便到了大房前坡。赵虎嚷道："好贼！哪里走？"话未说完，迎面飞下一垛瓦来。愣爷急闪身，虽则躲过，他用力太猛，闹了个跟头。房上之人趋势扬腿，刚要越过屋脊，只听嗳哟一声，咕噜噜从房上滚将下来，恰落在四爷旁边。四爷一翻身，急将他按住。大家上前，先拔出背上的单刀，方用绳子捆了，推推拥拥，来见包公。

此时包公、公孙策便衣便帽，笑容满面，道："好一个雄壮的勇士！堪称勇烈英雄。”回头对公孙策道：“先生，你替我松了绑。”公孙先生会意，假作吃惊，道：“此人前来行刺，如何放得？”包公笑道：“我求贤若渴，见了此等勇士，焉有不爱之理。况我与壮士又无仇恨，他如何肯害我，这无非是受小人的捉弄。快些松绑。”公孙策对那人道：“你听见了？老爷待你如此大恩，你将何以为报？”说罢，吩咐张、赵二人与他松了绑。王朝见他腿上钉着一枝袖箭，赶紧替他拔出。包公又吩咐包兴：“看座。”

那人见包公如此光景，又见王、马、张、赵分立两旁，虎势昂昂，不由良心发现，暗暗夸道：“闻听人说，包公正直，又目识英雄，果不虚传。”一翻身扑倒在地。口中说道：“小人冒犯钦差大人，实实小人该死。”包公连忙说道：“壮士请起，坐下好讲。”那人道：“钦差大人在此，小人焉敢就座。”包公道：“壮士只管坐了，何妨。”那人只得鞠躬坐了。包公道：“壮士贵姓尊名？到此何干？”那人见包公如此看待，不因不由的就顺口说出来了。答道：“小人名叫项福，只因奉庞昱所差……”便一五一十，说了一遍。“不想大人如此厚待，使小人愧怍①无地。”包公笑道：“这却是圣上隆眷过重，使我声名远播于外，故此招忌，谤我者极多。就是将来与安乐侯对面时，壮士当面证明，庶不失我与太师师生之谊。”项福连忙称“是”。包公便吩咐公孙策与壮士好好调养箭伤。公孙策领项福去了。

包公暗暗叫王朝来，叫他将项福明是疏放，暗地拘留。王朝又将袖箭呈上，说此乃南侠展爷之箭。包公闻听，道：“原来展义士暗中帮助。前日三星镇留下字柬，必也是义士所为。”心中不胜感羡之至。王朝退出。

此时公孙先生已分派妥当，叫马汉带领马步头目耿春、郑平前往观音庵，截救金玉仙；又派张龙、赵虎前往东皋林，捉拿庞昱。

单说马汉带着耿春、郑平竞奔观音庵而来，只见驼轿一乘直扑庙前去了。马汉看见，飞也似的赶来。及至赶到，见旁有一人叫道：“贤弟为何来迟？”马汉细看，却是南侠，便道：“兄，此轿何往？”展爷道：“劣兄已将驼轿截取，将金玉仙安顿在观音庵内。贤弟来得正好，咱二人一同到彼。”说话间，耿春、郑平亦皆赶到，围绕着驼轿来至庙前，打开山门，里面出来一个年老的妈妈，一个尼姑。这妈妈却是田忠之妻杨氏。众人搭下驼轿，搀出金玉仙来。主仆见面，抱头痛哭。（原来杨氏也是南侠送信，叫她在

---

① 怍（zuò）——惭愧。

此等候。)又将轿内细软俱行搬下。南侠对杨氏道:“你主仆二人就在此处等候,候你家相公官司完了时,叫他到此寻你。”又对尼姑道:“师傅用心服侍,田相公来时必有重谢。”吩咐已毕,便对马汉道:“贤弟回去,多多拜上老大人,就说:‘展昭另日再为禀见,后会有期。’将金玉仙下落禀复明白。她乃贞烈之妇,不必当堂对质。拜托,拜托!请了!”竟自扬长而去。马汉也不敢挽留,只得同耿春、郑平二人回归旧路,去禀知包公。这且不言。

再说张、赵二人到了东皋林,毫不见一点动静。赵虎道:“难道这厮先过去了不成?”张爷道:“前面一望无际,并无人行,焉有过去之理。”正说间,只见远远有一伙人乘马而来。赵爷一见,说:“来咧,来咧!哥,你我如此如此,庶不致于舛错①。”张龙点头,带领差役隐在树后。众人催马,刚到此地,赵虎从马前一过,栽倒在地。张爷从树后转出来,便乱喊道:“不好了!不好了!撞死人了!”上前将庞昱马环揪住,道:“你撞了人,还往哪里去?”众差役一齐拥上。众恶奴发话道:“你这些好大胆的人,竟敢拦挡侯爷不放。”张龙道:“谁管他侯爷公爷的,只要将我们的人救活了便罢。”众恶奴道:“好生撒野!此乃安乐侯,太师之子,改扮行装,出来私访。你们竟敢拦住去路,真是反了天了!”赵爷在地下听准是安乐侯,再无舛错,一咕噜爬起身来,先照着说话的劈面一掌,喊道:“我们反了天了!我们竟等着反了天的人呢!”说罢,先将庞昱拿下马来,差役掏出锁来锁上。众恶奴见事不祥,个个加上一鞭,嘚的一声,俱各逃之夭夭了。张、赵追他不及,只顾庞昱,连追也不追。众人押解着奸侯,竟奔公馆而来。

要知端的,下回分晓。

---

① 舛(chuǎn)错——错误,差错。

第十五回

斩庞昱初试龙头铡　遇国母晚宿天齐庙

且说张、赵二人押解庞昱到了公馆，即行将庞昱带上堂来。包公见他项带铁锁，连忙吩咐道："你等太不晓事，侯爷如何锁得？还不与我卸去！"差役连忙上前，将锁卸下。庞昱到了此时，不觉就要屈膝。包公道："不要如此。虽则不可以私废公，然而我与太师有师生之谊，你我乃年家弟兄，有通家之好，不过因有此案，要当面对质对质，务要实实说来，大家方有个计较。千万不要畏罪回避。"说毕，叫带上十父老并田忠、田起元及抢掠的妇女，立刻提到。包公按呈子一张一张讯问。庞昱因见包公方才言语，颇有护他的意思；又见和容悦色，一味地商量，必要设法救他，"莫若他从实应了，求求包黑，或者看爹爹面上往轻里改正改正，也就没了事了。"想罢，说着："钦差大人不必细问，这些事体俱是犯官一时不明作成，此时后悔也是迟了。惟求大人笔下超生，犯官感恩不尽！"包公道："这些事既已招承，还有一事，项福是何人所差？"恶贼闻听，不由的一怔，半晌，答道："项福乃太守蒋完差来，犯官不知。"包公吩咐："带项福。"只见项福走上堂来，仍是照常形色，并非囚禁的样子。包公道："项福，你与侯爷当面对质。"项福上前，对恶贼道："侯爷不必隐瞒，一切事体，小人已俱回明大人了。侯爷只管实说了，大人自有主见。"恶贼见项福如此，也只得应了是自己派来的。包公便叫他画供。恶贼此时也不能不画了。

画招后，只见众人证俱到。包公便叫各家上前厮认，也有父认女的，也有兄认妹的，也有夫认妻的，也有婆认媳的，纷纷不一，嚎哭之声不堪入耳。包公吩咐，叫他们在堂阶两边听候判断。又派人去请太守速到。包公便对恶贼道："你今所为之事，理应解京。我想道途遥远，反受折磨。再者到京必归三法司判断，那时难免皮肉受苦。倘若圣上大怒，必要从重治罪。那时如何展转？莫若本阁在此发放了，倒觉得爽快。你想好不好？"庞昱道："但凭大人作主，犯官安敢不遵？"包公登时把黑脸放下，虎目一瞪，吩咐："请御刑！"只这三个字，两边差役一声喊，堂威震吓。只见四名衙役将龙头铡抬至堂上，安放周正。王朝上前抖开黄龙套，露出金煌煌、光闪闪、惊心落魄的新刑。恶贼一见，胆裂魂飞，才待开言，只见马汉早将他丢翻在地。四名衙役过来，与他口内衔了木嚼，剥去衣服，将芦席铺放（恶贼哪里还能挣扎），立刻卷起，用草绳束了三道。张龙、赵虎二人将他抬起，走至铡前，放入铡口，两头平均。此时马汉、王朝黑面向里，左手执定刀靶，右手按定刀背，直瞅座上。包公将袍袖一拂，虎项一扭。口说“行刑”二字。王朝将彪躯一纵，两膀用力，只听咔嚓一声，将恶贼登时腰斩，分为两头一边齐的两段。四名差役连忙跑上堂去，各各腰束白布裙，跑至铡前，有前有后，先将尸首往上一扶，抱将下去。张、赵二人又用白布擦抹铡口的血迹。堂阶之下，田起元主仆以及父老并田妇村姑见铡了恶贼庞昱，方知老爷赤心为国，与民除害，有念佛的，有趁愿的，也有胆小不敢看的。

包公上面吩咐：“换了御刑，与我将项福拿下！”听了一个“拿”字，左右一伸手便将项福把住。此时这厮见铡了庞昱，心内已然突突乱跳；今又见拿他，不由得骨软筋酥，高声说道：“小人何罪？”包公一拍堂木，喝道：“你这背反的奴才！本阁乃奉命钦差，你擅敢前来行刺。行刺钦差，即是叛朝廷，还说无罪？尚敢求生么？”项福不能答言。左右上前，照旧剥了衣服，带上木嚼，拉过一领粗席卷好。此时狗头铡已安放停当。将这无义贼行刑过了，擦抹御铡，打扫血迹，收拾已毕。

只见传知府之人上堂跪倒，禀道：“小人奉命前去传唤知府，谁知蒋完畏罪，自缢身死。”包公闻听，道：“便宜了这厮。”另行委员前去验看。又吩咐将田起元带上堂来，训诲一番：不该放妻子上庙烧香，以致生出此事，以后家门务要严肃，并叫他上观音庵接取妻子；老仆田忠替主鸣冤，务要好好看待他；从此努力攻书，以求上进。所有驼轿内细软，必系私蓄，勿庸验看，俱着田忠领讫。又吩咐父老：“各将妇女带回，好好安分度日。本阁还要按户稽查花名，秉公放赈，以抒民困，庶不负圣上体恤之鸿恩。”众人一齐叩头，欢欢喜喜而散。老爷立刻叫公孙策打了摺底看过，并将原呈招供一齐封妥，外边夹片一纸，请旨补放知府一缺，即日拜发，赍①京启奏去了。一面出示委员稽查户口，放赈，真是万民感仰，欢呼载道。

---

① 赍（jī）——带着。

一日，批摺回来，包公恭接。叩拜毕，打开一看，见朱批甚属夸奖："至公无私，所办甚是。知府一缺，即差拣员补放。"包公暗自沉吟道："圣上纵然隆眷优渥①，现有老贼庞吉在京，见我铡了他的爱子，他焉有轻轻放过之理。这必是他别进谗言，安慰妥了，候我进京时他再摆布于我。一定是这个主意。老贼呀，老贼！我包某秉正无私，一心为国，焉怕你这鬼鬼祟祟。如今趁此权衡未失，放完赈后，偏要各处访查访查，要作几件惊天动地之事，一来不负朝廷，二来与民除害，三来也显显我包某胸中的抱负。"谁知老爷想到此地，下文就真生出一件惊天动地的事来。

你道是何事件？自从包公秉正放赈已完，立意要各处访查，便不肯从旧路回来，特由新路而归。一日，来至一个所在，地名草州桥东，乘轿慢慢而行。猛然听的咯吱一阵乱响，连忙将轿落平。包兴下马仔细看时，双杆皆有裂纹，幸喜落平实地，险些儿双杆齐折。禀明包公，吩咐带马。将马带过，老爷刚然扳鞍上去，那马咴的一声往旁一闪，幸有李才在外首坠镫，连忙拢住，老爷暗想："此马随我多年。它有三不走：遇歹人不走，见冤魂不走，有刺客不走。难道此处有事故不成？"将马带住，叫包兴唤地方。

不多时，地方来到马前，跪倒。老爷闪目观瞧，见此人年有三旬上下，手提一根竹竿，口称："小人地方范宗华，与钦差大人叩头。"包公问道："此处是何地名？"范宗华道："不是河，名叫草州桥。虽然有个平桥，却没有桥，也无有草。不知当初是怎么起的这个名儿，连小人也闹的纳闷儿。"两旁吆喝："少说！少说！"老爷又问道："可有公馆没有？"范宗华道："此处虽是通衢②大道，却不是镇店马头，也不过是荒凉幽僻的所在，如何能有公馆呢？再者也不是站头……"包兴在马上着急，道："没公馆，你就说没公馆就完了，何必这许多的话？"老爷在马上用鞭指着，问道："前面高大的房子是何所在？"范宗华回道："那是天齐庙。虽然是天齐庙，里面是菩萨殿、老爷殿、娘娘殿俱有，旁边跨所还有土地祠。就只老道看守，因没有什么香火，也不能多养活人。"包兴道："你太唠叨了！谁问你这些？"老爷吩咐："打道天齐庙。"两旁答应。老爷将马一带，竟奔天齐庙。

包兴上马一抖丝缰，先到天齐庙，撵开闲人，并告诉老道："钦差大人

---

① 渥(wò)——厚，重。

② 通衢(qú)——四通八达的道路；大道。

打此经过,一概茶水不用。你们伺候完了香,连忙躲开。我们大人是最爱清静的。”老道连连答应“是”。正说间,包公已到,包兴连忙接马。包公进得庙来,便吩咐李才在西殿廊下设了公座。老爷带包兴至正殿。老道将香烛预备齐全,伺候焚香已毕。包兴使个眼色,老道连忙回避。包公下殿,来至西廊,入了公位,吩咐众人俱在庙外歇息,独留包兴在旁,暗将地方叫进来。

包兴悄悄把范宗华叫到。他又给包兴打了个千儿。包兴道:“我瞧你很机灵,就是话太多了。方才大人问你,你就拣近的说就完咧。什么枝儿叶儿的,闹一大郎当,作什么?”范宗华连忙笑着说:“小人惟恐话回的不明白,招大人嗔怪,故此要往清楚里说。谁知话又多了。没什么说的,求二太爷担待小人罢!”包兴道:“谁来怪你?不过告诉你,恐其话太多,反招大人嗔怪。如今大人又叫你呢。你见了大人,问什么答应什么,不必唠叨了。”范宗华连连答应,跟包兴来至西廊,朝上跪倒。

包公问道:“此处四面可有人家没有?”范宗华禀道:“南通大道,东有榆树林,西有黄土岗,北边是破窑:共有不足二十家人家。”老爷便着地方抗了高脚牌,上面写“放告”二字,叫他知会各家,如有冤枉前来天齐庙申诉。范宗华应“是”,即抗了高脚牌,奔至榆树林,见了张家,便问:“张大哥,你打官司不打?”见了李家,便问:“李老二,你冤枉不冤枉?”招的众人无不大骂:“你是地方,总盼人家打官司,你好讹钱!我们过的好好清静日子,你找上门来叫打官司。没有什么说的,要打官(观)音寺儿,就和你打。什么东西!趁早儿滚开!真他妈的丧气!你怎么配当地方呢?你给我走罢!”范宗华无奈,又到黄土岗,也是如此,被人痛骂回来了。他却不怕骂,不辞辛苦,来到破窑地方,又嚷道:“今有包大人在天齐庙宿坛放告,有冤枉的没有?只管前去申冤。”一言未了,只听有人应道:“我有冤枉,领我前去。”范宗华一看,说道:“哎哟!我的妈呀!你老人家有什么事情,也要打官司呢?”

谁知此位婆婆,范宗华他却认得,可不知底里,只知道是秦总管的亲戚,别的不知。这是什么缘故呢?只因当初余忠替了娘娘殉难,秦凤将娘娘顶了余忠之名抬出宫来,派亲信之人送到家中,吩咐与秦母一样侍奉。谁知娘娘终日思想储君,哭的二目失明。那时范宗华之父名唤范胜,当时众人俱叫他“剩饭”,正在秦府打杂,为人忠厚老实好善。娘娘因他爱行好事,时常周济赏赐他,故此范胜受恩极多。后来秦凤自焚身死,秦母亦相继而亡,所有子孙不知娘娘是何等人。所谓“人在人情在,人亡两无交”。娘娘在秦宅存身不住,故此离了秦宅,无处栖身。范胜欲留她在家,娘娘决意不肯。幸喜有一破窑,范胜收拾了收拾,搀扶娘娘居住。多亏他时常照拂:每遇阴天下雨,他便送了饭来。又恐别人欺负她,叫儿子范宗华在窑外搭了个窝铺,坐冷子看守。虽是他答报受德受恩之心,哪里知道此位就是落难的娘娘。后来范胜临危,还告诉范宗华道:“破窑内老婆婆,你要好好侍奉她,当初是秦总管派人送到家中。此人是个有来历的,不可怠慢。”这也是他一生行好,竟得了一个孝顺的儿子。范宗华自父亡之后,真是遵依父训,侍奉不衰。平时即以老太太呼之,又叫妈妈。

现今娘娘要告状,故问:“你老人家有什么事情,也要告状呢?”娘娘道:“为我儿子不孝,故要告状。”范宗华道:“你老人家可是悖晦[①]了。这些年也没见你老人家说有儿子,今儿忽然又告起儿子来了。”娘娘道:“我这儿子,非好官不能判断。我常听见人说,这包公老爷善于判断阴阳,是个清正官儿,偏偏他总不从此经过,故此耽延了这些年。如今他既来了,我若不趁此时申诉,还要等待何时呢?”范宗华听罢,说:“既是如此,我领了你老人家去。到了那里,我将竹杖儿一拉,你可就跪下,好歹别叫我受罪。”说着话,拉着竹杖,领到庙前。先进内回禀,然后将娘娘领进庙内。

到了公座之下,范宗华将竹杖一拉,娘娘连理也不理。他又连拉了几拉,娘娘反将竹杖往回里一抽。范宗华好生地着急。只听娘娘说道:“大人吩咐左右回避,我有话说。”包公闻听,便叫左右暂且退出。座上方说道:“左右无人,有什么冤枉,诉将上来。”娘娘不觉失声道:“嗳哟!包卿!苦煞哀家了!”只这一句,包公座上不胜惊讶。包兴在旁,急冷冷打了个冷战。登时包公黑脸也黄了。包兴暗说:“我……我的妈呀!闹呵,审出哀家来了!我看这事怎么好呢?”

未识如何,且听下回分解。

---

① 悖(bèi)晦——糊涂。

第十六回

学士怀忠假言认母　夫人尽孝祈露医睛

且说包公见贫婆口呼包卿，自称哀家，平人如何有这样口气。只见娘娘眼中流泪，便将已往之事，滔滔不断，述说一番。包公闻听，吓得惊疑不止，连忙立起身来，问道："言虽如此，不知有何证据？"娘娘从里衣内，掏出一个油渍渍的包儿。包兴上前，不敢用手来接，撩起衣襟，向前兜住，说道："松手罢。"娘娘放手，包儿落在衣襟。包兴连忙呈上。千层万裹，里面露出黄缎袱子来。打开袱子一看，里面却是金丸一粒，上刻着"玉宸宫"字样并娘娘名号。包公看罢，急忙包好，叫包兴递过，自己离了座位。包兴会意，双手捧过包儿，来至娘娘面前，双膝跪倒，将包儿顶在头上，递将过去；然后一拉竹杖，领至上座。入了座位，包公秉正参拜。娘娘吩咐："卿家平身。哀家的冤枉，全仗卿家了。"包公奏道："娘娘但请放心。臣敢不尽心竭力以报君乎？只是目下耳目众多，恐有泄漏，实属不便；望祈娘娘赦臣冒昧之罪，权且认为母子，庶免众口纷纷，不知凤意如何？"娘娘道："既如此，但凭吾儿便了。"包公又往上叩头谢恩，连忙立起，暗暗吩咐包兴，如此如此。

包兴便跑至庙外，只见县官正在那里吆喝地方呢："钦差大人在此宿坛，你为何不早早禀我知道？"范宗华分辩道："大人到此问这个，又问那个，又派小人放告，多少差使，连一点空儿无有，难道小人还有什么分身法不成？"一句话惹恼了县官，一声断喝："好奴才！你误了差使，还敢强辩？就该打了你的狗腿！"说至此，恰好包兴出来，便说道："县太爷算了罢，老爷自己误了，反倒怪他。他是张罗不过来呀。"县官听了，笑道："大人跟前，须是不好看。"包兴道："大人也不嗔怪，不要如此了。大人吩咐咧，立刻叫贵县备新轿一乘，要伶俐丫鬟二名，并上好衣服簪环一分，急速办来，立等立等！再者公馆要分内外预备。所有一切用度花费的银两，叫太爷务必开清，俟到京时再为奉还。"又向范宗华笑道："你起来罢，不用跪着了。方才你带来的老婆婆，如今与大人母子相认了。老太太说你素日很照应，还要把你带进京去呢！你就是伺候老太太的人了。"范宗华闻听，犹如入云端的一般，乐得他不知怎么样才好。包兴又对县官道："贵县将他的差使止了罢。大人吩咐，叫他随着上京，沿途上伺候老太太，怎么把他也打扮打扮才好。这可打老爷个秋丰①罢。"县官连连答应道："使得，使得。"包兴又道："方才分派的事，太爷赶紧就办了罢。并将他带去，就叫他押解前来就是了。务必先将衣服首饰丫鬟，速速办来。"县官闻听，赶忙去了。

包兴进庙禀复了包公，又叫老道将云堂小院打扫干净。不多时，丫鬟二名并衣服首饰一齐来到，服侍娘娘在云堂小院沐浴更衣，不必细说。包公就在西殿内安歇，连忙写了书信，密密封好，叫包兴乘马先行进京，路上务要小心。

包兴去后，范宗华进来与包公叩头，并回明轿马齐备，县官沿途预备公馆之事。包公见他通身换了服色，真是人仗衣帽，却不似先前光景。包公便吩咐他一路小心伺候，"老太太自有丫鬟服侍，你无事不准入内。"范宗华答应退出。他却很知规矩，以为破窑内的婆婆如今作了钦差的母亲，自然非前可比。他哪里知道，那婆婆便是天下的国母呢！至次日，将轿抬至云堂小院的门首，丫鬟服侍娘娘上轿。包公手扶轿杆，一同出庙。只见外面预备停当，拨了四名差役跟随老太太，范宗华随在轿后，也有匹马。县官又派了官兵四名护送。包公步行有一箭多地，便说道："母亲先进公馆，孩儿随后即行。"娘娘说道："吾儿在路行程，不必多礼。你也坐轿走罢。"包公连连称"是"，方才退下。众人见包公走后，一个个方才乘马，也就起了身了。

这样一宗大事别人可瞒过，惟有公孙先生心下好生疑惑，却又猜不出是什么底细。况且大人与包兴机密至甚，先差包兴入京送信去了。想来此事重大，不可泄漏的，因此更不敢问，也不向王、马、张、赵提起，惟有心中纳闷而已。

单说包兴揣了密书，连夜赶到开封。所有在府看守之人，俱各相见。众人跪请了老爷的钧安。马夫将马牵去喂养刷溜，不必细表。包兴来到内衙，敲响云牌。里面妇女出来问明，见是包兴，连忙告诉丫鬟，禀明李氏

---

① 打秋丰——也作"打秋风"，旧时指假借各种名义向别人索取财物。

诰命[①]。诰命正因前次接了报摺,知道老爷已将庞昱铡死,惟恐太师怀恨,欲生奸计,每日提心吊胆;今日忽见包兴独自回来,不胜惊骇,急忙传进。见面,夫人先问了老爷安好。包兴急忙请安,答道:“老爷甚是平安。先打发小人送来密书一封。”说罢,双手一呈。丫鬟接过,呈与夫人。夫人接来,先看皮面上写着“平安”二字。即将外皮拆去,里面却是小小封套,正中签上写着“夫人密启”。夫人忙用金簪挑开封套,抽出书来一看,上言在陈州认了太后李娘娘,假作母子,即将佛堂东间打扫洁净,预备娘娘住宿。夫人以婆媳礼相见,遮掩众人耳目,千万不可走漏风声。后写着:“看后付丙。”诰命看完,便问包兴:“你还回去么?”包兴问道:“老爷吩咐小人,面递了书信,仍然迎着回去。”夫人道:“正当如此。你回去迎着老爷,就说我按着书信内所云,俱已备办了。请老爷放心。这也不便写回信。”叫丫鬟拿二十两银子赏他。包兴连忙谢赏,道:“夫人没有什么吩咐,小人喂喂牲口也就赶回去了。”说罢,又请了一个禀辞的安。夫人点头,说:“去罢,好好的伺候老爷。你不用我嘱咐。告诉李才,不准懒惰。眼看差竣就回来了。”包兴连连应“是”,方才退出。自有相好众人约他吃饭。包兴一壁道谢,一壁擦面。然后大家坐下吃饭,未免提了些官事:路上怎么防刺客,怎么铡庞昱。说至此,包兴便问:“朝内老庞没有什么动静呀?”伙伴答道:“可不是。他原参奏来着。上谕甚怒,将他儿子招供摔下来了。他瞧见,没有什么说的了,倒请了一回罪。皇上算是恩宽,也没有降不是。大约咱们老爷这个毒儿种得不小,将来总要提防便了。”包兴听罢,点了点头儿。又将陈州认母一节略说大概,以安众心。惟恐娘娘轿来,大家盘诘之时不便。说罢,急忙吃毕。马夫拉过马来,包兴上去,拱拱手儿,加上一鞭,他便迎了包公去了。

这里诰命照书信预备停当,每日至至诚诚,敬候凤驾。一日,只见前拨差役来了二名,进内衙敲响云牌,回道:“太夫人已然进城,离府不远了。”诰命忙换了吉服,带领仆妇丫鬟在三堂后恭候。不多时,大轿抬至三堂落平,役人轿夫退出,掩了仪门,诰命方至轿前。早有丫鬟掀起轿帘,夫人亲手去下扶手,双膝跪倒,口称:“不孝媳妇包拯之妻李氏接见娘亲,望婆婆恕罪。”太后伸手。李氏诰命忙将双手递过,彼此一拉。娘娘说

---

① 诰命——封建时代指受过封号的妇女。

道:“媳妇吾儿起来。”诰命将娘娘轻轻扶出轿外,搀至佛堂净室。娘娘入座。诰命递茶,回头吩咐丫鬟等,将跟老太太的丫鬟让至别室歇息。诰命见屋内无人,复又跪下,方称:“臣妾李氏,愿娘娘千岁,千千岁。”太后伸手相搀,说道:“吾儿千万不可如此,以后总以婆媳相称就是了。惟恐拘了国礼,倘有泄漏,反为不美。俟包卿回来再作道理。况且哀家姓李,媳妇你也姓李,咱娘儿就是母女。你不是我媳妇,是我女儿了。”诰命连忙谢恩。娘娘又将当初遇害情由,悄悄诉说一番,不觉昏花二目又落下泪来,自言:“二目皆是思君想子哭坏了,到如今诸物莫睹,可怎么好?”说罢,又哭起来。诰命在旁流泪,猛想起一物善能治目,“我何不虔诚祷告,倘能祈得天露将娘娘凤目治好,一来是尽我一点忠心,二来也不辜负了此宝。”欲要奏明,惟恐无效;若是不奏,又恐娘娘临期不肯洗目。想了多时,只得勉强奏道:“臣妾有一古今盆,上有阴阳二孔,取接天露,便能医目重明。待今晚臣妾叩求天露便了。”娘娘闻听,暗暗说道:“好一个贤德的夫人!她见我痛伤入心,就如此的宽慰于我,莫要负她的好意。”便道:“我儿,既如此,你就叩天求露,倘有至诚格天,二目复明,岂不大妙呢!”诰命领了懿旨[①],又叙了一回闲话。伺候晚膳已毕,诸事分派妥当,方才退出。

看看掌灯以后,诰命洗净了手,方将古今盆拿出,吩咐丫鬟秉烛来至园中,至诚焚香,祷告天地;然后捧定金盆,叩求天露。真是忠心感动天地。一来是诰命至诚,二来是该国母的难满:起初盆内潮润,继而攒聚露珠,犹如哈气一般;后来渐渐大了,只见滴溜溜满盆乱转,仿佛滚盘珠相似,左旋右转,皆流入阴阳孔内,便不动了。诰命满心欢喜,手捧金盆,擎至净室,只累得两膀酸麻,汗下如雨。恰好娘娘尚未安寝,诰命捧上金盆。娘娘伸玉腕蘸露洗目,只觉冷飕飕通彻心腑,香馥馥透入泥丸,登时两额角微微出了点香汗,二目中稍觉转动。闭目息神,不多时,忽然心花开朗,胸膈畅然。眼乃心之苗,不由的将二目一睁,哪知道云翳[②]早退,瞳子重生,已然黑白分明,依旧的盈盈秋水了。娘娘这一欢喜,真是非常之乐。诰命更觉欢喜。娘娘把手一拉诰命,方才细细看了一番。只见两旁有多

---

① 懿(yì)旨——皇太后或皇后的诏令。

② 云翳(yì)——眼球角膜发生病变后遗留下来的疤痕组织,影响视力。

少丫鬟，只得说道：“亏我儿至诚感格，将老身二目医好，都是出于媳妇孝心。”说着，说着，不由的一阵伤惨。诰命一见，连忙劝慰，道：“母亲此病原因伤心过度，如今初愈，只有欢喜的，不要悲伤。”娘娘点头，道：“此言甚是。我如今俱各看见了，再也不伤心了。我的儿，你也歇息去罢。有话，咱们母女明日再说罢。可是你说的，我二目甫[①]愈，也该闭目养养神。”夫人见如此说，方才退出。叫丫鬟携了金盆，并嘱咐众人好生服侍，又派两个得用的丫鬟前来帮着。吩咐已毕，慢慢回转卧室去了。

次日，忽见包兴前来，禀道：“老爷已然在大相国寺住了，明日面了圣，方能回署。”夫人说：“知道了。”包兴退出。

未知如何，且听下回分解。

---

① 甫(fǔ)——刚刚。

第十七回

开封府总管参包相　南清宫太后认狄妃

且说李太后自凤目重明之后，多亏了李诰命每日百般劝慰，诸事遂心，以致饮食起居无不合意，把个老太后哄得心儿里喜欢，已觉玉容焕发，精神倍长，迥①不是破窑的形景了。惟有这包兴回来说："老爷在大相国寺住宿，明日面圣。"诰命不由的有些悬心，惟恐见了圣上，提起庞昱之事，奏对耿直，致干圣怒，心内好生放心不下。

谁知次日，包公入朝见驾，奏明一切。天子甚夸办事正直，深为嘉赏，钦赐五爪蟒袍一袭、攒珠宝带一条、四喜白玉班指一个、珊瑚豆大荷包一对。包公谢恩。早朝已毕，方回至开封府。所有差役人等叩安。老爷连忙退入内衙，照旧穿着朝服。诰命迎将出来。彼此见礼后，老爷对夫人说道："欲要参见太后，有劳夫人代为启奏。"夫人领命，知道老爷必要参见，早将仆妇丫鬟吩咐不准跟随，引至佛堂静室。

夫人在前，包公在后，来至明间，包公便止步。夫人掀帘入内，跪奏："启上太后，今有龙图阁大学士兼理开封府臣包拯，差竣回京，前来参叩凤驾。"太后闻听，便问："吾儿在哪里？"夫人奏道："现在外间屋内。"太后吩咐："快宣来。"夫人掀帘，早见包公跪倒尘埃，口称："臣包拯参见娘娘，愿娘娘千岁，千千岁。臣荜室狭隘，有屈凤驾，伏乞赦宥。"说罢，匍匐在地。太后吩咐："吾儿抬起头来。"包公秉正跪起。娘娘先前不过闻声，如今方才见面。见包公方面大耳，阔口微须，黑漆漆满面生光，闪灼灼双睛暴露，生成福相，长成威颜，跪在地下，还有人高。真乃是"丹心耿耿冲霄汉，黑面沉沉镇鬼神"。太后看罢，心中大喜，以为仁宗有福，方能得这样能臣。又转想自己受此沉冤，不觉得滴下泪来，哭道："哀家多亏你夫妇这一番的尽心。哀家之事，全仗包卿了。"包公叩头，奏道："娘娘且免圣虑，微臣相机而作，务要秉正除奸，以匡国典。"娘娘一壁拭泪，一壁点头，

---

① 迥（jiǒng）——差得远。

说道:“卿家平身,歇息去罢。”包公谢恩,鞠躬退出。诰命仍将软帘放下,又劝娘娘一番。外面丫鬟见包公退出,方敢进来伺候。娘娘又对诰命说:“媳妇呀,你家老爷刚然回来,你也去罢,不必在此伺候了。”这原是娘娘一片爱惜之心,谁知反把个诰命说得不好意思,满面通红起来,招的娘娘也笑了。丫鬟掀帘,夫人只得退出,回转卧室。

只见外面搬进行李,仆妇丫鬟正在那里接收。诰命来至屋内,只见包公在那里吃茶,放下茶杯,立起身来,笑道:“有劳夫人,传宣官差完了。”夫人也笑了,道了鞍马劳乏。彼此寒暄一番,方才坐下。夫人便问一路光景。“为庞昱一事,妾身好生担心。”又悄悄问如何认了娘娘。包公略略述说一番,夫人也不敢细问。便传饭,夫妻共桌而食。食罢,吃茶,闲谈几句。

包公到书房料理公事。包兴回道:“草州桥的衙役回去,请示老爷有什么分派?”包公便问:“在天齐庙所要衣服簪环,开了多少银子?就叫他带回。叫公孙先生写一封回书道谢。”皆因老爷今日才下马,所有事件暂且未回。老爷也有些劳乏,便回后歇息去了。一宿不提。

至次日,老爷正在卧室梳洗,忽听包兴在廊下轻轻咳了一声。包公便问:“什么事?”包兴隔窗禀道:“南清宫宁总管特来给老爷请安,说有话要面见。”包公从不接交内官,今见宁总管忽然亲身来到,未免将眉头一皱,说道:“他要见我作什么?你回复他,就说我办理公事不能接见。如有要事,候明日朝房再见罢。”包兴刚要转身,只听夫人说:“且慢!”包兴只得站住,却又听不见里面说些什么。迟了多时,只听包公道:“夫人说的也是。”便叫包兴:“将他让在书房待茶,说我梳洗毕,即便出迎。”包兴转身出去了。

你道夫人适才与包公悄悄相商,说些什么?正是为娘娘之事,说:“南清宫现有狄娘娘。知道宁总管前来,为着何事呢?老爷何不见他,问问来历。倘有机缘,娘娘若能与狄后见面,那时便好商量了。”包公方肯应允,连忙梳洗冠带,前往书房而来。

单说包兴奉命来请宁总管,说:“我们老爷正在梳洗,略为少待,便来相见。请太辅书房少坐。”老宁听见“相见”二字,乐了个眉开眼笑,道:“有劳管家引路。我说咱家既来了,没有不赏脸的。素来的交情,焉有不赏见之理呢。”说着,说着,来至书房。李才连忙赶出掀帘。宁总管进入书房,见所有陈设毫无奢华俗态,点缀而已,不觉的啧啧称羡。包兴连忙点茶让坐,且在下首相陪。宁总管知道是大人的亲信,而且朝中时常见面,亦不敢小看于他。

正在攀话之际,忽听外面老爷问道:“请进来没有?”李才回道:“已然请至。”包兴连忙迎出,已将帘子掀起,包公进屋。只见宁总管早已站立相迎,道:“咱家特来给大人请安。一路劳乏,辛辛苦苦。原要昨日就来,因大人乏乏的身子不敢起动,故此今早前来,惟恐大人饭后有事。大人可歇过乏来了?”说罢,倒地一揖。包公连忙还礼,道:“多承太辅惦念。未能奉拜,反先劳驾,心实不安。”说罢让座,重新点茶。包公便道:“太辅降临,不知有何见教?望祈明示。”宁总管嘻嘻笑道:“咱家此来,不是什么官事。只因六合王爷深敬大人忠正贤能,时常在狄娘娘跟前提及。娘娘听了,甚为欢喜。新近大人为庞昱一事,先斩后奏,更显得赤心为国,不畏权奸。我们王爷下朝,就把此事奏明娘娘,把个娘娘乐得了不得,说:‘这才是匡扶社稷治世的贤臣呢!’却又教导了王爷一番,说我们王爷年轻,总要跟着大人学习,作一个清心正直的贤王呢,庶不负圣上洪恩。我们王爷也是羡慕大人得很呢,只是无故的又不能亲近。咱家一想,目下就是娘娘千秋华诞,大人何不备一份水礼前去庆寿?从此亲亲近近,一来不辜负娘娘一番爱喜之心,二来我们王爷也可以由此跟着大人学习些见识,岂不是件极好的事呢?故此今日我特来送此信。”包公闻听,暗自沉吟道:“我本不接交朝内权贵,奈因目下有太后之事。当今就知狄后是生母,哪里知道生母受如此之冤。莫如将计就计,如此如此,倘有机缘,倒省了许多曲折。再者六合王亦是贤王,就是接交他,也不玷辱于我。”想罢,便问道:“但不知娘娘圣诞,在于何时?”宁总管道:“就是明日寿诞,后日生辰。不然,我们怎么赶獐的似的呢?只因事在临迩,故此特来送信。”包公道:“多承太辅指教挂心,敢不从命。还有一事,我想娘娘圣诞,我们外官是不能面叩的。现在家慈在署,明日先送礼,后日正期,家慈欲亲身一往,岂不更亲近么?未知可否?”宁总管闻听:“嗳哟!怎么老太太到了?如此更好,咱家回去,就在娘娘前奏明。”包公致谢,道:“又要劳动太辅了。”老宁道:“好说,好说!既如此,咱家就回去了。先替我在老太太前请安罢。等后日我在宫内,再接待她老人家便了。”包公又托咐了一回:“家慈到宫时,还望照拂。”宁总管笑道:“这还用着大人吩咐?老人家前当尽心的,咱们的交情要紧。不用送,请留步罢。”包公送至仪门。宁总管再三拦阻,方才作别而去。

包公进内,见了夫人,细述一番,就叫夫人将方才之事,暗暗奏明太后。夫人领命,往静室去了。包公又来到书房,吩咐包兴备一份寿礼,明日送往南清宫去;又嘱他好好看待范宗华,事毕自有道理,千万不可泄漏底里与他。包兴也深知此事重大。慢说范宗华,就是公孙先生、王、马、张、赵诸人也被他瞒个结实。

至次日,包兴已办成寿礼八色,与包公过了目,也无非是酒、烛、桃、面等物。先叫差役挑往南清宫,自己随后乘马来至南清宫横街,已见人夫轿马,送礼物的,抬的抬,扛的扛,人声嘈杂,拥挤不开,只得下马,吩咐人役:“俟这些人略散散时,再将马溜至王府。”自己步行至府门,只见五间宫门,两边大炕上坐着多少官员。又见各处送礼的俱是手捧名帖,低言回话,那些王府官们还待理不理的。包兴见此光景,只得走上台阶,来至一位王官的跟前,从怀中换出贴来,说道:“有劳老爷们,替我回禀一声。”才说至此,只见那人将眼一翻,说:“你是哪里的?”包兴道:“我乃开封府……”才说了三个字,忽见那人站起来,说:“必是包大人送礼来的。”包兴道:“正是。”那人将包兴一拉,说:“好兄弟,辛苦辛苦。今早总管爷就传出谕来,说大人那里今日必送礼来,我这里正等候着呢。请罢,咱们里面坐着。”回头又吩咐本府差役:“开封府包大人的礼物在哪里?你们倒是张罗张罗呀!”只听见有人早已问下去:“哪是包大人礼物?挑往这里来。”

此时那王府官已将包兴引至书房,点茶陪坐,说道:“我们王爷今早就吩咐了,说道:‘大人若送礼来,赶紧回禀。’兄弟既来了,还是要见王爷?还是不见呢?”包兴答道:“既来了,敢则是见见好。只是又要劳动大老爷了。”那人闻听,道:“好兄弟,以后把老爷收了,咱们都是好兄弟。我姓王行三,我比兄弟齿长几岁,你就叫我三哥。兄弟再来时,你问秃王三爷就是我。皆因我卸顶太早,人人皆叫我王三秃子。”说罢,一笑。只见礼物挑进,王三爷俱瞧过了,拿上帖,辞了包兴,进内回话去了。

不多时,王三爷出来,对包兴道:“王爷叫在殿上等着呢。”包兴连忙跟随王三来至大殿,步上玉阶,绕走丹墀,至殿门以外;但见高卷帘栊,正面一张太师椅上,坐着一位束发金冠、蟒袍玉带的王爷,两边有多少内辅伺候。包兴连忙叩头。只听上面说道："你回去上复你家老爷，说我问好。如此费心多礼，我却领了。改日朝中面见了，再谢。"又吩咐内辅："将原帖璧回。给他谢帖，赏他五十两银子。"内辅忙忙交与王三。王三在旁悄悄说："谢赏。"包兴叩头站起，仍随王三爷。才下银安殿，只见那旁宁总管笑嘻嘻迎来，说道："主管，你来了么？昨日叫你受乏。回去见了大人，就提我已在娘娘前奏明了，明日请老太太只管来。老娘娘说了，不在拜寿，为的是说说话儿。"包兴答应。宁总管说："恕我不陪了。"包兴回说："太辅请治事罢。"方随着王三爷出来，仍要让至书房，包兴不肯。王三爷将帖子银两交与包兴。包兴道了乏，直至宫门，请王三爷留步。王三爷务必瞅着包兴上马。包兴无奈，道："恕罪。"下了台阶，马已拉过。包兴认镫上马，口道："磕头了，磕头了。"加鞭前行，心内思想："我们八色水礼才花了二十两银子，王爷倒赏了五十两，真是待下恩宽。"

不多时，来至开封府，见了包公，将话一一回禀。包公点头，来在后面，便问夫人："见了太后，启奏的如何？"夫人道："妾身已然回明。先前听了为难，说：'我去穿何服色？行何礼节？'妾身道：'娘娘暂屈凤体，穿一品服色。到了那里，大约狄娘娘断没有居然受礼之理。事到临期，见景生情，就混过去了。倘有机缘，泄漏实情，明是庆寿，暗里却是进宫之机会。不知凤意如何？'娘娘想了一想，方才说：'事到临头，也不得不如此了。只好明日前往南清宫便了。'"包公听见太后已经应允，不胜欢喜，便告诉夫人派两个伶俐丫鬟跟去，外面再派人护送。

至次日，仍将轿子搭至三堂之上上轿，轿夫退出，掩了仪门。此时诰命已然伺候娘娘，梳洗已毕。及至换了服色之时，娘娘不觉泪下。诰命又劝慰几句，总以大义为要，方才换了。收拾已完，夫人吩咐丫鬟等俱在三堂伺候。众人散出。诰命重新叩拜。此一拜不甚要紧，慢说娘娘，连诰命夫人也止不住扑簌簌泪流满面。娘娘用手相搀，哽噎①的连话也说不出来。还是诰命强忍悲痛，切嘱道："娘娘此去，关乎国典礼法，千万别见景生情，透了真实。不可因小节误了大事。"娘娘点头，含泪道："哀家二十载沉冤，多亏了你夫妇二人！此去若能重入宫闱，那时宣召我儿，再叙心曲便了。"夫人道："臣妾理应朝贺，敢不奉召。"说罢，搀扶娘娘出了门，慢

① 哽噎(yē)——哭声不能痛哭地发出。

慢步至三堂之上。诰命伺候娘娘上轿坐稳，安好扶手。丫鬟放下轿帘。只听太后说:“媳妇我儿，回去罢。”其声甚惨。诰命答应，退入屏后。外面轿夫进来，将轿抬起，慢慢地出了仪门。却见包公鞠躬伺候，上前手扶轿杆，跟随出了衙署。娘娘看得明白，吩咐:“我儿回去罢，不必远送了。”包公答应“是”，止住了步，看轿子落了台阶。又见那壁厢范宗华远远对着轿子，磕了一个头。包公暗暗点首，道:“他不但有造化，并且有规矩。”只见包兴打着顶马，后面拥护多人，围随着去了。

包公回身进内，来到后面，见夫人眼睛哭得红红儿的，知是方才与娘娘作别未免伤心，也不肯细问，不过悄悄的又议论一番:“娘娘此去不知见了狄后，是何光景？且自静听消息便了。”妄拟多时，又与诰命谈了些闲话。夫人又言道:“娘娘慈善，待人厚道，不想竟受此大害!”包公点头叹息，仍来至书房，料理官事。

不知娘娘此去如何，且听下回分解。

第十八回

奏沉疴仁宗认国母　宣密诏良相审郭槐

且说包兴跟随太后，在前打着顶马，来到南清宫。今日比昨日更不相同，多半尽是关防轿，所有嫔妃、贵妃、王妃以及大员的命妇，往来不绝。包兴却懂规矩，预先催马来至王府门前下马，将马拴在桩上，步上宫门。恰见秃王三爷在那里，忙执手上前道："三老爷，我们老太太到了。"王三爷闻听，飞跑进内。不多时，只见里面出来了两个内辅，对着门上众人说道："回事的老爷们听着：娘娘传谕，所有来的关防俱各道乏，一概回避，单请开封府老太太会面。"众人连声答应。包兴闻听，即催本府的轿夫抬至宫门，自有这两个内辅引进去了。然后王三爷出来张罗包兴，让至书房吃茶。今日见了，比昨日更觉亲热。

单说娘娘大轿抬至二门，早见出来了四个太监，将轿夫换出；又抬至三门，过了仪门，方才落平。早有宁总管来至轿前，揭起帘子，口中说道："请太夫人安。"忙去了扶手，自有跟来的丫鬟搀扶下轿。娘娘也瞧了瞧宁总管，也回问了一声："公公好。"宁总管便在前引路，来至寝宫。只见狄娘娘已在门外接待，远远地见了太夫人，吃了一惊，不觉心里犯想，觉得面善，熟识得很，只是一时想不起来。娘娘来至跟前，欲行参拜之礼。狄后连忙用手拦住，说："免礼。"娘娘也就不谦让了。彼此携手，一同入座。娘娘看狄后，比当时面目苍老了许多。狄后此时对面细看，忽然想起好像李妃，因已赐死，再也想不到却是当今国母，只是心里总觉不安。献茶已毕，叙起话来，问答如流，气度从容，真是大家风范，把个狄后乐个不得了，甚是投缘，便留太夫人在宫住宿，多盘桓①几天。此一留正合娘娘之心，即便应允。遂叫内辅传出："所有轿马人等不必等候了，娘娘留太夫人多住几日呢。跟役人等俱各照例赏赐。"早有值日的内辅连声答应，传出去了。

---

① 盘桓（huán）——徘徊；逗留。

这里传膳。狄后务要与太夫人并肩坐了，为的是接谈便利。娘娘也不过让，更显得直爽大方。狄后尤其欢喜非常。饮酒间，狄后盛称包公忠正贤良，“这皆是夫人教训之德。”娘娘略略谦逊。狄后又问太夫人年庚。娘娘答言：“四十二岁。”又问：“令郎年岁几何？”一句话把个娘娘问得闭口无言，登时急得满面通红，再也答对不来。狄后看此光景，不便追问，即以酒的冷暖遮饰过去。娘娘也不肯饮酒了。便传饭吃毕，散坐闲谈。又到各处瞻仰一番，皆是狄后相陪。越瞧越像去世的李妃，心中好生的犯疑，暗暗想道：“方才问她儿子的岁数，她如何答不上来？竟会急得满面通红！世间哪有母亲不记得儿子岁数之理呢？其中实有可疑。难道她竟敢欺哄我不成？也罢，既已将她留下，晚间叫她与我同眠，明是与她亲热，暗里再细细盘诘①她便了。”心中这等犯想，眼睛却不住地看，见娘娘举止动作益发是李妃无疑，心内更自委决不下了。

到了晚间，吃毕晚膳，仍是散坐闲话。狄后吩咐：“将静室打扫干净，并将枕衾②也铺设在净室之中，我还要与夫人谈心，以消永夜。”娘娘见此光景，正合心意。及至归寝之时，所有承御之人（连娘娘丫鬟）自有安排，非呼唤不敢擅入。狄后因惦念着为何不知儿子的岁数呢，便从此追问，即言：“夫人有意欺哄，是何道理？”话语究的甚是紧急。娘娘不觉失声答道：“皇姐，你难道不认得哀家了么？”虽然说出此语，已然悲不成音。狄后闻听，不觉大惊，道：“难道夫人是李后娘娘么？”娘娘泪流满面，哪里还说的出话来。狄后着急，催促道：“此时房内无人，何不细细言来？”娘娘止住悲声，方将当初受害，怎么余忠替死，怎么送往陈州，怎么遇包公假认为母，怎么在开封府净室居住，多亏李氏诰命叩天求露，洗目重明，今日来给皇姐祝寿，为的是吐露真情的话，细细说了一遍，险些儿没有放声哭出来。

狄后听了，目瞪痴呆，不觉也落下泪来，半晌，说道：“不知有何证据？”娘娘即将金丸取出，递将过去。狄后接在手中，灯下验明，连忙战兢兢将金丸递过，便双膝跪倒，口中说道：“臣妃不知凤驾降临，实属多有冒犯，望乞太后娘娘赦宥！”李太后连忙还礼相搀，口称：“皇姐，不要如此。如何能叫圣上知道方好。”狄后谢道：“娘娘放心，臣妃自有道理。”便说起

---

① 盘诘（jié）——仔细追问（可疑的人）。

② 衾（qīn）——被子。

当日刘后与郭槐定计，用狸猫换出太子，多亏承御寇珠抱出太子交付陈林，用提盒送至南清宫抚养。后来刘后之子病夭，方将太后太子补了东宫之缺。因太子游宫，在寒宫见了娘娘，母子天性，面带泪痕。刘后生疑，拷问寇珠。寇珠怀忠，触阶而死。因此刘后在先皇前进了谗言，方将娘娘赐死。这些情由说过一遍，李太后如梦方醒，不由伤心。狄后再三劝慰，太后方才止泪，问道："皇姐，如何叫皇儿知道，使我母子重逢呢？"狄后道："待臣妃装起病来，遣宁总管奏知当今，圣上必然亲来。那时臣妃吐露真情便了。"娘娘称善。一宿不提。

到了次日清晨，便派宁总管上朝奏明圣上，说："狄后娘娘夜间偶然得病，甚是沉重。"宁总管不知底里，不敢不去，只得遵懿旨上朝去了。狄后又将此事告知六合王。

仁宗五鼓刚要临朝，只见仁寿宫总管前来启奏，说："太后夜间得病，一夜无眠。"天子闻听，即先至仁寿宫请安，便悄悄吩咐不可声张，恐惊了太后。轻轻迈步，进了寝殿，已听见有呻吟之声。忽听见太后说："寇宫人，你竟敢如此无理！"又听嗳哟一声。此时宫人已将绣帘揭起。天子侧身进内，来至御榻之前。刘后猛然惊醒，见天子在旁，便说："有劳皇儿挂念。哀家不过偶受风寒，没有什么大病，且请放心。"天子问安已毕，立刻传御医调治。惟恐太后心内不耐烦，略略安慰几句，即便退出。

才离了仁寿宫，刚至分宫楼，只见南清宫总管跪倒，奏道："狄后娘娘夜间得病甚重，奴婢特来启奏。"仁宗闻听，这一惊非同小可，立刻吩咐亲临南清宫。只见六合王迎接圣上。先问了狄后得病的光景。六合王含糊奏对："娘娘夜间得病，此时略觉好些。"圣上心内稍觉安慰，便吩咐随侍的俱各在外伺候，单带陈林跟随。

此旨一下，暗合六合王之心，侧身前引，来至寝宫以内，但见静悄悄寂寞无声，连个承御丫鬟一个也无有。又见御榻之上锦帐高悬，狄后里面而卧。仁宗连忙上前问安。狄后翻转身来，猛然间问道："陛下，天下至重至大者，以何为先？"天子答道："莫过于孝。"狄后叹了一口气，道："既是孝字为先，有为人子不知其母存亡的么？又有人子为君而不知其母在外飘零的么？"这两句话问的天子茫然不懂，犹以为是狄后病中谵语①。狄

① 谵(zhān)语——胡话。

后又道:“此事臣妃尽知底蕴,惟恐陛下不信。”仁宗听狄后自称臣妃,不觉大惊,道:“皇娘何出此言?望乞明白垂训。”狄后转身,从帐内拉出一个黄匣来,便道:“陛下可知此物的来由么?”仁宗接过,打开一看,见是一块玉玺龙袱,上面有先皇的亲笔御记。仁宗看罢,连忙站起。谁知老伴伴陈林在旁,睹物伤情,想起当年,早已泪流满面。天子猛回头见陈林啼哭,更觉诧异,便追问此袱的来由。狄后方才说起郭槐与刘后图谋正宫,设计陷害李后。“其中多亏了两个忠义之人,一个是金华宫承御寇珠,一个是陈林。寇珠奉刘后之命将太子抱出宫来,那时就用此袱包裹,暗暗交付陈林。”仁宗听至此,又瞅了陈林一眼。此时陈林已哭的泪人一般。狄后又道:“多亏陈林经了多少颠险,方将太子抱出,入南清宫内,在此抚养六年。陛下七岁时承嗣与先皇,补了东宫之缺。千不合,万不合,陛下见了寒宫母亲落泪,才惹起刘后疑忌,生生把个寇珠处死,又要赐死母后。其中又多亏了两个忠臣,一个小太监余忠情愿替太后殉难;秦凤方将母后换出,送往陈州。后来秦凤自焚,家中无主,母后不能存留,只落得破窑乞食。幸喜包卿在陈州放粮,由草桥认了母后,假称母子,以掩耳目。昨日与臣妃作寿,方能与国母见面。”仁宗听罢,不胜惊骇,泪如雨下,道:“如此说来,朕的皇娘现在何处?”只听得罩壁后悲声切切,出来了一位一品服色的夫人。仁宗见了发怔。

太后恐天子生疑,连忙将金丸取出,付与仁宗。天子接来一看,正与刘后金丸一般,只是上面刻的是“玉宸宫”,下书娘娘名号。仁宗抢行几步,双膝跪倒,道:“孩儿不孝,苦煞皇娘了!”说至此,不由放声大哭。母子抱头,悲痛不已。只见狄后已然下床来,跪倒尘埃,匍匐请罪。连六合王及陈林俱各跪倒在旁,哀哀相劝。母子伤感多时。天子又叩谢了狄妃,搀扶起来;复又拉住陈林的手,哭道:“若不亏你忠心为国,焉有朕躬!”陈林已然说不出话来,惟有流泪谢恩而已。大家平身。仁宗又对太后说道:“皇娘如此受苦,孩儿枉为天子,何以对满朝文武?岂不得罪于天下乎?”说至此,又怨又愤。狄后在旁劝道:“圣上还朝降旨,即着郭槐、陈林一同前往开封府宣读,包学士自有办法。”这却是包公之计,命李诰命奏明李太后;太后告诉狄后,狄后才奏的。

当下仁宗准奏,又安慰了太后许多言语,然后驾转回宫,立刻御笔草诏,密密封好,钦派郭槐、陈林往开封府宣读。郭槐以为必是加封包公,欣然同定陈林,竟奔开封府而来。

且说包公自昨日伺候娘娘去后,迟不多时,包兴便押空轿回来,说:"狄后将太夫人留下,要多住几日。小人押空轿回来。那里赏了跟役人等二十两银子,赏了轿上二十吊钱。"包公点头,吩咐道:"明日五鼓,你到朝房打听,要悄悄的。如有什么事,急忙回来,禀我知道。"包兴领命。至次日黎明时,便回来了。知道包公尚在卧室,连忙进内,在廊下轻轻咳嗽。包公便问:"你回来了?打听有什么事没有?"包兴禀道:"打听得刘后夜间欠安,圣上立刻驾至仁寿宫请安;后来又传旨,立刻亲临南清宫,说狄后娘娘也病了。大约此时圣驾还未回宫呢。"包公听毕,说:"知道了。"包兴退出。包公与夫人计议道:"这必是太后吐露真情,狄后设的计谋。"夫妻二人暗暗欢喜。

才用完早饭,忽报圣旨到了。包公忙换朝服,接入公堂之上,只见郭槐在前,陈林在后,手捧圣旨。郭槐自以为是都堂,应宣读圣旨,展开御封。包公三呼已毕,郭槐便念道:"奉天承运皇帝诏曰:'今有太监郭……'"刚念至此,他看见自己的名字,便不能向下念了。旁边陈林接过来,宣读道:"'今有太监郭槐谋逆不端,奸心叵测。先皇乏嗣,不思永祚之忠诚;太后怀胎,遽遭兴妖之暗算。怀抱龙袱,不遵凤诏,寇宫人之志可达天;离却北阙,竟赴南清,陈总管之忠堪贯日。因泪痕,生疑忌,将明朗朗初吐宝珠,立毙杖下。假诅咒,进谗言,把气昂昂一点余忠,替死梁间。致令堂堂国母,廿载沉冤,受尽了背井离乡之苦。若非耿耿包卿一腔忠赤,焉得有还珠返璧之期。似此灭伦悖理①,理当严审细推。按诏究问,依法重办。事关国典,理重君亲。钦交开封府严加审讯。上命钦哉!'望诏谢恩。"

包公口呼"万岁",立起身来,接了圣旨,吩咐一声:"拿下!"只见愣爷赵虎竟奔了贤伴伴陈林,伸手就要去拿。包公连忙喝住:"大胆!还不退下。"赵爷发愣。还是王朝、马汉将郭槐衣服冠履打去,提到当堂,向上跪倒。上面供奉圣旨。包公向左设了公座,旁边设一侧座,叫陈林坐了。当日包公入了公位,向郭槐说道:"你快将以往之事,从实招来!"

未识郭槐招与不招,且听下回分解。

---

① 悖(bèi)理——违背天理。

第十九回

巧取供单郭槐受戮　明颁诏旨李后还宫

且说包公将郭槐拿下，喊了堂威，入了公堂，旁边又设了个侧座叫陈林坐了。包公便叫道："郭槐，将当初陷害李后怎生抵换太子，从实招来！"郭槐说："大人何出此言？当初系李妃产生妖孽，先皇震怒，才贬冷宫，焉有抵换之理呢？"陈林接着说道："既无有抵换，为何叫寇承御抱出太子，用裙绦勒死，丢在金水桥下呢？"郭槐闻听，道："陈总管，你为何质证起咱家来？你我皆是进御之人，难道太后娘娘的性格，你是不知道的么？倘然回来太后懿旨到来，只怕你也吃罪不起。"包公闻听，微微冷笑，道："郭槐，你敢以刘后欺压本阁么？你不提刘后便罢，既已提出，说不得可要得罪了。"吩咐："拉下去，重责二十板。"左右答应，一声呐喊，将他翻倒在地，打了二十。只打得皮开肉绽，呲牙咧嘴，哀声不绝。包公问道："郭槐，你还不招认么？"郭槐到了此时，岂不知事关重大，横了心再也不招，说道："当日原是李妃产生妖孽，自招愆尤，与我郭槐什么相干！"包公道："既无抵换之事，为何又将寇承御处死？"郭槐道："那是因寇珠顶撞了太后，太后方才施刑。"陈林在旁又说道："此话你又说差了。当初拷问寇承御，还是我掌刑杖。刘后紧紧追问着他，将太子抱出置于何地，你如何说是顶撞呢？"郭槐闻听，将双眼一瞪，道："既是你掌刑，生生是你下了毒手，将寇承御打的受刑不过，她才触阶而死，为何反来问我呢？"包公闻听，道："好恶贼！竟敢如此的狡赖！"吩咐："左右，与我拶起来！"左右又一声喊，将郭槐双手并齐，套上拶子①，把绳往左右一分。只闻郭槐杀猪也似的喊起来。包公问道："郭槐，你还不招认么？"郭槐咬定牙根，道："没有什么招的哟。"见他汗似蒸笼，面目更色，包公吩咐卸刑，松放拶子。郭槐又是哀声不绝，神魂不定，只得暂且收监，明日再问。先叫陈林将今日审问的情由，暂且复旨。

---

① 拶子（zǎnzi）——旧时夹手指的刑具。

包公退堂，来至书房，便叫包兴请公孙先生。不多时，公孙策来到，已知此时的底里，参见包公已毕，在侧坐了。包公道："今日圣旨到来宣读之时，先生想来已明白此事了，我也不用再说了。只是郭槐再不招认。我见拶他之时，头上出汗，面目更改，恐有他变。此乃奉旨的钦犯，他又搁不住大刑，这便如何是好？故此请了先生来，设想一个法子，只伤皮肉，不动筋骨，要叫他招承方好。"公孙策道："待晚生思索了，画成式样，再为呈阅。"说罢，退出，来到自己房内。筹思多时，偶然想起，急忙提笔画出，又拟了名儿，来到书房回禀包公。包公接来一看，上面注明尺寸，仿佛大熨斗相似，却不是平面，上面皆是垂珠圆头钉儿，用铁打就；临用时将炭烧红，把犯人肉厚处烫炙①，再也不能损伤筋骨，止于皮肉受伤而已。包公看了，问道："此刑可有名号？"公孙策道："名曰'杏花雨'，取其落红点点之意。"包公笑道："这样恶刑却有这等雅名，先生真才人也！"即着公孙策立刻传铁匠打造。次日隔了一天，此刑业已打就。到了第三日，包公便升堂提审郭槐。

且说郭槐在监牢之中，又是手疼，又是板疮，呻吟不绝，饮食懒进，两日光景，便觉形容憔悴。他心中却暗自思道："我如今在此三日，为何太后懿旨还不见到来呢？"猛然又想起："太后欠安，想来此事尚未得知。我是咬定牙根，横了心再不招承。既无口供，包黑他也难以定案。只是圣上忽然间为何想起此事来呢？真真令人不解。"

正在犯思之际，忽然一提牢前来，说道："老爷升堂，请郭总管呢。"郭槐就知又要审讯了，不觉的心内突突的乱跳，随着差役上了公堂。只见红焰焰的一盆炭火内里烧着一物，却不知是何作用，只得朝上跪倒。只听包公问道："郭槐，当初因何定计害了李后？用物抵换太子？从实招来，免得皮肉受苦。"郭槐道："实无此事，叫咱家从何招起？若果有此事，慢说迟滞这些年，管保早已败露了，望祈大人详察。"包公闻听，不由怒发冲冠，将惊堂木一拍，道："恶贼！你的奸谋业已败露，连圣上皆知，尚敢推诿②，其实可恶！"吩咐："左右，将他剥去衣服。"上来了四个差役，剥去衣服，露出脊背，左右二人把住。只见一人用个布帕连发将头按下去；那边

---

① 炙(zhì)——烤。

② 推诿(wěi)——把责任推给别人。

一人从火盆内攥起木把，拿起杏花雨，站在恶贼背后。只听包公问道："郭槐，你还不招么?"郭槐横了心，并不言语。包公吩咐用刑，只见杏花雨往下一落，登时皮肉皆焦，臭味难闻。只疼得恶贼浑身乱抖，先前还有哀叫之声，后来只剩得发喘了。包公见此光景，只得吩咐："住刑，容他喘息再问。"左右将他扶住，郭槐哪里还挣扎得来呢，早已瘫在地下。包公便叫搭下去。公孙策早已暗暗吩咐差役，叫搭在狱神庙内。

郭槐到了狱神庙，只见提牢手捧盖碗，笑容满面，到跟前悄悄的说道："太辅老爷，多有受惊了。小人无物可敬，觅得定痛丸药一服，特备黄酒一盅，请太辅老爷用了，管保益气安神。"郭槐见他劝慰殷勤，语言温和，不由的接过来，道："生受你了。咱家倘有出头之日，再不忘你便了。"提牢道："老爷何出此言。如若离了开封，那时求太辅老爷略一伸手，小人便受携带多多矣。"一句话奉承得恶贼满心欢喜，将药并酒服下，立时觉得心神俱安，便问道："此酒尚有否?"提牢道："有，有，多着呢。"便叫人急速送酒来。自己接过，仍叫那人退了，又恭恭敬敬的给恶贼斟上。郭槐见他如此光景，又精细，又周到，不胜欢喜，一壁饮酒，一壁问道："你这几日可曾听见朝中有什么事情没有呢?"提牢道："没有听见什么咧。听见说太后欠安，因寇宫人作祟，如今痊愈了。圣上天天在仁寿宫请安。大约不过迟一二日，太后必然懿旨到来，那时太辅老爷必然无事。就是我们大人，也不敢违背懿旨。"郭槐听至此，心内畅然，连吃了几杯。

谁知前两日肚内未曾吃饭，今日一连喝了几碗空心酒，不觉的面赤心跳，二目朦胧，登时醉醺醺起来，有些前仰后合。提牢见此光景，便将酒撤去，自己也就回避了。只落得恶贼一人，踽踽凉凉，虽然多饮，心内却牵挂此事，不能去怀，暗暗踌躇道："方才听提牢说太后欠安，却因寇宫人作祟；幸喜如今痊愈了，太后懿旨不一日也就下来了。"又想："寇宫人死的本来冤枉，难怪她作祟。"

正在胡思乱想，觉得一阵阵凉风习习，尘沙簌簌，落在窗棂之上。而且又在春暮之时，对此凄凄惨惨的光景，猛见前面似有人形，若近若远，咿咿唔唔声音。郭槐一见，不由的心中胆怯起来。才要唤人，只见那人影儿来至面前，说道："郭槐，你不要害怕。奴非别人，乃寇承御，特来求太辅质对一言。昨日与太后已在森罗殿证明，太后说此事皆是太辅主裁，故此放太后回宫。并且查得太后与太辅尚有阳寿一纪，奴家不能久在幽冥，今日特来与太辅辩明当初之事，奴便超生去也。”郭槐闻听，毛骨悚然。又见面前之人披发，满面血痕，惟闻得嗓声细气，已知是寇宫人显魂，正对了方才提牢之话，不由的答道：“寇宫人，真正委屈死你了。当初原是我与尤婆定计，用剥皮狸猫换出太子，陷害李后。你彼时并不知情，竟自含冤而死。如今我既有阳寿一纪，倘能出狱，我请高僧高道超度你便了。”又听女鬼哭道：“郭太辅，你既有此好心，奴家感谢不尽。少时到森罗殿，只要太辅将当初之事说明，奴家便得超生，何用僧道超度；若忏悔不至诚，反生罪孽。……”

刚言至此，忽听鬼语啾啾，出来了两个小鬼，手执追命索牌，说：“阎罗天子升殿，立召郭槐的生魂，随屈死的冤鬼前往质对。”说罢，拉了郭槐就走。恶贼到了此时，恍恍忽忽，不因不由跟着。弯弯曲曲，来到一座殿上，只见黑凄凄，阴惨惨，也辨不出东南西北。忽听小鬼说道：“跪下！”恶贼连忙跪倒。便听叫道：“郭槐，你与刘后所作之事，册籍业已注明，理应堕入轮回；奈你阳寿未终，必当回生阳世。惟有寇珠冤魂，地府不便收此游荡女鬼。你须将当初之事诉说明白，她便从此超生。事已如此，不可隐瞒了。”郭槐闻听，连忙朝上叩头，便将当初刘后图谋正宫，用剥皮狸猫抵换太子，陷害了李妃的情由，述说一遍。忽见灯光明亮，上面坐着的正是包公，两旁衙役罗列，真不亚如森罗殿一般。早有书吏将口供呈上；又有狱神庙内书吏一名，亦将郭槐与女鬼说的言语一并呈上。包公一同看了，吩咐：“拿下去，叫他画供。”恶贼到了此时无奈，已知落在圈套，只得把招画了。

你道女鬼是谁？乃是公孙策暗差耿春、郑平，到勾栏院将妓女王三巧唤来。多亏公孙策谆谆教演，便假扮女鬼套出真情，赏了她五十两银子，打发她回去了。

此时包公仍将郭槐寄监，派人好生看守。等次日五鼓上朝，奏明仁宗，将供招谨呈御览。仁宗袖①了供招，朝散回宫，便往仁寿宫而来，见刘后昏沉之间手足乱动，似有招架之态。猛然醒来，见天子立在面前，便道：“郭槐系先皇老臣，望皇儿格外赦宥。”仁宗闻听，也不答言，从袖中将郭槐的供招向刘后前一掷。刘后见此光景，拿起一看，登时胆裂魂飞，气堵

---

①　袖——名词用作动词，把东西装在袖子里。

咽喉。久病之人,如何禁得住罪犯天条,一吓竟自呜呼哀哉了。仁宗吩咐将刘后抬入偏殿,按妃礼殡殓了,草草奉移而已。传旨即刻打扫宫院。

次日升殿,群臣三呼已毕。圣上宣召包公:"刘后惊惧而亡,就着包卿代朕草诏颁行天下,匡正国典。"从此黎民内外臣宰,方知国母太后姓李,却不姓刘。当时圣上着钦天监拣了吉日,斋戒沐浴,告祭各庙;然后排了銮舆,带领合朝文武,亲诣南清宫迎请太后还宫。所有礼节自有仪典,不必细表。

太后娘娘乘了御辇;狄后贤妃也乘了宝舆,跟随入宫。仁宗天子请了太后之后,先行回銮,在宫内伺候。此时王妃命妇俱各入朝,排班迎接凤驾。太后入宫,升座受贺已毕,起身更衣,传旨宣召龙图阁大学士包拯之妻李氏夫人进宫。太后与狄后仍以姐妹之礼相见,重加赏赐。仁宗也有酬报。不必细表。

外面众臣朝贺已毕。天子传旨,将郭槐立剐①。此时尤婆已死,照例戮尸。又传旨在仁寿宫寿山福海地面丈量妥协,左边敕建寇宫人祠堂,名曰"忠烈祠";右边敕建秦凤、余忠祠堂,名曰"双义祠"。工竣,亲诣拈香。

一日,老丞相王苞递了一本,因年老力衰,情愿告老休致。圣上怜念元老,仍赏食全俸,准其养老。即将包公加封为首相。包公又奏明公孙策与四勇士累有参赞功绩。仁宗于是封公孙策为主簿,四勇士俱赏六品校尉,仍在开封府供职。又奉太后懿旨,封陈林为都堂,范宗华为承信郎;将破窑改为庙宇,钦赐白银千两,香火地十顷,就叫范宗华为庙官,春秋两祭,永垂不朽。

未知如何,且听下回分解。

---

① 剐(guǎ)——割肉离骨,指封建时代的凌迟刑。

第二十回
受魇魔忠良遭大难　杀妖道豪杰立奇功

且说包公自升为首相，每日勤劳王事，不畏权奸，秉正条陈，圣上无有不允。就是满朝文武，谁不钦仰？纵然素有仇隙之人，到了此时，也奈何他不得。一日，包公朝罢，来到开封，进了书房，亲自写了一封书信，叫包兴备厚礼一份，外带银三百两，选了个能干差役前往常州府武进县遇杰村，聘请南侠展熊飞；又写了家信，一并前去。刚然去后，只见值班头目向上跪倒："启上相爷，外面有男女二人，口称'冤枉'，前来申诉。"包公吩咐，点鼓升堂。立刻带至堂上。包公见男女二人皆有五旬年纪，先叫将婆子带上来。婆子上前跪倒，诉说道："婆子杨氏。丈夫姓黄，久已去世。有两个女儿，长名金香，次名玉香。我这小女儿原许与赵国盛之子为妻。昨日他家娶去，婆子因女儿出嫁，未免伤心。及至去了之后，谁知我的大女儿却不见了。婆子又忙到各处寻找，再也没有，急得婆子要死。老爷想，婆子一生就仗着女儿。我寡妇失业的，原打算将来两个女婿，有半子之劳，可以照看。寡妇如今把个大女儿丢了，竟是不知去向。婆子又是急，又是伤心，正在啼哭之时，不想我们亲家赵国盛找了我来，和我不依，说我把女儿抵换了。彼此分争不清，故此前来，求老爷替我们判断判断，找找我的女儿才好。"包公听罢，问道："你家可有常来往的亲眷没有？"杨氏道："慢说亲眷，就是街坊邻舍，无事也是不常往来的，婆子孤苦得很呢！"说至此，就哭起来了。

包公吩咐，把婆子带下去，将赵国盛带上来。赵国盛上前跪倒，诉道："小人赵国盛原与杨氏是亲家。她有两个女儿，大的丑陋，小的俊俏，小人与儿子定的是她的小女儿。娶来一看，却是她大女儿。因此急急赶到她家，与她分争为何抵换。不料杨氏她倒不依，说小人把她两个女儿都娶去了，欺负她孀居①寡妇了。因此到老爷台前，求老爷判断判断。"包公问

① 孀(shuāng)居——守寡。

道:“赵国盛,你可认明是她大女儿么?”赵国盛道:“怎么认得不明呢?当初有我们亲家在日,未作亲时,她两个女儿小人俱是见过的,大的极丑,小的甚俊。因小人爱她小女,才与小人儿子定了亲事。那个丑的,小人断不要的。”包公听罢,点了点头,便叫:“你二人且自回去,听候传讯。”

老爷退堂,来至书房,将此事揣度。包兴倒过茶来,恭恭敬敬,送至包公面前。只见包公坐在椅上身体乱晃,两眼发直,也不言语,也不接茶。包兴见此光景,连忙放下茶杯,悄悄问道:“老爷怎么了?”包公忽然将身子一挺,说道:“好血腥气呀!”往后便倒,昏迷不醒。包兴急急扶着,口中乱叫:“老爷,老爷!”外面李才等一齐进来,彼此搀扶,抬至床榻之上。一时传到里面。李氏诰命闻听,吓得惊疑不止,连忙赶至书房看视。李才等急回避。只见包公躺在床上,双眉紧皱,二目难睁,四肢全然不动,一语也不发。夫人看毕,不知是何缘故。正在纳闷,包兴在窗外道:“启上夫人,公孙主簿前来与老爷诊脉。”夫人闻听,只得带领丫鬟回避。

包兴同着公孙先生来至书房榻前。公孙策细细搜求病源,诊了左脉,连说:“无妨。”又诊右脉,便道:“怪事!”包兴在旁问道:“先生看相爷是何病症?”公孙策道:“据我看来,相爷六脉平和,并无病症。”又摸了摸头上并心上,再听气息亦顺,仿佛睡着的一般。包兴将方才的形景,述说一遍。公孙策闻得便觉纳闷,并断不出病从何处起的。只得先叫包兴进内安慰夫人一番,并禀明须要启奏。自己便写了告病摺子,来日五鼓,上朝呈递。

天子闻奏,钦派御医到开封府诊脉,也断不出是何病症。一时太后也知道了,又派老伴伴陈林前来看视。此时开封府内外上下人等,也有求神问卜的,也有说偏方的。无奈包公昏迷不省,人事不知,饮食不进,止于酣睡而已。幸亏公孙先生颇晓医理,不时在书房诊脉照料。至于包兴、李才,更不消说了,昼夜环绕,不离左右。就是李氏诰命,一日也是要到书房几次。惟有外面公孙策与四勇士,个个急得擦拳磨掌,短叹长吁,竟自无法可施。

谁知一连就是五天。公孙策看包公脉息,渐渐的微弱起来,大家不由得着急。独包兴与别人不同,他见老爷这般光景,因想当初罢职之时,曾在大相国寺得病,与此次相同,那时多亏了然和尚医治。偏偏他又云游去了。由此便想起,当初经了多少颠险,受了多少奔波,好容易熬到如此地步。不想旧病复发,竟自不能医治。越想越愁,不由得泪流满面。正在悲泣之际，只见前次派去常州的差役回来，言："展熊飞并未在家。老仆说：'我家官人若能早晚回来，必然急急的赶赴开封，决不负相爷大恩。'"又说："家信也送到了，现有带来的回信。老爷府上俱各平安。"差人说了许多的话。包兴他止于出神点头而已，把家信接过，送进去了。信内无非是"平安"二字。

你道南侠哪里去了？他乃行义之人，浪迹萍踪，原无定向。自劫了驼轿，将金玉仙送至观音庵，与马汉分别之后，他便朝游名山，暮宿古庙。凡有不平之事，他不知又作了多少。每日闲游，偶闻得人人传说，处处讲论，说当今国母原来姓李，却不姓刘，多亏了包公访查出来。现今包公入阁，拜了首相。当作一件新闻，处处传闻。南侠听在耳内，心中暗暗欢喜道："我何不前往开封探望一番呢。"

一日午间，来至榆林镇，上酒楼独坐饮酒。正在举杯要饮，忽见面前走过一个妇人来，年纪约有三旬上下，面黄肌瘦，形容憔悴，却有几分姿色。及至看她身上穿着，虽是粗布衣服，却又极其干净。见她欲言不言，迟疑半晌，羞的面红过耳，方才说道："奴家王氏，丈夫名叫胡成，现在三宝村居住。因年荒岁旱，家无生理，不想婆婆与丈夫俱各病倒，万分出于无奈，故此小妇人出来抛头露面，沿街乞化，望乞贵君子周济①一二。"说罢，深深万福，不觉落下泪来。展爷见她说的可怜，一回手在兜肚中摸出半锭银子，放在桌上，道："既是如此，将此银拿去，急急回家赎帖药饵，余者作为养病之资，不要沿街乞化了。"妇人见是一大半锭银子，约有三两多，却不敢受，便道："贵客方便，赐我几文钱足矣。如此厚赐，小妇人实不敢领的。"展爷道："岂有此理！我施舍于你，你为何拒而不纳呢？这却令人不解。"妇人道："贵客有所不知，小妇人求乞，全是出于无奈。今日但将此银拿回家去，惟恐婆婆丈夫反生疑忌，那时恐负贵客一番美意。"展爷听罢，甚为有理。谁知堂官在旁插言道："你只管放心。这位既言施舍，你便拿回。若你婆婆丈夫嗔怪时，只管叫你丈夫前来见我，我便是个证见。难道你还不放心么？"展爷连忙称"是"，道："你只管拿去罢，不必疑惑了。"妇人又向展爷深深万福，拿起银子下楼。跑堂又替展爷添酒要菜，也下楼去了。

不料那边有一人，他见展爷给了那妇人半锭银子，便微微的说笑。此

---

① 周济——对穷困的人给予物质上的帮助。

人名唤季娄儿,为人谲诈多端,极是个不良之辈。他向展爷说道:“客官不当给这妇人许多银子,她乃故意作此生理的。前次有个人赠银与她,后来被她丈夫讹诈,说调戏他女人了,逼索遮羞银一百两,方才完事。如今客官给她银两,惟恐少时她丈夫又来要讹诈呢。”展爷闻听,虽不介意,不由的心中辗转道:“若依此人所说,天下人还敢有行善的么?他要果真讹诈,我却不怕他,惟恐别人就要入了他的骗局了。细细想来,似这样人也就好生可恶呢!也罢,我原是无事,何不到三宝村走走。若果有此事,将他处治一番,以戒下次。”想罢,吃了酒饭,会钱下楼,出门向人问明三宝村而来。相离不远,见天色甚早,路旁有一道士庙,叫作通真观。展爷便在此庙作了下处。因老道邢吉有事拜坛去,观内只见两个小道士,名唤谈明、谈月,就在二庙门外西殿内住下。

天交初鼓,展爷换了夜行衣服,离了通真观,来到三宝村胡成家内,早已听见婆子嗐声,男子恨怨,妇人啼哭,嘈嘈不休。忽听婆子道:“若非有外心,何以有许多银子呢?”男子接着说道:“母亲不必说了,明日叫她娘家领回就是了。”并不听见妇人折辩,惟有呜呜的哭泣而已。南侠听至此,想起白日妇人在酒楼之言,却有先见之明,叹息不止。猛抬头忽见外有一人影,又听得高声说道:“既拿我的银子,应了我的事,就该早些出来。如今既不出来,必须将银子早早还我。”南侠闻听,气冲牛斗,赶出篱门,一伸手把那人揪住,仔细看时,却是季娄儿。季娄儿害怕,哀告道:“大王爷饶命!”南侠也不答言,将他轻轻一提,扭至院内,也就高声说道:“吾乃夜游神是也。适遇日游神,曾言午间有贤孝节妇,因婆婆丈夫染病,含羞乞化,在酒楼上遇正直君子,怜念孝妇,赠银半锭。谁知被奸人看见,顿起不良之心,夜间前来讹诈。吾神在此,岂容奸人陷害!且随吾神到荒郊之外,免得连累良善之家。”说罢,提了季娄儿出篱门去了。胡家母子听了,方知媳妇得银之故,连忙安慰王氏一番,深感贤妇,不提。

且说南侠将季娄儿提至旷野,拔剑斩讫。见斜刺里有一蜿蜒小路,以为从此可以奔至大路,信步行去。见面前一段高墙,细细看来,原来是通真观的后阁,不由得满心欢喜,自己暗暗道:“不想倒走近便了。我何不从后面而入,岂不省事?”将身子一纵,上了墙头,翻身躯轻轻落在里面,蹑步悄足行来。偶见跨所内灯光闪烁,心中想道:“此时已交三鼓之半,为何尚有灯光?我何不看看呢。”用手推门,却是关闭,只得飞身上了墙头。见人影照在窗上，仿佛小道士谈月光景。忽又听见妇人说道："你我虽然定下此计，但不知我姐姐顶替去了，人家依与不依。"又听得小道士说："他纵然不依，自有我那岳母答复他，怕他怎的！你休要多虑，趁此美景良宵，且自同赴阳台要紧。"说着，便立起身来。展爷听到此处，心中暗道："原来小道士作此暗昧之事，也就不是出家的道理了！且待明日再作道理。"展爷刚转身，忽又听见妇人说道："我问问你，你说庞太师暗害包公，此事到底是怎么样了？"展爷听了此句，连忙缩脚侧听。只听谈月道："你不知道，我师傅此法百发百中，现今在庞太师花园设坛，如今业已五日了；赶到七日，必然成功。那时得谢银一千两，我将此银偷出，咱们远走高飞，岂不是长久夫妻么？"

展爷听了，登时惊疑不止，连忙落下墙来，赶到前面殿内，束束包裹，并不换衣，也不告辞，竟奔汴梁城内而来。不过片时工夫，已至城下，见满天星斗，听了听正打四更。展爷无奈何，绕过护城河，来至城下，将包袱打开，把爬城索取出，依法安好，一步一步上得城来；将爬城索取上，上面安好，坠城而下。脚落实地，将索抖下，收入包袱内，背在肩上，直奔庞太师府而来。来至花园墙外，找了棵小树将包袱挂上，这才跳进花园。只见高结法台，点烛焚香，有一老道披着发在上面作法。展爷暗暗步上高台，在老道身后，悄悄的抽出剑来。

不知老道性命如何，且听下回分解。

第二十一回

掷人头南侠惊佞党　除邪祟学士审虔婆

且说邢吉正在作法，忽感到脑后寒光一缕，急将身体一闪，已然看见展爷目光炯炯，杀气腾腾，一道阳光直奔瓶上。所谓“邪不侵正”，只听得拍的一声响亮，将个瓶子炸为两半。老道见他法术已破，不觉哎哟了一声，栽下法台。展爷恐他逃走，翻身赶下台来。老道刚然爬起要跑，展爷抽后就是一脚。老道往前一扑，趴在地下。展爷即上前从脑后手起剑落，已然身首异处。展爷斩了老道，重新上台来细看，见桌上污血狼藉，当中有一个木头人儿。连忙轻轻提出，低头一看，见有围桌，便扯了一块，将木头人儿包裹好了，揣在怀内。下得台来，提了人头，竟奔书房而来。此时已有五鼓之半。

且说庞吉正与庞福在书房，说道：“今日天明已是六日，明日便可成功。虽然报了杀子之仇，只是便宜他全尸而死。”刚说至此，只听得咔嚓的一声，把窗户上大玻璃打破，掷进一个毛茸茸、血淋淋的人头来。庞吉猛然吃这一吓，几乎在椅子上栽倒。旁边庞福吓得缩作一团。迟了半晌，并无动静，庞贼主仆方才仗着胆子，掌灯看时，却是老道邢吉的首级。庞吉忽然省悟：“这必是开封府暗遣能人，前来破了法术，杀了老道。”即叫庞福传唤家人四下里搜寻，哪里有个人影。只得叫人打扫了花园，埋了老道尸首，撤去法台，忿忿悔恨而已。

且说南侠离了花园，来至墙外树上，将包裹取下，拿了大衫披在身上，直奔开封。只见内外灯烛辉煌，俱是守护相爷，连忙叫人通报。公孙先生闻听展爷到来，不胜欢喜，便同四勇士一并迎将出来。刚然见面，不及叙寒温，展爷便道：“相爷身体欠安么?”公孙先生诧异，道：“吾兄何以知之?”展爷道：“且到里面，再为细讲。”大家拱手来至公所，将包裹放下。彼此逊坐，献茶已毕。公孙策便问展爷：“何以知道相爷染病？请道其详。”南侠道：“说起来话长。众位贤弟且看此物，便知分晓。”说罢，怀中掏出一物，连忙打开，却是一块围桌片儿，里面裹定一个木头人儿。公孙策接来，与众人在灯下仔细端详，不解其故。公孙策又细细看出，上面有字，仿佛是包公的名字与年庚，不觉失声道："嗳哟！这是使的魇魔法儿罢。"展爷道："还是老先生大才，猜得不错。"众人便问展爷："此物从何处得来？"展爷才待要说，只见包兴从里跑出来道："相爷已然醒来，今已坐起，现在书房喝粥呢。派我出来，说与展义士一同来的，叫我来请进书房一见。不知展爷来也不曾？"大家听了，各各欢喜。原是灯下围绕着看木头人儿，包兴未看见展爷，倒是展爷连忙站起，过来见了包兴。包兴只乐得心花开放，便道："果然展爷来了。请罢，我们相爷在书房恭候呢。"

此时公孙先生同定展爷立刻来至书房，参见包公。包公连忙让坐。展爷告坐，在对面椅子上坐下。公孙主簿在侧首下位相陪。只听包公道："本阁屡叨①义士救护，何以酬报？即如今若非义士，我包某几乎一命休矣！从今后务望义士常在开封，扶助一二，庶不负渴想之诚。"展爷连说："不敢，不敢。"公孙策在旁答道："前次相爷曾差人去到尊府聘请吾兄，恰值公出未回，不料吾兄今日才到。"展爷道："小弟萍踪无定。因闻得老爷拜了相，特来参贺。不想在通真观闻得老爷得病原由，故此连夜赶来。果然老爷病体痊愈，在下方能略尽微忱。这也是相爷洪福所致。"包公与公孙策闻听展爷之言，不甚明白，问："通真观在哪里？如何在那里听得信呢？"展爷道："通真观离三宝村不远。"便说起夜间在跨所听见小道士与妇人言语，"因此急急赶到太师的花园，正见老道拜坛，瓶子炸了，将老道杀死，包了木人前来。"展爷滔滔不断，述说了一遍。包公闻听，如梦方醒。公孙策在旁道："如此说来，黄寡妇一案也就好办了。"一句话提醒包公，说："是呀，前次那婆子她说不见了女儿，莫非是小道士偷拐去了不成？"公孙策连忙称："是，相爷所见不差。"复又站起身来，将递摺子告病，圣上钦派陈林前来看视并赏御医诊视，一并禀明。包公点头，道："既如此，明日先生办一本参奏的摺子，一来恭请圣安，销假谢恩；二来参庞太师善用魇魔妖法，暗中谋害大臣，即以木人并杀死的老道邢吉为证。我于后日五鼓上朝呈递。"包公吩咐已毕，公孙策连忙称"是"。只见展爷起身告辞，因老爷初愈，惟恐劳了神思。包公便叫公孙策好生款待。二人作别，离了书房。

---

① 屡叨（tāo）——叨即叨扰，指多次打扰。

此时天已黎明,包公略为歇息,自有包兴、李才二人伺候。外面公所内,展爷与公孙先生、王、马、张、赵等各叙阔别之情。展爷又将得闻相爷欠安的情由,述说一遍。大家闻听,方才省悟,不胜欢喜。虽然熬了几夜未能安眠,到了此时,各各精神焕发,把乏困俱各忘在九霄云外了。所谓“人逢喜事精神长”,是再不能错的。彼此正在交谈,只见伴当人等安放杯筷,摆上酒肴,极其丰盛。却是四勇士于展爷见包公之时,便吩咐厨房赶办肴馔,与展爷接风掸尘,彼此大家庆贺。因这些日子相爷欠安,闹的上下沸腾,各各愁烦焦躁,谁还拿饭当事呢!不过是喝几杯闷酒而已。今日这一畅快,真是非常之乐,换盏传杯,高谈阔论,说到快活之时、投机之处,不由得哈哈大笑,欢呼震耳。惟有四爷赵虎比别人尤其放肆,杯杯净,盏盏干,乐得他手舞足蹈。

包兴忽然从外面进来,大家彼此让座。包兴满面笑容,道:“我奉相爷之命出来派差,抽空特来敬展爷一二杯。”展爷忙道:“岂敢,岂敢。适才酒已过量,断难从命。”包兴哪里肯依。赵虎在旁撺掇,定要叫展爷立饮三杯。还是王朝分解,叫包兴满满斟上了一盏敬展爷。展爷连忙接过,一饮而尽。大家又让包兴坐下。包兴道:“我是不得空儿的,还要复命相爷。”公孙策问道:“此时相爷又派出什么差使呢?”包兴道:“相爷方才睡醒,喝了粥,吃了点心,便立刻出签,叫往通真观捉拿谈明、谈月和那妇人,并传黄寡妇、赵国盛一齐到案。大约传到,就要升堂办事。可见相爷为国为民时刻在念,真不愧首相之位,实乃国家之大幸也!”包兴告辞,上书房回话去了。

这里众人听见相爷升堂,大家不敢多饮。惟有赵虎已经醉了,连忙用饭已毕,公孙策便约了展爷来至自己屋内,一壁说话,一壁打算参奏的摺底。

此时已将谈明、谈月并金香、玉香以及黄寡妇、赵国盛,俱各传到。包公立刻升堂。喊了堂,入了座,便吩咐先带谈明。即将谈明带上堂来,双膝跪倒。见他有三旬以上,形容枯瘦,举止端详,不像个作恶之人。包公问道:“你就是叫谈明的么?快将所作之事报上来。”谈明向上叩头,道:“小道士谈明,师傅邢吉,在通真观内出家。当初原是我师徒二人,我师傅邢吉每每作些暗昧之事,是小道时常谏劝,不但不肯听劝,反加责处,因此小道忧思成病。不料后来小道有一族弟,他来看视小道。因他赌博宿娼,无所不为,闹的甚是狼狈,原是探病为由,前来借贷。小道如何肯理他呢？他便哀求啼哭。谁知被师傅邢吉听见,将他叫去,不知怎么三言两语,也出了家了。登时换了衣服鞋袜,起名叫作谈月。嗳哟！老爷呀！自谈月到了庙中,我师傅如虎生翼。他二人作的不尴不尬之事,难以尽言。后来我师傅被庞太师请去,却是谈月跟随,小道在庙看守。忽见一日夜间,有人敲门,小道连忙开了山门一看,只见谈月带了个少年小道一同进来。小道以为是同道。不然,又不知是他师徒行的什么鬼祟。小道也不敢管,关了山门,便自睡了。至次日,小道因谈月带了同道之人,也应当见礼。小道便到跨所,进去一看,就把小道吓慌了。谁知不是道士,却是个少年女子,在那里梳头呢。小道才要抽身,却见谈月小解回来,便道:‘师兄既已看见,我也不必隐瞒,此女乃是我暗里带来。无事便罢,如要有事,自有我一人承当,惟求师兄不要声张就是了。’老爷想,小道素来受他的挟制,他如此说,小道还能管他么？只得诺诺退去,求其不加害于我,便是万幸了。自那日起,他每日又到庞太师府中去,出去时便将跨所封锁;回来时,便同那女子吃喝耍笑。不想今日他刚要走,就被老爷这里去了多人,将我等拿获。这便是实在事迹。小道敢作证见,再不敢撒谎的。”老爷听罢,暗暗点头道:“看此道不是作恶之人,果然不出所料。”便吩咐带在一旁。

便带谈月。只见谈月上堂跪倒。老爷留神细看,见他约有二旬年岁,生得甚是俏丽,两个眼睛滴溜嘟噜的乱转,已露出是个不良之辈了。又见他满身华裳,更不是出家的形景。老爷将惊堂木一拍,道:“奸人妇女,私行拐带,这也是你出家人作的么？讲!”谈月才待开言,只见谈明在旁厉声道:“谈月,今日到了公堂之上,你可要从实招上去。我方才将你所作所为,俱各禀明了。”一句话把个谈月噎的倒抽了一口气,只得据实招道:“小道谈月,因从那黄寡妇门口经过,只见有两个女子,一个极丑,一个很俊,小道便留心。后来一来二去,渐渐的熟识。每日见那女子门前站立,彼此俱有眷恋之心,便暗定私约,悄从后门出入。不想被黄寡妇撞见,是小道多用金帛买嘱黄寡妇,便应允了。谁知后来赵家要迎娶,黄寡妇着了急了,便定了计策。就那日迎娶的夜里,趁着忙乱之际,小道算是俗家的亲戚,便将玉香改妆,私行逃走。彼时已与金香说明。她原是长的丑陋,无人聘娶,莫若顶替去了。到了那里,生米已成熟饭,他也就反悔不来了。

心想是个巧宗儿。谁知今日犯在当官。”说罢，往上磕头。包公问道：“你用多少银子买嘱了黄寡妇?”谈月道：“纹银三百两。”包公问道：“你一个小道士，哪里有许多银子呢?”谈月道：“是偷我师傅的。”包公道：“你师傅哪有许多银子呢?”谈月道：“我师傅原有魇魔神法，百发百中。若要害人，只用桃木做个人儿，上面写着名姓年庚，用污血装在瓶内。我师傅作起法来，只消七日，那人便气绝身亡。只因老包……”说至此，自己连忙啐了一口，“呸！呸！只因老爷有杀庞太师之子之仇，庞太师怀恨在心，将我师傅请去，言明作成此事，谢银一千五百两。我师傅先要五百两，下欠一千两，等候事成再给。”包公听罢，便道：“怪得你还要偷你师傅一千两，与玉香远走高飞，作长久夫妻呢！这就是了。”谈月听了此言，吃惊不小：“此话是我与玉香说的，老爷如何知道呢？必是被谈明悄悄听去了。”他哪里知道，暗地里有个展爷与他泄了底呢。先将他二人带将下去，吩咐带黄寡妇母女上堂。

不知如何审办，且听下回分解。

第二十二回

金銮殿包相参太师　耀武楼南侠封护卫

且说包公审明谈月，吩咐将黄寡妇母女三人带上来。只见金香果然丑陋不堪，玉香虽则俏丽，甚是妖淫。包公便问黄寡妇："你受了谈月三百两，在于何处？"黄寡妇已知谈月招承，只得吐实，禀道："现藏在家中柜底内。"包公立刻派人前去起赃。将她母女每人拶了一拶，发在教坊司：母为虔婆①，暗合了贪财卖奸之意；女为娼妓，又随了倚门卖俏之心。金香自惭貌陋，无人聘娶，情愿身入空门为尼。赃银起到，偿了赵国盛银五十两，着他另外择娶。谈明素行谨慎，即着他在通真观为观主。谈月定了个边远充军，候参奏下来，质对明白，再行起解。审判已明，包公退堂，来至书房。此时公孙先生已将摺底办妥，请示。包公看了，又将谈月的口供叙上了几句，方叫公孙策缮写，预备明日五鼓参奏。

至次日，天子临轩。包公出班，俯伏金阶。仁宗一见包公，满心欢喜，便知他病体痊愈，急速宣上殿来。包公先谢了恩，然后将摺子高捧，谨呈御览。圣上看毕，又有桃木人儿等作证，不觉心中辗转道："怪道包卿得病，不知从何而起，原来暗中有人陷害。"又一转想："庞吉你乃堂堂国戚，如何行此小人暗昧之事？岂有此理！"想至此，即将庞吉宣上殿来，仁宗便将参摺掷下。庞吉见龙颜带怒，连忙捧读，不由的面目更色，双膝跪倒，惟有俯首伏罪而已。圣上痛加申饬②，念他是椒房之戚，着从宽罚俸三年。天子又安慰了包公一番，立时叫庞吉当面与包公赔罪。庞贼遵旨，不敢违背，只得向包公跟前谢过。包公亦知他是国戚，皇上眷顾，而且又将他罚俸，也就罢了。此事幸亏和事的天子，才化为乌有。二人重新又谢了恩。大家朝散，天子还宫。

包公五六日未能上朝，便在内阁料理这几日公事。只见圣上亲派内

---

① 虔(qián)婆——旧时开设妓院的妇女。

② 申饬(chì)——告诫。

辅出来宣旨道:“圣上在修文殿宣召包公。”包公闻听,即随内辅进内,来至修文殿,朝了圣驾。天子赐座。包公谢恩。天子便问道:“卿六日未朝,朕如失股肱①,不胜郁闷。今日见了卿家,方觉畅然。”包公奏道:“臣猝然②遘疾③,有劳圣虑,臣何以克当。”天子又问道:“卿参摺上义士展昭,不知他是何如人?”包公奏道:“此人是个侠士,臣屡蒙此人救护。”便说:“当初赶考时路过金龙寺,遇凶僧陷害,多亏了展昭将臣救出;后来奉旨陈州放赈,路过天昌镇擒拿刺客项福,也是此人;即如前日在庞吉花园破了妖魔,也是此人。”天子闻听,龙颜大悦,道:“如此说来,此人不独与卿有恩,他的武艺竟是超群的了。”包公奏道:“若论展昭武艺,他有三绝:第一,剑法精奥;第二,袖箭百发百中;第三,他的纵跃法,真有飞檐走壁之能。”天子听至此,不觉鼓掌大笑,道:“朕久已要选武艺超群的,未得其人。今听卿家之言,甚合朕意。此人可现在否?”包公奏道:“此人现在臣的衙内。”天子道:“既如此,明日卿家将此人带领入朝,朕亲往耀武楼试艺。”

包公遵旨,叩辞圣驾,出了修文殿,又来到内阁。料理官事已毕,乘轿回至开封,至公堂落轿,复将官事料理一番。退堂,进了书房。包兴递茶。包公叫:“请展爷。”不多时,展爷来到书房。包公便将今日圣上旨意,一一述说。“明早就要随本阁入朝,参见圣驾。”展爷到了此时虽不愿意,无奈包公已遵旨,只是谦逊了几句:“惟恐艺不惊人,反要辜负了相爷一番美意。”彼此又叙谈了多少时,方才辞了包相,来到公所之内。此时公孙策与四勇士俱已知道展爷明日引见,一个个见了,未免就要道喜。大家又聚饮一番。

至次日五鼓,包公乘轿,展爷乘马,一同入朝伺候。驾幸耀武楼,合朝文武扈从④。天子来至耀武楼,升了宝座。包公便将展昭带至丹墀,跪倒参驾。圣上见他有三旬以内年纪,气宇不凡,举止合宜,龙心大悦。略问了问家乡籍贯。展昭一一奏对,甚是明晰。天子便叫他舞剑,展爷谢恩,

---

① 股肱(gōng)——比喻左右辅助得力的人。

② 猝(cù)然——突然,出乎意外。

③ 遘(gòu)疾——染病。

④ 扈(hù)从——帝王或官吏的随从。

下了丹墀。早有公孙策与四勇士俱各暗暗跟来,将宝剑递过。展爷抱在怀中,步上丹墀,朝上叩了头,将袍襟略为掖了一掖,先有个开门式,只见光闪闪,冷森森,一缕银光翻腾上下。起初时身随剑转,还可以注目留神;到后来竟使人眼花缭乱。其中的削砍劈剁,勾挑拨刺,无一不精。合朝文武以及丹墀之下众人,无不暗暗喝彩,惟有四勇士更为关心,仰首翘望,捏着一把汗,在那里替他用力,见他舞到妙处,不由的甘心佩服:"真不愧'南侠'二字。"展爷这里施展平生学艺,招招用意,处处留心,将剑舞完,仍是怀中抱月的架式收住,复又朝上磕头。见他面不更色,气不发喘。

天子大乐,便问包公道:"真好剑法!怪不得卿家夸奖。他的袖箭又如何试法?"包公奏道:"展昭曾言,夜间能打灭香头之火。如今白昼,只好用较射的木牌,上面糊上白纸,圣上随意点上三个朱点,试他的袖箭。不知圣意若何?"天子道:"甚合朕意。"谁知包公早已吩咐预备下了,自有执事人员将木牌拿来。天子验看,上面糊定白纸,连个黑星皱纹一概没有,由不得提起朱笔,随意点了三个大点,叫执事人员随展昭去,该立于何处任他自便。因袖箭乃自己练就的步数远近,与别人的兵刃不同。展昭深体圣意,随执事人员下了丹墀,斜行约二三十步远近,估量圣上必看得见,方叫人把木牌立稳。左右俱各退后。展昭又在木牌之前,对着耀武楼遥拜。拜毕,立起身来,看准红点,翻身竟奔耀武楼。跑来约有二十步,只见他将左手一扬,右手便递将出去,只听木牌上拍的一声;他便立住脚,正对了木牌,又是一扬手,只听那边木牌上又是一声拍;展爷此时却改了一个卧虎势,将腰一躬,脖项一扭,从胳肢窝内将右手往外一推,只听得拍,将木牌打的乱晃。展爷一伏身,来到丹墀之下,往上叩头。此时已有人将木牌拿来,请圣上验看。见三枝八寸长短的袖箭,俱各钉在朱红点上,惟有末一枝已将木牌钉透。天子看了,甚觉罕然,连声称道:"真绝技也!"

包公又奏:"启上吾主,展昭第三技乃纵跃法,非登高不可,须脱去长衣方能灵便。就叫他上对面五间高阁,我主可以登楼一望,看的始能真切。"天子道:"卿言甚是。"圣上起身,刚登扶梯,便传旨:"所有大臣俱各随朕登楼,余者俱在楼下。"便有随事内监回身传了圣旨。包公领班,慢慢登了高楼。天子凭栏入座,众臣环立左右。

展昭此时已将袍服脱却,扎缚停当。四爷赵虎不知从何处暖了一杯酒来,说道:"大哥且饮一杯助助兴,提提气。"展爷道:"多谢贤弟费心。"

接过一饮而尽。赵爷还要斟时,见展爷已走出数步。愣爷却自己悄悄的饮了三杯,过来跷着脚儿,往对面阁上观看。

单说展爷到了阁下,转身又向耀武楼上叩拜。立起来,他便在平地上鹭伏鹤行,徘徊了几步。忽见他身体一缩,腰背一躬,嗖的一声,犹如云中飞燕一般,早已轻轻落在高阁之上。这边天子惊喜非常,道:"卿等看他,如何一转眼间就上了高阁呢?"众臣宰齐声夸赞。此时展爷显弄本领,走到高阁柱下,双手将柱一搂,身体一飘,两腿一飞,嗤、嗤、嗤、嗤顺柱倒爬而上。到了柁头,用左手把住,左腿盘在柱上,将虎体一挺,右手一扬,作了个探海势。天子看了,连声赞"好"。群臣以及楼下人等无不喝彩。又见他右手抓住椽头,滴溜溜身体一转,把众人吓了一跳。他却转过左手,找着椽头,脚尖儿蹬定檀方,上面两手倒把,下面两脚拢步,由东边窜到西边,由西边又窜到东边。窜来窜去,窜到中间,忽然把双脚一拳,用了个卷身势往上一翻,脚跟蹬定瓦陇,平平的将身子翻上房去。天子看至此,不由失声道:"奇哉!奇哉!这哪里是个人,分明是朕的御猫一般。"谁知展爷在高处业已听见,便在房上与圣上叩头。众人又是欢喜,又替他害怕。只因圣上金口说了"御猫"二字,南侠从此就得了这个绰号,人人称他为御猫。此号一传不知紧要,便惹起了多少英雄好汉,人人奇才,个个豪杰。若非这些异人出仕,如何平定襄阳的大事。后文慢表。

当下仁宗天子亲试了展昭的三艺,当日驾转还宫,立刻传旨:"展昭为御前四品带刀护卫,就在开封府供职。"包公带领展昭望阙叩头谢恩。诸事已毕,回转开封。包公进了书房,立刻叫包兴备了四品武职服色送与展爷。展爷连忙穿起,随着包兴来到书房,与包公行礼。包公哪里肯受,逊让多时,只受了半礼。展爷又叫包兴进内在夫人跟前代白,就说展昭与夫人磕头。包兴去了多时,回来说道:"夫人说,老爷屡蒙展老爷护救,实实感谢不尽。日后还要求展老爷时时帮助相爷。给展老爷道喜,礼是不敢当的。"展爷恭恭敬敬,连连称"是"。包公又告诉他:"明早俱公服上朝,本阁替你代奏谢恩。"展爷谢道:"卑职谨依钧命。"说罢,退出,来到公所。公孙策与四勇士俱各上前道喜。彼此逊让一番,大家入座。不多时,摆上丰盛酒肴。这是众人与展爷贺喜的。公孙策为首,便要安席敬酒。展爷哪里肯依,便道:"你我皆知己弟兄,若如此,便是拿我当外人看了。"大家见展爷如此,公议共敬三杯。展爷领了,谢过众人,彼此就座。饮酒之间，又提起今日试艺，大家赞不绝口。展爷再三谦逊，毫无自满之意，大家更为佩服。

正在饮酒之际，只见包兴进来，大家让座。包兴道："实实不能相陪，相爷叫我来请公孙先生来了。"众人便问何事。包兴道："方才老爷进内，吃了饭出来，便到书房，叫请公孙先生。不知为着何事。"公孙策暂向众人告辞，同包兴进内，往书房去了。这里众人纳闷，再也测度不出是为什么事来。不多一会，只见公孙策出来，大家便问："相爷呼唤，有何台谕？"公孙策道："不为别的，一来给展大哥办理谢恩摺子；二来为前在修文殿召见之时，圣上说了一句几天没见咱家相爷如失股肱，相爷因想起国家总以选拔人才为要。况有太后入宫大庆之典礼，宜加一科，为国求贤。叫我打个条陈摺底儿，请开恩科。"展爷道："这也是一件极好的事。既如此，咱们吃饭罢，不可耽搁了贤弟正事。"公孙策道："一个摺底也甚容易，何必太忙。"展爷道："虽则如此，相爷既然吩咐，想来必是等着看呢。你我朝夕聚首，何争此一刻呢？"公孙策听展爷说得有理，只得要饭来。大家用毕，离席，散坐吃茶。公孙先生得便来到自己屋内，略为思索，提笔一挥而就，交包兴请示相爷看过，立刻缮写清楚，预备明日呈递。

至次日五鼓，包公带领展爷到了朝房，伺候谢恩。众人见了展爷，无不悄悄议论夸赞。又见展爷穿着簇新的四品武职服色，越显得气宇昂昂，威风凛凛，真真令人羡慕之中可畏可亲。及至圣上升殿，展爷谢过恩后，包公便将加恩科的本章递上。天子看了甚喜，朱批依议，发到内阁，立刻出抄，颁行各省。所有各处文书一下，人人皆知。

不识后文如何，且听下回分解。

第二十三回

洪义赠金夫妻遭变　白雄打虎甥舅相逢

且说恩科文书行至湖广，便惊动了一个饱学之人。你道此人姓甚名谁？他乃湖广武昌府江夏县南安善村居住，姓范名仲禹，妻子白氏玉莲，孩儿金哥年方七岁，一家三口度日。他虽是饱学名士，却是一个寒儒，家道艰难，止于糊口。一日，会文回来，长吁短叹，闷闷不乐。白氏一见，不知丈夫为着何事，或者与人合了气了，便向前问道："相公今日会文回来，为何不悦呢？"范生道："娘子有所不知，今日与同窗会文，却未作课，见他们一个个装束行李，张罗起身。我便问他：'如此的忙迫，要往哪里去？'同窗朋友道：'怎么？范兄你还不知道么？如今圣上额外的旷典，加了恩科，文书早已行到本省。我们尚要前去赴考，何况范兄呢！范兄若到京时，必是鳌头独占了。'是我听了此言，不觉扫兴而归。娘子，你看家中一贫如洗，我学生焉能到得京中赴考呢？"说罢，不觉长叹了一声。白氏道："相公，原来如此。据妾心想来，此事也是徒愁无益。妾身也久有此意。我自别了母亲，今已数年之久，原打算相公进京赴考时，妾身意欲同相公一同起身，一来相公赴考，二来妾身也可顺便探望母亲。无奈事不遂心，家道艰难，也只好置之度外了。"白氏又劝慰了丈夫许多言语。范生一想，原是徒愁无益之事，也就只好丢开。

至次日清晨，正在梳洗，忽听有人叩门。范生连忙出去，开门一看，却是个知己的老朋友刘洪义，不胜欢喜。二人携手，进了茅屋。因刘洪义是个年老之人，而且为人忠梗，素来白氏娘子俱是不回避的，便上前与伯伯见礼。金哥也来拜揖。刘老者好生欢喜。逊坐烹茶。刘老者道："我今来特为一事，与贤弟商议。当今额外旷典，加了恩科，贤弟可知道么？"范生道："昨日会文去方知。"刘老者道："贤弟既已知道，可有什么打算呢？"范生叹道："别人可瞒，似老兄跟前，小弟焉敢撒谎。兄看室如悬磬①，叫

---

① 悬磬(qìng)——形容空无所有，穷困之极。

小弟如之奈何?”说罢,不觉凄然。刘老一见,便道:“贤弟不要如此。但不知赴京费用可得多少呢?”范生道:“此事说来,尤其叫人为难。”便将昨日白氏欲要顺便探母的话,说了一遍。刘老者闻听,连连点头:“人生莫大于孝,这也是该当的。如此算来,约用几何呢?”范生答道:“昨日小弟细细盘算,若三口人一同赴京,一切用度至少也得需七八十两。一时如何措办得来呢?也只好丢开罢了。”刘老者闻听,沉吟了半晌,道:“既如此,待我与你筹划筹划去。倘得事成,岂不是件好事呢?”范生连连称谢。刘老者立起身来要走。范生断不肯放,是必留下吃饭。刘老者道:“吃饭是小事,惟恐耽误了正事。容我早早回去,张罗张罗事情要紧。”范生便不肯紧留,送出柴门。分别时,刘老者道:“就是明日罢,贤弟务必在家中听我的信息。”说罢,告别而去。

范生送了刘老者回来,心中又是欢喜,又是感叹:欢喜的是,事有凑巧;感叹的是,自己艰难却又赘累朋友。又与白氏娘子望空扑影地盘算了一回。到了次日,范生如坐针毡一般,坐立不安,时刻盼望。好容易天将交午,只听有人叩门,范生忙将门开了。只见刘老者拉进一头黑驴,满面是汗,喘吁吁地进来,说道:“好黑驴!许久不骑他,他就闹起手来了。一路上累的老汉通身是汗。”说着话,一同来到屋内坐下,说道:“幸喜事已成就,竟是贤弟的机遇。”一壁说着,将驴上的钱褡儿从外面拿下来,放在屋内桌上;掏出两封银子,又放在床上,说道:“这是一百两银子。贤弟与弟妇带领侄儿可以进京了。”范生此时真是喜出望外,便道:“如何用的了这许多呢?再者不知老兄如何借来,望乞明白指示。”刘老者笑道:“贤弟不必多虑。此银也是我相好借来的,并无利息;纵有利息,有我一面承管。再者银子虽多,贤弟只管拿去。俗语说的好:‘穷家富路。’我又说句不吉祥的话儿,倘若贤弟落了孙山,就在京中居住,不必往返跋涉。到了明年就是正科,岂不省事?总是宽余些好。”范生听了此言有理,知道刘老为人豪爽,也不致谢,惟有铭感而已。刘老又道:“贤弟起身应用何物,也当办理。”范生道:“如今有了银子,便好办了。”刘老者道:“既如此,贤弟便计虑明白。我今日也不回去了,同你上街办理行装。明日极好的黄道日期,就要起身才好。”范生便同刘老者牵了黑驴,出柴门,竟奔街市置办行装。白氏在家中,也收拾起身之物。到了晚间,刘老与范生同来,一同收拾行李,直闹到三鼓方歇。所有粗使的家伙以及房屋,俱托刘老者照管。

刘老者上了年纪之人，如何睡得着；范生又惦念着明日行路，也是不能安睡。二人闲谈，刘老者便嘱咐了多少言语，范生一一谨记。

刚到黎明，车子便来，急将行李装好。白氏拜别了刘伯伯，不觉泪下。母子二人上车。刘老者便道："贤弟，我有一言奉告。"指着黑驴道："此驴乃我蓄养多年，我今将此驴奉送，贤弟骑上京去便了。"范生道："既蒙兄赐，不敢推辞。"范生拉了黑驴出柴门。二人把握，难割难舍，不忍分离。范生哭得连话也说不出来。还是刘老者硬着心肠，说："贤弟请乘骑，恕我不远送了。"说罢，竟自进了柴门。范生只得含悲去了。这里刘老者封锁门户，照看房屋。这且不表。

单言范生一路赴京，无非是晓行夜宿，饥餐渴饮，却是平平安安地到了京都，找了住所，安顿家小。范生就要到万全山寻找岳母去，倒是白氏拦住，道："相公不必太忙。原为的是科场而来，莫若场后诸事已毕，再去不迟。一来别了数年，到了那里，未免有许多应酬，又要分心。目下且养心神，候场务完了，我母子与你同去。二来相别许久，何争此一时呢？"范生听白氏说的有理，只得且料理科考，投文投卷。

到场期已近，却是奉旨钦派包公首相的主考，真是至正无私，利弊全消。范生三场完竣，甚是得意，因想："妻子同来，原为探望岳母，场前贤妻体谅于我，恐我分心劳神。迟到如今，我若不体谅贤妻，她母女分别数载之久，今离咫尺①，不能使她母女相逢，岂不显得我过于情薄么？"于是备上黑驴，觅了车辆，言明送至万全山即回。夫妻父子三人，锁了寓所的门，一直竟奔万全山而来。

到了万全山，将车辆打发回去，便同妻子入山寻找白氏娘家，以为来到便可以找着，谁知问了多少行人，俱各不知。范生不由的烦躁起来，后悔不该将车打发回去。原打算既到了万全山，总然再有几里路程，叫妻子乘驴抱了孩儿，自己也可以步行，他却如何料得到竟会找不着呢。因此便叫妻子带同孩儿在一块青石上歇息，将黑驴放青②龈草③，自己便放开脚步，一直出了东山口，逢人便问，并无有一个知道白家的。心中好生气闷，

---

① 咫(zhǐ)尺——比喻距离很近。
② 放青——把畜牲放在青草地上吃草。
③ 龈(kěn)草——吃草。"龈"同"啃"。

又记念着妻子，更搭着两腿酸疼，只得慢慢踱将回来。及至来到青石之处，白氏娘子与金哥俱各不见了。这一惊非同小可，只急得眼似金铃，四下了望，哪里有个人影儿呢。到了此时，不觉高声呼唤，声音响处，山鸣谷应，却有谁来答应？唤够多时，声哑口干，也就没有劲了，他就坐在石上，放声大哭。

正在悲恐之际，只见那边来个年老的樵人，连忙上前问道："老丈，你可曾见有一妇人带领个孩儿么？"樵人道："见可见个妇人，并没有小孩子。"范生即问道："这妇人在哪里？"樵人摇首，道："说起来凶得很呢。足下，你不晓得离此山五里远，有一村名唤独虎庄，庄中有个威烈侯名叫葛登云。此人凶悍①非常，抢掠民间妇女。方才见他射猎回来，马上驮一个啼哭的妇人，竟奔他庄内去了。"范生闻听，忙忙问道："此庄在山下何方？"樵人道："就在东南方。你看那边远远一丛树林，那里就是。"范生听了一看，也不作别，竟飞跑下山，投庄中去了。

你道金哥为何不见？只因葛登云带了一群豪奴，进山搜寻野兽，不想从深草丛中赶起一只猛虎。虎见人多，各执兵刃，不敢扬威，它便跑下山来。恰恰从青石经过，它就一张口把金哥叼去，就将白氏吓得昏晕过去。正遇葛登云赶下虎来，一见这白氏，他便令人驮在马上，回庄去了。那虎往西去了，连越两小峰。不防那边树上有一樵夫正在伐柯，忽见猛虎衔一小孩，也是急中生智，将手中板斧照定虎头抛击下去，正打在虎背之上，那虎猛然被斧击中，将腰一塌，口一张，将小儿便落在尘埃。樵夫见虎受伤，便跳下树来，手疾眼快，拉起扁担照着虎的后胯就是一下，力量不小。只听吼的一声，那虎蹿过岭去。

樵夫忙将小儿扶起，抱在怀中，见他还有气息，看了看虽有伤痕，却不甚重；呼唤多时，渐渐的苏醒过来，不由得满心欢喜。又恐再遇野兽，不是当耍的，急急搂定小儿，先寻着板斧，掖在腰间；然后提了扁担步下山来，一直竟奔西南，进了八宝村。走不多会，到了自己门首，便呼道："母亲开门，孩儿回来了。"只见里面走出一个半白头发的婆婆来，将门开放，不觉失声道："嗳哟！你从何处抱了个小儿回来？"樵夫道："母亲，且到里面再为细述。"婆婆接过扁担，关了门户。樵夫进屋，将小儿轻轻放在床上，自己拔去

---

① 凶悍（hàn）——凶猛强悍。

板斧,向婆婆道:“母亲,可有热水取些来?”婆婆连忙拿过一盏。樵夫将小儿扶起,叫他喝了点热水,方才转过气来,嗳哟一声,道:“吓死我了!”

此时那婆婆也来看视,见他虽有尘垢,却是眉清目秀,心中疼爱得不知要怎么样才好。那樵夫便将从虎口救出之话,说了一回。那婆婆听了,又不胜惊骇,便抚摸着小儿,道:“你是虎口余生,将来造化不小,富贵绵长。休要害怕,慢慢的将家乡住处告诉于我。”小儿道:“我姓范名叫金哥,年方七岁。”婆婆见他说话明白,又问他:“可有父母没有?”金哥道:“父母俱在。父名仲禹,母亲白氏。”婆婆听了,不觉诧异,道:“你家住哪里?”金哥道:“我不是京都人,乃是湖广武昌府江夏县安善村居住。”婆婆听了,连忙问道:“你母亲莫非乳名叫玉莲么?”金哥道:“正是。”婆婆闻听,将金哥一搂,道:“哎哟!我的乖乖呀!你可疼煞我也!”说罢,就哭起来。金哥怔了,不知为何。旁边樵夫道:“我告诉你,你不必发怔。我叫白雄。方才提的玉莲,乃是我的同胞姐姐。这婆婆便是我的母亲。”金哥道:“如此说来,他是我的母舅,你便是我的外祖母了。”说罢,将小手儿把婆婆一搂,也就痛哭起来。

要知如何,且听下回分解。

第二十四回

受乱棍范状元疯癫　贪多杯屈胡子丧命

且说金哥认了母舅，与外祖母搂着痛哭。白雄含泪劝慰多时，方才住声。白老安人道："既是你父母来京，为何不到我这里来？"金哥道："皆因为寻找外祖母，我才被虎叼去。"便将父母来京赴考，母亲顺便探母的事，说了一遍。"是我父母商议定于场后寻找外祖母，故此今日来至万全山下。谁知问人俱各不知，因此我与母亲在青石之上等候，爹爹出东山口找寻去了。就在此时，猛然出来一只老虎就把我叼着走了，我也不知道了，不想被母舅救到此间。只是我父母不知此时哭到什么地步，岂不伤感坏了呢！"说罢，又哭起来了。白雄道："此处离万全山有数里之遥，地名八宝村。你等在东山口找寻，如何有人知道呢？外甥不必啼哭。今日天气已晚，待我明日前往东山口找寻你父母便了。"说罢，忙收拾饭食。又拿出刀伤药来。白老安人与他掸尘梳洗，将药敷了伤痕。又怕他小孩子家想念父母，百般地哄他。

到了次日黎明，白雄掖了板斧，提着扁担，竟奔万全山而来。到了青石之旁，左右顾盼，那里有个人影儿。正在了望，忽见那边来了一人，头发蓬松，血渍满面，左手提着衣襟，右手执定一只朱履，慌慌张张，竟奔前来。白雄一见，才待开言，只见那人举起鞋来，照着白雄就打，说道："好狗头呀！你打得老爷好！你杀得老爷好！"白雄急急闪过，仔细一看，却像姐夫范仲禹模样。及至问时，却是疯癫的，言语并不明白。白雄忽然想起："我何不回家背了外甥来叫他认认呢？"因说道："那疯汉，你在此略等一等，我去去便来。"他就直奔八宝村去了。

你道那疯汉是谁？原来就是范仲禹。只因听了老樵人之言，急急赶到独虎庄，硬向威烈侯门前要他的妻子。可恨葛贼暗用稳军计留下范生，到了夜间，说他无故将他家人杀害，一声喝令，一顿乱棍将范生打得气绝而亡。他却叫人弄个箱子，把范生装在里面，于五鼓时抬至荒郊抛弃。不想路上遇见一群报录的人，将此箱劫去。这些报录的，原是报范生点了头名状元的，因见下处无人，封锁着门，问人时，说范生合家具探亲往万全山去了,因此他等连夜赶来。偶见二人抬定一只箱子,以为必是黄夜窃来的,又在旷野之间,倚仗人多,便将箱子劫下。抬箱子人跑了。众人算发了一注外财,抽出绳杠,连忙开看。不料范生死而复苏,一挺身跳出箱来,拿定朱履就是一顿乱打。众人见他披发带血,情景可怕,也就一哄而散。他便踉踉跄跄①,信步来至万全山,恰与白雄相遇。

再说白雄回到家中,对母亲说知,背了金哥,急往万全山而来。及至来到,疯汉早已不知往哪里去了。白雄无可如何,只得背了金哥回转家中。他却不辞辛苦,问明了金哥在城内何方居住。从八宝山村要到城中,也有四十多里,他哪管远近,一直竟奔城中而来。到了范生下处一看,却是仍然封锁,真是"乘兴而来,败兴而返"。忽听街市之上,人人传说新科状元范仲禹不知去向。他一听见满心欢喜,暗道:"他既已中了状元,自然有在官人役访查找寻,必是要有下落的了。且自回家,报了喜信,我再细细盘问外甥一番便了。"白雄自城内回家,见了母亲,备述一切。金哥闻听父母不知去向,便痛哭起来。白老安人劝慰多时,方才住声。白雄便细细盘问外甥。金哥便将母子如何坐车,父亲骑驴到了山下,如何把驴放青龈草,母子如何在青石之上等候,父亲如何出东山口打听,此时就被虎叼了去的话,说了一遍。白雄都一一记在心间,等次日再去寻找便了。

你说白雄这一天辛苦,来回跑了足有一百四五十里,也真难为他。只顾说他这一边的辛苦,就落了那一边的正文。野史有云"一张口难说两家话",真是果然。就是他辛苦这一天,便有许多事故在内。

你道何事?原来城中鼓楼大街西边有座兴隆木厂,却是山西人开张。弟兄二人,哥哥名叫屈申,兄弟名叫屈良。屈申长的相貌不扬,又搭着一嘴巴扎煞胡子,人人皆称他为"屈胡子"。他最爱杯中之物,每日醺醺,因此又得了个外号儿,叫"酒曲子。"②他虽然好喝,却与正事不误,又加屈良帮助,把个买卖作了个铁桶相似,甚为兴旺。因为万全山南,便是木商的船厂。这一天,屈申与屈良商议,道:"听说新货已到,乐(老)子要到那里看看。如若对劲儿,咱倒批下些,岂不便宜呢?"屈良也甚愿意,便拿褡裢钱褡子装上四百两纹银,备了一头酱色花白的叫驴。此驴最爱赶群:路上不见驴,他不

---

① 踉(liàng)踉跄(qiàng)跄——走路不稳。

② 酒曲子——酿酒用的曲。

好生走;若见了驴,他就追,也是惯了的毛病儿。屈申接过银子褡裢,搭在驴鞍上面,乘上驴,竟奔万全山南。

到了船厂,木商彼此相熟。看了多少木料,行市全然不对。买卖中的规矩,交易不成仁义在。虽然木料没批,酒肴是要预备的。屈申一见了酒,不觉勾起他的馋虫来了,左一杯,右一杯,说也有,笑也有,竟自乐而忘归。猛然一抬头,看了看日色已然平西了,他便忙了,道:"乐(老)子还(含)要讲(净)城(沉)呢！大晚(力)咧(拉),天晚咧。"说着话,便起身作揖拱腰儿,连忙拉了酱色花驴,竟奔万全山而来。

他越着急,驴越不走,左一鞭,右一鞭,骂道:"洼八日的臭屎蛋！'养军千日,用在一朝。'老阳儿(太阳)眼看着没啦,你含合我闹喤喤呢!"话未说完,忽见那驴两耳一支楞,"吗"的一声就叫起来,四个蹄子乱窜飞跑。屈申知道他的毛病,必是听见前面有驴叫唤,他必要追。因此拢住扯手由他跑去,到底比闹喤喤(呆)强。谁知跑来跑去,果见前面有一头驴。他这驴一见,便将前蹄扬起,连蹦带跳。屈申坐不住鞍心,顺着驴屁股掉将下来。连忙爬起,用鞭子乱打一回,只得揪住嚼子,将驴带转,拴在那边一株小榆树上。过来一看,却是一头黑驴,鞍韂俱全。这便是昨日范生骑来的黑驴,放青龈草,迫促之际,将他撇下。黑驴一夜未吃麸料,信步由缰,出了东山口外,故在此处仍是啃青。屈申看了多时,便嚷道:"这是谁的黑驴?"连嚷几声,并无人应,自己说道:"好一头黑驴!"又瞧了瞧口,才四个牙,膘满肉肥,而且鞍韂鲜明,暗暗想道:"趁着无人,乐子何不换他娘的。"即将钱褡子拿过来,搭在黑驴身上,一扯扯手,翻身上去。只见黑驴迤迤迤迤,却是飞快的好走儿。屈申心中欢喜,以为得了便宜。

忽然见天气改变,狂风骤起,一阵黄沙打的二目难睁。此时已是掌灯的时候,屈申心中踌躇道:"这官(光)景,城是进不去了。我还有四百两营(银)子,这可咱(怎)的好?前面万全山若遇见个打梦(闷)棍的,那才是早(糟)儿糕呢！只好找个仍(人)家借个休(宿)儿。"心里想着,只见前面有个褡裢坡儿,南上坡忽见有灯光。屈申便下了黑驴,拉到上坡,来到门前。

忽听里面有妇人说道:"嫁汉嫁汉,穿衣吃饭。有把老婆饿起来的么?"又听男子说话道:"你饿着,谁又吃什么来呢?"妇人接着说道:"你没吃什么,你倒灌黄汤了。"男子又道:"谁不叫你也喝呢?"妇人道:"我要会喝,我早喝了。既弄了来,不知籴①柴米,你先张罗你的酒!"男子道:"这难说,也是我的口头福儿。"妇人道:"既爱吃现成儿的,索性明儿我挣了你吃爽利,叫你享享福儿。"男子道:"你别胡说。我虽穷,可是好朋友。"妇人道:"街市上哪有你这样的好朋友呢?"屈申听至此,欲待不敲门,看了看四面黑,别处又无灯光,只得用鞭子敲户,道:"借官(光)儿,寻个休儿。"里面却不言语了。

屈申又叫了半天,方听妇人问道:"找谁的?"屈申道:"我是行路的,因天贺(黑)了,借官(光)儿,寻个休儿。明儿重礼相谢。"妇人道:"你等等。"又迟了半天,方见有个男子出来,打着一个灯笼,问道:"作什么的?"屈申作个揖,道:"我是个走路儿的。因天万(晚)咧(啦),难以行走,故此惊动,借个休儿。明儿重礼相谢。"男子道:"原来如此。这有什么呢,请到家里坐。"屈申道:"我还有一头驴。"男子道:"只管拉进来。"将驴拴在东边树上,便持灯引进来,让至屋内。

屈申提了钱褡子,随在后面。进来一看,却是两明一暗,三间草房。屈申将褡子放在炕上,重新与那男子见礼。那男子还礼,道:"茅屋草舍,掌柜的不要见笑。"屈申道:"好说。"男子便问:"尊姓?在哪里发财?"屈申道:"姓屈名叫屈申,在沉(城)里故(鼓)楼大该(街)开着个心(兴)伦(隆)木厂。我含(还)没吝(领)教你老贵信(姓)?"男子道:"我姓李名叫李保。"屈申道:"原来是李大过(哥),失敬,失敬。"李保道:"好说,好说。屈大哥,久仰,久仰。"

你道这李保是谁?他就是李天官派了跟包公上京赴考的李保。后因包公罢职,他以为包公再没有出头之日,因此将行李银两拐去逃走。每日花街柳巷,花了不多的日子,便将行李银两用尽,流落至此,投在李老头店中。李老儿夫妻见他勤谨小心,膝下又无儿子,只有一女,便将他招赘,作了养老的女婿。谁知他旧性不改,仍是嫖赌吃喝,生生把李老儿夫妻气死。他便接过店来,更无忌惮,放荡自由,加着李氏也是个好吃懒做的女人,不上一二年便把店关了。后来闹的实在无法,就将前面家伙等项典卖与人,又将房屋拆毁卖了折货,只剩了三间草房,到今日落得一贫如洗。偏偏遇见倒运的屈申前来投宿。

---

① 籴(dí)——买进(粮食)。

当日李保与他攀话，见灯内无油，立起身来向东间，掀起破布帘子，进内取油。只见他女人悄悄问道："方才他往炕上一放，咕咚一声，是什么？"李保道："是个钱褡子。"妇人欢喜，道："活该咱家要发财。"李保道："怎见得？"妇人道："我把你这傻兔子！他单单一个钱褡子而且沉重，那必是硬头货了。你如今问他，会喝不会喝？他若会喝，此事便有八分了。有的是酒，你尽力的将他灌醉了，自有道理。"

李保会意，连忙将油罐子拿出来，添上灯，拨的亮亮儿的。他便大哥长、大哥短的问话，说到热闹之间，便问："屈大哥，你老会喝不会？"一句话问的个屈申口角流涎，馋不可解，答道："这末半夜三更的，哪里讨酒哈（喝）呢？"李保道："现成有酒。实对大哥说，我是最爱喝的。"屈申道："对悸（劲）儿！我也是爱喝的。咱两个竟是知己的好盆（朋）友了。"李保说着话，便温起酒来，彼此对坐。一来屈申爱喝，二来李保有意，一让两让连三让，便把个屈申灌的酩酊①大醉，连话也说不出来了，前仰后合。他把钱褡子往里一推，将头刚然上枕，便呼呼酣睡。

此时李氏已然出来。李保悄悄说道："他醉是醉了，只是有何方法呢？"妇人道："你找绳子来。"李保道："要绳子作什么？"妇人道："我把你这呆爪日的！将他勒死，就完了事咧。"李保摇头，道："人命关天，不是玩的。"妇人发怒，道："既要发财，却又胆小。松王八！难道老娘就跟着你挨饿不成？"李保到了此时，也顾不得国法，便将绳子拿来。妇人已将破炕桌儿挪开，见李保颤颤哆嗦，知道他不能下手。恶妇便将绳子夺过来，连忙上炕，绕到屈申里边，轻轻儿的从他枕的钱褡之下，递过绳头，慢慢拴过来紧了一扣。一招手将李保叫上炕来，将一头递给李保，拢住了绳头，两个人往两下里一勒，妇人又将脚一登。只见屈申手脚扎煞。李保到了此时，虽然害怕，也不能不用力了。不多时，屈申便不动了，李保也就瘫了。这恶妇连忙将钱褡子抽出，伸手掏时，见一封一封的却是八包，满心欢喜。

未知如何，且听下回分解。

---

① 酩酊（míngdǐng）——形容大醉。

第二十五回

白氏还魂阳差阴错　屈申附体醉死梦生

且说李保夫妇将屈申谋害。李氏将钱褡子抽出，伸手一封一封的掏出，携灯进屋，将炕面揭开，藏于里面。二人出来，李保便问："尸首可怎么样呢？"妇人道："趁此夜静无人，背至北上坡，抛放庙后，又有谁人知晓？"李保无奈，叫妇人仍然上炕，将尸首扶起，李保背上。才待起身，不想屈申的身体甚重，连李保俱各栽倒。复又站起来，尽力的背。妇人悄悄的开门，左右看了看，说道："趁此无人，快背着走罢。"李保背定，竟奔北上坡而来。

刚然走了不远，忽见那边有个黑影儿一晃。李保觉得眼前金花乱迸，汗毛皆乍，身体一闪，将死尸掷于地上，他便不顾性命的往南上坡跑来。只听妇人道："在这里呢！你往哪里跑？"李保喘吁吁地道："把我吓糊涂了。刚然到北上坡不远，谁知那边有个人，因此将尸首掷于地上，就跑回来了。不想跑过去了。"妇人道："这是你'疑心生暗鬼'。你忘了北上坡那棵小柳树儿了，你必是拿他当作人了。"李保方才省悟，连忙道："快关门罢。"妇人道："门且别关，还没有完事呢。"李保问道："还有什么事？"妇人道："那头驴怎么样？留在家中，岂不是个祸胎么？"李保道："是呀！依你怎么样？"妇人道："你连这么个主意也没有，把它轰出去就完了。"李保道："岂不可惜了的？"妇人道："你发了这么些财，还稀罕这个驴？"李保闻听，连忙到了院里，将偏缰解开，拉着往外就走。驴子到了门前，再不肯走。好狠妇人！提起门闩，照着驴子的后胯就是一下。驴子负痛，往外一窜。李保顺手一撒，妇人又将门闩从后面一戳，那驴子便跑下坡去了。

恶夫妇进门，这才将门关好。李保总是心跳不止，倒是妇人坦然自得，并教给李保："明日依然照旧，只管井边汲水。倘若北上坡有人看见死尸，你只管前去看看，省得叫别人生疑心。候事情安静之后，咱们再慢慢受用。你说这件事情，作的干净不干净，严密不严密？"妇人一片话说的李保也壮起胆来。说着话，不觉的鸡已三唱，天光发晓，路上已有行人。

有一人看见北上坡有一死尸，便慢慢的积聚多人。就有好事的给地方送信，地方听见本段有了死尸，连忙跑来，见脖项有绳子一条，却是极松的，并未环扣。地方看了，道："原来是被勒死的。众位乡亲，大家照看些，好歹别叫野牲口嚼了。我找我们伙计去，叫他看着，我好报县。"地方嘱托了众人，他就往西去了。

刚然走了数步，只听众人叫道："苦头儿，苦头儿，回来，回来。活咧！活咧！"苦头儿回头道："别玩笑呀！我是烧心的事，我们这是什么劲儿呢？"众人道："真的活咧！谁和你玩笑呢？"苦头听了，只得回来，果见尸首拳手拳脚动弹，真是苏醒了。连忙将他扶起，盘上双腿。迟了半晌，只听得嗳哟一声，气息甚是微弱。苦头儿在对面蹲下，便问道："朋友，你苏醒苏醒，有什么话，只管对我说。"只见屈申微睁二目，看了看苦头儿，又瞧了瞧众人，便道："呀！你等是什么人？为何与奴家对面交谈？是何道理？还不与我退后些！"说罢，将袖子把面一遮，声音极其娇呖。众人看了，不觉笑将起来，说道："好个奴家！好个奴家！"苦头儿忙拦道："众位乡亲别笑，这是他刚然苏醒，神不守舍之故。众位压静，待我细细地问他。"众人方把笑声止住。苦头儿道："朋友，你被何人谋害？是谁将你勒死的？只管对我说。"只见屈申羞羞惭惭地道："奴家是自己悬梁自尽的，并不是被人勒死的。"众人听了，乱说道："这明是被人勒死的，如何说是吊死的？既是吊死，怎么能够项带绳子，躺在这里呢？"苦头儿道："众位不要多言，待我问他。"便道："朋友，你为什么事上吊呢？"只听屈申道："奴家与丈夫儿子探望母亲，不想遇见什么威烈侯将奴家抢去，藏闭在后楼之上，欲行苟且。奴假意应允，支开了丫鬟，自尽而死。"苦头儿听了，向众人道："众位听见了？"便伸出个大拇指头来。"其中又有这个主儿，这个事情怪呀！看他的外面，与他所说的话，有点底脸儿不对呀。"

正在诧异，忽听脑后有人打了一下子。苦头儿将手一摸，哎哟道："这是谁呀？"回头一看，见是个疯汉，拿着一只鞋在那里赶打众人。苦头儿埋怨，道："大清早起，一个倒卧闹不清，又挨了一个鞋底子，好生的晦气！"忽见屈申说道："那拿鞋打人的，便是我的丈夫，求众位爷们将他拢住。"众人道："好朋友！这个脑袋样儿，你还有丈夫呢？"

正在说笑，忽见有两个人扭结在一处，一同拉着花驴，高声乱喊："地方！地方！我们是要打定官司了。"苦头儿发恨，道："真他妈的！我是什么时气儿，一宗不了又一宗。"只得上前说道："二位松手，有话慢慢地说。"

你道这二人是谁？一个是屈良，一个是白雄。只因白雄昨日回家一日，黎明又到万全山，出东山口各处找寻范爷。忽见小榆树上拴着一头酱色花驴，白雄以为是他姐夫的驴子。（只因金哥没说是黑驴，他也没问是什么毛片。）有了驴子，便可找人，因此解了驴子牵着正走，恰恰地遇见屈良。屈良因哥哥一夜未回，又有四百两银子，甚不放心，因此等城门一开，急急地赶来，要到船厂询问。不想遇见白雄拉着花驴，正是他哥哥屈申骑坐的，他便上前一把揪住，道："你把我们的驴拉着到哪里去？我哥哥呢？我们的银子呢？"白雄闻听，将眼一瞪，道："这是我亲戚的驴子。我还问你要我的姐夫姐姐呢！"彼此扭结不放，是要找地方打官司呢。

恰好巧遇地方。他只得上前说道："二位松手，有话慢慢地说。"不料屈良他一眼瞧见他哥哥席地而坐，便嚷道："好了！好了！这不是我哥哥么？"将手一松，连忙过来，说道："哥哥，你怎的在此呢？脖子上怎的又拴着绳子呢？"忽听屈申道："哇！你是甚等样人，竟敢如此无礼，还不与我退后！"屈良听他哥竟是妇人声音，也不是山西口气，不觉纳闷道："你这是怎的了呢？咱们山西人是好朋友。你这个光景，以后怎的见人呢？"忽见屈申向着白雄道："你不是我兄弟白雄么？嗳哟！兄弟呀！你看姐姐好不苦也！"倒把个白雄听了一怔。

忽然又听众人说道："快闪开，快闪开，那疯汉又回来了。"白雄一看，正是前日山内遇见之人。又听见屈申高声说道："兄弟，那边是你姐夫范仲禹，快些将他拢住。"白雄到了此时，也就顾不得了，将花驴偏缰递给地方，他便上前将疯汉揪了个结实，大家也就相帮，才拢住。苦头儿便道："这个事情我可闹不清。你们二位也不必分争，只好将你们一齐送到县里，你们那里说去罢。"

刚说至此，只见那边来人。苦头儿便道："快来罢！我的大爷，你还慢慢地蹭呢。"只听那人道："我才听见说，赶着就跑了来咧。"苦头儿道："牌头，你快快地找两辆车来。那个是被人谋害的不能走，这个是个疯子，还有他们两个俱是事中人。快快去罢。"老牌头听了，连忙转去。不多时，果然找了两辆车来，便叫屈申上车。屈申偏叫白雄搀扶，白雄却又不肯。还是大家说着，白雄无奈，只得将屈申搀起。见他两只大脚儿，仿佛是小小金莲一般，扭扭捏捏，一步挪不了四指儿的行走，招的众人大笑。屈良在旁看着，实在脸上磨不开，惟有嗐声叹气而已。屈申上了车，屈良要与哥哥同车，反被屈申叱下车来，却叫白雄坐上。屈良只得与疯汉同车，又被疯汉脑后打了一鞋底子，打下车来。及至要骑花驴，地方又不让，说："此驴不定是你的，不是你的，还是我骑着为是。"屈良无可奈何，只得跟着车在地下跑，竟奔祥符县而来。

正走中间，忽见来了个黑驴，花驴一见就追。地方在驴上紧勒扯手，哪里勒得住。幸亏屈良步行，连忙上前将嚼子揪住，道："你不知道这个驴子的毛病儿，他见驴就追。"说着话，见后面有一黑矮之人，敞着衣襟，跟着一个伴当，紧跟那驴往前去了。

你道此人是谁？原来是四爷赵虎。只因包公为新科状元遗失，入朝奏明天子，即着开封府访查。刚才下朝，只听前面人声聒耳①，包公便脚跺轿底，立刻打杵，问："前面为何喧嚷？"包兴等俱各下马，连忙跑去问明，原来有个黑驴鞍辔俱全，并无人骑着，竟奔大轿而来，板棍击打不开。包公听罢，暗暗道："莫非此驴有些冤枉么？"吩咐："不必拦阻，看他如何。"两旁执事左右一分。只见黑驴奔至轿前，可煞作怪，他将两只前蹄一屈，望着轿将头点了三点。众人道"怪"。包公看的明白，便道："那黑驴你果有冤枉，你可头南尾北，本阁便派人跟你前去。"包公刚才说完，那驴便站起转过身来，果然头南尾北。包公心下明白，即唤了声"来"。谁知道赵虎早已欠着脚儿静听，估量着相爷必要叫人，刚听个"来"字，他便赶至轿前。包公即吩咐："跟随此驴前去，查看有何情形异处，禀我知道。"

赵爷奉命下来，那驴便在前引路，愣爷紧紧跟随。刚才出了城，赵爷已跑得吁吁带喘，只得找块石头，坐在上面歇息。只见自己的伴当从后面追来，满头是汗，喘着说道："四爷要巴结差使，也打算打算。两条腿跟着四条腿跑，如何赶得上呢？黑驴呢？"赵爷说："它在前面跑，我在后面追。不知它往哪里去了？"伴当道："这是什么差使呢？没有驴子，如何交差呢？"正说着，只见那黑驴又跑回来了。四爷便向黑驴道："呀，呀，呀！你果有冤枉，你须慢着些儿走，我老赵方能赶得上。不然，我骑你几步，再走几步如何？"那黑驴果然抿耳攒蹄②的不动。四爷便将它骑上，走了几里，

---

① 聒（guō）耳——形容声音杂乱刺耳。

② 抿耳攒（cuán）蹄——把耳朵稍稍合拢，把蹄子聚在一起。

不知不觉,就到万全山的褡连坡,那驴一直奔了北上坡去了。四爷走热了,敞开衣襟,跟定黑驴,也到万全山,见是庙的后墙,黑驴站着不动。此时伴当已经来到了。四面观望,并无形迹可疑之处,主仆二人心中纳闷。

忽听见庙墙之内,喊叫"救人"。四爷听见,便叫伴当蹲伏着身子,四爷登定肩头。伴当将身往上长,四爷把住墙头将身一纵,上了墙头,往里一看,只见有一口薄木棺材,棺盖倒在一旁;那边有一个美貌妇人,按着老道厮打。四爷不管高低,便跳下去,赶至跟前,问道:"你等'男女授受不亲',如何混缠厮打?"只听妇人说道:"乐子被人谋害,图了我的四百两银子。不知怎的,乐子就跑到这棺材里头来了。谁知老道他来打开棺材盖,不知他安着什么心,我不打他怎的呢?"赵虎道:"既如此,你且放他起来,待我问他。"那妇人一松手,站在一旁。老道爬起,向赵爷道:"此庙乃是威烈侯的家庙。昨日抬了一口棺材来,说是主管葛寿之母病故,叫我即刻埋葬。只因目下禁土,暂且停于后院。今日早起忽听棺内乱响,是小道连忙将棺盖撬开。谁知这妇人出来,就将我一顿好打,不知是何缘故?"赵爷听老道之言,又见那妇人虽是女形,却是像男子的口气,而且又是山西的口音,说的都是图财害命之言。四爷听了,不甚明白,心中有些不耐烦,便道:"俺老赵不管你们这些闲事。我是奉包老爷差遣前来,寻踪觅迹,你们只好随我到开封府说去。"说罢,便将老道束腰丝绦解下,就将老道拴上,拉着就走。叫那妇人后面跟随。绕到庙的前门,拔去插闩,开了山门。此时伴当已然牵驴来到。

不知出得庙门有何事体,且听下回分解。

第二十六回

聆音察理贤愚立判　鉴貌辨色男女不分

且说四爷赵虎出了庙门,便将老道交与伴当,自己接过驴来。忽听后面妇人说道:“那南上坡站立那人,仿佛是害我之人。”紧行数步,口中说道:“何尝不是他!”一直跑至南上坡,在井边揪住那人,嚷道:“好李保呀!你将乐子勒死,你把我的四百两银子藏在哪里?乐子是贪财不要命的,你趁早儿还我就完了。”只听那人说道:“你这妇人好生无理!我与你素不相识,谁又拿了你的银子咧?”妇人更发急,道:“你这个忘八日的!图财害命,你还给乐子闹这个腔儿呢!”赵爷听了,不容分说,便叫从人将拴老道的丝绦那一头儿,也把李保儿拴上,带着就走,竟奔开封府而来。

此时祥符县因有状元范仲禹,他不敢质讯,亲将此案的人证解到开封府,略将大概情形回禀了包公。包公立刻升堂,先叫将范仲禹带上堂来,差役左右护持。只见范生到了公堂,嚷道:“好狗头们呀!你们打得老爷好!你们杀得老爷好!”说罢,拿着鞋就要打人。却是作公人手快,冷不防将他的朱履夺了过来。范仲禹便胡言乱语说将起来。公孙主簿在旁,看出他是气迷疯痰之症,便回了包公,必须用药调理于他。包公点头应允,叫差役押送至公孙先生那里去了。

包公又叫带上白雄来。白雄朝上跪倒。包公问道:“你是什么人?作何生理?”白雄禀道:“小人白雄,在万全山西南八宝村居住,打猎为生。那日从虎口内救下小儿,细问姓名家乡住处,才知是自己的外甥。因此细细盘问,说我姐夫乘驴而来,故此寻至东山口外,见小榆树上拴着一花驴,小人以为是我姐夫骑来的。不料路上遇见个山西人,说此驴是他的,还合小人要他哥哥并银子,因此我二人去找地方。却见众人围着一人,这山西人一见说是他哥哥,向前相认。谁知他哥哥却是妇人的声音,不认他为兄弟,反将小人说是他的兄弟。求老爷与小人作主。”包公问道:“你姐夫叫什么名字?”白雄道:“小人姐夫叫范仲禹,乃湖广武昌府江夏县人氏。”包公听了,正与新科状元籍贯相同,点了点头,叫他且自下去。

带屈良上来。屈良跪下，禀道："小人叫作屈良，哥哥叫屈申，在鼓楼大街开一座兴隆木厂。只因我哥哥带了四百两银子上万全山南批木料，去了一夜没有回来。是小人不放心，等城门开了，赶到东山口外，只见有个人拉着我哥哥的花驴。小人问他要驴，他不但不给驴，还合小人要他的什么姐夫，因此我二人去找地方，却见我哥哥坐在地下。不知他怎的改了形景，不认小人是他兄弟，反叫姓白的为兄弟。求老爷与我们明断明断。"包公问道："你认明花驴是你的么？"屈良道："怎的不认得呢！这个驴子有毛病儿，他见驴就追。"

包公叫他也暂且下去，叫把屈申带上来。左右便道："带屈申！带屈申！"只见屈胡子他却不动。差役只得近前说道："大人叫你上堂呢！"只见他羞羞惭惭，扭扭捏捏，走上堂来，临跪时先用手扶地，仿佛袅娜的了不得。两边衙役看此光景，由不得要笑，又不敢笑。只听包公问道："你被何人谋害？诉上来。"只见屈申禀道："小妇人白玉莲。丈夫范仲禹，上京科考。小妇人同定丈夫来京，顺便探亲。就于场后带领孩儿金哥，前往万全山寻问我母亲住处。我丈夫便进山访问去了，我母子在青石之上等候。忽然来了一只猛虎，将孩儿叼去。小妇人正在昏迷之际，只见一群人内有一官长，连忙说'抢'，便将小妇人拉拽上马，到他家内，闭于楼中。是小妇人投缳自尽①。恍惚②之间，觉得凉风透体。睁眼看时，见围绕多人，小妇人改变了这般模样。"

包公看他形景，听他言语，心中纳闷，便将屈良叫上堂来，问道："你可认得他么？"屈良道："是小人的哥哥。"又问屈申道："你可认得他么？"屈申道："小妇人并不认得他是什么人。"包公叫屈良下去，又将白雄叫上堂来，问道："你可认得此人么？"白雄回道："小人并不认得。"忽听屈申道："我是你嫡亲③姐姐，你如何不认得？岂有此理？"白雄惟有发怔而已。包公便知是魂错附了体了。只是如何办理呢？只得将他们俱各带下去。

只见愣爷赵虎上堂，便将跟了黑驴查看情形，述说了一遍。"所有一干人犯，俱各带到。"包公便叫将道士带上来。道士上堂跪下，禀道："小

① 投缳(huán)自尽——上吊自杀。缳，绳索的套子。

② 恍惚(huǎnghū)——神志不清；精神不集中。

③ 嫡(dí)亲——血统最接近的亲属。

道乃是给威烈侯看家庙的,姓叶名苦修。只因昨日侯爷府中抬了口薄皮材来,说是主管葛寿的母亲病故,叫小道即刻埋葬。小道因目下禁土,故叫他们将此棺放在后院里。"包公听了,道:"你这狗头满口胡说!此时是什么节气,竟敢妄言禁土!左右,掌嘴!"那道士忙了,道:"老爷不必动怒,小道实说,实说。因听见是主管的母亲,料他棺内必有首饰衣服。小道一时贪财心胜,故谎言禁土,以便撬开棺盖,得些东西。不料刚将棺盖开起,那妇人他就活了,把小道按住一顿好打。他却是一口的山西话,并且力量很大。小道又是怕又是急,无奈喊叫'救人',便见有人从墙外跳进来,就把小道拴了来了。"包公便叫他画了招,立刻出签,拿葛寿到案。道士带下去。

叫带妇人。左右一叠连声道:"带妇人!带妇人!"那妇人却动也不动。还是差役上前,说道:"那妇人,老爷叫你上堂呢!"只听妇人道:"乐子是好朋友,谁是妇人?你不要玩笑呀!"差役道:"你如今是个妇人,谁和你玩笑呢!你且上堂说去。"妇人听了,便大叉步儿走上堂来,咕咚一声跪倒。包公道:"那妇人,你有何冤枉?诉上来。"妇人道:"我不是妇人,我名叫屈申。只因带着四百两银子到万全山批木头去,不想买卖不成。因回来晚咧,在道儿上见个没主儿的黑驴,又是四个牙儿,因此我就把我的花驴拴在小榆树儿上,我就骑了黑驴,以为是个便宜。谁知刮起大风来了,天又晚了,就在南坡上一个人家寻休儿。这个人名叫李保儿,他将我灌醉了,就把我勒死了。正在缓不过气儿来之时,忽见天光一亮,却是一个道士撬开棺盖。我也不知怎么跑到棺材里面去了。我又不见了四百两银子,因此我才把老道打了。不想刚出庙门,却见南坡上有个汲水①的,就是害我的李保儿。我便将他揪住,一同拴了来了。我们山西人千乡百里,也非容易。乐子是要定了四百两银子咧!弄的我这个样儿,这是怎么说呢?"

包公听了,叫把白雄带上来,道:"你可认的这个妇人么?"白雄一见,不觉失声道:"你不是我姐姐玉莲么?"刚要向前厮认,只听妇人道:"谁是你姐姐?乐子是好朋友哇!"白雄听了,反倒吓了一跳。包公叫他下去。把屈良叫上来,问妇人道:"你可认得他么?"此话尚未说完,只听妇人说道:"嗳哟!我的兄弟呀!你哥哥被人害了,千万想着咱们的银子要紧。"

---

① 汲(jí)水——从下往上打水。

屈良道:“这是怎的了?我多久有这样儿的哥哥呢?”包公吩咐一齐带下去,心中早已明白是男女二魂错附了体了。

又叫带李保上堂来。包公一见正是逃走的恶奴,已往不究,单问他为何图财害命。李保到了此时,看见相爷的威严,又见身后包兴、李才俱是七品郎官的服色,自己悔恨无地,惟求速死,也不推辞,他便从实招认。包公叫他画了招,即差人前去起赃,并带李氏前来。

刚然去后,差人禀道:“葛寿拿到。”包公立刻吩咐带上堂来,问道:“昨日抬到你家主的家庙内那一口棺材,死的是什么人?”葛寿一闻此言,登时惊慌失色,道:“是小人的母亲。”包公道:“你在侯爷府中当主管,自然是多年可靠之人。既是你母亲,为何用薄皮材盛殓?你即或不能,也当求求家主赏赐,竟是忍心,如此潦草完事。你也太不孝了!来!”“有!”“拉下去,先打四十大板。”两旁一声答应,将葛寿重责四十,打的满地乱滚。包公又问道:“你今年多大岁数了?”葛寿道:“今年三十六岁。”包公又问道:“你母亲多大年纪了?”一句话问的他张口结舌,半天说道:“小人不……不记得了。”包公怒道:“满口胡说!天下哪有人子不记得母亲岁数的道理!可见你心中无母,是个忤逆之子①。来!”“有!”“拉下去,再打四十大板。”葛寿听了,忙道:“相爷不必动怒,小人实说,实说。”包公道:“讲!”左右公人催促:“快讲!快讲!”恶奴到了此时,无可如何,只得说道:“回老爷,棺材里那个死人,小人却不认得。只因前日我们侯爷打围回来,在万全山看见一个妇人在那里啼哭,颇有姿色。旁边有个亲信之人,他叫刁三,就在侯爷跟前献勤,说了几句言语,便将那妇人抢到家中,闭于楼上,派了两仆妇劝慰于她。不想后来有个姓范的找他的妻子。也是刁三与侯爷定计,将姓范的请到书房好好看待,又应许给他找寻妻子。”包公便问道:“这刁三现在何处?”葛寿道:“就是那天夜里死的。”包公道:“想是你与他有仇,将他谋害了。来!”“有!”“拉下去打。”葛寿着忙道:“小人不曾害他,是他自己死的。”包公道:“他如何自己死的呢?”葛寿道:“小人索性说了罢。因刁三与我们侯爷定计,将姓范的留在书房。到三更时分,刁三手持利刃,前往书房,杀姓范的去。等到五更未回。我们侯爷又派人去查看,不料刁三自不小心,被门槛子绊了一跤,手中刀正

① 忤(wǔ)逆之子——不孝顺父母的人。

在咽喉穿透而死。我们侯爷便另差家丁一同来到书房,说姓范的无故谋杀家人,一顿乱棍就把他打死了。又用一个旧箱子将尸首装好,趁着天未亮,就抬出去抛于山中了。”包公道:“这妇人如何又死了呢?”葛寿道:“这妇人被仆妇丫鬟劝慰的,却应了。谁知她是假的,眼瞅不见,她就上了吊咧。我们侯爷一想,未能如意,枉自害了三条性命,因用棺木盛好女尸,假说是小人之母,抬往家庙埋葬。这是已往从前之事,小人不敢撒谎。”包公便叫他画了招,所有人犯俱各寄监。惟白氏女身男魂,屈申男身女魂,只得在女牢分监,不准亵渎[①]相戏。又派王朝、马汉前去,带领差役捉拿葛登云,务于明日当堂听审。分派已毕,退了堂,大家也就陆续散去。

此时惟有地方苦头儿最苦。自天亮时整整儿闹了一天,不但挨饿,他又看着两头驴,谁也不理他。此时有人来,他便搭讪着给人道辛苦,问:“相爷退了堂了没有?”那人应道:“退了堂了。”他刚要提那驴子,那人便走了。一连问了多少人,谁也不理他,只急得抓耳挠腮,嗐声叹气。好容易等着跟四爷的人出来,他便上前央求。跟四爷的人见他可怜,才叫他拉了驴到马号里去,偏偏的花驴又有毛病儿不走。还是跟四爷的人帮着他拉到号中,见了管号的交代明白,就在号里喂养,方叫地方回去,叫他明儿早早来听着。地方千恩万谢而去。

且说包公退堂用了饭,便在书房思索此案,明知是阴错阳差,却想不出如何办理的法子来。包兴见相爷双眉紧蹙,二目频翻,竟自出神,口中嘟哝嘟哝,说道:“阴错阳差,阴错阳差,这怎么办呢?”包兴不由得跪下,道:“此事据小人想来,非到阴阳宝殿查去不可。”包公问道:“这阴阳宝殿在于何处?”包兴道:“在阴司地府。”包公闻听,不由大怒,断喝一声:“唗!好狗才!为何满口胡说?”

未知如何,且听下回分解。

---

① 亵渎(xièdú)——轻慢;不尊敬。

第二十七回

仙枕示梦古镜还魂　仲禹抡元熊飞祭祖

且说包公听见包兴说在阴司地府，便厉声道："你这狗才，竟敢胡说！"包兴道："小人如何敢胡说。只因小人去过，才知道的。"包公问道："你几时去过？"包兴便将白家堡为游仙枕害了他表弟李克明，后来将此枕当堂呈缴，因相爷在三星镇歇马，小人就偷试此枕，到了阴阳宝殿，说小人冒充星主之名，被神赶了回来的话，说了一遍。包公听了"星主"二字，便想起："当初审乌盆，后来又在玉宸宫审鬼冤魂，皆称我为星主。如此看来，竟有些意思。"便问："此枕现在何处？"包兴道："小人收藏。"连忙退出。不多时，将此枕捧来。包公见封固甚严，便叫："打开我看。"包兴打开，双手捧至面前。包公细看了一回，仿佛一块朽木，上面有蝌蚪文字，却也不甚分明。包公看了，也不说用，也不说不用，只是点了点头。包兴早已心领神会，捧了仙枕，来到里面屋内，将帐钩挂起，把仙枕安放周正，回身出来，又递了一杯茶。包公坐了多时，便立起身来。包兴连忙执灯，引至屋内。包公见帐钩挂起，游仙枕已安放周正，暗暗合了心意，便上床和衣而卧。包兴放下帐子，将灯移出，寂寂无声，在外伺候。

包公虽然安歇，无奈心中有事，再也睡不着，不由翻身向里。头刚着枕，只觉自己在丹墀之上，见下面有二青衣牵着一匹黑马，鞍辔俱是黑的。忽听青衣说道："请星主上马。"包公便上了马，一抖丝缰。谁知此马迅速如飞，耳内只听风响。又见所过之地，俱是昏昏惨惨，虽然黑暗，瞧的却又真切。只见前面有座城池，双门紧闭，那马竟奔城门而来。包公心内着急，说是不好，必要碰上。一转瞬间，城门已过，进了个极大的衙门。到了丹墀，那马便不动了。只见有二个红、黑判官迎出来，说道："星主升堂。"包公便下了马，步上丹墀，见大堂之上有匾，大书"阴阳宝殿"四字，又见公位桌椅等项俱是黑的。包公不暇细看，便入公座。只听红判官道："星主必是为阴错阳差之事而来。"便递过一本册子。包公打开看时，上面却无一字。才待要问，只见黑判官将册子拿起，翻上数篇，便放在公案之上。

包公仔细看时,只见上面写着恭恭正正八句粗话,起首云:“原是丑与寅,用了卯与辰。上司多误事,因此错还魂。若要明此事,井中古镜存。临时滴血照,磕破中指痕。”当下包公看了,并无别的字迹。刚然要问,两判官拿了册子而去,那黑马也没有了。

包公一急,忽然惊醒,叫人。包兴连忙移灯近前。包公问道:“什么时候了?”包兴回道:“方交三鼓。”包公道:“取杯茶来。”忽见李才进来,禀道:“公孙主簿求见。”包公便下了床,包兴打帘,来至外面。只见公孙策参见,道:“范生之病,晚生已将他医好。”包公听了大悦,道:“先生用何方医治好的?”公孙回道:“用五木汤。”包公道:“何为五木汤?”公孙道:“用桑、榆、桃、槐、柳五木熬汤,放在浴盆之内,将他搭在盆上趁热烫洗;然后用被盖严,上露着面目,通身见汗为度。他的积痰瘀血化开,心内便觉明白,现在惟有软弱而已。”包公听了,赞道:“先生真妙手奇方也!即烦先生,好好将他调理便了。”公孙领命,退出。

包兴递上茶来。包公便叫他进内取那面古镜,又叫李才传外班在二堂伺候。包兴将镜取来。包公升了二堂,立刻将屈申并白氏带至二堂。此时包兴已将照胆镜悬挂起来,包公叫他二人分男左女右,将中指磕破,把血滴在镜上,叫他们自己来照。屈申听了,咬破右手中指,以为不是自己指头,也不心疼,将血滴在镜上。白氏到了此时,也无可如何,只得将左手中指咬破些须,把血也滴在镜上。只见血到镜面,滴溜溜乱转,将云翳俱各赶开,霎时光芒四射,照的二堂之上,人人二目难睁,各各心胆俱冷。包公吩咐男女二人,对镜细看。二人及至看时,一个是上吊,一个是被勒,正是那气堵咽喉、万箭攒心之时,那一番的难受,不觉气闷神昏,登时一齐跌倒。但见宝镜光芒渐收,众人打了个冷战,却仍是古镜一面。

包公吩咐将古镜、游仙枕并古今盆,俱各交包兴好好收藏。再看他二人时,屈申动手动脚的,猛然把眼一睁,说道:“好李保呀!你偷我四百两银子,我合你要定咧!”说着话,他便自己上下瞧了瞧。想了多时,忽把自己下巴一摸,欢喜道:“唔!是咧,是咧,这可是我咧!”便向上叩头:“求大人与我判判。银子是四百两呢,不是玩的咧!”此时白氏已然苏醒过来,便觉羞容凄惨。包公吩咐将屈申交与外班房,将白氏交内茶房婆子好生看待。包公退堂,歇息。

至次日清早起来,先叫包兴:“问问公孙先生,范生可以行动么?”去不多时，公孙便带领范生慢慢而来。到了书房，向前参见，叩谢大人再造之恩。包公连忙拦阻，道：“不可，不可。”看他形容虽然憔悴①，却不是先前疯癫之状。包公大喜，吩咐看座。公孙策与范生俱告了坐，略述梗概。又告诉他妻子无恙，只管放心调养，叫他无事时将场内文字抄录出来，“待本阁具本题奏，保你不失状元就是了。”范生听了，更加欢喜，深深地谢了。包公又嘱咐公孙，好好将他调理。二人辞了包公，出外面去了。

只见王朝、马汉进来，禀道：“葛登云今已拿到。”包公立刻升堂讯问。葛登云仗着势力人情，自己又是侯爷，就是满招了，谅包公也无可如何。他便气昂昂的一一招认，毫无推辞。包公叫他画了招。相爷登时把黑脸沉下来，好不怕人，说一声：“请御刑！”王、马、张、赵早已请示明白了，请到御刑，抖去龙袱，却是虎头铡。此铡乃初次用，想不到拿葛登云开了张了。此时葛贼已经面如土色，后悔不来，竟死于铡下。又换狗头铡，将李保铡了。葛寿定了斩监侯；李保之妻李氏定了绞监侯；叶道士盗尸，发往陕西延安府充军；屈申、屈良当堂将银领去，因屈申贪便宜换驴，即将他的花驴入官；黑驴申冤有功，奉官喂养。范生同定白氏玉莲当堂叩谢了包公，同白雄一齐到八宝村居住，养息身体，再行听旨。至于范生与儿子相会，白氏与母亲见面，自有一番悲痛欢喜。不必细表。

且说包公完结此案，次日即具摺奏明：威烈侯葛登云作恶多端，已请御刑处死；并声明新科状元范仲禹因场后探亲，遭此冤枉，现今病未痊愈，恳恩展限十日，着一体金殿传胪②，恩赐琼林筵宴。仁宗天子看了摺子，甚是欢喜，深嘉包公秉正除奸，俱各批了依议。又有个夹片，乃是御前四品带刀护卫展昭因回籍祭祖，告假两个月。圣上也准了他的假。凡是包公所奏的，圣上无有不依从，真是君正臣良，太平景象。

且说南侠展爷既已告下假来，他便要起身。公孙策等给他饯行，又留住几日，才束装出了城门，到了幽僻之处，依然改作武生打扮，直奔常州府武进县遇杰村而来。到了门前，刚然击户，听得老仆在内说道：“我这门从无人敲打的。我不欠人家账目，又不与人通来往，是谁这等敲门呢？”及至将门开放，见了展爷，他又道：“原来大官人回来了。一去就不想回

① 憔悴（qiáocuì）——形容人瘦弱，面色不好看。

② 胪（lú）——陈列。

来,也不管家中事体如何,只管叫老奴经理。将来老奴要来不及了,那可怎么样呢?哎哟!又添了浇裹①了。又是跟人,又是两匹马,要买去也得一百五六十两银子。连人带牲口,这一天也耗费好些呢。"唠唠叨叨,聒絮不休。南侠也不理他,一来念他年老;二来爱他忠义持家;三来他说的句句皆是好话,又难以驳他。只得拿话岔他,说道:"房门可曾开着么?"老仆道:"自官人去后,又无人来,开着门预备谁住呢?老奴怕的丢了东西,莫若把它锁上,老奴也好放心。如今官人回来了,说不得书房又要开了。"又向伴当道:"你年轻,腿脚灵便,随我进去取出钥匙,省得我奔波。"说着话,往里面去了。伴当随进,取出钥匙,开了书房,只见灰尘满案,积土多厚。伴当连忙打扫,安放行囊。

展爷刚然坐下,又见展忠端了一碗热茶来。展爷吩咐伴当接过来,口内说道:"你也歇歇去罢。"原是怕他说话的意思。谁知展忠说道:"老奴不乏。"又说道:"官人也该务些正事了。每日在外闲游,又无日期归来,耽误了多少事体。前月开封府包大人那里打发人来请官人,又是礼物,又是聘金。老奴答言官人不在家,不肯收礼。那人哪里肯依,他将礼物放下,他就走了。还有书子一封。"说罢,从怀中掏出,递过去道:"官人看看,作何主意?俗语说的好:'无功受禄,寝食不安。'也该奋志才是。"南侠也不答言,接过书来拆开,看了一遍,道:"你如今放心罢,我已然在开封府作了四品的武职官了。"展忠道:"官人又来说谎了,做官如何还是这等服色呢?"展爷闻听,道:"你不信,看我包袱内的衣服就知道了。我告诉你说,只因我得了官,如今特地告假回家祭祖。明日预备祭礼,到坟前一拜。"此时伴当已将包袱打开。展忠看了,果有四品武职服色,不觉欢喜非常,笑嘻嘻道:"大官人真个作了官了,待老奴与官人叩喜头。"展爷连忙搀住,道:"你乃是有年纪之人,不要多礼。"展忠道:"官人既然作了官,从此要早毕婚姻,成立家业要紧。"南侠趁机道:"我也是如此想。前在杭州有个朋友,曾提过门亲事,过了明日,后日我还要往杭州前去联姻呢。"展忠听了,道:"如此甚好,老奴且备办祭礼去。"他就欢天喜地去了。

到了次日,便有多少乡亲邻里前来贺喜帮忙,往坟上搬运祭礼。及至展爷换了四品服色,骑了高头大马到坟前,便见男女老少俱是看热闹的乡

---

① 浇裹——浇,指饮食;裹,指衣服。泛指日常开销。

党。展爷连忙下马步行，伴当接鞭，牵马在后随行。这些人看见展爷衣冠鲜明，像貌雄壮，而且知礼，谁不羡慕，谁不欢喜。

你道如何有许多人呢？只因昨日展忠办祭礼去，乐的他在路途上逢人便说，遇人便讲，说："我们官人作了皇家四品带刀的御前侍卫了，如今告假回家祭祖。"因此一传十，十传百，所以聚集多人。

且说展爷到了坟上，展拜已毕，又细细周围看视了一番，见坟冢树木俱各收拾齐整，益信老仆的忠义持家；留恋多时，方转身乘马回去，便吩咐伴当帮着展忠，张罗这些帮忙乡亲。展爷回家后，又出来与众人道乏。一个个张口结舌，竟有想不出说什么话来的；也有见过世面的，展老爷长、展老爷短，尊敬个不了。

展爷在家一天，倒觉的分心劳神，定于次日起身上杭州，叫伴当收拾行李。到第二日，将马扣备停当，又嘱托了义仆一番，出门上马，竟奔杭州而来。

未知如何，且听下回分解。

第二十八回

许约期湖亭欣慨助　探底细酒肆巧相逢

且说展爷他哪里是为联姻。皆因游过西湖一次，他时刻在念，不能去怀，因此谎言，特为赏玩西湖的景致。这也是他性之所爱。一日，来至杭州，离西湖不远，将从者马匹寄在五柳居，他便慢慢步行至断桥亭上，徘徊瞻眺，真令人心旷神怡。正在畅快之际，忽见那边堤岸上有一老者将衣搂起，把头一蒙，纵身跳入水内。展爷见了，不觉失声道："哎哟！不好了！有人投了水了！"自己又不会水，急得他在亭子上搓手跺脚，无法可施。猛然见有一只小小渔舟，犹如弩箭一般，飞也似赶来。到了老儿落水之处，见个少年渔郎把身体向水中一顺，仿佛把水刺开的一般，虽有声息，却不咕咚。展爷看了，便知此人水势精通，不由的凝眸注视。不多时，见少年渔郎将老者托起身子，浮于水面，荡悠悠竟奔岸边而来。展爷满心欢喜，下了亭子，绕在那边堤岸之上，见少年渔郎将老者两足高高提起，头向下，控出多少水来。展爷且不看老者性命如何，他细细端详渔郎，见他年纪不过二旬光景，英华满面，气度不凡，心中暗暗称羡。又见少年渔郎将老者扶起，盘上双膝，在对面慢慢唤道："老丈醒来，老丈醒来。"此时展爷方看老者，见他白发苍髯，形容枯瘦，半日，方哼了一声，又吐了好些清水。哎哟了一声，苏醒过来，微微把眼一睁，道："你这人好生多事，为何将我救活？我是活不得的人了。"

此时已聚集许多看热闹之人，听老者之言，俱各道："这老头子竟如此无礼，人家把他救活了，他倒抱怨。"只见渔郎儿并不动气，反笑嘻嘻地道："老丈不要如此，蝼蚁尚且贪生，何况是人呢！有什么委曲，何不对小可说明？倘若真不可活，不妨我再把你送下水去。"旁人听了，俱悄悄道："只怕难罢！你既将他救活，谁又眼睁睁地瞅着，容你把他又淹死呢？"只听老者道："小老儿姓周名增，原在中天竺开了一座茶楼。只因三年前冬天大雪，忽然我铺子门口卧倒一人。是我慈心一动，叫伙计们将他抬到屋中，暖被盖好，又与他热姜汤一碗。他便苏醒过来，自言姓郑名新，父母俱亡,又无兄弟。因家业破落,前来投亲,偏又不遇。一来肚内无食,遭此大雪,故此卧倒。老汉见他说的可怜,便将他留在铺中,慢慢地将养好了。谁知他又会写,又会算,在柜上帮着我办理,颇觉殷勤。也是老汉一时错了主意。老汉有个女儿,就将他招赘为婿,料理买卖颇好。不料去年我女儿死了,又续娶了王家姑娘,就不像先前光景,也还罢了。后来因为收拾门面,郑新便向我说:'女婿有半子之劳。惟恐将来别人不服,何不将"周"字改个"郑"字,将来也免得人家讹赖。'老汉一想,也可以使得,就将周家茶楼改为郑家茶楼。谁知自改了字号之后,他们便不把我看在眼内了。一来二去,言语中渐渐露出说老汉白吃他们,他们倒养活我,是我赖他们了。一闻此言,便与他分争。无奈他夫妻二人口出不逊,就以周家卖给郑家为题,说老汉讹了他。因此老汉气忿不过,在本处仁和县将他告了一状。他又在县内打点通了,反将小老儿打了二十大板,逐出境外。渔哥你想,似此还有个活头儿么?不如死了,在阴司把他再告下来,出出这口气。"渔郎听罢笑了,道:"老丈,你错打了算盘了。一个人既断了气,如何还能出出气呢?再者他有钱使得鬼推磨,难道他阴司就不会打么?依我倒有个主意,莫若活着和他赌气,你说好不好?"周老道:"怎么和他赌气呢?"渔郎说:"再开个周家茶楼气气他,岂不好么?"周老者闻听,把眼一睁,道:"你还是把我推下水去。老汉衣不遮体,食不充饥,如何还能够开茶楼呢?你还是让我死了好。"渔郎笑道:"老丈不要着急。我问你,若要开这茶楼,可要用多少银两呢?"周老道:"纵省俭,也要耗费三百多银子。"渔郎道:"这不打紧。多了不能,这三四百银子,小可还可以巴结得来。"

展爷见渔郎说了此话,不由心中暗暗点头,道:"看这渔郎好大口气,竟能如此仗义疏财,真正难得。"连忙上前,对老丈道:"周老丈,你不要狐疑。如今渔哥既说此话,决不食言。你若不信,在下情愿作保,如何?"只见那渔郎将展爷上下打量了一番,便道:"老丈,你可曾听见了?这位公子爷,谅也不是谎言的。咱们就定于明日午时,千万千万,在那边断桥亭子上等我,断断不可过了午时。"说话之间,又从腰内掏出五两一锭银子来,托于掌上,道:"老丈,这是银子一锭,你先拿去作为衣食之资。你身上衣服皆湿,难以行走。我那边船上有干净衣服,你且换下来。待等明日午刻,见了银两,再将衣服对换,岂不是好!"周老儿连连称谢不尽。那渔郎回身一点手，将小船唤至岸边，便取衣服，叫周老换了。把湿衣服抛在船上，一拱手道："老丈请了。千万明日午时，不可错过！"将身一纵，跳上小船，荡荡悠悠，摇向那边去了。周老攥定五两银子，向大众一揖，道："多承众位看顾，小老儿告别了。"说罢，也就往北去了。

展爷悄悄跟在后面，见无人时，便叫道："老丈明日午时，断断不可失信。倘那渔哥无银时，有我一面承管，准准地叫你重开茶楼便了。"周老回身作谢，道："多承公子爷的错爱，明日小老儿再不敢失信的。"展爷道："这便才是。请了。"急回身，竟奔五柳居而来，见了从人，叫他连马匹俱各回店安歇。"我因遇见知己邀请，今日不回去了。你明日午时在断桥亭接我。"从人连声答应。

展爷回身，直往中天竺，租下客寓，问明郑家楼，便去踏看门户路径。走不多路，但见楼房高耸，茶幌飘扬。来至切近，见匾额上字，一边是"兴隆斋"，一边是"郑家楼"。展爷便进了茶铺，只见柜堂竹椅上坐着一人，头戴摺巾，身穿华氅①，一手扶住磕膝，一手搭在柜上；又往脸上一看，却是形容瘦弱，尖嘴缩腮，一对眯缝眼，两个扎煞耳朵。他见展爷瞧他，他便连忙站起执手，道："爷上欲吃茶，请登楼，又清净，又豁亮。"展爷一执手，道："甚好，甚好。"便手扶栏杆，慢登楼梯。来至楼上一望，见一溜五间楼房，甚是宽敞，拣个座儿坐下。

茶博士过来，用代手擦抹桌面。且不问茶问酒，先向那边端了一个方盘，上面蒙着纱罩。打开看时，却是四碟小巧茶果，四碟精致小菜，极其齐整干净。安放已毕，方问道："爷是吃茶？是饮酒？还是会客呢？"展爷道："却不会客，是我要吃杯茶。"茶博士闻听，向那边摘下个水牌来，递给展爷道："请爷吩咐，吃什么茶？"展爷接过水牌，且不点茶名，先问茶博士何名。茶博士道："小人名字，无非是'三槐'、'四槐'，若遇客官喜欢，'七槐'、'八槐'都使得。"展爷道："少了不好，多了不好，我就叫你'六槐'罢。"茶博士道："'六槐'极好，是最合乎中的。"展爷又问道："你东家姓什么？"茶博士道："姓郑。爷没看见门上匾额么？"展爷道："我听见说，此楼原是姓周，为何姓郑呢？"茶博士道："以先原是周家的，后来给了郑家了。"展爷道："我听见说，周、郑二姓还是亲戚呢。"茶博士道："爷上知

---

① 华氅（chǎng）——华丽的外套。

道底细。他们是翁婿，只因周家的姑娘没了，如今又续娶了。”展爷道：“续娶的可是王家的姑娘么？”茶博士道：“何曾不是呢。”展爷道：“想是续娶的姑娘不好；但凡好么，如何他们翁婿会在仁和县打官司呢？”茶博士听至此，却不答言，惟有瞅着展爷而已。又听展爷道：“你们东家住于何处？”茶博士道：“就在这后面五间楼上。此楼原是钩连搭十间，在当中隔开。这里五间作客座，那里五间作住房，差不多的都知道离住房很近，承赐顾者到了楼上，皆不肯胡言乱道。”展爷道：“这原是理当谨言。但不知他家内还有何人？”茶博士暗想道：“此位是吃茶来咧？还是私访来咧？”只得答道：“家中并无多人，惟有东家夫妻二人，还有个丫鬟。”展爷道：“方才进门时，见柜前竹椅儿上坐的那人，就是你们东家么？”茶博士道：“正是，正是。”展爷道：“我看他满面红光，准要发财。”茶博士道：“多谢老爷吉言。”展爷方看水牌，点了雨前茶。茶博士接过水牌，仍挂在原处。

方待下楼去泡一壶雨前茶来，忽听楼梯响处，又上来一位武生公子，衣服鲜艳，相貌英华，在那边拣一座，却与展爷斜对。茶博士不敢怠慢，显机灵，露熟识，便上前擦抹桌子，道：“公子爷一向总没来，想是公忙。”只听那武生道：“我却无事，此楼我是初次才来。”茶博士见言语有些不相合，也不言语，便向那边也端了一方盘，也用纱罩儿蒙着，依旧是八碟，安放妥当。那武生道：“我茶酒尚未用着，你先弄这个作什么？”茶博士道：“这是小人一点敬意。公子爷爱用不用，休要介怀。请问公子爷是吃茶？是饮酒？还是会客呢？”那武生道：“且自吃杯茶，我是不会客的。”茶博士便向那边摘下水牌来，递将过去。

忽听下边说道：“雨前茶泡好了。”茶博士道：“公子爷先请看水牌，小人与那位取茶去。”转身不多时，擎了一壶茶，一个盅子，拿至展爷那边，又应酬了几句。回身又仍到武生桌前，问道：“公子你吃什么茶？”那武生道：“雨前罢。”茶博士便吆喝道：“再泡一壶雨前来！”

刚要下楼，只听那武生唤道：“你这里来。”茶博士连忙上前，问道：“公子爷有什么吩咐？”那武生道：“我还没问你贵姓？”茶博士道：“承公子爷一问，足已够了，如何担得起‘贵’字？小人姓李。”武生道：“大号呢？”茶博士道：“小人岂敢称大号呢，无非是‘三槐’、‘四槐’，或‘七槐’、‘八槐’，爷们随意呼唤便了。”那武生道：“多了不可，少了也不妥，莫若就叫你‘六槐’罢。”茶博士道：“‘六槐’就是‘六槐’，总要公子爷合心。”说着话,他却回头望了望展爷。

又听那武生道:“你们东家原先不是姓周么?为何又改姓郑呢?”茶博士听了,心中纳闷道:“怎么今日这二位吃茶,全是问这些的呢?”他先望了望展爷,方对武生说道:“本是周家的,如今给了郑家了。”那武生道:“周、郑两家原是亲戚,不拘谁给谁都使得。大约续娶的这位姑娘有些不好罢?”茶博士道:“公子爷如何知道这等详细?”那武生道:“我是测度。若是好的,他翁婿如何会打官司呢?”茶博士道:“这是公子爷的明鉴。”口中虽如此说,他却望了望展爷。那武生道:“你们东家住在哪里?”茶博士暗道:“怪事!我莫若告诉他,省得再问。”便将后面还有五间楼房,并家中无有多人,只有一个丫鬟,合盘地全说出来。说完了,他却望了望展爷。那武生道:“方才我进门时,见你们东家满面红光,准要发财。”茶博士听了此言,更觉诧异,只得含糊答应,搭讪①着下楼取茶。他却回头,狠狠地望了望展爷。

未知后文如何,且听下回分解。

---

① 搭讪(shàn)——为了想跟人接近或把尴尬的局面敷衍过去而找话说。

第二十九回

丁兆蕙茶铺偷郑新　展熊飞湖亭会周老

且说那边展爷自从那武生一上楼时，看去便觉熟识。后又听他与茶博士说了许多话，恰与自己问答的一一相对。细听声音，再看面庞，恰就是救周老的渔郎，心中踌躇道："他既是武生，为何又是渔郎呢?"一壁思想，一壁擎杯，不觉出神，独自呆呆的看着那武生。忽见那武生立起，向着展爷一拱手，道："尊兄请了。"展爷连忙放下茶杯，答礼道："兄台请了。若不弃嫌，何不屈驾这边一叙?"那武生道："既承雅爱，敢不领教。"于是过来，彼此一揖。展爷将前首座儿让与武生坐了，自己在对面相陪。

此时茶博士将茶取过来，见二人坐在一处，方才明白他两个敢是一路同来的，怨不得问的话语相同呢！笑嘻嘻将一壶雨前茶、一个茶杯也放在那边。那边八碟儿外敬，算他白安放了。刚然放下茶壶，只听武生道："六槐，你将茶且放过一边。我们要上好的酒，拿两角来。菜蔬不必吩咐，只要应时配口的，拿来就是了。"六槐连忙答应，下楼去了。

那武生便问展爷道："尊兄贵姓？仙乡何处?"展爷道："小弟常州府武进县姓展名昭，字熊飞。"那武生道："莫非新升四品带刀护卫，钦赐'御猫'，人称南侠展老爷么?"展爷道："惶恐，惶恐。岂敢，岂敢。请问兄台贵姓?"那武生道："小弟松江府茉花村，姓丁名兆蕙。"展爷惊道："莫非令兄名兆兰，人称为双侠丁二官人么?"丁二爷道："惭愧，惭愧，贱名何足挂齿。"展爷道："久仰尊昆仲①名誉，屡欲拜访。不意今日邂逅②，实为万幸。"丁二爷道："家兄时常思念吾兄，原要上常州地面，未得其便。后来又听得吾兄荣升，因此不敢仰攀。不料今日在此幸遇，实慰渴想。"展爷道："兄台再休提那封职，小弟其实不愿意。似乎你我弟兄疏散惯了，寻

---

① 昆仲——称人兄弟。

② 邂逅(xièhòu)——偶然遇见。

山觅水，何等的潇洒。今一旦为官羁绊①，反觉心中不能畅快，实实出于不得已也。”丁二爷道：“大丈夫生于天地之间，理宜与国家出力报效。吾兄何出此言？莫非言与心违么？”展爷道：“小弟从不撒谎。其中若非关碍着包相爷一番情意，弟早已挂冠远隐了。”说至此，茶博士将酒馔俱已摆上。丁二爷提壶斟酒，展爷回敬，彼此略为谦逊，饮酒畅叙。

展爷便问：“丁二兄，如何有渔郎装束？”丁二爷笑道：“小弟奉母命上灵隐寺进香，行至湖畔，见此名山，对此名泉，一时技痒，因此改扮了渔郎，原为遣兴作耍，无意中救了周老，也是机缘凑巧。兄台休要见笑。”正说之间，忽见有个小童上得楼来，便道：“小人打量二官人必是在此，果然就在此间。”丁二爷道：“你来作什么？”小童道：“方才大官人打发人来请二官人早些回去，现有书信一封。”丁二爷接过来看了，道：“你回去告诉他说，我明日即回去。”略顿了一顿，又道：“你叫他暂且等等罢。”展爷见他有事，连忙道：“吾兄有事，何不请去。难道以小弟当外人看待么？”丁二爷道：“其实也无什么事。既如此，暂告别。请吾兄明日午刻，千万到桥亭一会。”展爷道：“谨当从命。”丁二爷便将六槐叫过来，道：“我们用了多少，俱在柜上算账。”展爷也不谦逊，当面就作谢了。丁二爷执手告别，下楼去了。

展爷自己又独酌了一会，方慢慢下楼，在左近处找了寓所。歇至二更以后，他也不用夜行衣，就将衣襟拽了一拽，袖子卷了一卷，佩了宝剑，悄悄出寓所，至郑家后楼，见有墙角纵身上去。绕至楼边，又一跃到了楼檐之下，见窗上灯光有妇人影儿，又听杯箸②声音。忽听妇人问道：“你请官人，如何不来呢？”丫鬟道：“官人与茶行兑银两呢，兑完了也就来了。”又停一会，妇人道：“你再去看看。天已三更，如何还不来呢？”丫鬟答应下楼。猛又听得楼梯乱响，只听有人唠叨道：“没有银子，要银子。及至有了银子，他又说黄夜之间难拿，暂且寄存，明日再拿罢。可恶的狠！上上下下，叫人费事。”说着话，只听唧叮咕咚一阵响，是将银子放在桌子上的光景。

展爷便临窗牖③偷看，见此人果是白昼在竹椅上坐的那人；又见桌上堆定八封银子，俱是西纸包妥，上面影影绰绰有花押。只见郑新一壁说

① 羁（jī）绊——缠住了不能脱身；束缚。
② 箸（zhù）——筷子。
③ 窗牖（yǒu）——窗户。

话，一壁开那边的假门儿，口内说道："我是为交易买卖。娘子又叫丫鬟屡次请我，不知有什么紧要事？"手中却一封一封将银收入槅子里面，仍将假门儿扣好。只听妇人道："我因想起一宗事来，故此请你。"郑新道："什么事？"妇人道："就是为那老厌物，虽则逐出境外，我细想来，他既敢在县里告下你来，就保不住他在别处告你：或府里，或京控，俱是不免的。那时怎么好呢？"郑新听了，半晌，叹道："若论当初，原受过他的大恩。如今将他闹到这步田地，我也就对不过我那亡妻了！"说至此，声音却甚惨切。

展爷在窗外听，暗道："这小子尚有良心。"忽听有摔筷箸、掼酒杯之声；再细听时，又有抽抽噎噎之音，敢则是妇人哭了。只听郑新说道："娘子不要生气，我不过是那么说。"妇人道："你既惦着前妻，就不该叫她死呀！也不该又把我娶来呀！"郑新道："这原是因话提话。人已死了，我还惦记作什么？再者她要紧，你要紧呢？"说着话，便凑过妇人那边去，央告道："娘子，是我的不是，你不要生气。明日再设法出脱那老厌物便了。"又叫丫鬟烫酒，与奶奶换酒。一路紧央告，那妇人方不哭了。

且说丫鬟奉命温酒，刚然下楼，忽听哎哟一声，转身就跑上楼来，只吓得她张口结舌，惊慌失措。郑新一见，便问道："你是怎么样了？"丫鬟喘吁吁，方说道："了……了不得，楼……楼底下火……火球儿乱……乱滚。"妇人听了，便接言道："这也犯得上吓的这个样儿。这别是财罢？想来是那老厌物攒下的私蓄，埋藏在哪里罢。我们何不下去瞧瞧，记明白了地方儿，明日慢慢的再刨。"一席话说的郑新贪心顿起，忙叫丫鬟点灯笼。丫鬟她却不敢下楼取灯笼，就在蜡台上见有个蜡头儿，在灯上对着，手里拿着，在前引路。妇人后面跟随，郑新也随在后，同下楼来。

此时窗外展爷满心欢喜，暗道："我何不趁此时撬窗而入，偷取他的银两呢？"刚要抽剑，忽见灯光一晃，却是个人影儿，连忙从窗牖孔中一望，不禁大喜。原来不是别人，却是救周老儿的渔郎到了，暗暗笑道："敢则他也是向这里挪借来了！只是他不知放银之处，这却如何能告诉他呢？"心中正自思想，眼睛却望里留神。只见丁二爷也不东瞧西望，他竟奔假门而来。将手一按，门已开放，只见他一封一封往怀里就揣。屋里在那里揣，展爷在外头记数儿，见他一连揣了九次，仍然将假门儿关上。展爷心中暗想："银子是八封，他却揣了九次，不知那一包是什么？"正自揣度，忽听楼梯一阵乱响，有人抱怨，道："小孩子家看不真切，就这么大惊小怪的。”正是郑新夫妇,同着丫鬟上楼来了。

展爷在窗外,不由的暗暗着急,道:“他们将楼门堵住,我这朋友,他却如何脱身呢?他若是持刀威吓,那就不是侠客的行为了。”忽然跟前一黑,再一看时,屋内已将灯吹灭了。展爷大喜,暗暗称妙。忽听郑新哎哟道:“怎么楼上灯也灭了。你又把蜡头儿掷了,灯笼也忘了捡起来,这还得下楼取火去。”展爷在外听的明白,暗道:“丁二官人真好灵机,借着灭灯他就走了,真正的爽快。”忽又自己笑道:“银两业已到手,我还在此作什么?难道人家偷驴,我还等着拔橛儿不成!”将身一顺,早已跳下楼来,复又上了墙角落,到了外面,暗暗回到下处。真是“神安梦稳”,已然睡去了。

再说郑新叫丫鬟取了火来一看,槅子门仿佛有人开了,自己过去开了一看,里面的银子一封也没有了,忙嚷道:“有了贼了!”他妻子便问:“银子失了么?”郑新道:“不但才拿来的八封不见了,连旧存的那一包二十两银子也不见了。”夫妻二人又下楼寻找了一番,哪里有个人影儿!两口子就只齐声叫苦。这且不言。

展熊飞直睡至次日红日东升,方才起来梳洗,就在客寓吃了早饭,方慢慢往断桥亭来。刚至亭上,只见周老儿坐在栏杆上打盹儿呢。展爷悄悄过去,将他扶住了,方唤道:“老丈醒来,老丈醒来。”周老猛然惊醒,见是展爷,连忙道:“公子爷来了。老汉久等多时了。”展爷道:“那渔哥还没来么?”周老道:“尚未来呢。”展爷暗忖道:“看他来时,是何光景?”正犯想间,只见丁二爷带着仆从二人,竟奔亭上而来。展爷道:“送银子的来了。”周老儿看时,却不是渔郎,也是一位武生公子。及至来到切近,细细看时,谁说不是渔郎呢!周老者怔了一怔,方才见礼。丁二爷道:“展兄早来了么?真信人也!”又对周老道:“老丈,银子已有在此。不知你可有地基么?”周老道:“有地基,就在郑家楼前一箭之地,有座书画楼,乃是小老儿相好孟先生的。因他年老力衰,将买卖收了,临别时就将此楼托付我了。”丁二爷道:“如此甚好。可有帮手么?”周老道:“有帮手,就是我的外甥乌小乙。当初原是与我照应茶楼,后因郑新改了字号,就把他撵了。”丁二爷道:“既如此,这茶楼是开定了,这口气也是要赌准了。如今我将我的仆人留下,帮着与你料理一切事体。此人是极可靠的。”说罢,叫小童将包袱打开。展爷在旁细细留神。

不知改换的如何,且听下回分解。

第三十回

济弱扶倾资助周老　交友投分邀请南侠

且说丁二爷叫小童打开包袱。仔细一看，却不是西纸，全换了桑皮纸，而且大小不同，仍旧是八包。丁二爷道："此八包分量不同，有轻有重，通共是四百二十两。"展爷方明白，晚间揣了九次，原来是饶了二十两来。周老儿欢喜非常，千恩万谢。丁二爷道："若有人问你银子从何而来，你就说镇守雄关总兵之子丁兆蕙给的，在松江府茉花村居住。"展爷也道："老丈，若有人问谁是保人，你就说常州府武进县遇杰村姓展名昭的保人。"周老一一记了。又将昨日丁二爷给的那一锭银子拿出来，双手捧与丁二爷道："这是昨日公子爷所赐，小老儿尚未敢动，今日奉还。"丁二爷笑道："我晓得你的意思了。昨日我原是渔家打扮，给你银两，你恐使了被我讹诈。你如今放心罢。既然给你银两，再没有又收回来的道理。就是这四百多两银子，也不合你要利息。若日后有事到了你这里，只要好好的预备一碗香茶，那便是利息了。"周老儿连声应道："当得，当得。"丁二爷又叫小童将昨日的渔船唤了来，将周老的衣服业已洗净晒干，叫他将渔衣换了。又赏了渔船上二两银子。就叫仆从帮着周老儿拿着银两，随去料理。周老儿便要跪倒叩头。丁二爷与展爷连忙搀起，又嘱咐道："倘若茶楼开了之后，再不要粗心改换字号。"周老儿连说："再不改了！再不改了！"随着仆人，欢欢喜喜而去。

此时展爷从人已到，拉着马匹，在一边伺候。丁二爷问道："那是展兄的尊骑么?"展爷道："正是。"丁二爷道："昨日家兄遣人来唤小弟。小弟叫来人带信回禀家兄，说与吾兄巧遇。家兄欲见吾兄，如渴想浆。弟要敦请①展兄到敝庄盘桓几日，不知肯光顾否?"展爷想了一想："自己原是无事，况假满尚有日期，趁此何不会会知己，也是快事。"便道："小弟久已要到宝庄奉谒，未得其便。今既承雅爱，敢不从命。"便叫过从人来，告诉

① 敦请——诚恳地邀请。

道："我上松江府茉花村丁大员外、丁二员外那里去了。我们乘舟，你将马匹俱各带回家去罢。不过五六日，我也就回家了。"从人连连答应，拉着马匹，各自回去，不提。

且说展爷与丁二爷带领小童，一同登舟，竟奔松江府，水路极近。丁二爷乘舟惯了，不甚理会；惟有展爷今日坐在船上，玩赏沿途景致，不觉就神清气爽，快乐非常，与丁二爷说说笑笑，情投意合。彼此方叙明年庚，丁二爷小，展爷大两岁，便以大哥呼之，展爷便称丁二爷为贤弟。因叙话间，又提起周老儿一事。展爷问道："贤弟奉伯母之命，前来进香，如何带许多银两呢？"丁二爷道："原是要买办东西的。"展爷道："如今将此银赠了周老，又拿什么买办东西呢？"丁二爷道："弟虽不才，还可以借得出来。"展爷笑道："借得出来更好；他若不借，必然将灯吹灭，便可借来。"丁二爷听了，不觉诧异，道："展大哥，此话怎讲？"展爷笑道："莫道人行早，还有早行人。"便将昨晚之事说明。二人鼓掌大笑。

说话间，舟已停泊，搭了跳板，二人弃舟登岸。丁二爷叫小童先由捷径送信，他却陪定展爷慢慢而行。展爷见一条路径俱是三合土叠成，一半是天然，一半是人工，平平坦坦，干干净净。两边皆是密林，树木丛杂，中间单有引路树。树下各有一人，俱是浓眉大眼，阔腰厚背；头上无网巾，发挽高绺，戴定芦苇编的圈儿，身上各穿着背心，赤着双膊，青筋暴露，抄手而立；却赤着双足，也有穿着草鞋的，俱将裤腿卷在膝盖之上，不言不语。一对树下有两个人。展爷往那边一望，一对一对的实在不少，心中纳闷，便问丁二爷道："贤弟，这些人俱是做什么的？"丁二爷道："大哥有所不知，只因江中有船五百余只，常常械斗伤人。江中以芦花荡为界，每边各管船二百余只，十船一小头目，百船一大头目，又各有一总首领。奉府内明文，芦花荡这边俱是我弟兄二人掌管。除了府内的官用鱼虾，其下定行市开秤，惟我弟兄命令是从。这些人俱是头目，特来站班朝面的。"展爷听罢，点了点头。

走过土基的树林，又有一片青石鱼鳞路，方是庄门。只见广梁大门，左右站立多少庄丁伴当。台阶之上，当中立着一人，后面又围随着多少小童执事之人。展爷临近，见那人降阶迎将上来，倒把展爷吓了一跳。原来兆兰弟兄乃是同胞双生，兆兰比兆蕙大一个时辰，因此面貌相同。从小儿兆蕙就淘气。庄前有卖吃食的来，他吃了不给钱，抽身就走。少时卖吃食的等急了,在门前乱嚷。他便同哥哥兆兰一齐出来,叫卖吃食的断认。那卖吃食的竟会认不出来是谁吃的。再不然,他弟兄二人倒替着吃了,也竟分不出是谁多吃,是谁少吃。必须卖吃的着急央告,他二人方把钱文付给,以博一笑而已。如今展爷若非与丁二官人同来,也竟分不出是大爷来。

彼此相见,欢喜非常,携手刚至门前,展爷便从腰间把宝剑摘下来,递给旁边一个小童。一来初到友家,不当腰悬宝剑;二来又知丁家弟兄有老伯母在堂,不宜携带利刃:这是展爷细心处。三个人来至待客厅上,彼此又重新见礼。展爷与丁母太君请安。丁二爷正要进内请安去,便道:"大哥暂且请坐,小弟必替大哥在家母前禀明。"说罢,进内去了。厅上丁大爷相陪。又嘱咐预备洗面水,烹茗献茶。彼此畅谈。

丁二爷进内,有二刻的工夫,方才出来说:"家母先叫小弟问大哥好。让大哥歇息歇息,少时还要见面呢。"展爷连忙立起身来,恭敬答应。只见丁二爷改了面皮,不是路上的光景,嘻嘻笑笑,又是顽戏,又是刻薄,竟自放肆起来。展爷以为他到了家,在哥哥的面前娇痴惯了,也不介意。

丁二爷便问展爷道:"可是呀,大哥,包公待你甚厚,听说你救过他多少次,是怎么件事情呀?小弟要领教。何不对我说说呢!"展爷道:"其实也无要紧。"便将金龙寺遇凶僧、土龙岗逢劫夺、天昌镇拿刺客以及庞太师花园冲破邪魔之事,滔滔说了一回,道:"此事皆是你我行侠之人当作之事,不足挂齿。"二爷道:"倒也有趣,听着怪热闹的。"又问道:"大哥又如何面君呢?听说耀武楼试三绝技,敕赐'御猫'的外号儿,这又是什么事情呢?"展爷道:"此事便是包相爷的情面了。"又说包公如何递折,圣上如何见面。"至于演试武艺,言之实觉可愧;无奈皇恩浩荡,赏了'御猫'二字,又加封四品之职。原是个潇洒的身子,如今倒弄的被官拘束住了。"二爷道:"大哥休出此言。想来是你的本事过的去,不然圣上如何加恩呢?大哥提起舞剑,请宝剑一观。"展爷道:"方才交付盛价了。"丁二爷回首,道:"你们谁接了展老爷的剑了?拿来我看。"只见一个小童将宝剑捧过来呈上。二爷接过来,先瞧了瞧剑鞘,然后拢住剑靶,将剑抽出,隐隐有钟磬之音,连说:"好剑,好剑!但不知此剑何名?"展爷暗道:"看他这半天,言语嘻笑于我。我何不叫他认认此宝,试试他的目力如何。"便道:"此剑乃先父手泽,劣兄虽然佩带,却不知是何名色,正要在贤弟跟前领教。"二爷暗道:"这是难我来了,倒要细细看看。"瞧了一会,道:"据小弟看，此剑仿佛是‘巨阙’。”说罢，递与展爷。展爷暗暗称奇道：“真好眼力！不愧他是将门之子。”便道：“贤弟说是‘巨阙’，想来是‘巨阙’无疑了。”便要将剑入鞘。二爷道：“好哥哥，方才听说舞剑，弟不胜钦仰。大哥何不试舞一番，小弟也长长学问。”展爷是断断不肯，二爷是苦苦相求。丁大爷在旁，却不拦挡，只说道：“二弟不必太忙，让大哥喝盅酒助助兴，再舞不迟。”说罢，吩咐道：“快摆酒来。”左右连声答应。

展爷见此光景不得不舞，再要推托，便是小家气了。只得站起身来，将袍襟掖了一掖，袖子挽了一挽，说道：“劣兄剑法疏略，倘有不到之处，望祈二位贤弟指教为幸。”大爷、二爷连说：“岂敢，岂敢！”一齐出了大厅，在月台之上，展爷便舞起剑来。丁大爷在那边恭恭敬敬，留神细看。丁二爷却靠着厅柱，跐着脚儿观瞧，见舞到妙处，他便连声叫“好”。展爷舞了多时，煞住脚步，道：“献丑，献丑！二位贤弟看看如何？”丁大爷连声道好称妙。二爷道：“大哥剑法虽好，惜乎此剑有些押手。弟有一剑，管保合式。”说罢，便叫过一个小童来，密密吩咐数语。小童去了。

此时丁大爷已将展爷让进厅来。见桌前摆列酒肴，丁大爷便执壶斟酒，将展爷让至上面，弟兄左右相陪。刚饮了几杯，只见小童从后面捧了剑来。二爷接过来嘡啷一声，将剑抽出，便递与展爷，道：“大哥请看，此剑也是先父遗留，弟等不知是何名色。请大哥看看，弟等领教。”展爷暗道：“丁二真正淘气，立刻他也来难我了，倒要看看。”接过来，弹了弹，颠了颠，便道：“好剑！此乃‘湛卢’也。未知是与不是？”丁二爷道：“大哥所言不差。但不知此剑舞起来，又当何如？大哥尚肯赐教么？”展爷却瞧了瞧丁大爷，意思叫他拦阻。谁知大爷乃是个老实人，便道：“大哥不要忙，先请饮酒助助兴，再舞未迟。”展爷听了，道：“莫若舞完了，再饮罢。”出了席，来至月台，又舞一回。丁二爷接过来，道：“此剑大哥舞着，吃力么？”展爷满心不乐，答道：“此剑比劣兄的轻多了。”二爷道：“大哥休要多言。轻剑即是轻人。此剑却另有个主儿，只怕大哥惹他不起！”一句话激恼了南侠，便道：“老弟，你休要害怕。任凭是谁的，自有劣兄一面承管，怕他怎的？你且说出这个主儿来。”二爷道：“大哥悄言，此剑乃小妹的。”展爷听了，瞅了二爷一眼，便不言语了。大爷连忙递酒。

忽见丫鬟出来，说道：“太君来了。”展爷闻听，连忙出席，整衣向前参拜。丁母略略谦逊，便以子侄礼相见毕。丁母坐下。展爷将座位往侧座挪了一挪,也就告坐。此时丁母又细细留神,将展爷相看了一番,比屏后看的更真切了。见展爷一表人材,不觉满心欢喜,开口便以贤侄相称。这却是二爷与丁母商酌明白的:若老太太看了中意,就呼为贤侄;倘若不愿意,便以贵客呼之。再者男婚女配两下愿意,也须暗暗通个消息,妹子愿意方好。二爷见母亲称呼展爷为贤侄,就知老太太是愿意了,他便悄悄儿溜出,竟往小姐绣户而来。

未知说些什么,且听下回分解。

第三十一回

展熊飞比剑定良姻　钻天鼠夺鱼甘赔罪

且说丁二爷到了院中，只见丫鬟抱着花瓶，换水插花。见了二爷进来，丫鬟扬声道："二官人进来了。"屋内月华小姐答言："请二哥哥屋内坐。"丁二爷掀起绣帘，来至屋内，见小姐正在炕上弄针黹呢。二爷问道："妹子做什么活计？"小姐说："锁镜边上头口儿呢。二哥，前厅有客，你怎么进了里面来了呢？"丁二爷佯问道："妹子如何知道前厅有客呢？"月华道："方才取剑，说有客要领教，故此方知。"丁二爷道："再休提剑！只因这人乃常州府武进县遇杰村姓展名昭，表字熊飞，人皆称他为南侠，如今现作皇家四品带刀的护卫。哥哥久已知道此人，但未会面。今日见了，果然好人品、好相貌、好本事、好武艺；未免才高必狂，艺高必傲，竟将咱们家的湛卢剑贬的不成样子。哥哥说此剑是另有个主儿的，他问是谁，哥哥就告诉他是妹子的，他便鼻孔里一笑，道：'一个闺中弱秀，焉有本领！'"月华听至此，把脸一红，眉头一皱，便将活计放下了。丁二爷暗说："有因，待我再激她一激。"又说道："我就说：'我们将门中岂无虎女？'他就说：'虽是这么说哟，未必有真本领。'妹子，你真有胆量，何不与他较量较量呢？倘若胆怯，也只好由他说去罢。现在老太太也在厅上，故此我来对妹妹说说。"小姐听毕，怒容满面，道："既如此，二哥先请，小妹随后就到。"

二爷得了这个口气，便急忙来到前厅，在丁母耳边悄悄说道："妹子要与展哥比武。"话刚然说完，只见丫鬟报道："小姐到。"丁母便叫过来与展爷见礼。展爷立起身来一揖，小姐还了万福。展爷见小姐庄静秀美，却是一脸的怒气。又见丁二爷转身过来，悄悄的道："大哥，都是你褒贬人家剑，如今小妹出来，不依来了。"展爷道："岂有此理？"二爷道："什么理不理的。我们将门虎女，焉有怕见人的理呢！"展爷听了，便觉不悦。丁二爷却又到小姐身后，悄悄道："展大哥要与妹子较量呢。"小姐点头首肯。二爷又转到展爷身后，道："小妹要请教大哥的武艺呢。"展爷此时更不耐烦了，便道："既如此，劣兄奉陪就是了。"

谁知此时,小姐已脱去外面衣服,穿着绣花大红小袄,系定素罗百褶单裙,头罩五色绫帕,更显得妩媚娉婷①。丁二爷已然回禀丁母,说:“不过是虚耍假试,请母亲在廊下观看。”先挪出一张圈椅,丁母坐下。月华小姐怀抱宝剑,抢在东边上首站定。展爷此时也无可奈何,只得勉强掖袍挽袖。二爷捧过宝剑,展爷接过,只得在西边下首站了。说了一声“请”,便各拉开架式。兆兰、兆蕙在丁母背后站立。才对了不多几个回合,丁母便道:“算了罢,剑对剑俱是锋芒,不是玩的。”二爷道:“母亲放心,且再看看,不妨事的。”只见他二人比并多时,不分胜负。展爷先前不过搪塞虚架,后见小姐颇有门路,不由暗暗夸奖,反倒高起兴来,凡有不到之处俱各点到,点到却又抽回,来来往往。忽见展爷用了个垂花势,斜刺里将剑递进,即便抽回,就随着剑尖滴溜溜落下一物。又见小姐用了个风吹败叶势,展爷忙把头一低将剑躲过。才要转身,不想小姐一翻玉腕,又使了个推窗撵月势,将展爷的头巾削落。南侠一伏身跳出圈外,声言道:“我输了,我输了!”丁二爷过来,拾起头巾掸去尘土。丁大爷过来,捡起先落的物一看,却是小姐耳上之环,便上前对展爷道:“是小妹输了,休要见怪。”二爷将头巾交过。展爷挽发整巾,连声赞道:“令妹真好剑法也!”丁母差丫鬟即请展爷进厅。小姐自往后边去了。

丁母对展爷道:“此女乃老身侄女,自叔叔婶婶亡后,老身视如亲生儿女一般。久闻贤侄名望,就欲联姻,未得其便。不意贤侄今日降临寒舍,实乃彩丝系足,美满良缘。又知贤侄此处并无亲眷,又请谁来相看,必要推诿,故此将小女激诱出来比剑,彼此一会。”丁大爷也过来道:“非是小弟在旁不肯拦阻,皆因弟等与家母已有定算,故此多有亵渎。”丁二爷也赔罪,道:“全是小弟之过。惟恐吾兄推诿,故用此诡计诓哄仁兄,望乞恕罪。”展爷到此时方才明白。也是姻缘,更不推辞,慨然允许。便拜了丁母,又与兆兰、兆蕙彼此拜了,就将巨阙、湛卢二剑彼此换了,作为定礼。

二爷手托耳环,提了宝剑,一直来到小姐卧室。小姐正自纳闷:“我的耳环何时削去,竟不知道,也就险得很呢。”忽见二爷笑嘻嘻的手托耳环,道:“妹子耳环在这里。”掷在一边。又笑道:“湛卢剑也被人家留下了。”小姐才待发话,二爷连忙说道:“这都是太太的主意,妹子休要问我,

---

① 娉(pīng)婷——形容女子的姿态美。

少时问太太便知。大约妹子是大喜了。”说完，放下剑，笑嘻嘻的就跑了。小姐心下明白，也就不言语了。

丁二爷来至前厅，此时丁母已然回后去了。他三人重新入座，彼此说明，仍论旧交，不论新亲。大爷、二爷仍呼展爷为兄，脱了俗套，更觉亲热。饮酒吃饭，对坐闲谈。不觉展爷在茉花村住了三日，就要告别。丁氏昆仲哪里肯放。展爷再三要行。丁二爷说：“既如此，明日弟等在望海台设一席。你我弟兄赏玩江景，畅叙一日。后日大哥再去如何？”展爷应允。

到了次日早饭后，三人出了庄门，往西走了有一里之遥，弯弯曲曲，绕到土岭之上，乃是极高的所在，便是丁家庄的后背。上面盖了高台五间，甚是宽阔。遥望江面一带，水势茫茫，犹如雪练一般。再看船只往来，络绎不绝。郎舅三人观望江景，实实畅怀。不多时，摆上酒肴，慢慢消饮。正在快乐之际，只见来一渔人在丁大爷旁边悄语数言。大爷吩咐：“告诉头目办去罢。”丁二爷也不理会。展爷更难细问，仍然饮酒。迟不多时，又见来一渔人，甚是慌张，向大爷说了几句。此次二爷却留神，听了一半，就道：“这还了得！若要如此，以后还有个规矩么？”对那渔人道：“你把他叫来我瞧瞧。”

展爷见此光景，似乎有事，方问道：“二位贤弟，为着何事？”丁二爷道：“我这松江的渔船原分两处，以芦花荡为界。荡南有一个陷空岛，岛内有一个卢家庄。当初有卢太公在日，乐善好施，家中巨富。待至生了卢方，此人和睦乡党，人人钦敬，因他有爬杆之能，大家送了他个绰号，叫做钻天鼠。他却结了四个朋友，共成五义：大爷就是卢方。二爷乃黄州人，名叫韩彰，是个行伍出身，会做地沟地雷，因此他的绰号儿叫做彻地鼠。三爷乃山西人，名叫徐庆，是个铁匠出身，能探山中十八孔，因此绰号叫穿山鼠。至于四爷，身材瘦小，形如病夫，为人机巧伶便，智谋甚好，是个大客商出身，乃金陵人，姓蒋名平，字泽长，能在水中居住，开目视物，绰号人称翻江鼠。惟有五爷少年华美，气宇不凡，为人阴险狠毒，却好行侠作义，就是行事太刻毒，是个武生员，金华人氏，姓白名玉堂，因他形容秀美，文武双全，人呼他绰号为锦毛鼠。”展爷听说白玉堂，便道：“此人我却认得，愚兄正要访他。”丁二爷问道：“大哥如何认的他呢？”展爷便将苗家集之事，述说一回。

正说时，只见来了一伙渔户。其中有一人怒目横眉，伸出掌来，说道：

“二位员外看见了。他们过来抢鱼,咱们拦阻,他就拒捕起来了。抢了鱼不算,还把我削去四指,光光的剩了一个大拇指头。这才是好朋友呢!”丁大爷连忙拦道:“不要多言。你等急唤船来,待我等亲身前往。”众人一听员外要去,嗯的一声,俱各飞跑去了。展爷道:“劣兄无事,何不一同前往。”丁二爷道:“如此甚好。”三人下了高台,一同来至庄前,只见从人伴当伺候多人,各执器械。丁家兄弟、展爷俱各佩了宝剑。来至停泊之处,只见大船两只是预备二位员外坐的。大爷独上了一只大船,二爷同展爷上了一只大船,其余小船,纷纷乱乱,不计其数,竟奔芦花荡而来。

才至荡边,见一队船皆是“荡南”的字号,便知是抢鱼的贼人了。大爷催船前进,二爷紧紧相随。来至切近,见那边船上立着一人,凶恶非常,手托七股鱼叉,在那里静候厮杀。大爷的大船先到,便说:“这人好不晓事。我们素有旧规,以芦花荡为交界。你如何擅敢过荡,抢了我们的鱼,还伤了我们的渔户,是何道理?”那边船上那人道:“什么交界不交界,咱全不管。只因我们那边鱼少,你们这边鱼多,今日暂且借用。你若不服咱,就比试比试。”丁大爷听了这话,有些不说理,便问道:“你叫什么名字?”那人道:“咱叫分水兽邓彪。你问咱怎的?”丁大爷道:“你家员外哪个在此?”邓彪道:“我家员外俱不在此,此一队船只就是咱管领的。你敢与咱合气么?”说着话,就要把七股叉刺来。丁大爷才待拔剑,只见邓彪翻身落水,这边渔户立刻下水,将邓彪擒住,托出水面,交到丁二爷船上。二爷却跳在大爷船上,前来帮助。

你道邓彪为何落水?原来大爷问答之际,丁二爷船已赶到,见他出言不逊,却用弹丸将他打落水中。你道什么弹丸?这是二爷自幼练就的。用竹板一块,长够一尺八寸,宽有二寸五分,厚五分,上面有个槽儿,用黄蜡搀铁渣子团成核桃大小,临用时安上。在数步中打出,百发百中。又不是弹弓,又不是弩弓,自己纂名儿叫做竹弹丸。这原是二爷小时玩耍的小玩艺儿,今日偌大的一个分水兽,竟会叫英雄的一个小小铁丸打下水去咧。可见本事不是吹的,这才是真本领呢。

且言邓彪虽然落水,他原是会水之人,虽被擒,不肯服气,连声喊道:“好呀,好呀!你敢用暗器伤人,万不与你们干休!”展爷听至此句说用暗器伤人,方才留神细看,见他眉攒里肿起一个大紫包来,便喝道:“你既被擒,还喊什么!我且问你,你家五员外他可姓白么?”邓彪答道:“姓白怎么样？他如今已下山了。”展爷问道：“往哪里去了？”邓彪道：“数日之前上东京，找什么‘御猫’去了。”展爷闻听，不由的心下着忙。

只听得那边一人嚷道：“丁家贤弟呀！看我卢方之面，恕我失察之罪。我情愿认罚呀！”众人抬头，只见一只小船飞也似赶来，嚷的声音渐近了。展爷留神细看来人，见他一张紫面皮，一部好胡须，面皮光而生亮，胡须润而且长，身量魁梧，气宇轩昂。丁氏兄弟也执手，道：“卢兄请了。”卢方道：“邓彪乃新收头目，不遵约束，实是劣兄之过。违了成约，任凭二位贤弟吩咐。”丁大爷道：“他既不知，也难谴责。此次乃无心之过也。”回头吩咐将邓彪放了。这边渔户便道：“他们还抢了咱们好些鱼罟①呢。”丁二爷连忙喝住：“休要多言！”卢方听见，急急吩咐：“快将那边鱼罟，连咱们鱼罟俱给送过去。”这边送人，那边送罟。卢方立刻将邓彪革去头目，即差人送往府里究治。丁大爷吩咐：“是咱们鱼罟收下，是那边的俱各退回。”两下里又说了多少谦让的言语，无非论交情，讲过节，彼此方执手，各自归庄去了。

未知后事如何，下回分解。

---

① 鱼罟(gǔ)——鱼和网。罟，捕鱼的网。

第三十二回

夜救老仆颜生赴考　晚逢寒士金客扬言

且说丁氏兄弟同定展爷来至庄中，赏了削去四指的渔户十两银子，叫他调养伤痕。展爷便提起："邓彪说白玉堂不在山中，已往东京找寻劣兄去了。刻下还望二位仁弟备只快船，我须急急回家，赶赴东京方好。"丁家兄弟听了展爷之言，再也难以阻留，只得应允，便于次日备了饯行之酒，殷勤送别，反觉得恋恋不舍。展爷又进内叩别了丁母。丁氏兄弟送至停泊之处，瞧着展爷上船，还要远送。展爷拦之再三，只得罢了，送至大路，方才分手作别。

展爷真是归心似箭。这一日天有二鼓，已到了武进县，以为连夜可以到家。刚走到一带榆树林中，忽听有人喊道："救人呀！了不得了！有了打杠子的了！"展爷顺着声音，迎将上去，却是个老者背着包袱，喘的连嚷也嚷不出来。又听后面有人追着，却喊得洪亮道："了不得！有人抢了我的包袱去了！"展爷心下明白，便道："老者，你且隐藏，待我拦阻。"老者才往树后一隐，展爷便蹲下身去。后面赶的只顾往前，展爷将腿一伸，那人来的势猛，噗哧的一声，闹了个嘴吃屎。展爷赶上前按住，解下他的腰间搭包，寒鸦儿拂水的将他捆了。见他还有一根木棍，就从腰间插入，斜担的支起来。将老者唤出，问道："你姓甚名谁？家住哪里？慢慢讲来。"老者从树后出来，先叩谢了。此时喘已定了，道："小人姓颜名叫颜福，在榆林村居住。只因我家相公要上京投亲，差老奴到窗友金必正处借了衣服银两。多承金相公一番好意，留下小人吃饭，临走又交付老奴三十两银子，是赠我家相公作路费的。不想年老力衰，又加目力迟钝，因此来路晚了。刚走到榆树林之内，便遇见这人，一声断喝，要什么'买路钱'。小人一听，哪里还有魂咧！一路好跑，喘的气也换不上来。幸亏大老爷相救，不然我这老命必丧于他手。"展爷听了，便道："榆林村乃我必由之路，我就送你到家如何？"颜福复又叩谢。

展爷对那人道："你这厮夤夜劫人，你还嚷人家抢了你的包袱去了。

幸遇某家，我也不加害于你，你就在此歇歇，再等个人来救你便了。”说罢，叫老者背了包袱，出了林子，竟奔榆林村。到了颜家门首，老者道：“此处便是，请老爷里面待茶。”一壁说话，用手叩门。只听里面道：“外面可是颜福回来了么？”展爷听的明白，便道：“我不吃茶了，还要赶路呢。”说毕，迈开大步，竟奔遇杰村而来。

单说颜福听得是小主人的声音，便道：“老奴回来了。”开门处，颜福提包进来，仍然将门关好。你道这小主人是谁？乃是姓颜名查散，年方二十二岁。寡母郑氏，连老奴颜福，主仆三口度日。因颜老爷在日为人正直，作了一任县尹，两袖清风、一贫如洗、清如秋水、严似寒霜。可惜一病身亡，家业零落。颜生素有大志，总要克绍书香，学得满腹经纶，屡欲赴京考试。无奈家道寒难，不能如愿。因明年就是考试的年头，还是郑氏安人想出个计较来，便对颜生道：“你姑母家道丰富，何不投托在彼？一来可以用功，二来可以就亲，岂不两全其美呢？”颜生道：“母亲想的虽是，但姑母处已有多年不通信息。父亲在日还时常寄信问候，自父亲亡后遣人报信，并未见遣一人前来吊唁，至今音梗信杳①。虽是老亲，又是姑舅结下新亲；奈目下孩儿功名未成，如今时势，恐到哪里也是枉然。再者孩儿这一进京，母亲在家也无人侍奉；二来盘费短少，也是无可如何之事。”母子正在商议之间，恰恰的颜生窗友金生名必正特来探访。彼此相见，颜生就将母亲之意对金生说了。金生一力担当，慨然允许，便叫颜福跟了他去，打点进京的用度。颜生好生喜欢，即禀明老人家。安人闻听，感之不尽。母子又计议了一番。郑氏安人亲笔写了一封书信，言言哀恳，大约姑母无有不收留侄儿之理。

娘儿两个呆等颜福回来。天已二更，尚不见到。颜生劝老母安息，自己把卷独对青灯，等到四更，心中正自急躁，颜福方回来了，交了衣服银两。颜生大悦，叫老仆且去歇息。颜福一路劳乏，又受惊恐，已然支持不住，有话明日再说，也就告退了。

到了次日，颜生将衣服银两与母亲看了，正要商酌如何进京，只见老仆颜福进来，说道：“相公进京，敢则是自己去么？”颜生道：“家内无人，你须好好侍奉老太太，我是自己要进京的。”老仆道：“相公若是一人赴京，

① 音梗信杳（yǎo）——音信全无。梗，阻塞。杳，远得不见踪影。

是断断去不得的。”颜生道:“却是为何?”颜福便将昨晚遇劫之事,说了一遍。郑氏安人听了颜福之言,说:“是呀,若要如此,老身是不放心的! 莫若你主仆二人同去方好。”颜生道:“孩儿带了他去,家内无人,母亲叫谁侍奉? 孩儿放心不下。”

正在计算为难,忽听有人叩门,老仆答应。开门看时,见是一个小童,一见面就说道:“你老人家昨晚回来好呀? 也就不早了罢。”颜福尚觑着眼儿瞧他,那小童道:“你老人家瞧什么? 我是金相公那里的,昨日给你老人家斟酒,不是我么?”颜福道:“哦,哦! 是,是! 我倒忘了。你到此何事?”小童道:“我们相公打发我见颜相公来了。”老仆听了,将他带至屋内,见了颜生,又参拜了安人。颜生便问道:“你做什么来了? 你叫什么?”小童答道:“小人叫雨墨。我们相公知道相公无人,惟恐上京路途遥远不便,叫小人特来服侍相公进京。又说这位老主管有了年纪,眼力不行,可以在家伺候老太太,照看门户,彼此都可以放心。又叫小人带来十两银子,惟恐路上盘川不足,是要富余些个好。”安人与颜生听了,不胜欢喜,不胜感激。连颜福俱乐的了不得。安人又见雨墨说话伶俐明白,便问:“你今年多大了?”雨墨道:“小人十四岁了。”安人道:“你小儿家能够走路吗?”雨墨笑道:“回禀老太太得知,小人自八岁上,就跟着小人的父亲在外贸易。慢说走路,什么处儿的风俗,遇事眉高眼低,那算瞒不过小人的了。差不多的道儿,小人都认得。至于上京,更是熟路了。不然,我们相公会派我来跟相公么?”安人闻听,更觉喜欢放心。

颜生便拜别老母。安人未免伤心落泪,将亲笔写的书信交与颜生,道:“你到京中祥符县问双星巷,便知你姑父的居址了。”雨墨在旁道:“祥符县南有个双星巷,又名双星桥,小人认得的。”安人道:“如此甚好。你要好好服侍相公。”雨墨道:“不用老太太嘱咐,小人知道。”颜生又吩咐老仆颜福一番,暗暗将十两银子交付颜福,供养老母。雨墨已将小小包裹背起来。主仆二人出门上路。

颜生是从未出过门的,走了一二十里,便觉两腿酸疼,问雨墨道:“咱们自离家门,如今走了也有五六十里路了罢?”雨墨道:“可见相公没有出过门。这才离家有多大工夫,就会走了五六十里? 那不成飞腿了么? 告诉相公说,共总走了没有三十里路。”颜生吃惊,道:“如此说来,路途遥远,竟自难行的很呢!”雨墨道:“相公不要着急。走道儿有个法子:越不到越急，越走不上来；必须心平气和，不紧不慢，仿佛游山玩景的一般。路上虽无景致，拿着一村一寺皆算是幽景奇观，遇着一石一木也当做点缀的美景。如此走来走去，心也宽了，眼也亮了，乏也就忘了，道儿也就走的多了。”颜生被雨墨说的高起兴来，真果沿途玩赏。不知不觉，又走了一二十里，觉得腹中有些饥饿，便对雨墨道：“我此时虽不觉乏，只是腹中有点空空儿的，可怎么好？”雨墨用手一指，说：“那边不是镇店么？到了那里，买些饮食，吃了再走。”

又走了多会，到了镇市。颜相公见个饭铺，就要进去。雨墨道：“这里吃不现成，相公随我来。”把颜生带到二荤铺里去了。一来为省事，二来为省钱，这才透出他是久惯出外的油子手儿来了呢。主仆二人用了饭，再往前走了十多里，或树下，或道旁，随意歇息歇息再走。

到了天晚，来到一个热闹地方，地名双义镇。雨墨道：“相公，咱们就在此处住了罢。再往前走，就太远了。”颜生道：“既如此，就住了罢。”雨墨道：“住是住了。若是投店，相公千万不要多言，自有小人答复他。”颜生点头应允。

及至来到店门，挡槽儿的便道：“有干净房屋。天气不早了，再要走，可就太晚了。”雨墨便问道：“有单间厢房没有？或有耳房也使得。”挡槽儿的道：“请升进去看看就是了。”雨墨道：“若是有呢，我们好看哪；若没有，我们上那边住去。”挡槽儿的道：“请进去看看何妨。不如意，再走如何？”颜生道：“咱们且看看就是了。”雨墨道：“相公不知，咱们若进去，他就不叫出来了。店里的脾气我是知道的。”正说着，又出来了一个小二道：“请进去，不用游疑，讹不住你们两位。”颜生便向里走，雨墨只得跟随。只听店小二道：“相公请看，很好的正房三间，裱糊得又干净，又豁亮。”雨墨道：“是不是？不进来你们紧让，及至进来就是上房三间。我们爷儿两个又没有许多行李，住三间上房，你这还不讹了我们呢！告诉你，除了单厢房或耳房，别的我们不住。”说罢，回身就要走。小二一把拉住，道：“怎的了！我的二爷。上房三间，两明一暗。你们二位住那暗间，我们算一间的房钱，好不好？”颜生道：“就是这样罢。”雨墨道：“咱们先小人，后君子。说明了，我可就给一间的房钱。”小二连连答应。

主仆二人来至上房，进了暗间，将包裹放下。小二便用手擦外间桌子，道：“你们二位在外间用饭罢，不宽阔么？”雨墨道：“你不用诱。就是外间吃饭,也是住这暗间,我也是给你一间的房钱。况且我们不喝酒。早起吃的,这时候还饱着呢,我们不过找补点就是了。”小二听了,光景没有什么大来头,便道:“闷一壶高香片茶来罢?”雨墨道:“路上灌的凉水,这时候还满着呢,不喝。”小二道:“点个烛灯罢?”雨墨道:“怎么你们店里没有油灯吗?”小二道:“有啊! 怕你们二位嫌油灯子气,又怕油了衣服。”雨墨道:“你只管拿来,我们不怕。”小二才回身,雨墨便道:“他倒会玩。我们花钱买烛,他却省油,敢则是里外里。”小二回头瞅了一眼,取灯取了半天,方点了来,问道:“二位吃什么?”雨墨道:“说了找补吃点。不用别的,给我们一个烩烙炸,就带了饭来罢。”店小二估量着,没有什么想头,抽身就走了,连影儿也不见了。等的急催他,他说:“没得。”再催他,他说:“就得,已经下了勺了。就得,就得。”

正在等着,忽听外面嚷道:“你这地方就敢小看人么? 小菜碟儿一个大钱,吾是照顾你,赏你们脸哪。你不让我住,还要凌辱斯文。这等可恶! 吾将你这狗店用火烧了。”雨墨道:“该! 这倒替咱们出了气了。”又听店东道:“都住满了,真没有屋子了。难道为你现盖吗?”又听那人更高声道:“放狗屁不臭! 满口胡说! 你现盖? 现盖也要吾等得呀! 你就敢凌辱斯文。你打听打听,念书的人也是你敢欺负得的吗?”颜生听至此,不由的出了门外。雨墨道:“相公别管闲事。”刚然拦阻,只见院内那人向着颜生道:“老兄,你评评这个理。他不叫吾住使得,就将我这等一推,这不岂有此理么? 还要与我现盖房去。这等可恶!”颜生答道:“兄台若不嫌弃,何不将就在这边屋内同住呢?”只听那人道:“萍水相逢,如何打搅呢?”雨墨一听,暗说:“此事不好,我们相公要上当。”连忙迎出,见相公与那人已携手登阶,来至屋内,就在明间,彼此坐了。

未知如何,下回分解。

第三十三回

真名士初交白玉堂　美英雄三试颜查散

且说颜生同那人进屋坐下，雨墨在灯下一看，见他头戴一顶开花儒巾，身上穿一件零碎蓝衫，足下穿一双无跟底破皂靴头儿，满脸尘土，实在不像念书之人，倒像个无赖。正思想却他之法，又见店东亲来赔罪。那人道："你不必如此。大人不记小人过。饶恕你便了。"

店东去后，颜生便问道："尊兄贵姓？"那人道："吾姓金名懋①叔。"雨墨暗道："他也配姓金？我主人才姓金呢，那是何等体面仗义。像他这个穷样子，连银也不配姓呀！常言说：'姓金没有金，一定穷断筋。'我们相公是要上他的当的。"又听那人道："没领教兄台贵姓？"颜生也通了姓名。金生道："原来是颜兄，失敬，失敬。请问颜兄，用过饭了没有？"颜生道："尚未。金兄可用过了？"金生道："不曾。何不共桌而食呢？叫小二来。"此时店小二拿了一壶香片茶来，放在桌上。金生便问道："你们这里有什么饭食？"小二道："上等饭食八两，中等饭六两，下等饭……"刚说至此，金生拦道："谁吃下等饭呢？就是上等饭罢。吾且问你，这上等饭是什么肴馔？"小二道："两海碗，两镟子，六大碗，四中碗，还有八个碟儿。无非鸡鸭鱼肉、翅子海参等类，调度的总要合心配口。"金生道："可有活鲤鱼么？"小二道："要活鲤鱼是大的，一两二钱银子一尾。"金生道："既要吃，不怕花钱。吾告诉你，鲤鱼不过一斤的叫做'拐子'，过了一斤的才是鲤鱼。不独要活的，还要尾巴像那胭脂瓣儿相似，那才是新鲜的呢。你拿来吾看。"又问："酒是什么酒"？小二道："不过随便常行酒。"金生道："不要那个。吾要喝陈年女贞陈绍。"小二道："有十年蠲下②的女贞陈绍，就是不零卖，那是四两银子一坛。"金生道："你好贫哪！什么四两五两，不拘多少，你搭一坛来当面开开，吾尝就是了。吾告诉你说，吾要那金红颜

---

① 懋——音 mào。

② 蠲(juān)下——积存下来。

色浓浓香，倒了碗内要挂碗，犹如琥珀一般，那才是好的呢。”小二道：“搭一坛来当面锥尝，不好不要钱，如何？”金生道：“那是自然。”

说话间，已然掌上两支灯烛。此时店小二欢欣非常，小心殷勤，自不必说。少时端了一个腰子形儿的木盆来，里面欢蹦乱跳、足一斤多重的鲤鱼，说道：“爷上请看，这尾鲤鱼何如？”金生道：“鱼却是鲤鱼。你务必用这半盆水叫那鱼躺着，一来显大，二来水浅，他必扑腾，算是活跳跳的，卖这个手法儿。你不要拿着走，就在此处开了膛，省得抵换。”店小二只得当面收拾。金生又道：“你收拾好了，把他鲜串着。可是你们加什么佐料？”店小二道：“无非是香蕈口蘑，加些紫菜。”金生道：“吾是要尖上尖的。”小二却不明白。金生道：“怎么你不晓得？尖上尖就是那青笋尖儿上头的尖儿，总要嫩切成条儿，要吃那末咯吱、咯吱的才好。”店小二答应。不多时，又搭了一坛酒来，拿着锥子倒流儿，并有个磁盆。当面锥透，下上倒流儿，撒出酒来，果然美味真香。先舀一盅递与金生，尝了尝，道：“也还罢了。”又舀了一盅递与颜生，尝了尝，自然也说好。便倒了一盆灌入壶内，略烫一烫，二人对面消饮。小二放下小菜，便一样一样端上来。金生连箸也不动，只是就佛手疙疸慢饮，尽等吃活鱼。二人饮酒闲谈，越说越投机。颜生欢喜非常。少时用大盘盛了鱼来。金生便拿起箸子来，让颜生道：“鱼是要吃热的，冷了就要发腥了。”布了颜生一块，自己便将鱼脊背拿筷子一划，要了姜醋碟。吃一块鱼，喝一盅酒，连声称赞：“妙哉，妙哉！”将这面吃完，筷子往鱼腮里一插，一翻手就将鱼的那面翻过来。又布了颜生一块，仍用筷子一划，又是一块鱼，一盅酒，将这面也吃了。然后要了一个中碗来，将蒸食双落一对掰在碗内，一连掰了四个。舀了鱼汤，泡了个稀糟，喊喽、喊喽吃了。又将碟子扣上，将盘子那边支起，从这边舀了三匙汤漓了，便道：“吾是饱了。颜兄自便，莫拘莫拘。”颜生也饱了。

二人出席。金生吩咐：“吾们就只一小童，该蒸的，该热的，不可与他冷吃。想来还有酒，他若喝时，只管给他喝。”店小二连连答应。说着说着话，他二人便进里间屋内去了。

雨墨此时见剩了许多东西全然不动，明日走路又拿不得，瞅着又是心疼。他哪里吃得下去，止于喝了两盅闷酒就算了，连忙来到屋内，只见金生张牙欠口，前仰后合，已有困意。颜生道：“金兄既已乏倦，何不安歇呢?”金生道:“如此,吾就要告罪了。”说罢,往床上一躺,呱哒一声,皂靴头儿掉了一只。他又将这条腿向膝盖一敲,又听噗哧一声,把那只皂靴头儿扣在地下。不一会,已然呼声震耳。颜生使眼色叫雨墨将灯移出,自己也就悄悄睡了。

雨墨移出灯来,坐在明间,心中发烦,哪里睡得着。好容易睡着,忽听有脚步之声,睁眼看时,天已大亮。见相公悄悄从里面出来,低言道:“取脸水去。”。雨墨取来,颜生净了面。忽听屋内有咳嗽之声,雨墨连忙进来,见金生伸懒腰,打哈声,两只脚却露着黑漆漆的底板儿,敢则是没袜底儿。忽听他口中念道:“大梦谁先觉?平生我自知。草堂春睡足,窗外日迟迟。”念完,一咕噜爬起来,道:“略略歇息,天就亮了。”雨墨道:“店家给金相公打脸水。”金生道:“吾是不洗脸的,怕伤水。叫店小二开开我们的帐,拿来吾看。”雨墨暗道:“有意思,他竟要会账。”只见店小二开了单来,上面共银十三两四钱八分。金生道:“不多,不多!外赏你们小二、灶上连打杂的二两。”店小二谢了。金生道:“颜兄,吾也不闹虚了。咱们京中再见,吾要先走了。”趿拉、趿拉竟自出店去了。

这里颜生便唤:“雨墨,雨墨。”叫了半天,雨墨才答应:“有。”颜生道:“会了银两走路。”雨墨又迟了多会,答应:“哦。”赌气拿了银子,到了柜上,争争夺夺,连外赏给了十四两银子,方同相公出了店。来到村外,到无人之处,便说:“相公,看金相公是个什么人?”颜生道:“是个念书的好人咧。”雨墨道:“如何?相公还是没有出过门,不知路上有许多奸险呢。有诓嘴吃的,有拐东西的,甚至有设下圈套害人的,奇奇怪怪的样子多着呢。相公如今拿着姓金的当好人,将来必要上他的当。据小人看来,他也不过是个篾片之流。”颜生正色嗔怪,道:“休得胡说!小小的人造这样的口过。我看金相公斯文中含着一股英雄的气概,将来必非等闲之人。你不要管,纵然他就是诓嘴,也无非多花几两银子,有甚要紧?你休再来管我。”雨墨听了相公之言,暗暗笑道:“怪道人人常言‘书呆子’,果然不错。我原来为好,倒嗔怪起来。只好暂且由他老人家,再做道理罢了。”

走不多时,已到打尖①之所。雨墨赌气,要了个热闹锅炸。吃了早饭又走。到了天晚,来到兴隆镇又住宿了,仍是三间上房,言给一间的钱。

---

①　打尖——旅途中休息下来吃点东西。

这个店小二比昨日的,却和气多了。刚然坐了未暖席,忽见店小二进来,笑容满面,问道:“相公是姓颜么?”雨墨道:“不错,你怎么知道?”小二道:“外面有一位金相公找来了。”颜生闻听,道:“快请,快请。”雨墨暗暗道:“这个得了!他是吃着甜头儿了。但只一件,我们花钱,他出主意,未免太冤。今晚我何不如此如此呢?”想罢,迎出门来,道:“金相公来了,很好,我们相公在这里恭候着呢。”金生道:“巧极,巧极!又遇见了。”颜生连忙执手相让,彼此就座,今日更比昨日亲热了。

说了数语之后,雨墨在旁道:“我们相公尚未吃饭,金相公必是未曾,何不同桌而食,叫了小二来先商议,叫他备办去呢?”金生道:“是极,是极。”正说时,小二拿了茶来,放在桌上。雨墨便问道:“你们是什么饭食?”小二道:“等次不同。上等饭是八两,中等饭是六两,下……”刚说了一个“下”字,雨墨就说:“谁吃下等饭呢?就是上等罢。我也不问什么肴馔,无非鸡鸭鱼肉、翅子海参等类。我问你,有活鲤鱼没有呢?”小二道:“有,不过贵些。”雨墨道:“既要吃,还怕花钱吗?我告诉你,鲤鱼不过一斤叫‘拐子’,总得一斤多那才是鲤鱼呢,必须尾巴要像胭脂瓣儿相似,那才新鲜呢。你拿来我瞧就是了。还有酒,我们可不要常行酒,要十年的女贞陈绍,管保是四两银子一坛。”店小二说:“是,要用多少?”雨墨道:“你好贫呀!什么多少,你搭一坛来当面尝。先说明,我可要金红颜色,浓浓香的,倒了碗内要挂碗,犹如琥珀一般。错过了,我可不要。”小二答应。

不多时,点上灯来。小二端了鱼来。雨墨上前,便道:“鱼可却是鲤鱼。你务必用半盆水躺着。一来显大,二来水浅,他必扑腾,算是欢蹦乱跳,卖这个手法儿。你就在此处开膛,省得抵换。把他鲜串着。你们佐料不过香菌口蘑紫菜,可有尖上尖没有?你管保不明白。这尖上尖就是青笋尖儿上头的尖儿,可要嫩切成条儿,要吃那末咯吱、咯吱的。”小二答应。又搭了酒来锥开。雨墨舀了一盅,递给金生,说道:“相公尝,管保喝的过。”金生尝了,道:“满好个,满好个。”雨墨也就不叫颜生尝了,便灌入壶中,略烫烫,拿来斟上。只见小二安放小菜,雨墨道:“你把佛手疙瘩放在这边,这位相公爱吃。”金生瞅了雨墨一眼,道:“你也该歇歇了,他这里上菜,你少时再来。”雨墨退出,单等鱼来。小二往来端菜。不一时,拿了鱼来。雨墨跟着进来,道:“带姜醋碟儿。”小二道:“来了。”雨墨便将酒壶提起,站在金生旁边,满满斟了一盅,道:“金相公,拿起筷子来。鱼是要吃热的,冷了就要发腥了。”金生又瞅了他一眼。雨墨道:“先布我们相公一块。”金生道:“那是自然的。”果然布过一块。刚要用筷子再夹,雨墨道:“金相公,还没有用筷子一划呢?”金生道:“吾倒忘了。”重新打鱼脊背上一划,方夹到醋碟一蘸,吃了。端起盅来,一饮而尽。雨墨道:“酒是我斟的,相公只管吃鱼。”金生道:“极妙,极妙!吾倒省了事了。”仍是一盅一块。雨墨道:“妙哉,妙哉!”金生道:“妙哉的很,妙哉的很!”雨墨道:“又该把筷子往腮里一插了。”金生道:“那是自然的了。”将鱼翻过来。“吾还是布你们相公一块,再用筷子一划,省得你又提拔吾。”雨墨见鱼剩了不多,便叫小二拿一个中碗来。小二将碗拿到,雨墨说:“金相公,还是将蒸食双落儿掰上四个,泡上汤。”金生道:“是的,是的。”泡了汤,喊喽之时,雨墨便将碟子扣在那盘子上,那边支起来,道:“金相公,从这边舀三匙汤喝了,也就饱了,也不用陪我们相公了。”又对小二道:“我们二位相公吃完了,你瞧该热的,该蒸的,拣下去,我可不吃凉的。酒是有在那里,我自己喝就是了。”小二答应,便往下拣。忽听金生道:“颜兄这个小管家,叫他跟吾倒好,吾倒省话。”颜生也笑了。

今日雨墨可想开了,倒在外头盘膝稳坐,叫小二服侍,吃了那个,又吃这个。吃完了来到屋内,就在明间坐下,竟等呼声。少时闻听呼声震耳,进里间将灯移出,也不愁烦,竟自睡了。

至次日天亮,仍是颜生先醒,来到明间,雨墨伺候净面水。忽听金生咳嗽,连忙来到里间,只见金生伸懒腰打哈声。雨墨急念道:“大梦谁先觉?平生我自知。草堂春睡足,窗外日迟迟。”金生睁眼道:“你真聪明,都记得。好的,好的!”雨墨道:“不用给相公打脸水了,怕伤了水。叫店小二开了单来,算账。”一时开上单来,共用银十四两六钱五分。雨墨道:“金相公,十四两六钱五分不多罢?外赏他们小二、灶上、打杂的二两罢。”金生道:“使得的,使得的。”雨墨道:“金相公,管保不闹虚了。京中再见罢,有事只管先请罢。”金生道:“说的是,说的是,吾就先走了。”便对颜生执手告别,趿拉、趿拉出店去了。雨墨暗道:“一斤肉包的饺子,好大皮子!我打算今个扰他呢,谁知反被他扰去。”正在发笑,忽听相公呼唤。

未知如何,且听下回分解。

第三十四回

定兰谱颜生识英雄　看鱼书柳老嫌寒士

且说颜生见金生去了,便叫雨墨会账。雨墨道:“银子不够了,短的不足四两呢!我算给相公听,咱们出门时共剩了二十八两。两天两顿早尖连零用,共费了一两三钱。昨晚吃了十四两,再加今晚的十六两六钱五分,共合银三十一两九钱五分。岂不是短了不足四两么?”颜生道:“且将衣服典当几两银子,还了账目,余下的作盘费就是了。”雨墨道:“刚出门两天就当当。我看除了这几件衣服,今日当了,明日还有什么?”颜生也不理他。

雨墨去了多时,回来道:“衣服共当了八两银子,除还饭账,剩下四两有零。”颜生道:“咱们走路罢。”雨墨道:“不走还等什么呢?”出了店门,雨墨自言道:“轻松灵便,省得有包袱背着,怪沉的。”颜生道:“你不要多说了。事已如此,不过多费去些银两,有甚要紧。今晚前途,任凭你的主意就是了。”雨墨道:“这金相公也真真的奇怪。若说他是诓嘴吃的,怎的要了那些菜来,他连筷子也不动呢?就是爱喝好酒,也犯不上要一坛来,却又酒量不很大,一坛子喝不了一零儿,就全剩下了,白便宜了店家,就是爱吃活鱼,何不竟要活鱼呢?说他有意要冤咱们,却又素不相识,无仇无恨。饶白吃白喝,还要冤人,更无此理。小人测不出他是什么意思来。”颜生道:“据我看来,他是个潇洒儒流,总有些放浪形骸之处。”主仆二人途次闲谈,仍是打了早尖,多歇息歇息,便一直赶到宿头。雨墨便出主意道:“相公,咱们今晚住小店吃顿饭,每人不过花上二钱银子,再也没的耗费了。”颜生道:“依你,依你。”主仆二人竟投小店。

刚刚就座,只见小二进来道:“外面有位金相公找颜相公呢。”雨墨道:“很好,请进来。咱们多费上二钱银子,这个小店也没有什么主意出的了。”说话间,只见金生进来道:“吾与颜兄真是三生有幸,竟会到哪里,哪里就遇得着。”颜生道:“实实小弟与兄台缘分不浅。”金生道:“这么样罢。咱们两个结盟,拜把子罢。”雨墨暗道:“不好!他要出矿。”连忙上前,道:“金相公要与我们相公结拜,这个小店备办不出祭礼来,只好改日再拜罢。”金生道:“无妨,隔壁太和店是个大店口,什么俱有。慢说是祭礼,就是酒饭,回来也是那边要去。”雨墨暗暗顿足,道:“活该,活该!算是吃定我们爷儿们了。”

金生也不唤雨墨,就叫本店的小二将隔壁太和店的小二叫来。他便吩咐如何先备猪头三牲祭礼,立等要用;又如何预备上等饭,要鲜串活鱼;又如何搭一坛女贞陈绍:仍是按前两次一样。雨墨在旁,惟有听着而已。又看见颜生与金生说说笑笑,真如异姓兄弟一般,毫不介意。雨墨暗道:“我们相公真是书呆子,看明早这个饥荒怎么打算?”

不多时,三牲祭礼齐备,序齿烧香。谁知颜生比金生大两岁,理应先焚香。雨墨暗道:“这个定了,把弟吃准了把兄咧!”无奈何,在旁服侍。结拜完了,焚化钱粮后,便是颜生在上首坐了,金生在下面相陪,你称仁兄,我称贤弟,更觉亲热。雨墨在旁听着,好不耐烦。少时,酒至菜来,无非还是前两次的光景。雨墨也不多言,只等二人吃完,他便在外盘膝坐下,道:“吃也是如此,不吃也是如此,且自乐一会儿是一会儿。”便叫:“小二,你把那酒抬过来,我有个主意。你把太和店的小二也叫了来,有的是酒,有的是菜,咱们大伙儿同吃,算是我一点敬意儿。你说好不好?”小二闻听,乐不可言,连忙把那边的小二叫了来。二人一壁服侍着雨墨,一壁跟着吃喝,雨墨倒觉得畅快。吃喝完了,仍然进来等着,移出灯来也就睡了。

到了次日,颜生出来净面。雨墨悄悄道:“相公昨晚不该与金相公结义。不知道他家乡住处,知道他是什么人?倘若要是个篾片,相公的名头不坏了么?”颜生忙喝道:“你这奴才,休得胡说!我看金相公行止奇异,谈吐豪侠,决不是那流人物。既已结拜,便是患难相扶的弟兄了。你何敢在此多言!别的罢了,这是你说的吗?”雨墨道:“非是小人多言。别的罢了,回来店里的酒饭银两,又当怎么样呢?”

刚说至此,只见金生掀帘出来。雨墨忙迎上来,道:“金相公,怎么今日伸了懒腰,还没有念诗就起来呢?”金生笑道:“吾要念了,你念什么?原是留着你念的,不想你也误了,竟把诗句两耽搁了。”说罢,便叫:“小二,开了单来吾看。”雨墨暗道:“不好!他要起翅。”只见小二开了单来,上面写着连祭礼共用银十八两三钱。雨墨递给金生。金生看了,道:“不多,不多,也赏他二两。这边店里没用什么,赏他一两。"说完,便对颜生道:"仁兄呀!……"旁边雨墨吃这一惊不小,暗道:"不好,他要说'不闹虚了'。这二十多两银子又往哪里弄去?"谁知金生今日却不说此句,他却问颜生道:"仁兄呀!你这上京投亲,就是这个样子,难道令亲那里就不憎嫌么?"颜生叹气,道:"此事原是奉母命前来,愚兄却不愿意。况我姑父姑母又是多年不通音信的,恐到那里未免要费些唇舌呢。"金生道:"须要打算打算方好。"

雨墨暗道:"真关心呀!结了盟,就是另一样儿了。"正想着,只见外面走进一个人来。雨墨才待要问:"找谁的?"话未说出,那人便与金生磕头,道:"家老爷打发小人前来,恐爷路上缺少盘费,特送四百两银子,叫老爷将就用罢。"此时颜生听的明白。见来人身量高大,头戴雁翅大帽,身穿皂布短袍,腰束皮鞓带,足下登一双大曳拔靸鞡鞋,手里还提着个马鞭子。只听金生道:"吾行路,焉用许多银两。既承你家老爷好意,也罢,留下二百两银子,下剩仍然拿回去。替吾道谢。"那人听了,放下马鞭,从褡裢皲子里一封一封掏出四封,摆在桌上。金生便打开一包,拿了两个锞子,递与那人,道:"难为你大远的来,赏你喝茶罢。"那人又趴在地下,磕了个头,提了褡裢马鞭子。才要走时,忽听金生道:"你且慢着,你骑了牲口来了么?"那人道:"是。"金生道:"很好。索性'一客不烦二主',吾还要烦你辛苦一趟。"那人道:"不知爷有何差遣?"金生便对颜生道:"仁兄,兴隆镇的当票子放在哪里?"颜生暗想道:"我当衣服,他怎么知道了?"便问雨墨。雨墨此时看的都呆了,心中纳闷道:"这么个金相公,怎么会有人给他送银子来呢?果然我们相公眼力不差。从今我倒长了一番见识。"正在呆想,忽听颜生问他当票子。他便从腰间掏出一个包儿来,连票子和那剩下的四两多银子俱搁在一处,递将过来。金生将票子接在手中,又拿了两个锞子,对那人道:"你拿此票到兴隆镇,把他赎回来。除了本利,下剩的你作盘费就是了。你将这个褡裢子放在这里,回来再拿。吾还告诉你,他回时不必到这里了,就在隔壁太和店,吾在那里等你。"那人连连答应,竟拿了马鞭子出店去了。

金生又重新拿了两锭银子,叫雨墨道:"你这两天多有辛苦,这银子赏你罢。吾也不是篾片了?"雨墨哪里还敢言语呢,只得也磕头谢了。金生对颜生道:"仁兄呀!咱们上那边店里去罢。"颜生道:"但凭贤弟。"金生便叫雨墨抱着桌子上的银子。雨墨又腾出手来，还要提那褡裢，金生在旁道："你还拿那个，你不傻了么？你拿的动么？叫这店小二拿着，跟咱们送过那边去呀。你都聪明，怎么此时又不聪明了？"说的雨墨也笑了。便叫了小二拿了褡裢，主仆一同出了小店，来到太和店，真正宽阔。雨墨也不用说，竟奔上房而来，先将抱着的银子放在桌上，又接了小二拿的褡裢。颜生与金生在迎门两边椅子上坐了。这边小二殷勤沏了茶来。金生便出了主意，与颜生买马，治簇新的衣服靴帽，全是使他的银子。颜生也不谦让。到了晚间，那人回来，将当交明，提了褡裢去了。

这一天吃饭饮酒，也不像先前那样，止于拣可吃的要来。吃剩的，不过将够雨墨吃的。到了次日，这二百两银子，除了赏项买马、赎当治衣服等，并会了饭账，共费去银八九十两，仍余下一百多两，金生便都赠了颜生。颜生哪里肯受。金生道："仁兄只管拿去。吾路上自有相知应付吾的盘费，吾是不用银子的。还是吾先走，咱们京都再会罢。"说罢，执手告别，趿拉趿拉出店去了。颜生倒觉得依恋不舍，眼巴巴的睁睁的目送出店。

此时雨墨精神百倍，装束行囊，将银两收藏严密，只将剩的四两有余带在腰间，叫小二把行李搭在马上，扣备停当，请相公骑马，登时阔起来了。雨墨又把雨衣包了，小小包袱背在肩头，以防天气不测。颜生也给他雇了一头驴，沿路盘脚。一日，来至祥符县，竟奔双星桥而来。到了双星桥，略问一问柳家，人人皆知，指引门户。主仆来到门前一看，果然气象不凡，是个殷实人家。

原来颜生的姑父名叫柳洪，务农为业，为人固执，有个悭吝①毛病，处处好打算盘，是个顾财不顾亲的人。他与颜老爷虽是郎舅，却有些冰火不同炉。只因颜老爷是个堂堂的县尹，以为将来必有发迹，故将自己的女儿柳金蝉自幼儿就许配了颜查散。不意后来颜老爷病故，送了信来，他就有些后悔，还关碍着颜氏安人不好意思。谁知三年前，颜氏安人又一病呜呼了，他就绝意的要断了这门亲事，因此连信息也不通知。他续娶冯氏，又是个面善心毒之人。幸喜她很疼爱小姐。她疼爱小姐，又有她的一番意思。只因员外柳洪每每提起颜生，便嗐声叹气，说当初不该定这门亲事，

---

① 悭吝(qiānlìn)——吝啬。

已露出有退婚之意。冯氏便暗怀着鬼胎。因她有个侄儿名唤冯君衡，与金蝉小姐年纪相仿。她打算着把自己侄儿作为养老的女婿，就是将来柳洪亡后，这一份家私也逃不出冯家之手，因此她却疼爱小姐，又叫侄儿冯君衡时常在员外跟前献些殷勤。员外虽则喜欢，无奈冯君衡的相貌不扬，又是一个白丁，因此柳洪总未露出口吻来。

一日，柳洪正在书房，偶然想起女儿金蝉年已及笄①，颜生那里杳无音信，闻得他家道艰窘，难以度日，惟恐女儿过去受罪，怎么想个法子，退了此亲方好。正在烦思，忽见家人进来禀道："武进县的颜姑爷来了。"柳洪听了，吃惊不小，登时就会没了主意，半天，说道："你就回复他，说我不在家。"那家人刚然回身，他又叫住，问道："是什么形相来的？"家人道："穿着鲜明的衣服，骑着高头大马，带着书僮，甚是齐整。"柳洪暗道："颜生必是发了财了，特来就亲。幸亏细心一问，险些儿误了大事。"忙叫家人"快请"，自己也就迎了出来。

只见颜生穿着簇新大衫，又搭着俊俏的容貌，后面又跟着个伶俐小童，拉着一匹润白大马，不由的心中羡慕，连忙上前相见。颜生即以子侄之礼参拜。柳洪哪里肯受，谦让至再至三，才受半礼。彼此就座，叙了寒暄，家人献茶已毕。颜生便渐渐的说到家业零落，"特奉母命投亲，在此攻书，预备明年考试，并有家母亲笔书信一封。"说话之间，雨墨已将书信拿出来，交与颜生。颜生呈与柳洪，又奉了一揖。此时柳洪却把那黑脸面放下来，不是先前那等欢喜。无奈何将书信拆阅已毕，更觉烦了，便吩咐家人，将颜相公送至花园幽斋居住。颜生还要拜见姑母，老狗才道："拙妻这几日有些不大爽快，改日再见。"颜生看此光景，只得跟随家人上花园去了。幸亏金生打算替颜生治办衣服马匹，不然老狗才绝不肯纳。可见金生奇异。

殊不知柳洪是何主意，且听下回分解。

---

① 及笄(jī)——旧时称女子年达十五岁为"及笄"，也指女子已到可以出嫁的年龄。

第三十五回

柳老赖婚狼心难测　冯生联句狗屁不通

话说柳洪便袖了书信来到后面，忧容满面。冯氏问道："员外为着何事，如此的烦闷?"柳洪便将颜生投亲的原由，说了一遍。冯氏初时听了也是一怔，后来便假意欢喜，给员外道喜，说道："此乃一件好事，员外该当做的。"柳洪闻听，不由的怒道："什么好事！你往日明白，今日糊涂了。你且看书信，他上面写着叫他在此读书，等到明年考试。这个用度须耗费多少。再者若中了，还有许多的应酬；若不中，就叫我这里完婚。过一月后，叫我这里将他小两口儿送往武进县去。你自打算打算，这注财要耗费多少银子？归根我落个人财两空，你如何还说做得呢？这不岂有此理么！"冯氏趁机便探柳洪的口气，道："若依员外，此事便怎么样呢！"柳洪道："也没有什么主意，不过是想把婚姻退了，另找个财主女婿，省得女儿过去受罪，也免得我将来受累。"冯氏见柳洪吐出退婚的话来，她便随机应变，冒出坏包来了。对柳洪道："员外既有此心，暂且将颜生在幽斋冷落几天。我保不出十日，管叫他自己退婚，叫他自去之计。"柳洪听了，喜道："安人果能如此，方去我心头大病。"

两个人在屋中计议，不防被跟小姐的乳母田氏从窗外经过，将这些话一一俱各听去。她急急的奔到后楼，来到香闺，见了小姐，一五一十，俱各说了，便道："小姐不可为俗礼所拘，仍作闺门之态。一来解救颜姑爷，二来并救颜老母。此事关系非浅，不可因小节而坏大事。小姐早早拿个主意。"小姐道："总是我那亲娘去世，叫我向谁申诉呢?"田氏道："我倒有个主意。他们商议原不出十天，咱们就在这三五日内，小姐与颜相公不论夫妻，仍论兄妹，写一字柬叫绣红约他在内书房夜间相会。将原委告诉明白了颜相公，小姐将私蓄赠些与他，叫他另寻安身之处。俟科考后功名成就，那时再来就亲，大约员外无有不允之理。"小姐闻听，尚然不肯。还是田氏与绣红百般开导解劝，小姐无奈，才应允了。

大凡为人各有私念。似乳母丫鬟这一番私念，原是为顾惜颜生，疼爱小姐,是一片好心。这个私念理应如此。竟有一等人无故一心私念,闹的他自己亡魂失魄,仿佛热地蚂蚁一般,行踪无定,居止不安:就是冯君衡这小子。自从听见他姑妈有意将金蝉小姐许配于他,他便每日跑破了门,不时的往来。若遇见员外,他便卑躬下气,假作斯文。那一宗胁肩谄笑,便叫人忍耐不得。员外看了,总不大合心。若是员外不在跟前,他便和他姑妈讪皮讪脸,百般的央告,甚至于屈膝,只要求冯氏早晚在员外跟前玉成其事。偏偏的有一日凑巧,恰值金蝉小姐给冯氏问安。娘儿两个正在闲谈,这小子他就一步儿跑进来了。小姐躲闪不及。冯氏便道:"你们是表兄妹,皆是骨肉,是见得的。彼此见了。"小姐无奈,把袖子福了一福。他便作下一揖去,半天直不起腰来。那一双贼眼,直勾勾地瞅着小姐。旁边绣红看不上眼,簇拥着小姐回绣阁去了。他就痴呆了半晌。他这一瞧直不是人,是人没有那末瞧的。

自那天见了小姐之后,他便谋求的狠了,恨不得立刻到手,天天来至柳家探望。这一天刚进门来,见院内拴着一匹白马,便问家人道:"此马从何而来?"家人回道:"是武进县颜姑爷骑来的。"他一闻此言,就犹如平空的打了个焦雷,只惊得目瞪痴呆,魂飞天外,半晌,方透过一口气来,暗想:"此事却怎么处?"只得来到书房见了柳洪。见员外愁眉不展,他知道必是为此事发愁,想来颜生必然穷苦之甚。"我何不见他,看看他倒是怎么的光景。如若真不像样,就当面奚落他一场,也出了我胸中恶气。"想罢,便对柳洪言明,要见颜生。

柳洪无奈,只得将他带入幽斋。他原打算奚落一场。谁知见了颜生,不但衣冠鲜明,而且相貌俊美,谈吐风雅,反觉得跼蹐①不安,自惭形秽,竟自无地可容,连一句整话也说不出来。柳洪在旁观瞧,也觉得妍媸②自分,暗道:"据颜生相貌才情,堪配吾女。可惜他家道贫寒,是一宗大病。"又看冯君衡耸肩缩背,挤眉弄眼,竟不知如何是可。柳洪倒觉不好意思,搭讪着道:"你二人在此攀话,我料理我的事去了。"说罢,就走开了。

冯君衡见柳洪去后,他便抓头不是尾,险些儿没急出毛病来,略坐一坐,便回书房去了。一进门来,自己便对穿衣镜一照,自己叫道:"冯君衡

---

① 跼蹐(jújí)——形容谨慎恐惧的样子。

② 妍媸(chī)——相貌的俊丑。妍,相貌好。媸,相貌丑。

呀,冯君衡！你瞧瞧人家是怎么长来着,你是怎么长来着！我也不怨别的,怨只怨我那爹娘,既要好儿子,为何不下上点好好的工夫呢？教导教导,调理调理,真是好好儿的,也不至于见了人说不出话来。”自己怨恨一番。忽又想道:“颜生也是一个人,我也是一个人,我又何必怕他呢？这不是我自损志气么？明日倒要仗着胆子与他盘桓盘桓,看是如何。”想罢,就在书房睡了。

到了次日,吃毕早饭,依然犹疑了半天。后来发了一个狠儿,便上幽斋而来。见了颜生,彼此坐了。冯君衡便问道:“请问你老高寿?”颜生道:“念有二岁。”冯君衡听了不明白,便“念”呀“念”的尽着念。颜生便在桌上写出来。冯君衡见了,道:“哦！敢则是单写的二十呀。若是这么说,我敢则是念了。”颜生道:“冯兄尊齿二十了么?”冯君衡道:“我的牙却是二十八个,连槽牙。我的岁数却是二十。”颜生笑道:“尊齿便是岁数。”冯君衡便知是自己答应错了,便道:“颜大哥,我是个粗人,你和我总别闹文。”颜生又问道:“冯兄在家作何功课?”冯君衡却明白“功课”二字,便道:“我家也有个先生,可不是瞎子,也是睁眼儿先生。他教给我作什么诗,五个字一句,说四句是一首,还有什么韵不韵的。我哪里弄得上来呢？后来作惯了,觉得顺溜了,就只能作半截儿。任凭怎么使劲儿,再也作不下去了。有一遭儿,先生出了个‘鹅群’叫我作,我如何作的下去呢？好容易作了半截儿。”颜生道:“可还记得么?”冯君衡道:“记得的很呢。我好容易作的,焉有不记得呢。我记是:‘远看一群鹅,见人就下河。’”颜生道:“底下呢?”冯君衡道:“说过就作半截儿,如何能够满作了呢?”颜生道:“待我与你续上半截如何?”冯君衡道:“那敢则好。”颜生道:“白毛分绿水,红掌荡清波。”冯君衡道:“似乎是好,念着怪有个听头儿的。还有一遭,因我们书房院子里有棵枇杷,先生以此为题。我作的是:‘有棵枇杷树,两个大槎丫。’”颜生道:“我也与你续上罢。‘未结黄金果,先开白玉花。’”

冯君衡见颜生又续上了,他却不讲诗,便道:“我最爱对对子。怎么原故呢？作诗须得论平仄押韵,对对子就平空的想出来。若有上句,按着那边字儿一对,就得了。颜大哥,你出个对子我对。”颜生暗道:“今日重阳,而且风鸣树吼。”便写了一联道:“九日重阳风落叶。”冯君衡看了半天,猛然想起,对道:“‘八月中秋月照台’。颜大哥,你看我对的如何？你再出个我对。”颜生见他无甚行止,便写一联道:“立品修身,谁能效子游子夏?”冯君衡按着字儿,扣了一会,便对道:“交朋结友,我敢比刘六刘七。”颜生便又写了一联,却是明褒暗贬之意。冯君衡接来一看,写的是:“三坟五典,你乃百宝箱。”便又想了,对道:“一转两晃,我是万花筒。”他又磨着颜生出对。颜生实在不耐烦了,便道:“愿安承教你无门。”这明是说他请教不得其门。冯君衡他却呆想,忽然笑道:“可对上了。”便道:“不敢从命我有窗。”他见颜生手中摇着扇子,上面有字,便道:“颜大哥,我瞧瞧扇子。”颜生递过来。他就连声夸道:“好字,好字,真写了个龙争虎斗。”又翻着那面,却是素纸,连声可惜,道:“这一面如何不画上几个人儿呢?颜大哥,你瞧我的扇子,却是画了一面,那一面却没有字。求颜大哥的大笔,写上几个字儿罢。”颜生道:“我那扇子是相好朋友写了送我的,现有双款为证,不敢虚言。我那拙笔焉能奉命,惟恐有污尊摇。”冯君衡道:“说了不闹文么,什么‘尊摇’不‘尊摇’的呢?我那扇子也是朋友送我的,如今再求颜大哥一写,更成全起来了。颜大哥,你看看那画的神情儿颇好。”颜生一看,见有一只船,上面有一妇人摇桨,旁边跪着一个小伙拉着桨绳。冯君衡又道:“颜大哥,你看那边岸上那一人拿着千里眼镜儿,哈着腰儿瞧的,神情儿真是活的一般。千万求颜大哥把那面与我写了。我先拿了颜大哥扇子去,等写得时再换。”颜生无奈,将他的扇子插入笔筒之内。

冯君衡告辞,转身回了书房,暗暗想道:“颜生他将我两次诗不用思索,开口就续上了。他的学问哪,比我强多咧,而且相貌又好,他若在此了呵,只怕我那表妹被他夺了去,这便如何是好呢?”他也不想想人家原是许过的,他却是要图谋人家的,可见这恶贼利欲熏心!他便思前想后,总要把颜生害了才合心意,翻来覆去,一夜不曾合眼,再也想不出计策来。到了次日,吃毕早饭,又往花园而来。

不知后文如何,下回分解。

第三十六回

园内赠金丫鬟丧命　厅前盗尸恶仆忘恩

且说冯君衡来至花园，忽见迎头来了个女子。仔细看时，却是绣红，心中陡然疑惑起来，便问道："你到花园来做什么？"绣红道："小姐派我来掐花儿。"冯君衡道："掐的花儿在哪里？"绣红道："我到那边看了花儿，尚未开呢，因此空手回来。你查问我做什么？这是柳家花园，又不是你们冯家的花园，用你多管闲事，好没来由呀！"说罢，扬长去了。气的个冯君衡直瞪瞪的一双贼眼，再也对答不出来。心中更加疑惑，急忙奔至幽斋。偏偏雨墨又进内烹茶去了，颜生拿着个字帖儿正要开看，猛抬头见了冯君衡，连忙让坐，顺手将字帖儿掖在书内，彼此闲谈。冯君衡道："颜大哥，可有什么浅近的诗书，借给我看看呢？"颜生因他借书，便立起身来，向书架上找书去了。冯君衡便留神，见方才掖在书内字帖儿露着个纸角儿，他便轻轻抽出，暗暗的袖了。及至颜生找了书来，急忙接过，执手告别，回转书房而来。

进了书房，将书放下，便从袖中掏出字儿一看，只吓得惊疑不止，暗道："这还了得！险些儿坏了大事。"原来此字正是前次乳母与小姐商议的，定于今晚二鼓在内角门相会，私赠银两，偏偏的被冯贼偷了来了。他便暗暗想道："今晚他们若相会了，小姐一定身许颜生，我的姻缘岂不付之流水！这便如何是好？"忽又转念一想道："无妨，无妨，如今字儿既落吾手，大约颜生恐我识破，他决不敢前去。我何不于二鼓时假冒颜生，倘能到手，岂不仍是我的姻缘。即便露出马脚，他若不依，就拿着此字作个见证。就是姑爷知道，也是他开门揖盗①，却也不能奈何于我。"心中越想，此计越妙，不由得满心欢喜，恨不得立刻就交二鼓。

且说金蝉小姐虽则叫绣红寄柬与颜生，她便暗暗打点了私蓄银两并首饰衣服，到了临期，却派了绣红，持了包袱银两去赠颜生。田氏在旁边

---

① 揖(yī)盗——向强盗拱手行礼。

劝道："何不小姐亲身一往？"小姐道："此事已是越理之举，再要亲身前去，更失了闺阁体统。我是断断不肯去的。"

绣红无奈，提了包袱银两，刚来到角门以外，见个人伛偻①而来，细看形色不是颜生，便问道："你是谁？"只听那人道："我是颜生。"细听话音却不对。忽见那人向前就要动手。绣红见不是势头，才嚷道"有贼"二字，冯君衡着忙，急伸手，本欲蒙嘴，不意蠢夫使的力猛，丫鬟人小软弱，往后仰面便倒。恶贼收手不及，扑跌在丫鬟身上，以至手按在绣红喉间一挤。及至强徒起来，丫鬟已气绝身亡，将包袱银两抛于地上。冯贼见丫鬟已死，急忙提了包袱，捡起银两包儿来，竟回书房去了。将颜生的扇子并字帖儿留于一旁。

小姐与乳母在楼上提心吊胆，等绣红不见回来，好生着急。乳母便要到角门一看，谁知此时巡更之人见丫鬟倒毙在角门之外，早已禀知员外安人了。乳母听了此信，魂飞天外，回身绣阁，给小姐送信。只见灯笼火把，仆妇丫鬟同定员外安人，竟奔内角门而来。柳洪将灯一照，果是小绣红，见她旁边撂着一把扇子，又见那边地上有个字帖儿。连忙俱各捡起，打开扇子却是颜生的，心中已然不悦；又将字帖儿一看，登时气冲牛斗，也不言语，竟奔小姐的绣阁。冯氏不知是何缘故，便随在后面。

柳洪见了小姐，说："干的好事！"将字帖儿就当面掷去。小姐此时已知绣红已死，又见爹爹如此，真是万箭攒心，一时难以分辩，惟有痛哭而已。亏得冯氏赶到，见此光景，忙将字帖儿拾起，看了一遍，说道："原来为着此事。员外，你好糊涂，焉知不是绣红那丫头干的鬼呢？她素来笔迹原与女儿一样。女儿现在未出绣阁，她却死在角门以外。你如何不分皂白，就埋怨女儿来呢？只是这颜姑爷既已得了财物，为何又将丫鬟掐死呢？竟自不知是什么意思？"一句话提醒了柳洪，便把一天愁恨俱搁在颜生身上。他就连忙写一张呈子，说颜生无故杀害丫鬟，并不提私赠银两之事，惟恐与自己名声不好听，便把颜生送往祥符县内。可怜颜生睡里梦里连个影儿也不知，幸喜雨墨机灵，暗暗打听明白，告诉了颜生。颜生听了，他便立了个百折不回的主意。

且说冯氏安慰小姐，叫乳母好生看顾，她便回至后边，将计就计，在柳

---

① 伛偻（yǔlǚ）——脊背向前弯曲。

洪跟前竭力撺掇，务将颜生置之死地，恰恰又暗合柳洪之心。柳洪等候县尹来相验了，绣红实是扣喉而死，并无别的情形。柳洪便咬定牙说是颜生谋害的，总要颜生抵命。

县尹回至衙门，立刻升堂，将颜生带上堂来。仔细一看，却是个懦弱书生，不像那杀人的凶手，便有怜惜他的意思，问道："颜查散，你为何谋害绣红？从实招上来！"颜生禀道："只因绣红素来不服呼唤，屡屡逆命。昨又因她口出不逊，一时气愤难当，将她赶至后角门。不想刚然扣喉，她就倒毙而亡。望祈老父母早早定案，犯人再也无怨的了。"说罢，向上叩头。县宰见他满口应承，毫无推诿，而且情甘认罪，决无异词，不由心下为难，暗暗思忖道："看此光景，决非行凶作恶之人。难道他素有疯癫不成？或者其中别有情节，碍难吐露，他情愿就死，亦未可知。此事本县倒要细细访查，再行定案。"想罢，吩咐将颜生带下去寄监。县官退堂入后，自然另有一番思索。

你道颜生为何情甘认罪？只因他怜念小姐一番好心，不料自己粗心失去字帖儿，致令绣红遭此惨祸，已然对不过小姐了；若再当堂和盘托出，岂不败坏了小姐名节？莫若自己应承，省得小姐出头露面，有伤闺门的风范。这便是颜生的一番衷曲。他却哪里知道，暗中苦了一个雨墨呢。

且说雨墨从相公被人拿去之后，他便暗暗揣了银两赶赴县前，悄悄打听，听说相公满口应承，当堂全认了，只吓得他胆裂魂飞，泪流满面。后来见颜生入监，他便上前苦苦哀求禁子①，并言有薄敬奉上。禁子与牢头相商明白，容他在内服侍相公。雨墨便将银子交付了牢头，嘱托一切俱要看顾。牢头见了白花花一包银子，满心欢喜，满口应承。雨墨见了颜生，又痛哭，又是抱怨，说："相公不该应承了此事。"见颜生微微含笑，毫不介意，雨墨竟自不知是何缘故。

谁知此时柳洪那里俱各知道颜生当堂招认了，老贼乐得满心欢喜，仿佛去了一场大病一般。苦只苦了金蝉小姐，一闻此言，只道颜生决无生理，仔细想来，全是自己将他害了。"他既无命，我岂独生？莫若以死相酬。"将乳母支出去烹茶，她便倚了绣阁，投缳自尽身亡。及至乳母端了茶来，见门户关闭，就知不好，便高声呼唤，也不见应。再从门缝看时，见

① 禁子——旧时称在牢狱中看守罪犯的人。也说禁卒。

小姐高高的悬起，只吓得她骨软筋酥，踉踉跄跄，报与员外安人。柳洪一闻此言，也就顾不得了，先带领家人奔到楼上，打开绣户，上前便把小姐抱住。家人忙上前解了罗帕。此时冯氏已然赶到。夫妻二人打量还可以解救，谁知香魂已缈，不由地痛哭起来。更加着冯氏数数落落，一壁里哭小姐，一壁里骂柳洪道："都是你这老乌龟，老杀才！不分青红皂白，生生儿的要了你的女儿命了！那一个刚然送县，这一个就上了吊了。这个名声传扬出去才好听呢！"柳洪听了此言，咯噔的把泪收住，道："幸亏你提拔我。似此事如何办理？哭是小事，且先想个主意要紧。"冯氏道："还有别的什么主意吗？只好说小姐得了个暴病，有些不妥。先着人悄悄抬个棺材来，算是预备后事，与小姐冲冲喜。却暗暗的将小姐盛殓了，浮厝①在花园敞厅上。候过了三朝五日，便说小姐因病身亡，也就遮了外面的耳目，也省得人家谈论了。"柳洪听了，再也想不出别的高主意，只好依计而行，便嘱咐家人搭棺材去。"倘有人问，就说小姐得病甚重，为的是冲冲喜。"家人领命，去不多时，便搭了来了，悄悄抬至后楼。

此时冯氏与乳母已将小姐穿戴齐备，所有小姐素日惜爱的簪环首饰衣服俱各盛殓了。且不下箭，便叫家人等暗暗抬至花园敞厅停放。员外安人又不敢放声大哭，惟有呜呜悲泣而已。停放已毕，惟恐有人看见，便将花园门倒锁起来。所有家人，每人赏了四两银子，以压口舌。

谁知家人之中有一人姓牛名唤驴子。他爹爹牛三原是柳家的老仆，只因双目失明，柳洪念他出力多年，便在花园后门外盖了三间草房，叫他与他儿子并媳妇马氏一同居住，又可以看守花园。这日牛驴子拿了四两银子回来。马氏问道："此银从何而来？"驴子便将小姐自尽、并员外安人定计，暂且停放花园敞厅，并未下箭的情由，说了一遍。"这四两银子便是员外赏的，叫我们严密此事，不可声张。"说罢，又言小姐的盛殓的东西实在的是不少，什么凤头钗，又是什么珍珠花，翡翠环，这个那个说了一套。马氏闻听，便觉唾涎，道："可惜了儿的这些好东西！你就是没有胆子；你若有胆量，到了夜间，只隔着一段墙偷偷儿的进去……"刚说至此，只听那屋牛三道："媳妇，你说的这是什么话！咱家员外遭了此事已是不

---

① 浮厝（cuò）——暂时把灵柩停放在地面上，周围用砖石等砌起来掩盖，以待改葬。

幸，人人听见该当叹息，替他难受。怎么你还要就热窝儿去偷盗尸首的东西？人要天理良心，看昭彰报应要紧！驴儿呀，驴儿，此事是断断做不得的。”老头儿说罢，恨恨不已。谁知牛三刚说话时，驴子便对着他女人摆手儿。后来又听见叫他不可做此事，驴子便赌气子道：“我知道，也不过是那末说，哪里我就做了呢。”说着话，便打手式，叫他女人预备饭，自己便打酒去。少时，酒也有了，菜也得了。且不打发牛三吃，自己便先喝酒。女人一壁服侍，一壁跟着吃，却不言语，尽打手式。到吃喝完了，两口子便将家伙归着[①]起来。驴子便在院内找了一把板斧，掖在腰间。等到将有二鼓，他直奔到花园后门，拣了个地势高耸之处，扳住墙头纵将上去。他便往里一跳，直奔敞厅而来。

未知如何，下回分解。

---

① 归着——收拾。

第三十七回

小姐还魂牛儿遭报　幼童侍主侠士挥金

且说牛驴子于起更时来至花园，扳住墙头，纵身上去，他便往里一跳。只听噗咚一声，自己把自己倒吓了一跳。但见树林中透出月色，满园中花影摇曳，仿佛都是人影儿一般。毛手毛脚，贼头贼脑，他却认得路径，一直竟奔敞厅而来，见棺材停放中间。猛然想起小姐入殓之时形景，不觉从脊梁骨上一阵发麻灌海，登时头发根根倒竖，害起怕来，又连打了几个寒噤。暗暗说："不好，我别要不得！"身子觉软，就坐在敞厅栏杆踏板之上，略定了定神。回手拔出板斧。心里想道："我此来原为发财，这一上去打开棺盖，财帛便可到手。你却怕他怎的？这总是自己心虚之过。慢说无鬼；就是有鬼，也不过是闺中弱女，有什么大本事呢？"想至此，不觉的雄心陡起，提了板斧，便来到敞厅之上。对了棺木，一时天良难昧，便双膝跪倒，暗暗祝道："牛驴子实在是个苦小子。今日暂借小姐的簪环衣服一用，日后充足了，我再多多的给小姐烧些纸锞罢。"祝毕起来，将板斧放下，只用双手从前面托住棺盖，尽力往上一起，那棺盖就离了位了，他便往左边一跨。又绕到后边，也是用双手托住，往上一起，他却往右边一跨，那材盖便横斜在材上。才要动手，忽听"嗳哟"一声，便吓得他把脖子一缩，跑下厅来，格嗒嗒一个个整颤，半晌还不过气来。又见小姐挣扎起来，口中说道："多承公公指引。"便不言语了。驴子喘息了喘息，想道："小姐她会还了魂了。"又一转念："她纵然还魂，正在气息微弱之时，我这上去将她掐住咽喉，她依然是死。我照旧发财。有何不可呢？"想至此，又立起身来，从老远的就将两手比着要掐的式样。尚未来到敞厅，忽有一物飞来正打在左手之上。驴子又不敢嗳哟，只疼的他咬着牙，摔着手，在厅下打转。

只见从太湖石后来了一人，身穿夜行衣服，竟奔驴子而来。瞧着不好，刚然要跑，已被那人一个箭步，赶上就是一脚。驴子便跌倒在地，口中叫道："爷爷饶命！"那人便将驴子按在地上，用刀一晃，道："我且问你，棺木内死的是谁？"驴子道："是我家小姐，可是吊死的。"那人吃惊，道："你家小姐如何吊死呢?”驴子道:“只因颜生当堂招认了,我家小姐就吊死了,不知是什么缘故?只求爷爷饶命!”那人道:“你初念贪财还可饶恕,后来又生害人之心,便是可杀不可留了。”说到“可杀”二字,刀已落将下来,登时驴子入了汤锅了。

你道此人是谁?他便是改名金懋叔的白玉堂。自从赠了颜生银两之后,他便先到祥符县将柳洪打听明白,已知道此人悭吝,必然嫌贫爱富。后来打听颜生到此,甚是相安,止在欢喜。忽听得颜生被祥符县拿去,甚觉诧异;故此黉夜到此,打听个水落石出。已知颜生负屈含冤,并不知小姐又有自缢之事。适才问了驴子,方才明白。既将驴子杀了,又见小姐还魂。本欲上前搀扶,又要避盟嫂之嫌疑。猛然心生一计:“我何不如此如此呢?”想罢,便高声嚷道:“你们小姐还了魂了!快来救人呀!”又向那角门上噔的一脚,连门带框,俱各歪在一边。他却飞身上房,竟奔柳洪住房去了。

且说巡更之人原是四个,前后半夜倒换。这前半夜的二人正在巡更,猛听得有人说小姐还魂之事,又听得咔嚓一声响亮。二人吓了一跳,连忙顺着声音,打着灯笼一照,见花园角门连门框俱各歪在一边。二人仗着胆子,进了花园,趁着月色,先往敞厅上一看,见棺材盖横在材上。连忙过去细看,见小姐坐在棺内,闭着双睛,口内尚在咕哝。二人见了,悄悄说道:“谁说不是活了呢。快报员外安人去。”刚然回身,只见那边有一块黑忽忽的,不知是什么。打过灯笼一照,却是一个人。内中有个眼尖的道:“伙计,这不是牛驴子么?他如何躺在这里呢?难道昨日停放之后,把他落在这里了?”又听那人道:“这是什么稀泞的?踩了我一脚。嗳哟!怎么他脖子上有个口子呢?敢则是被人杀了。快快报与员外,说小姐还魂了。”

柳洪听了,即刻叫开角门。冯氏也连忙起来,唤齐仆妇丫鬟,俱往花园而来。谁知乳母田氏一闻此言,预先跑来,扶着小姐呼唤,只听小姐嘟哝道:“多承公公指引,叫奴家何以报答?”柳洪、冯氏见了小姐果然活了,不胜欢喜。大家搀扶出来。田氏转身背负着小姐,仆妇帮扶,左右围随,一直来到绣阁安放妥协,又灌姜汤少许,渐渐的苏醒过来。容小姐静一静,定定神,只有乳母田氏与安人、小丫鬟等在左右看顾。柳洪就慢慢的下楼去了。只见更夫仍在楼门之外伺候。柳洪便道:“你二人还不巡更,在此作甚?”二人道:“等着员外回话。还有一宗事呢。”柳洪道:“还有什么事呢?不是要讨赏么?”二人道:“讨赏忙什么呢。咱们花园躺着一个死人呢。”柳洪闻听,大惊道:“如何有死人呢?”二人道:“员外随我们看看就知道了。不是生人,却是个熟人。”

柳洪跟定更夫进了花园,来至敞厅,更夫举起灯笼照看。柳洪见满地是血,战战兢兢看了多时,道:“这不是牛驴子吗?他如何被人杀了呢?”又见棺盖横着,旁边又有一把板斧,猛然省悟,道:“别是他前来开棺盗尸罢?如何棺盖横过来呢?”更夫说道:“员外爷想的不错。只是他被何人杀死呢?难道他见小姐活了,他自己抹了脖子?”柳洪无奈,只得派人看守,准备报官相验。先叫人找了地保来,告诉他此事。地保道:“日前掐死了一个丫鬟,尚未结案;如今又杀了一个家人。所有这些喜庆事情,全出在尊府。此事就说不得了,只好员外爷辛苦辛苦,同我走一趟。”柳洪知道是故意的拿捏,只得进内,取些银两给他们就完了。

不料来至套间屋内,见银柜的锁头落地,柜盖已开,这一惊非同小可,连忙查对散碎银两俱各未动,单单整封银两短了十封。心内这一阵难受,又不是疼,又不是痒,竟不知如何是好。发了会子怔,叫丫鬟去请安人,一面平了一两六钱有零的银算是二两,央求地保呈报。地保得了银子,自己去了。柳洪急回身来至屋内,不觉泪下。冯氏便问:“叫我有什么事?女儿活了,应当喜欢,为何反倒哭起来了呢?莫不成牛驴子死了,你心疼他吗?”柳洪道:“那盗尸贼,我心疼他做什么?”冯氏道:“既不为此,你哭什么?”柳洪便将银子失去十封的话,说了一遍。“因为心疼银子,不觉泪流。这如今意欲报官,故此请你来商议商议。”冯氏听了,也觉一惊。后来听柳洪说要报官,连说:“不可,不可,现在咱们家有两宗人命的大案,尚未完结。如今为丢银子又去报官。别的都不遗失,单单的丢了十封银子。这不是提官府的醒儿吗?可见咱家积蓄多金。他若往歪里一问,只怕再花上十封,也未必能结案。依我说,这十封银子只好忍个肚子疼,算是丢了罢。”柳洪听了此言,深为有理,只得罢了。不过一时时揪着心系子怪疼的。

且说马氏撺掇丈夫前去盗尸,以为手到成功,不想呆呆的等了一夜未见回来,看看的天已发晓,不由的埋怨道:“这王八蛋好生可恶!他不亏我指引明路,教他发财。如今得了手且不回家,又不知填还哪个小妈儿去了。少时他瞎爹若问起来,又该无故唠叨。”正在自言自语埋怨,忽听有人敲门,道:“牛三哥,牛三哥。”妇人答道:“是谁呀? 这么早就来叫门。”说罢,将门开了一看,原来是捡粪的李二。李二一见马氏,便道:“侄儿媳妇,你烦恼呀?”马氏听了,啐道:“呸! 大清早起的,也不嫌个丧气。这是怎么说呢?”李二说:“敢则是丧气。你们驴子叫人杀了。怎么不丧气?”牛三已在屋内听见,便接言道:“李老二,你进屋里来,告诉明白了我,这是怎么一件事情。”李二便进屋内,见了牛三,说:“告诉哥哥说,驴子侄儿不知为何被人杀死在那边花园子里了。你们员外报官了。少时就要来相验呢。”牛三道:“好呀! 你们干的好事呀! 有报应没有? 昨日那么拦你们;你们不听,到底儿遭了报了。这不叫员外受累吗? 李老二,你拉了我去,等着官府来了,我拦验就是了。这不是吗? 我的儿子既死了,我那儿妇是断不能守的,莫若叫她回娘家去罢。这才应了俗语儿了:‘驴的朝东,马的朝西。’”说着话,拿了明杖,叫李二拉着他,竟奔着员外宅里来。见了柳洪,便将要拦验的话说了。柳洪甚是欢喜,又教导了好些话,哪个说的,哪个说不的,怎么具结领尸,编派停当。又将装小姐的棺木挪在闲屋,算是为他买的寿木。及至官府到来,牛三拦验,情愿具结领尸。官府细问情由,方准所呈。不必细表。

且说颜生在监。多亏了雨墨服侍,不至受苦。自从那日过下堂来,至今并未提审,竟不知定了案不曾,反觉得心神不定。忽见牢头将雨墨叫将出来,在狱神庙前,便发话道:“小伙子,你今儿得出去了,我不能只是替你担惊儿。再者你们相公,今儿晚上也该叫他受用受用了。”雨墨见不是话头,便道:“贾大叔,可怜我家相公负屈含冤。望大叔将就将就。”贾牢头道:“我们早已可怜过了。我们若遇见都像你们这样打官司,我们都饿死了。你打量里里外外费用轻呢。就是你那点子银子,一哄儿就结了。俗语说:‘衙门的钱,下水的船。’这总要现了现。你总得想个主意才好呢。难道你们相公就没个朋友吗?”雨墨哭道:“我们从远方投亲而来,这里如何有相知呢。没奈何,还是求大叔可怜我家相公才好。”贾牢头道:“你那是白说。我倒有个主意,你们相公有个亲戚,他不是财主吗。你为甚不弄他的钱呢?”雨墨流泪,道:“那是我家相公的对头,他如何肯资助呢?”贾牢头道:“不是那么说。你与相公商量商量,怎么想个法子将他的亲戚咬出来。我们弄他的银钱,好照应你们相公呀。是这么个主意。”雨墨摇头道:“这个主意却难,只怕我家相公做不出来罢。”贾牢头道:“既如此,你今儿就出去。直不准你在这里!”雨墨见他如此神情,心中好生为难,急得泪流满面,痛哭不止。恨不得跪在地下哀求。

忽见监门口有人叫:“贾头儿,贾头儿,快来哟。”贾牢头道:“是了。我这里说话呢。”那人又道:“你快来,有话说。”贾牢头道:“什么事这么忙?难道弄出钱来我一人使吗?也是大家伙儿分。”那外面说话的,乃是禁子吴头儿。他便问道:“你又驳办谁呢?”贾牢头道:“就是颜查散的小童儿。”吴头儿道:“嗳哟!我的太爷。你怎么惹他呢?人家的照应到了。此人姓白,刚才上衙门口略一点染,就是一百两呀。少时就进来了。你快快好好儿的预备着,伺候着罢。”牢头听了,连忙回身,见雨墨还在那里哭呢。连忙上前道:“老雨呀,你怎么不禁呕呢?说说笑笑,嗷嗷呕呕,这有什么呢。你怎么就认起真来?我问问你,你家相公可有个姓白的朋友吗?”雨墨道:“并没有姓白的。”贾牢头道:“你藏奸。你还恼着我呢。我告诉你,如今外面有个姓白的,瞧你们相公来了。”

说话间,只见该值的头目陪着一人进来,头戴武生巾,身穿月白花氅,内衬一件桃红衬袍,足登官鞋,另有一番英雄气概。雨墨看了,很像金相公,却不敢认。只听那武生叫道:“雨墨,你敢是也在此么?好孩子!真正难为你。”雨墨听了此言,不觉的落下泪来,连忙上前参见,道:“谁说不是金相公呢!”暗暗忖道:“如何连音也改了呢?”他却哪里知道金相公就是白玉堂呢。白五爷将雨墨扶起,道:“你家相公在哪里?”

不知雨墨如何回答,且听下回分解。

第三十八回

替主鸣冤拦舆告状　因朋涉险寄柬留刀

且说白玉堂将雨墨扶起,道:“你家相公在哪里?”贾牢头不容雨墨答言,他便说:“颜相公在这单间屋内,都是小人们伺候。”白五爷道:“好。你们用心服侍,我自有赏赐。”贾牢头连连答应几个“是”。

此时雨墨已然告诉了颜生。白五爷来至屋内,见颜生蓬头垢面,虽无刑具加身,已然形容憔悴,连忙上前执手,道:“仁兄,如何遭此冤枉?”说至此,声音有些惨切。谁知颜生他却毫不动念,说道:“嗐!愚兄愧见贤弟。贤弟到此何干哪?”白五爷见颜生并无忧愁哭泣之状,惟有羞容满面,心中暗暗点头,夸道:“颜生真乃英雄也。”便问:“此事因何而起?”颜生道:“贤弟问他怎么?”白玉堂道:“你我知己弟兄,非泛泛可比。难道仁兄还瞒着小弟不成?”颜生无奈,只得说道:“此事皆是愚兄之过。”便说:“绣红寄柬,愚兄并未看明柬上是何言词。因有人来,便将柬儿放在书内。谁知此柬遗失。到了夜间,就生出此事。柳洪便将愚兄呈送本县。后来亏得雨墨暗暗打听,方知是小姐一片苦心,全是为顾愚兄。愚兄自恨遗失柬约,酿成祸端。兄若不应承,难道还攀扯闺阁弱质,坏她的清白?愚兄惟有一死而已!”白玉堂听了颜生之言,颇觉有理,复转念一想,道:“仁兄知恩报恩,舍己成人,原是大丈夫所为。独不念老伯母在家悬念乎?”一句话却把颜生的伤心招起,不由的泪如雨下。半晌,说道:“事成不改,命中所造,大料难逃。这也是前世冤孽,今生报应,奈何!奈何!愚兄死后,望贤弟照看家母,兄在九泉之下,也得瞑目。”说罢,痛哭不止。雨墨在旁也落泪。白玉堂道:“何至如此!仁兄且自宽心。凡事还要再思,虽则为人,也当为己。闻得开封府包相断事如神,何不到那里去申诉呢?”颜生道:“贤弟此言差矣。此事非是官府屈打成招的,乃是兄自行承认的,又何必向包公那里分辩去呢?”白玉堂道:“仁兄虽如此说,小弟惟恐本县详文若到开封,只怕包相就不容仁兄招认了,那时又当如何?”颜生道:“书云‘匹夫不可夺志也’,况愚兄乎?”

白玉堂见颜生毫无回转之心，他便另有个算计了，便叫雨墨将禁子牢头叫进来。雨墨刚然来到院中，只见禁子牢头正在那里嘁嘁喳喳，指手画脚。忽见雨墨出来，便有二人迎将上来，道："老雨呀，有什么吩咐的吗?"雨墨道："白老爷请你二人呢。"二人听得此话，便狗颠屁股垂儿似的跑向前来。白五爷叫伴当拿出四封银子，对他二人说道："这是银子四封，赏你二人一封，分散众人一封，余下二封便是伺候颜相公的。从此后，颜相公一切事体，全是你二人照管。倘有不到之处，我若闻知，却是不依你们的。"二人屈膝谢赏，满口应承。

白五爷又对颜生道："这里诸事妥协，小弟要借雨墨随我几日，不知仁兄叫他去否?"颜生道："他也在此无事。况此处俱已安置妥协，愚兄也用他不着，贤弟只管将他带去。"谁知雨墨早已领会白五爷之意，便欣然叩辞了颜生，跟随白五爷出了监中。到了无人之处，雨墨便问白五爷道："老爷将小人带出监来，莫非叫小人瞒着我家相公，上开封府呈控么?"一句话问的白五爷满心欢喜，道："怪哉，怪哉！你小小年纪竟有如此聪明，真正罕有。我原有此意，但不知你敢去不敢去?"雨墨道："小人若不敢去，也就不问了。自从那日我家相公招承之后，小人就要上京内开封府控告去。只因监内无人伺候，故此耽延至今。今日又见老爷话语之中，提拨我家相公，我家相公毫不省悟，故此方才老爷一说要借小人跟随几天，小人就明白了是为着此事。"白五爷哈哈大笑，道："我的意思，竟被你猜着了。我告诉你，你相公入了情魔了，一时也化解不开。须到开封府告去，方能打破迷关。你明日到开封府，就把你家相公无故招承认罪原由申诉一番，包公自有断法。我在暗中给你安置安置。大约你家相公就可脱了此灾了。"说罢，便叫伴当给他十两银子。"雨墨道："老爷前次赏过两个锞，小人还没使呢。老爷改日再赏罢。再者小人告状去，腰间也不好多带银子。"白五爷点头，道："你说的也是。你今日就往开封府去，在附近处住下，明日好去伸冤。"雨墨连连称"是"，竟奔开封府去了。

谁知就是此夜，开封府出了一件诧异的事。包公每日五更上朝，包兴、李才预备伺候，一切冠带袍服、茶水羹汤俱各停当，只等包公一呼唤，便诸事整齐。二人正在静候，忽听包公咳嗽，包兴连忙执灯，掀起帘子，来至里屋内。刚要将灯往桌上一放，不觉骇目惊心，失声道："哎哟!"包公在帐子内，便问道："什么事?"包兴道："这是哪里来的刀……刀……刀呀?"包公听见,急披衣坐起,撩起帐子一看,果见是明晃晃的一把钢刀横在桌上,刀下还压着柬帖儿,便叫包兴:"将柬帖拿来我看。"包兴将柬帖从刀下抽出,持着灯递给相爷。一看,见上面有四个大字写着"颜查散冤"。包公忖度①了一分,不解其意,只得净面穿衣,且自上朝,俟散朝后再慢慢的访查。

到了朝中,诸事已完,便乘轿而回。刚至衙门,只见从人丛中跑出个小孩子来,在轿旁跪倒,口称"冤枉"。恰好王朝走到,将他获住。包公轿至公堂,落下轿,立刻升堂,便叫:"带那小孩子。"该班的传出。此时王朝正在角门外问雨墨的名姓,忽听叫:"带小孩子。"王朝嘱咐道:"见了相爷,不要害怕,不可胡说。"雨墨道:"多承老爷教导。"王朝进了角门,将雨墨带上堂去。雨墨便跪倒,向上叩头。

包公问道:"那小孩子叫什么名字?为着何事?诉上来。"雨墨道:"小人名叫雨墨,乃武进县人。只因同我家主人到祥符县投亲,……"包公道:"你主人叫什么名字?"雨墨道:"姓颜名查散。"包公听了"颜查散"三字,暗暗道:"原来果有颜查散。"便问道:"投在什么人家?"雨墨道:"就是双星桥柳员外家。这员外名叫柳洪,他是小主人的姑夫。谁知小主人的姑母三年前就死了,此时却是续娶的冯氏安人。只因柳洪膝下有个姑娘名柳金蝉,是从小儿就许与我家相公为妻。小人的主人原是奉母命前来投亲,一来在此读书,预备明年科考;二来又为的是完姻。谁知柳洪将我主仆二人留在花园居住,敢则是他不怀好意。住了才四天,那日清早,便有本县的衙役前来把我主人拿去了,说我主人无故将小姐的丫鬟绣红掐死在内角门以外。回相爷,小人与小人的主人时刻不离左右,小人的主人并未出花园的书斋,如何会在内角门掐死了丫鬟呢?不想小人的主人被县里拿去刚过一堂,就满口应承,说是自己将丫鬟掐死,情愿抵命。不知是什么缘故?因此小人到相爷台前,恳求相爷与小人的主人作主。"说罢,复又叩头。包公听了,沉吟半晌,便问道:"你家相公既与柳洪是亲戚,想来出入是不避的了?"雨墨道:"柳洪为人极其固执,慢说别人,就是这个续娶的冯氏也未容我家主人相见。主仆在那里四五天,尽在花园书斋居住。所有饭食茶水,俱是小人进内自取,并未派人服侍,很不像待亲

---

① 忖(cǔn)度——推测;揣度。

戚的道理。菜里头连一点儿肉腥也没有。”包公又问道:“你可知道小姐那里,除了绣红还有几个丫鬟呢?”雨墨道:“听得说小姐那里,就只一个丫鬟绣红,还有个乳母田氏。这个乳母却是个好人。”包公忙问道:“怎见得?”雨墨道:“小人进内取茶饭时,她就向小人说:‘园子空落,你们主仆在那里居住须要小心,恐有不测之事。依我说,莫若过一两天,你们还是离了此处好。’不想果然就遭了此事了。”包公暗暗地踌躇①道:“莫非乳母晓得其中原委呢?何不如此如此,看是如何。”想罢,便叫将雨墨带下去,就在班房听候。立刻吩咐差役:“将柳洪并他家乳母田氏分别传来,不许串供。”又吩咐:“到祥符县提颜查散到府听审。”

包公暂退堂,用饭毕,正要歇息,只见传柳洪的差役回来禀道:“柳洪到案。”老爷吩咐:“伺候升堂。”将柳洪带上堂来,问道:“颜查散是你什么人?”柳洪道:“是小老儿内侄。”包公道:“他来此作什么来了?”柳洪道:“他在小老儿家读书,为的是明年科考。”包公道:“闻听得他与你女儿自幼联姻,可是有的么?”柳洪暗暗的纳闷道:“怨不得人说包公断事如神,我家里事他如何知道呢?”至此无奈,只得说道:“是从小儿定下的婚姻。他此来一则为读书预备科考,二则为完姻。”包公道:“你可曾将他留下?”柳洪道:“留他在小老儿家居住。”包公道:“你家丫鬟绣红,可是服侍你女儿的么?”柳洪道:“是从小儿跟随小女儿,极其聪明,又会写,又会算,实实死的可惜。”包公道:“为何死的?”柳洪道:“就是被颜查散扣喉而死。”包公道:“什么时候死的?死于何处?”柳洪道:“及至小老儿知道已有二鼓之半。却是死在内角门以外。”包公听罢,将惊堂木一拍,道:“我把你这老狗,满口胡说!方才你说,及至你知道的时节已有二鼓之半,自然是你的家人报与你知道的。你并未亲眼看见是谁掐死的,如何就知是颜查散相害?这明明是你嫌贫爱富,将丫鬟掐死,有意诬赖颜生。你还敢在本阁跟前支吾么?”柳洪见包公动怒,连忙叩头,道:“相爷请息怒,容小老儿细细的说。丫鬟被人掐死,小老儿原也不知是谁掐死的。只因死尸之旁落下一把扇子,却是颜生的名款,因此才知道是颜生所害。”说罢,复又叩头。包公听了,思想了半晌:“如此看来,定是颜生作下不才之事了。”

又见差役回道:“乳母田氏传到。”包公叫把柳洪带下去,即将田氏带

① 踌躇(chóuchú)——犹豫。

上堂来。田氏哪里见过这样堂威，已然吓得魂不附体，浑身抖衣而战。包公问道："你就是柳金蝉的乳母么？"田氏道："婆……婆子便是。"包公道："丫鬟绣红为何死的？从实说来。"田氏到了此时，哪敢撒谎，便把如何听见员外安人私语要害颜生、自己如何与小姐商议要救颜生、如何叫绣红私赠颜生银两等话说了。"谁知颜姑爷得了财物，不知何故，竟将绣红掐死了。偏偏的又落下了一把扇子，连那个字帖儿。我家员外见了气得了不得，就把颜姑爷送了县了。谁知我家的小姐就上了吊了。"包公听至此，不觉愕然，道："怎么柳金蝉竟自死了么？"田氏道："死了之后又活了。"包公又问道："如何又会活了呢？"田氏道："皆因我家员外安人商量此事，说颜姑爷是头一天进了监，第二天姑娘就吊死了。况且又是未过门之女，这要是吵嚷出去，这个名声儿不好听的。因此就说是小姐病的要死，买口棺材来冲一冲，却悄悄的把小姐装殓了，停放后花园内敞厅上。谁知半夜里有人嚷说：'你们小姐活了！还了魂了！'大家伙儿听见了，过去一看，谁说不是活了呢？棺材盖也横过来了，小姐在棺材里坐着呀。"包公道："棺材盖如何会横过来呢？"田氏道："听说是宅内的下人牛驴子偷偷儿盗尸去，他见小姐活了，不知怎么，他又抹了脖子了。"

包公听毕，暗暗思想道："可惜金蝉一番节烈，竟被无义的颜生辜负了。可恨颜生既得财物，又将绣红掐死，其为人的品行，就不问可知了。如何又有寄柬留刀之事，并有小童雨墨替他申冤呢？"想至此，便叫："带雨墨。"左右即将雨墨带上堂来。包公把惊堂木一拍，道："好狗才！你小小年纪，竟敢大胆蒙混本阁，该当何罪？"雨墨见包公动怒，便向上叩头，道："小人句句是实话，焉敢蒙混相爷。"包公一声断喝："你这狗才，就该掌嘴！你说你主人并未离了书房，他的扇子如何又在内角门以外呢？讲！"

不知雨墨回答什么言语，且听下回分解。

第三十九回

铡斩君衡书生开罪　石惊赵虎侠客争锋

且说包公一声断喝:"哇!你这狗才,就该掌嘴!你说你主人并未离了书房,他的扇子如何又在内角门以外呢?"雨墨道:"相爷若说扇子,其中有个情节。只因柳洪内侄名叫冯君衡,就是现在冯氏安人的侄儿,那一天和我主人谈诗对对子。后来他要我主人扇子瞧,却把他的扇子求我主人写,我家主人不肯写。他不依,他就把我主人的扇子拿去,他说写得了再换。相爷不信,打发人取来,现时仍在笔筒内插着。那把画着船上妇人摇桨的扇子,就是冯君衡的。小人断不敢撒谎。"包公因问出扇子的根由,心中早已明白此事,不由哈哈大笑,十分畅快。立刻出签,捉拿冯君衡到案。

此时祥符县已将颜查散解到。包公便叫将田氏带下去,叫雨墨跪在一旁。将颜生的招状看了一遍,已然看出破绽,不由暗暗笑道:"一个情愿甘心抵命,一个以死相酬自尽,他二人也堪称为义夫节妇了。"便叫:"带颜查散。"

颜生此时镯镣加身,来至堂上,一眼看见雨墨,心中纳闷道:"他到此何干?"左右上来去了刑具。颜生跪倒。包公道:"颜查散抬起头来。"颜查散仰起面来。包公见他虽然蓬头垢面,却是形容秀美良善之人,便问:"你如何将绣红掐死?"颜生便将在县内口供,一字不改,诉将上去。包公点了点头,道:"绣红也真正的可恶。你是柳洪的亲戚,又是客居她家,她竟敢不服呼唤,口出不逊,无怪你愤恨。我且问你,你是什么时候出了书斋?由何路径到内角门?什么时候掐死绣红?她死于何处?讲!"颜生听包公问到此处,竟不能答,暗暗地道:"好利害!好利害!我何尝掐死绣红,不过是恐金蝉出头露面,名节攸关,故此我才招认掐死绣红。如今相爷细细地审问,何时出了书斋,由何路径到内角门,我如何说得出来?"正在为难之际,忽听雨墨在旁哭道:"相公此时还不说明,真个就不念老安人在家悬念么?"颜生一闻此言,触动肝腑,又是着急,又惭愧,不觉泪流满面,向上叩头,道:"犯人实实罪该万死,惟求相爷笔下超生。"说罢,痛哭不止。包公道："还有一事问你。柳金蝉既已寄柬与你，你为何不去，是何缘故？"颜生哭道："哎呀！相爷呀，千错万错在此处。那日绣红送柬之后，犯人刚然要看，恰值冯君衡前来借书，犯人便将此柬掖在案头书内。谁知冯君衡去后，遍寻不见，再也无有。犯人并不知柬中是何言词，如何知道有内角门之约呢？"包公听了，便觉了然。

只见差役回道："冯君衡拿到。"包公便叫颜生主仆下去，立刻带冯君衡上堂。包公见他兔耳莺腮，蛇眉鼠眼，已知是不良之辈，把惊堂木一拍，道："冯君衡，快将假名盗财、因奸致命，从实招来！"左右连声催吓："讲！讲！讲！"冯君衡道："没有什么招的。"包公道："请大刑！"左右将三根木望堂上一撂。冯君衡害怕，只得口吐实情，将如何换扇，如何盗柬，如何二更之时拿了扇柬冒名前去，只因绣红要嚷，如何将她扣喉而死，又如何撇下扇柬，提了包袱银两回转书房，从头至尾，述说一遍。包公问明，叫他画了供，立刻请御刑。王、马、张、赵将狗头铡抬来，还是照旧章程，登时将冯君衡铡了。丹墀之下，只吓得柳洪、田氏以及颜生主仆不敢仰视。

刚将尸首打扫完毕，御刑仍然安放。堂上忽听包公道："带柳洪。"这一声把个柳洪吓得胆裂魂飞，筋酥骨软，好容易挣扎爬至公堂之上。包公道："我把你这老狗！颜生受害，金蝉悬梁，绣红遭害，驴子被杀，以及冯君衡遭刑，全由你这老狗嫌贫爱富而起，致令生者、死者、死而复生者受此大害。今将你废于铡下，大概不委屈你罢？"柳洪听了，叩头碰地，道："实在不屈。望相爷开天地之恩，饶恕①小老儿，改过自新，以赎前愆。"包公道："你既知要赎罪，听本阁吩咐。今将颜生交付与你，就在你家攻书，所有一切费用，你要好好看待。俟明年科考之后，中与不中，即便毕姻。倘颜查散稍有疏虞，我便把你拿来，仍然废于铡下。你敢应么？"柳洪道："小老儿愿意，小老儿愿意。"

包公便将颜查散、雨墨叫上堂来，道："你读书要明大义，为何失大义而全小节？便非志士，乃系腐儒。自今以后，必须改过，务要好好读书。按日期将窗课送来，本阁与你看视。倘得寸进，庶不负雨墨一片为主之心。就是平素之间，也要将他好好看待。"颜生向上叩头，道："谨遵台命。"三个人又从新向上叩头。柳洪携了颜生的手，颜生携了雨墨的手，

---

① 饶恕（shù）——免于责罚。

又是欢喜，又是伤心，下了丹墀，同了田氏一齐回家去了。此案已结。包公退堂，来至书房，便叫包兴："请展护卫。"

你道展爷几时回来的？他却来在颜查散、白玉堂之先，只因腾不出笔来不能叙写。事有缓急，况颜生之案是一气的文字，再也间断不得，如何还有工夫提展爷呢？如今颜查散之案已完，必须要说一番。展爷自从救了老仆颜福之后，那夜便赶到家中，见了展忠，将茉花村比剑联姻之事，述说一回。彼此换剑作了定礼，便将湛卢宝剑给他看了。展忠满心欢喜。展爷又告诉他，现在开封府有一件紧要之事，故此连夜赶回家中，必须早赴东京。展忠道："作皇家官，理应报效朝廷。家中之事全有老奴照管，爷自请放心。"展爷便叫伴当收拾行李备马，立刻起程，竟奔开封府而来。

及至到了开封府，便先见了公孙先生与王、马、张、赵等，却不提白玉堂来京，不过略问了问："一向有什么事故没有？"大家俱言无事，又问展爷道："大哥原告两个月的假，如何恁①早回来？"展爷道："回家祭扫完了，在家无事，莫若早些回来，省得临期匆忙。"也就遮掩过去。他却参见了相爷，暗暗将白玉堂之事回了。包公听了，吩咐严加防范，设法擒拿。展爷退回公所，自有众人与他接风掸尘，一连热闹了几天。展爷却每夜防范，并不见什么动静。

不想由颜查散案中，生出寄柬留刀之事。包公虽然疑心，尚未知虚实，如今此案已经断明，果系"颜查散冤"，应了柬上之言。包公想起留刀之人，退堂后来至书房，便请展爷。展爷随着包兴进了书房，参见包公。包公便提起："寄柬留刀之人，行踪诡密，令人可疑，护卫须要严加防范才好。"展爷道："卑职前日听见主管包兴述说此事，也就有些疑心。这明是给颜查散辨冤，暗里却是透信。据卑职想，留刀之人，恐是白玉堂了。卑职且与公孙策计议去。"包公点头。

展爷退出，来至公所，已然秉上灯烛。大家摆上酒饭，彼此就座。公孙便问展爷道："相爷有何见谕？"展爷道："相爷为寄柬留刀之事，叫大家防范些。"王朝道："此事原为替颜查散明冤。如今既已断明，颜生已归柳家去了，此时又防什么呢？"展爷此时却不能不告诉众人白玉堂来京找寻之事，便将在茉花村比剑联姻，后至芦花荡方知白玉堂进京来找御猫，及

---

① 恁(nèn)——那么；那样。

一闻此言便急急赶来等情由，说了一遍。张龙道："原来大哥定了亲了，还瞒着我们呢。恐怕兄弟们要喝大哥的喜酒。如今既已说出来，明日是要加倍的罚。"马汉道："喝酒是小事，但不知锦毛鼠是怎么个人？"展爷道："此人姓白名玉堂，乃五义之中的朋友。"赵虎道："什么五义？小弟不明白。"展爷便将陷空岛的众人说出，又将绰号儿说与众人听了。公孙先生在旁听得明白，猛然省悟，道："此人来找大哥，却是要与大哥合气的。"展爷道："他与我素无仇隙①，与我合什么气呢？"公孙策道："大哥，你自想想，他们五人号称五鼠，你却号称御猫，焉有猫儿不捕鼠之理？这明是嗔大哥号称御猫之故，所以知道他要与大哥合气。"展爷道："贤弟所说似乎有理。但我这'御猫'乃圣上所赐，非是劣兄有意称猫，要欺压朋友。他若真个为此事而来，劣兄甘拜下风，从此后不称御猫，也未为不可。"众人尚末答言。惟赵虎正在豪饮之间，听见展爷说出此话，他却有些不服气，拿着酒杯，立起身来道："大哥，你老素昔胆量过人，今日何自馁②如此？这'御猫'二字乃圣上所赐，如何改得？倘若是那个什么白糖咧、黑糖咧，他不来便罢；他若来时，我烧一壶开开的水把他冲着喝了，也去去我的滞气。"展爷连忙摆手，说："四弟悄言，岂不闻窗外有耳？"刚说至此，只听拍的一声，从外面飞进一物，不偏不歪，正打在赵虎擎的那个酒杯之上，只听当啷啷一声，将酒杯打了个粉碎。赵爷吓了一跳，众人无不惊骇。

只见展爷早已出席，将槅扇虚掩，回身复又将灯吹灭。便把外衣脱下，里面却是早已结束停当的。暗暗的将宝剑拿在手中，却把槅扇假做一开，只听拍的一声，又是一物打在槅扇上。展爷这才把槅扇一开，随着劲一伏身窜将出去，只觉得迎面一股寒风，嗖的就是一刀。展爷将剑扁着往上一迎，随招随架。用目在星光之下仔细观瞧，见来人穿着簇青的夜行衣靠，脚步伶俐，依稀是前在苗家集见的那人。二人也不言语，惟听刀剑之声，叮当乱响。展爷不过招架，并不还手。见他刀刀逼紧，门路精奇，南侠暗暗喝采，又想道："这朋友好不知进退。我让着你，不肯伤你，又何必赶尽杀绝，难道我还怕你不成？"暗道："也叫他知道知道。"便把宝剑一横，等刀临近，用个鹤唳长空势，用力往上一削，只听噌的一声，那人的刀已分

① 仇隙——仇恨。

② 馁(něi)——失掉勇气。

为两段，不敢进步。只见他将身一纵已上了墙头，展爷一跃身也跟上去；那人却上了耳房，展爷又跃身而上；及至到了耳房，那人却上了大堂的房上；展爷赶至大堂房上，那人一伏身越过脊去。展爷不敢紧追，恐有暗器，却退了几步。从这边房脊刚要越过，瞥见眼前一道红光，忙说“不好”，把头一低，刚躲过面门，却把头巾打落。那物落在房上，咕噜噜滚将下去，方知是个石子。

原来夜行人另有一番眼力，能暗中视物，虽不真切，却能分别。最怕猛然火光一亮，反觉眼前一黑。犹如黑天在灯光之下，乍从屋内来，必须略站片时，方觉眼前光亮些。展爷方才觉眼前有火光亮一晃，已知那人必有暗器，赶紧把头一低，所以将头巾打落。要是些微力笨点的，不是打在面门之上，重点打下房来咧！此时展爷再往脊的那边一望，那人早已去了。此际公所之内，王、马、张、赵带领差役，灯笼火把，各执器械，俱从角门绕过，遍处搜查，哪里有个人影儿呢？惟有愣爷赵虎怪叫吆喝，一路乱嚷。

展爷已从房上下来，找着头巾，同到公所，连忙穿了衣服，与公孙先生来找包兴，恰遇包兴奉了相爷之命来请二人。二人即便随同包兴一同来至书房，参见了包公，便说方才与那人交手情形。“未能拿获，实卑职之过。”包公道：“黑夜之间焉能一战成功。据我想来，惟恐他别生枝叶，那时更难拿获，倒要大费周折呢。”又嘱咐了一番：“阖①署务要小心。”展爷与公孙先生连连答应。二人退出，来至公所，大家计议。惟有赵虎撅着嘴，再也不言语了。自此夜之后，却也无甚动静，惟有小心而已。

未知后事如何，且听下回分晓。

---

① 阖(hé)——同“闔”，全；总共。

第四十回

思寻盟弟遣使三雄　欲盗赃金纠合五义

且说陷空岛卢家庄那钻天鼠卢方，自从白玉堂离庄，算来将有两月，未见回来，又无音信，甚是放心不下，每日里嗐声叹气，坐卧不安，连饮食俱各减了。虽有韩、徐、蒋三人劝慰，无奈卢方实心忠厚，再也解释不开。

一日，兄弟四人同聚于待客厅上。卢方道："自我兄弟结拜以来，朝夕相聚，何等快乐。偏是五弟少年心性，好事逞强，务必要与什么'御猫'较量。至今去了两月有余，未见回来，劣兄好生放心不下。"四爷蒋平道："五弟未免过于心高气傲，而且不服人劝。小弟前次略略说了几句，险些儿与我反目。据我看来，惟恐五弟将来要从这上头受害呢。"徐庆道："四弟再休提起。那日要不是你说他，他如何会私自赌气走了呢？全是你多嘴的不好。那有你三哥也不会说话，也不劝他的好呢。"卢方见徐庆抱怨蒋平，惟恐他二人分争起来，便道："事已至此，别的暂且不必提了。只是五弟此去倘有疏虞①，那时怎了？劣兄意欲亲赴东京寻找寻找，不知众位贤弟以为如何？"蒋平道："此事又何必大哥前往。既是小弟多言，他赌气去了，莫若小弟去寻他回来就是了。"韩彰道："四弟是断然去不得的。"蒋平道："却是为何？"韩彰道："五弟这一去必要与姓展的分个上下，倘若得了上风，那还罢了；他若拜了下风，再想起你的前言，如何还肯回来。你是断去不得的。"徐庆接言道："待小弟前去如何？"卢方听了，却不言语，知道徐庆为人粗鲁，是个浑愣，他这一去，不但不能找回五弟，巧咧，倒要闹出事来。韩彰见卢方不语，心中早已明白了，便道："三弟要去，待劣兄与你同去如何？"卢方听韩彰要与徐庆同去，方答言道："若得二弟同去，劣兄稍觉放心。"蒋平道："此事因我起见，如何二哥、三哥辛苦，小弟倒安逸呢？莫若小弟也同去走一遭如何？"卢方也不等韩彰、徐庆说，便答言道："若是四弟同去，劣兄更觉放心。明日就与三位贤弟饯行便了。"

---

① 疏虞(yú)——疏忽。

忽见庄丁进来禀道："外面有凤阳府柳家庄柳员外求见。"卢方听了，便问道："此系何人？"蒋平道："弟知此人，他乃金头太岁甘豹的徒弟，姓柳名青，绰号白面判官。不知他来此为着何事？"卢方道："三位贤弟且先回避，待劣兄见他，看是如何。"吩咐庄丁："快请。"卢方也就迎了出去。柳青同了庄丁进来，见他身量却不高大，衣服甚是鲜明，白馥馥一张面皮，暗含着恶态，叠暴着环睛，明露着诡计多端。彼此相见，各通姓名。卢方便执手，让至待客厅上，就座献茶。

卢爷便问道："久仰芳名，未能奉谒。今蒙降临，有屈台驾。不见有何见教？敢乞明示。"柳青道："小弟此来不为别事。只因仰慕卢兄行侠尚义，故此斗胆前来，殊觉冒昧。大约说出此事，决不见责。只因敝处太守孙珍乃兵马司孙荣之子，却是太师庞吉之外孙。此人淫欲贪婪，剥削民脂，造恶多端，概难尽述。刻下为与庞吉庆寿，他备得松景八盆，其中暗藏黄金千两，以为趋奉献媚之资。小弟打听得真实，意欲将此金劫下。非是小弟贪爱此金，因敝处连年荒旱，即以此金变了价，买粮米赈济，以抒民困。奈弟独力难成，故此不辞跋涉，仰望卢兄帮助是幸！"卢方听了，便道："弟蜗居山庄，原是本分人家。虽有微名，并非要结而得。至行劫窃取之事，更不是我卢方所为。足下此来，竟自徒劳。本欲款留盘桓几日，惟恐有误足下正事，反为不美。莫若足下早早另为打算。"说罢，一执手，道："请了。"柳青听卢方之言，只气的满面通红，把个白面判官竟成了红面判官了，暗道："真乃闻名不如见面，原来卢方是这等人！如此看来，义在哪里？我柳青来的不是路了。"站起身来，也说一个"请"字，头也不回，竟出门去了。

谁知庄门却是两个相连，只见那边庄门出来了一个庄丁，迎头拦住，道："柳员外暂停贵步，我们三位员外到了。"柳青回头一看，只见三个人自那边过来。仔细留神，见三个人高矮不等，胖瘦不一，各具一种豪侠气概。柳青只得止步，问道："你家大员外既已拒绝于我，三位又系何人？请言其详。"蒋平向前道："柳兄不认得小弟了么？小弟蒋平。"指着二爷、三爷道："此是我二哥韩彰，此是我三哥徐庆。"柳青道："久仰，久仰！失敬，失敬！请了。"说罢，回身就走。

蒋平赶上前，说道："柳兄不要如此，方才之事弟等皆知。非是俺大哥见义不为，只因这些日子心绪不定，无暇及此，诚非有意拒绝尊兄，望乞海涵。弟等情愿替大哥赔罪。”说罢，就是一揖。柳青见蒋平和容悦色，殷勤劝慰，只得止步转身，道：“小弟原是仰慕众兄的义气干云，故不辞跋涉而来。不料令兄竟如此固执，使小弟好生的惭愧。”二爷韩彰道：“实是大兄长心中有事，言语梗直，多有得罪。柳兄不要介怀。弟等请柳兄在这边一叙。”徐庆道：“有话不必在此叙谈，咱们且到那边再说不迟。”柳青只得转步，进了那边庄门，也有五间客厅。韩爷将柳青让至上面，三人陪坐，庄丁献茶。蒋平又问了一番凤阳太守贪赃受贿、剥削民膏的过恶，又问：“柳兄既有此举，但不知用何计策？”柳青道：“弟有师傅的蒙汗药断魂香。到了临期，只须如此如此，便可成功。”蒋爷、韩爷点了点头，惟有徐爷鼓掌大笑，连说：“好计，好计！”大家欢喜。

蒋爷又对徐、韩二位道：“二位哥哥在此陪着柳兄，小弟还要到大哥那边一看。此事须要瞒着大哥。如今你我俱在这边，惟恐工夫大了，大哥又要烦闷。莫若小弟去到那里，只说二哥、三哥在这里打点行装。小弟在那里陪着大哥，二位兄长在此陪着柳兄，庶乎两便。”韩爷道：“四弟所言甚是。你就过那边去罢。”徐庆道：“还是四弟有算计。快去，快去。”蒋爷别了柳青，与卢方解闷去了。

这里柳青便问道：“卢兄为着何事烦恼？”韩爷道：“嗳！说起此事来，全是五弟任性胡为。”柳青道：“可是呀。方才卢兄提白五兄进京去了，不知为着何事？”韩彰道：“听得东京有个号称御猫姓展的，是老五气他不过，特特前去会他。不想两月有余，毫无信息。因此大哥又是思念，又是着急。”柳青听至此，叹道：“原来卢兄特为五弟不耐烦。这样爱友的朋友，小弟几乎错怪了。然而大哥与其徒思无益，何不前去找寻呢？”徐庆道：“何尝不是呢。原是俺要去找老五，偏偏的二哥、四弟要与俺同去。若非他二人耽搁，此时俺也走了五六十里路了。”韩爷道：“虽则耽延程途，幸喜柳兄前来，明日正好同往，一来为寻五弟，二来又可暗办此事，岂不是两全其美么？”柳青道：“既如此，二位兄长就打点行装，小弟在前途恭候，省得卢兄看见，又要生疑。”韩爷道：“到此焉有不待酒饭之理。”柳青笑道：“你我非酒肉朋友，吃喝是小事，还是在前途恭候的为是。”说罢，立起身来。韩爷、徐庆也不强留，定准了时刻地方，执手告别。

韩、徐二人送了柳青去后，也到这边来，见了卢方，却不提柳青之事。到了次日，卢方预备了送行的酒席，弟兄四人吃喝已毕。卢方又嘱咐了许多的言语，方将三人送出庄门，亲看他们去了，立了多时，才转身回去。他三人趱步①向前，竟赴柳青的约会去了。

他等只顾劫取孙珍的寿礼，未免耽延时日。不想白玉堂此时在东京，闹下出类拔萃的乱子来了。自从开封府夤夜与南侠比试之后，悄悄回到旅店，暗暗思忖道："我看姓展的本领果然不差。当初我在苗家集曾遇夜行之人，至今耿耿在心。今见他步法形景，颇似当初所见之人，莫非苗家集遇见的就是此人？若真是他，倒是我意中朋友。再者南侠称猫之号，原不是他出于本心，乃是圣上所赐。圣上只知他的技艺巧于猫，如何能够知道锦毛鼠的本领呢。我既到了东京，何不到皇宫内走走？倘有机缘，略略施展施展，一来使当今知道我白玉堂；二来也显显我们陷空岛的人物；三来我做的事，圣上知道，必交开封府。既交到开封府，再没有不叫南侠出头的。那时我再设个计策，将他诓入陷空岛奚落他一场，是猫儿捕了耗子，还是耗子咬了猫？纵然罪犯天条，斧钺加身，也不枉我白玉堂虚生一世。哪怕从此倾生，也可以名传天下。但只一件，我在店中存身不大稳便。待我明日找个很好的去处隐了身体，那时叫他们望风捕影，也知道姓白的利害。"他既横了心，立下此志，就不顾什么纪律了。

单说内苑万代寿山有总管姓郭名安，他乃郭槐之侄。自从郭槐遭诛之后，他也不想想所做之事，该剐不该剐。他却自具一偏之见，每每暗想道："当初咱叔叔谋害储君，偏偏的被陈林救出，以致久后事犯被戮。细细想来，全是陈林之过，必是有意与郭门作对。再者当初我叔叔是都堂，他是总管，尚且被他治倒，置之死地。何况如今他是都堂，我是总管。倘或想起前仇，咱家如何逃出他的手心里呢？以大压小，更是容易。怎么想个法子，将他害了，一来与叔叔报仇，二来也免得每日担心。"

一日晚间，正然思想，只见小太监何常喜端了茶来，双手捧至郭安面前。郭安接茶慢饮。这何太监年纪不过十五六岁，极其伶俐，郭安素来最喜欢他。他见郭安默默不语，如有所思，便知必有心事，又不敢问，只得搭讪着说道："前日雨前茶，你老人家喝着没味儿。今日奴婢特向都堂那里，合伙伴们寻一瓶上用的龙井茶来，给你老人家泡了一小壶儿。你老人家喝着这个如何？"郭安道："也还罢了。只是以后你倒要少往都堂那边

① 趱（zǎn）步——快步走。

去。他那里黑心人多,你小孩子家懂的什么。万一叫他们害了,岂不白白把个小命送了么?”何常喜听了,暗暗辗转道:“听他之言,话内有因。他别与都堂有什么拉拢罢?我何不就棍打腿探探呢!”便道:“敢则是这么着呢?若不是你老人家教导,奴婢哪里知道呢。但只一件,他们是上司衙门,往往的捏个短儿,拿个错儿,你老人家还担得起;若是奴婢,哪里搁得住呢,一来年轻,二来又不懂事。时常去到那里,叔叔长,大爷短,合他们鬼混,明是讨他们好儿,暗里却是打听他们的事情。就是他们安着坏心,也不过仗着都堂的威势欺人罢了。”郭安听了,猛然心内一动,便道:“你常去,可听见他们有什么事没有呢?”何常喜道:“却倒没有听见什么事。就是昨日奴婢寻茶去,见他们拿着一匣人参,说是圣上赏都堂的。因为都堂有了年纪,神虚气喘,咳声不止,未免是当初操劳太过,如今百病趁虚而入。因此赏参,要加上别的药味,配什么药酒。每日早晚喝些,最是消除百病,益寿延年。”郭安闻听,不觉发恨,道:“他还要益寿延年!恨不能他立刻倾生,方消我心头之恨。”

不知郭安怎生谋害陈林,下回分解。

第四十一回

忠烈题诗郭安丧命　开封奉旨赵虎乔妆

且说何太监听了一怔，说："奴婢瞧都堂为人行事，却是极好的，而且待你老人家不错，怎么这样恨他呢？想来都堂是他跟的人不好，把你老人家闹寒了心咧！"郭安道："你小人家不懂的圣人的道理。圣人说：'父母之仇不共戴天。'他害了我的叔叔，就如父母一般，我若不报此仇，岂不被人耻笑呢？我久怀此心，未得其便。如今他既用人参作酒，这是天赐其便。"何太监暗暗想道："敢则与都堂原有仇隙？怨不得他每每的如有所思呢。但不知如何害法？我且问明白了，再作道理。"便道："他用人参，乃是补气养神的，你老人家怎么倒说天赐其便呢？"郭安道："我且问你，我待你如何？"常喜道："你老人家是最疼爱我的，真是吃虱子落不下大腿，不亚如父子一般，谁不知道呢！"郭安道："既如此，我这一宗事也不瞒你。你若能帮着我办成了，我便另眼看待于你。咱们就认为义父子，你心下如何呢？"何太监听了，暗忖道："我若不应允，必与别人商议。那时不但我不能知道，反叫他记了我的仇了。"便连忙跪下，道："你老人家若不憎嫌，儿子与爹爹磕头。"郭安见他如此，真是乐的了不得，连忙扶起来，道："好孩子，真令人可疼，往后必要提拔于你。只是此事须要严密，千万不可泄漏。"何太监道："那是自然，何用你老人家嘱咐呢。但不知用儿子做什么？"郭安道："我有个漫毒散的方子，也是当初老太爷在日，与尤奶奶商议的，没有用着。我却记下这个方子。此方最忌的是人参。若吃此药，误用人参，犹如火上浇油，不出七天，必要命尽无常。这都是'八反'里头的。如今将此药放在酒里请他来吃。他若吃了，回去再一喝人参酒，毒气相攻，虽然不能七日身亡，大约他有年纪的人了，也就不能多延时日，又不露痕迹。你说好不好？"何太监说："此事却用儿子做什么呢？"郭安道："你小人家又不明白了。你想想，跟都堂的哪一个不是鬼灵精儿似的？若请他吃酒，用两壶斟酒，将来有个好歹，他们必疑惑是酒里有了毒了，那还了得么？如今只用一把壶斟酒，这可就用着你了。"何太监道：

“一个壶里,怎么能装两样酒呢?这个闷杀人咧。”郭安道:“原是呀,为什么必得用你呢?你进屋里去,在博古阁子上,把那把洋錾填金的银酒壶拿来。”

何常喜果然拿来,在灯下一看,见此壶比平常酒壶略粗些,底儿上却有两个窟窿。打开盖一瞧,见里面中间却有一层隔膜圆桶儿。看了半天,却不明白。郭安道:“你瞧不明白,我告诉你罢。这是人家送我的玩意儿。若要灌人的酒,叫他醉了,就用着这个了。此壶名叫‘转心壶’。待我试给你看。”将方才喝的茶还有半碗,揭开盖,灌入左边。又叫常喜舀了半碗凉水,顺着右边灌入。将盖盖好,递与何常喜,叫他斟。常喜接过,斟了半天,也斟不出来。郭安哈哈大笑,道:“傻孩子,你拿来罢,别呕我了,待我斟给你看。”常喜递过壶去。郭安接来,道:“我先斟一杯水。”将壶一低,果然斟出水来。又道:“我再斟一杯茶。”将壶一低,果然斟出茶来。常喜看了纳闷,道:“这是什么缘故呢?好老爷子,你老细细告诉孩儿罢。”郭安笑道:“你执着壶靶,用手托住壶底。要斟左边,你将右边窟窿堵住;要斟右边,将左边窟窿堵住,再没有斟不出来的。千万要记明白了,你可知道了?”何太监道:“话虽如此说,难道这壶嘴儿他也不过味么?”郭安道:“灯下难瞧。你明日细细看来,这壶嘴里面也是有隔舌的,不过灯下斟酒,再也看不出来的。不然,如何人家能不犯疑呢?一个壶里吃酒还有两样么?哪里知道真是两样呢。这也是能人巧制,想出这蹊跷法子来。且不要说这些。我就写了帖儿,你此时就请去。明日是十五,约他在此赏月。他若果来,你可抱定酒壶,千万记了左右窟窿,好歹别斟错了,那可不是玩的。”何常喜答应,拿了帖子,便奔都堂这边来了。

刚过太湖石畔,只见柳荫中蓦然①出来一人,手中钢刀一晃,光华夺目。又听那人说道:“你要嚷,就是一刀!”何常喜吓得哆嗦作一团。那人悄悄道:“俺将你捆缚好了,放在太湖石畔柳树之下。若明日将你交到三法司或开封府,你可要直言申诉。倘若隐瞒,我明晚割你的首级。”何太监连连答应,束手就缚。那人一提,将他放在太湖石畔柳荫之下。又叫他张口,填了一块棉絮。执着明晃晃的刀,竟奔郭安屋中而来。

这里郭安呆等小太监何常喜,忽听脚步声响,以为是他回来,便问道:

① 蓦(mò)然——不经心地;猛然。

"你回来了么?"外面答道:"俺来也。"郭安一抬头,见一人持利刃,只吓得嚷了一声"有贼",谁知头已落地。外面巡更太监忽听嚷了一声,不见动静,赶来一看,但见郭安已然被人杀死在地。这一惊非同小可,急去回禀了执事太监,不敢耽延,回禀都堂陈公公,立刻派人查验。又在各处搜寻,于柳荫之下救了何常喜,松了绑背,掏出棉絮,容他喘息。问他,他却不敢说,止于说:"捆我的那个人曾说来,叫我到三法司或开封府方敢直言实说;若说错了,他明晚还要取我的首级呢!"众人见他说的话内有因,也不敢追问,便先回禀了都堂。都堂添派人好生看守,待明早启奏便了。

次日五鼓,天子尚未临朝。陈公公进内,请了圣安,便将万代寿山总管郭安不知被何人杀死,并将小太监何常喜被缚,一切言语,俱各奏明。仁宗闻奏,不由得诧异,道:"朕之内苑如何敢有动手行凶之人?此人胆量也就不小呢!"就将何常喜交开封府审讯。陈公公领旨,才待转身,天子又道:"今乃望日,朕要到忠烈祠拈香,老伴伴随朕一往。"陈林领旨出来,先传了将何常喜交开封府的旨意,然后又传圣上到忠烈祠拈香的旨意。

掌管忠烈祠太监知道圣上每逢朔望日①必要拈香,早已预备。圣上排驾到忠烈祠,只见杆上黄幡飘荡,两边鼓响钟鸣。圣上来至内殿,陈伴伴紧紧跟随。正面塑着忠烈寇承御之像,仍是宫妆打扮,却是站像;两边也塑着随侍的四个配像。天子朝上默祝拈香,虽不下拜,那一番恭敬,也就至诚的很呢。拈香已毕,仰观金像。惟有陈公公在旁,见塑像面貌如生,不觉的滴下泪来,又不敢哭,连忙拭去。谁知圣上早已看见,便不肯注视,反仰面瞧了瞧佛门宝幡②。猛回头,见西山墙山花之内字迹淋漓,心中暗道:"此处却有何人写字?"不觉移步近前仰视。老伴伴见圣上仰面看视,心中也自狐疑:"此字是何人写的呢?"幸喜字体极大,看得真切,却是一首五言绝句诗。写的是:"忠烈保君王,哀哉杖下亡。芳名垂不朽,博得一炉香。"词语虽然粗俗,笔气极其纵横,而且言简意深,包括不遗。

---

① 朔(shuò)望日——朔日和望日。朔日,指农历每月初一。望日,指月亮圆的那一天,即农历每月十五日,有时是十六或十七日,但通常指农历每月十五日。

② 宝幡(fān)——一种窄长的旗子,垂直悬挂。

圣上便问道："此诗何人所写?"陈林道："奴婢不知,待奴婢问来。"转身将管祠的太监唤来,问此诗的来由。这人听了,只吓得惊疑不止,跪奏道："奴婢等知道今日十五,圣上必要亲临。昨日带领多人细细掸扫,拂去浮尘,各处留神,并未见有此诗句。如何一夜之间,竟有人擅敢题诗呢?奴婢实系不知。"仁宗猛然省悟,道："老伴伴,你也不必问了,朕却明白此事。你看题诗之处,非有出奇的本领之人,再也不能题写;郭安之死,非有出奇的本领之人,再也不能杀死。据朕想来,题诗的即是杀人的,杀人的就是题诗的。且将首相包卿宣来见朕。"

不多时,包公来到,参见了圣驾。天子便将题诗杀命的原由说了一番。包公听了,(正因白玉堂闹了开封府之后,这些日子并无动静,不想他却来在禁院来了。)不好明言,只得启奏："待臣慢慢访查。"却又踏看了一番,并无形迹。便护从圣驾还宫,然后急急乘轿回衙,立刻升堂,将何常喜审问。何太监便将郭安定计如何要谋害陈林,"现有转心壶,还有茶水为证。"并将捆他那人如何形相面貌衣服,说的是何言语,一字不敢撒谎,从实诉将出来。包公听了,暂将何太监令人看守,便回转书房,请了展爷公孙策来,大家商酌一番。二人也说："此事必是白玉堂所为无疑,须要细细查访才好。"二人别了包公,来到官厅,又与四义士一同聚议。

次日包公入朝,将审何常喜的情由奏明。天子闻听,更觉欢喜,称赞道："此人虽是暗昧,他却秉公除奸,行侠作义,却也是个好人。卿家必须细细访查。不拘时日,务要将此人拿住,朕要亲览。"包公领旨,到了开封,又传与众人。谁不要建立此功,从此后处处留神,人人小心,再也毫无影响。

不料愣爷赵虎,他又想起当初扮化子访得一案实在的兴头,如今何不照旧再走一趟呢!因此叫小子又备了行头。此次却不隐藏,改扮停当,他就从开封府角门内,大摇大摆地出来,招得众人无不嘲笑。他却鼓着腮帮子,当正经事办,以为是私访不可亵渎。其中就有好性儿的跟着他,三三两两在背后指指戳戳。后来这三两个人见跟的人多了,他们却煞住脚步,别人却跟着不离左右。赵虎一想："可恨这些人没有开过眼,连一个讨饭的也没瞧见过,真是可厌得很咧!"

要知如何,且听下回分解。

第四十二回

以假为真误拿要犯　将差就错巧讯赃金

且说赵虎扮做化子,见跟的人多了,一时性发,他便拽开大步,飞也似的跑了二三里之遥,看了看左右无人,方将脚步放缓了,往前慢步。谁知方才众人围绕着,自己以为得意,却不理会。及至剩了一人,他把一团高兴也过去了,就觉着一阵阵的风凉。先前还挣扎的住,后来便合着腰儿,渐渐握住胸脯。没奈何,又双手抱了肩头,往前颠跑。偏偏的日色西斜,金风透体,哪里还搁的住呢。两只眼睛东瞧西望,见那壁厢有一破庙,山门倒坏,殿宇坍塌,东西山墙孤立。便奔到山墙之下,蹲下身体,以避北风。自己未免后悔,不该穿着这样单寒行头,理应穿一分破烂的棉衣才是。凡事不可粗心。

正在思想,只见那边来了一人,衣衫褴褛,与自己相同,却夹着一捆干草,竟奔到大柳树之下,扬手将草顺在里面。却见他扳住柳枝,将身一纵,钻在树窟窿里面去了。赵虎此时见那人,觉得比自己暖和多了,恨不得也钻在里面暖和暖和才好,暗暗想道:“往往到了饱暖之时,便忘却了饥寒之苦。似我赵虎每日在开封府,饱食暖衣,何等快乐。今日为私访而来,遭此秋风,便觉得寒冷之甚。见他钻入树窟,又有干草铺垫,似这等看来,他那人就比我这六品校尉强多了。”心里如此想,身上更觉得打噤儿。

忽见那边又来一人,也是褴褛不堪,却也抱着一捆干草,也奔了这棵枯树而来。到了跟前,不容分说,将草往里一抛。只听里面人哎哟道:“这是怎么了?”探出头来一看,道:“你要留点神呀!为何闹了我一头干草呢?”外边那人道:“老兄恕我不知。敢则是你早来了。没奈何,匀便匀便。咱二人将就在一处,又暖和,又不寂寞。我还有话合你说呢。”说着话,将树枝扳住,身子一纵,也钻入树窟之内。只听先前那人道:“我一人正好安眠,偏偏的你又来了,说不得只好打坐功了。”又听后来那人道:“大厦千间,不过身眠七尺。咱二人虽则穷苦,现有干草铺垫,又温又暖,也算罢了,此时管保就有不如你我的。”

赵虎听了，暗道："好小子！这是说我呢。我何不也钻进去，作个不速之客[①]呢？"刚然走到树下，又听那人道："就以开封府说吧，堂堂的首相，他竟会一夜一夜大睁着眼睛，不能安睡。难道他老人家还短了暖床热被么？只因国事操心，日夜焦劳，把个大人愁的没有困了。"赵虎听了，暗暗点头。又听这个问道："相爷为什么睡不着呢？"那人又道："怎么你不知道么？只因新近宫内不知什么人在忠烈祠题诗，又在万寿山杀命，奉旨把此事交到开封府查问细访。你说这个无影无形的事情，往哪里查去？"忽听这个道："此事我虽知道，我可没那么大胆子上开封府。我怕惹乱子，不是玩的。"那人道："这怕什么呢？你还丢什么吗？你告诉我，我帮着你好不好？"这人道："既是如此，我告诉你。前日咱们鼓楼大街路北，那不是吉升店么？来了一个人，年纪不大，好俊样儿，手下带着从人，骑着大马，将那么一个大店满占了，说要等他们伙伴，声势很阔。因此我暗暗打听，只是听说此人姓孙，他与宫中有什么拉拢，这不是这件事么？"赵爷听见，不由的满心欢喜，把冷付于九霄云外，一口气便跑回开封府，立刻找了包兴，回禀相爷，如此如此。

包公听了，不能不信，只得多派差役跟随赵虎，又派马汉、张龙一同前往，竟奔吉升店门。将差役安放妥当，然后叫开店门。店里不知为着何事，连忙开门。只见愣爷赵虎当先，便问道："你这店内可有姓孙的么？"小二含笑道："正是前日来的。"四爷道："在哪里？"小二道："现在上房居住，业已安歇了。"愣爷道："我们乃开封府奉相爷钧谕，前来拿人。逃走了，惟你是问。"店小二听罢，忙了手脚。愣爷便唤差役人等，叫小二来，将上房门口堵住。叫小二叫唤，说："有同事人找呢。"只听里面应道："想是伙计赶到了，快请。"只见跟从之人开了槅扇，赵爷当先来到屋内。从人见不是来头，往旁边一闪。愣爷却将软帘向上一掀，只见那人刚才下地，衣服尚在掩着。赵爷急上前一把抓住，说道："好贼呀！你的事犯了。"只听那人道："足下何人？放手，有话好说。"赵虎道："我若放手，你不跑了么？实对你说，我们乃开封府来的。"那人听了"开封府"三字，便知此事不妥。赵爷道："奉相爷钧谕，特来拿你。若不访查明白，敢拿人么？有什么话，你只好上堂说去。"说罢，将那人往外一拉，喝声："捆了！"

---

① 不速之客——指没有邀请而自己来的客人。速，邀请。

又吩咐各处搜寻，却无别物，惟查包袱内有书信一包。赵爷却不认得字，将书信撂在一边。

此时马汉、张龙知道赵爷成功，连忙进来，正见赵爷将书信撂在一边。张龙忙拿起灯来一看，上写"内信两封"，中间写"平安家报"，后面有年月日，"凤阳府署密封"。张爷看了，就知此事有些舛错。当着大众不好明言，暗将书信揣起，押着此人，且回衙门再作道理。店家也不如何故，难免提心吊胆。

单言众人来到开封府，急速禀报了相爷。相爷立刻升堂。赵虎当堂交差，当面去缚。张龙却将书信呈上。包公看了，便知此事错了，只得问道："你叫何名？因何来京？讲！"左右连声催喝。那人磕头，碰地有声。他却早已知道开封府非别的衙门可比，战兢兢回道："小人乃……乃凤阳府太守孙……孙珍的家人，名唤松……松福，奉了我们老爷之命，押解寿礼给庞太师上寿。"包公道："什么寿礼？现在哪里？"松福道："是八盆松景。小人有个同伴之人名唤松寿，是他押着寿礼，尚在路上，还没到呢。小人是前站，故此在吉升店住着等候。"包公听了，已知此事错拿无疑，只是如何开放呢？此时赵爷听了松福之言，好生难受。

忽见包公将书皮往复看了，便问道："你家寿礼内，你们老爷可有什么夹带？从实诉上来！"只此一问，把个松福吓得抖衣而战，形色仓皇。包公是何等样人，见他如此光景，把惊堂木一拍，道："好狗才！你还不快说么？"松福连连叩头，道："相爷不必动怒，小人实说，实说。"心中暗想道："好利害！怨的人说开封府的官司难打，果不虚传。怪道方才拿我时，说我事犯了。'若不访查明白，如何敢拿人呢？'这些话明是知道，我如何隐瞒呢？不如实说了，省得皮肉受苦。"便道："实系八盆松景，内暗藏着万两黄金，惟恐路上被人识破，故此埋在花盆之内。不想相爷神目如电，早已明察秋毫，小人再不敢隐瞒。不信，老爷看书信便知。"包公便道："这里面书信二封，是给何人的？"松福道："一封是小人的老爷给小人的太老爷的，一封是给庞太师的。我们老爷原是庞太师的外孙。"包公听了点头，叫将松福带下去，好生看守。

你道包公如何知道有夹带呢？只因书皮上有"密封"二字，必有怕人知晓之事，故此揣度必有夹带。这便是才略过人，心思活泼之处。

包公回转书房，便叫公孙先生急缮奏摺，连书信一并封入。次日进朝,奏明圣上。天子因是包公参奏之摺,不便交开封审讯,只得着大理寺文彦博讯问。包公便将原供并松福俱交大理寺。文彦博过了一堂,口供相符,便派差役人等前去要截凤阳太守的礼物,不准落于别人之手。立刻抬至当堂,将八盆松景从板箱抬出一看,却是用松针扎成的"福如东海寿比南山"八个大字,却也做的新奇。此时也顾不的松景,先将"福"字拔出,一看里面并无黄金,却是空的。随即逐步看去,俱是空的,并无黄金。惟独"山"字盆内,有一个象牙牌子,上面却有字迹,一面写着"无义之财",一面写着"有意查收"。文大人看了,便知此事诧异,即将松寿带上堂来,问他路上却遇何人。松寿禀道:"路上曾遇四个人带着五六个伴当,我们一处住宿,彼此投机,同桌吃饭饮酒。不知怎么沉醉,人事不知,竟被这些人将金子盗去。"文大人问明此事,连牙牌子回奏圣上。

圣上就将此事交包公访查,并传旨内阁发抄,说:"凤阳府知府孙珍年幼无知,不称斯职,着立刻解职来京。松福、松寿即行释放,着无庸议。"庞太师与他女婿孙荣知道此事,不能不递摺请罪。圣上一概宽免。惟独包公又添上一宗为难事,暗暗访查,一时如何能得。就是赵虎听了旁言误拿了人,虽不是此案,幸喜究出赃金,也可以减去老庞的威势。

谁知庞吉果因此事一烦,到了生辰之日,不肯见客,独自躲在花园先月楼中去了,所有客来,全托了他女婿孙荣照料。自己在园中,也不观花,也不玩景,惟有思前想后,叹气嗐声,暗暗道:"这包黑真是我的对头。好好一桩事,如今闹的黄金失去,还带累外孙解职。真也难为他,如何访查得来呢?实实令人气他不过!"正在暗恨,忽见小童上楼禀道:"二位姨奶奶特来与太师爷上寿。"老贼闻听,不由的满面堆下笑来,问道:"在哪里?"小童道:"小人方才在楼下看见,刚过莲花浦的小桥。"庞贼道:"既如此,她们来时,就叫她们上楼来罢。"小童下楼,自己却凭栏而望,果见两个爱妾姹紫、嫣红,俱有丫鬟搀扶。她二人打扮的袅袅娜娜,整整齐齐;又搭着满院中花红柳绿,更显得百媚千娇,把个老贼乐的老老家都忘了,在楼上手舞足蹈,登时心花大放,把一天的愁闷俱散在"哈密国"去了。

不多时,二妾来到楼上,丫鬟搀扶步上扶梯。这个说:"你踩了我的裙子咧。"那个说:"你碰了我的花儿了。"一阵咭咭呱呱,方才上楼来,一个个娇喘吁吁。先向太师万福,禀道:"你老人家会乐呀,躲在这里来了,叫我们两个好找!让我们歇歇,再行礼罢。"老贼哈哈笑道:"你二人来了就是了,又何必行什么礼呢?”姹紫道:“太师爷千秋,焉有不行礼的呢?”嫣红道:“若不行礼,显得我们来的不志诚了。”说话间,丫鬟已将红毡铺下。二人行礼毕,立起身来,又禀道:“今晚妾身二人在水晶楼备下酒肴,特与太师爷祝寿。务求老人家赏个脸儿,千万不可辜负了我们一片志诚。”老贼道:“又叫你二人费心,我是必去的。”二人见太师应允必去,方才在左右坐了。彼此嬉笑戏谑①,弄的个老贼丑态百出,不一而足。正在欢乐之际,忽听小童楼下咳嗽,扶梯响亮。

不知小童又回何事,下回分解。

① 戏谑(xuè)——用有趣的引人发笑的话开玩笑。

第四十三回

翡翠瓶污羊脂玉秽　太师口臭美妾身亡

且说老贼庞吉正在先月楼与二妾欢语，只见小童手持着一个手本，上得楼来，递与丫鬟，口中说道：“这是咱们本府十二位先生特与太师爷祝寿，并且求见，要亲身觌面①行礼，还有寿礼面呈。”丫鬟接来，呈与庞吉。庞吉看了，便道：“既是本府先生前来，不得不见。”对着二妾道：“你二人只好下楼回避。”丫鬟便告诉小童先下楼去，叫先生们躲避躲避，让二位姨奶奶走后再进来。这里姹紫、嫣红立起身来，向庞吉道：“倘若你老人家不去，我们是要狠狠的咒得你老人家心神也是不定的。”老贼听了，哈哈大笑。二妾又叮嘱一回水晶楼之约。庞贼满口应承：“必要去的。”看着二妾下楼去远，方叫小童去请师爷们，自己也不出去迎，在太师椅上端然而坐。

不多时，只见小童引路来至楼下，打起帘栊，众位先生衣冠济楚，鞠躬而入，外面随进多少仆从虞侯。庞吉慢慢立起身来，执手，道：“众位先生光降，使老夫心甚不安。千万不可行礼，只行常礼罢。”众先生又谦让一番，只得彼此一揖。复又各人递各人的寿礼，也有一画的，也有一对的，也有一字的，也有一扇的。无非俱是秀才人情而已。老庞一一谢了。此时仆从已将座位调开，仍是太师中间坐定，众师爷分列两旁。左右献茶，彼此叙话，无非高抬庞吉，说些寿言寿语吉祥话头。

谈不多时，仆从便放杯箸，摆上果品。众先生又要与庞吉安席，敬寿酒。还是老庞拦阻，道：“今日乃因老夫贱辰，有劳众位台驾，理应老夫各敬一杯才是。莫若大家免了，也不用安席敬酒。彼此就座，开怀畅饮，倒觉爽快。”众人道：“既是太师吩咐，晚生等便从命了。”说罢，各人朝上一躬，仍按次序入席。酒过三巡之后，未免脱帽露顶，舒手豁拳，呼么喝六，壶到杯干。

---

① 觌（dí）面——见面；当面。

正饮在半酣之际，只见仆从搭进一个盆来，说是孙姑老爷孝敬太师爷的河豚鱼，极其新鲜，并且不少。众先生听说是新鲜河豚，一个个口角垂涎，俱各称赞道："妙哉，妙哉！河豚乃鱼中至味，鲜美异常。"庞太师见大家夸奖，又是自己女婿孝敬，当着众人颇有得色，吩咐："搭下去，叫厨子急速做来，按桌俱要。"众先生听了，个个喜欢，竟有立刻杯箸不动，单等吃河豚鱼的。

不多时，只见从人各端了一个大盘，先从太师桌上放起，然后左右挨次放下。庞吉便举箸向众人让了一声："请呀。"众先生答应如流，俱各道："请，请。"只听杯箸一阵乱响，风卷残云，立刻杯盘狼藉。众人舔嘴咂舌，无不称妙。忽听那边咕呼一声响亮。大家看时，只见麹①先生连椅儿栽倒在地，俱各诧异。又听那边米先生嚷道："哇呀！了弗得，了弗得！河豚有毒，河豚有毒。这是受了毒了，大家俱要栽倒的，俱要丧命呀！这还了得！怎么一时吾就忘了有毒呢？总是口头馋的弗好。"旁边便有插言的道："如此说来，吾们是没得救星的了。"米先生猛然想起，道："还好，还好，有个方子可解，非金汁不可。如不然，人中黄也可。若要速快，便是粪汤更妙。"庞贼听了，立刻叫虞侯仆从："快快拿粪汤来。"

一时间下人手忙脚乱，抓头不是尾，拿拿这个不好，动动那个不妥。还是有个虞侯有主意，叫了两个仆从将大案上摆的翡翠碧玉闹龙瓶，两边兽面衔着金环，叫二人抬起；又从多宝阁上拿起一个净白光亮的羊脂白玉荷叶式的碗交付二人，叫他们到茅厕里即刻舀来，越多越好。二人问道："要多何用？"虞侯道："你看人多吃的多，粪汤也必要多，少了是灌不过来的。"二人来到粪窖之内，握着鼻子，闭着气，用羊脂白玉碗连屎带尿一碗一碗舀了，往翡翠碧玉瓶里灌。可惜这两样古玩落在权奸府第，也跟着遭此污秽！足足灌了个八分满，二人提住金环，直奔到先月楼而来。虞侯上前先拿白玉碗盛了一碗，奉与太师。

庞吉若要不喝，又恐毒发丧命；若要喝时，其臭难闻，实难下咽。正在犹豫，只见众先生各自动手，也有用酒杯的；也有用小菜碟的；儒雅些的却用羹匙；就有卤莽的，扳倒瓶，嘴对嘴，紧赶一气，用了个不少。庞吉看了，不因不由，端起玉碗，一连也就饮了好几口。米先生又怜念同寅，将先倒

① 麹——音 qū。

的𪁎先生令人扶住，自己蹲在身旁，用羹匙也灌了几口，以尽他疾病扶持之谊。

迟了不多时，只见𪁎先生苏醒过来，觉得口内臭味难当，只道是自己酒醉，出而哇之，哪里知道别人用好东西灌了他呢？米先生便问道："𪁎兄，怎么样呢？"𪁎先生道："不怎的。为何吾这口边粪臭得紧哪？"米先生道："𪁎兄，你是受了河豚毒了。是小弟用粪汤灌活吾兄，以尽朋友之情的。"哪知道这位𪁎先生，方才因有一块河豚被人抢去吃了，自己未能到口，心内一烦恼，犯了旧病，因此栽倒在地。今闻用粪汤灌了，他爬起来道："哇呀！怪道——怪道臭得很！臭得很！吾是羊角疯呀，为何用粪汤灌吾？"说罢，呕吐不止。他这一吐不打紧，招的众人谁不恶心，一张口洋溢泛滥，吐不及的逆流而上，从鼻孔中也就开了闸了。登时之间，先月楼中异味扑鼻，连虞侯、伴当、仆从无不是嗦啰喇叭，齐吹出"儿儿哇哇哇儿"的不止。好容易吐声渐止，这才用凉水漱口，喷的满地汪洋。米先生不好意思，抽空儿他就溜之乎也了。闹的众人走又不是，坐又不是。

老庞终是东人，碍不过脸去，只得吩咐："往芍药轩敞厅去罢。大家快快离开此地，省得闻这臭味难当。"众人俱各来在敞厅，一时间心清目朗。又用上等雨前喝了许多，方觉的心中快活。庞贼便吩咐摆酒，索性大家痛饮，尽醉方休。众人谁敢不遵。不多时，秉上灯烛，摆下酒馔。大家又喝起来，依然是豁拳行令，直喝至二鼓方散。

庞贼醺醺酒醉，踏着明月，手扶小童，竟奔水晶楼而来，趔趔趄趄①的问道："天有几鼓了？"小童道："已交二鼓。"庞吉道："二位姨奶奶等急了，不知如何盼望呢！到了那里，不要声张，听她们说些什么？你看那边为何发亮？"小童道："前面是莲花浦，那是月光照的水面。"说话间过了小桥。老庞又吃惊，道："那边好像一个人。"小童道："太师爷忘了，那是补栽的河柳，趁着月色摇曳，仿佛人影儿一般。"

及至到了水晶楼，刚到楼下，见槅扇虚掩，不用窃听，已闻得里面有男女的声音，连忙止步。只听男子说道："难得今日有此机会，方能遂你我之意。"又听女子说道："趁老贼陪客，你我且到楼上欢乐片时，岂不美哉！"隐隐听的嘻嘻笑笑，上楼去了。庞吉听至此，不由气冲牛斗，暗叫小

---

① 趔（liè）趔趄（qiè）趄——身体歪斜，脚步不稳。

童将主管庞福唤来,叫他带领虞侯准备来拿人。自己却轻轻推开槅扇,竟奔楼梯。上得楼来,见满桌酒肴,杯中尚有余酒。又见烛上结成花蕊,忙忙剪了蜡花。回头一看,见绣帐金钩挂起,里面却是男女二人相抱而卧。老贼看了,一把无明火往上一攻,见壁间悬挂宝剑,立刻抽出,对准男子用力一挥,头已落地。嫣红睡眼朦胧,才待起来,庞贼也挥了一剑。可怜两个献媚之人,无故遭此摧折。谁知男子之头落在楼板之上,将头巾脱落,却也是个女子,仔细看时,却是姹紫。老贼哎哟了一声,当啷啷宝剑落地。

此时楼的下面,庞福带领多人俱各到了,听得楼上又是哎哟,又是响亮,连忙跑上楼来,一看见太师杀了二妾,已然哀不成音了。庞吉哭够多时,又气又恼又后悔,便吩咐庞福将二妾收拾盛殓。立即派人请他得意门生,乃乌台御史,官名廖天成,急速前来商议此事。自己带了小童离了水晶楼,来到前边大厅之上等候门生。

及至廖天成来时,天已三鼓之半。见了庞吉,师生就座。庞吉便将误杀二妾的情由,说了一遍。这廖天成原是个谄媚之人,立刻逢迎道:“若据门生想来,多半是开封府与老师作对。他那里能人极多,必是悄地差人探访。见二位姨奶奶酒后戏耍酣眠,他便生出巧智,特装男女声音,使之闻之,叫老师听见,焉有不怒之理!因此二位姨奶奶倾生。此计也就毒得狠呢。这明是搅乱太师家宅不安,暗里是与老师作对。”他这几句话说的个庞贼咬牙切齿,忿恨难当,气忿忿地问道:“似此如之奈何?怎么想个法子,以消我心头之恨?”廖天成犯想多时,道:“依门生愚见,莫若写个摺子,直说开封府遣人杀害二命,将包黑参倒,以警将来。不知老师钧意若何?”庞吉听了,道:“若能参倒包黑,老夫生平之愿足矣!即求贤契大才代拟。此处不大方便,且到内书房去。”说罢,师弟立起身来,小童持着灯,引至书房。现成笔墨,廖天成便拈笔构思。难为他凭空立意,竟敢直陈①。直是糊涂人对糊涂人,办的糊涂事。不多时,已脱草稿。老贼看了,连说:“妥当结实,就劳贤契大笔一挥。”廖天成又端端楷楷,缮写已毕。后面又将同党之人添上五个,算是联衔参奏。

庞吉一壁吩咐小童:“快给廖老爷倒茶。”小童领命,来至茶房,用茶盘托了两碗现烹的香茶,刚进了月亮门,只听竹声乱响,仔细看时,却见一

---

① 直陈——直接陈述。

人蹲伏在地，怀抱钢刀。这一吓非同小可，丢了茶盘，一叠连声嚷道："有贼！"就往书房跑来，连声儿都嚷岔了。庞贼听见，连忙放下奏摺，赶出院内。廖天成也就跟了出来，便问小童："贼在哪里？"小童道："在那边月亮门竹林之下。"庞吉与廖天成竟奔月亮门而来。

此时仆从人等已然听见，即同庞福各执棍棒赶来一看。虽是一人，却是捆绑停当，前面腰间插着一把宰猪的尖刀，仿佛抱着相似。大家向前将他提出，再一看时，却是本府厨子刘三。问他不应，止于仰头张口。连忙松了绑缚，他便从口内掏出一块布来，干呕了半天，方才转过气来。庞福便问道："倒是何人将你捆绑在此？"刘三对着庞吉叩头，道："小人方才在厨房瞌睡，忽见嗖的进来一人，穿着一身青靠，年纪不过二十岁，眉清目朗，手持一把明晃晃的钢刀。他对小人说：'你要嚷，我就是一刀！'因此小人不敢嚷。他便将小人捆了，又撕了一块布，给小人填在口内。他把小人一提，就来在此处。临走，他在小人胸前就把这把刀插上，不知是什么缘故？"庞贼听了，便问廖天成道："你看此事，这明是水晶楼装男女声音之人了。"廖天成闻听，忽然心机一动，道："老师且回书房要紧。"老贼不知何故，只得跟了回来。

进了书房，廖天成先拿起奏摺，逐行逐字细细看了，笔画并未改讹，也未沾污。看罢，说道："还好，还好，幸喜摺子未坏。"即放在黄匣之内。庞吉在旁夸奖道："贤契细心，想的周到。"又叫各处搜查，哪里有个人影。

不多时，天已五鼓，随便用了些点心羹汤。庞吉与廖天成一同入朝，敬候圣上临轩，将本呈上。仁宗一看，就有些不悦。你道为何？圣上知道包、庞二人不对，偏偏今日此本又是参包公的，未免有些不耐烦。"何故他二人冤仇再不解呢？"心中虽然不乐，又不能不看。见开笔写着"臣庞吉跪奏，为开封府遣人谋杀二命事"，后面叙着二妾如何被杀。仁宗看到杀妾二命，更觉诧异。因此反复翻阅，见背后忽露出个纸条儿来。

抽出看时，不知上面写着是何言语，下回分解。

第四十四回

花神庙英雄救难女　开封府众义露真名

且说仁宗天子细看纸条上面写道:"可笑,可笑,误杀反误告。胡闹,胡闹,老庞害老包。"共十八个字。天子看了,这明是自杀,反要陷害别人;又看笔迹有些熟识,猛然想起忠烈祠墙上的字体,却与此字相同。真是聪明不过帝王,暗道:"此帖又是那人写的了。他屡次做的俱是磊磊落落之事,又为何隐隐藏藏,再也不肯当面呢?实在令人不解。只好还是催促包卿便了。"想罢,便将折子连纸条儿俱各掷下,交大理寺审讯。庞贼见圣上从折内翻出个纸条儿来,已然吓得魂不附体。联衔之人,俱各暗暗担惊。

一时散朝之后,庞贼悄向廖天成道:"这纸条儿从何而来?"廖乌台猛然醒悟,道:"是了,是了!他捆刘三者,正为调出老师与门生来。他就于此时放在折背后的。实是门生粗心之过。"庞吉听了,连连点首,道:"不错,不错。贤契不要多心,此事如何料得到呢?"及至到了大理寺,庞吉一力担当,从实说了,惟求文大人婉转复奏。文大人只得将他畏罪的情形代为陈奏。圣上传旨:"庞吉着罚俸三年,不准抵销。联衔的罚俸一年,不准抵销。"圣上却暗暗传旨与包公,务必要题诗杀命之人,定限严拿。包公奉了此旨,回到开封,便与展爷公孙先生计议,无法可施,只得连王、马、张、赵俱各天天出去到处访查,哪里有个影响。偏又值隆冬年近,转瞬间又是新春,过了元宵佳节,看看到了二月光景,包公屡屡奉旨,总无影响。幸亏圣眷优渥,尚未嗔怪。

一日,王朝与马汉商议,道:"咱们天天出去访查,大约无人不知;人既知道,更难探访。莫若咱二人悄悄出城,看个动静。贤弟以为何如?"马汉道:"出城虽好,但不知往何方去呢?"王朝道:"咱们信步行去,自然热闹丛中采访。难道反往幽僻之处去么?"二人说毕,脱去校尉的服色,各穿便衣,离了衙门,竟往城外而来。

一路上细细赏玩艳阳景色,见了多少人带着香袋的,执着花的,不知是往哪里去的。及至问人时，原来花神庙开庙，热闹非常，正是开庙正期。二人满心欢喜，随着众人来到花神庙，各处游玩。却见后面有块空地甚是宽阔，搭着极大的芦棚，内中设摆着许多兵器架子。那边单有一座客棚，里面坐着许多人。内中有一少年公子，年纪约有三旬，横眉立目，旁若无人。王、马二人见了，便向人暗暗打听，方知此人姓严名奇。他乃是已故威烈侯葛登云的外甥，极其强梁霸道，无恶不做。只因他爱眠花宿柳，自己起了个外号，叫花花太岁。又恐有人欺负他，便用多金请了无数的打手，自己也跟着学了些，以为天下无敌。因此庙期热闹非常，他在庙后便搭一芦棚，比试棒棍拳脚。谁知设了一连几日，并无人敢上前比试，他更心高气傲，自以为绝无对手。二人正观望，只见外面多少恶奴推推拥拥、搀搀架架的进来一人，却是一个女子，哭哭啼啼，被众人簇拥着过了芦棚，进了后面敞厅去了。王、马二人心中纳闷，不知为了何事。

忽又听从外面进来一个婆子，嚷道："你们这伙强盗！青天白日，就敢抢良家女子，是何道理？你们若将她好好还我，便罢；你们若要不放，我这老命就合你们拼了！"众恶奴一面拦挡，一面吆喝。忽见从棚内又出来两个恶奴，说道："方才公子说了，这女子本是府中丫鬟，私行逃走，总未找着，并且拐了好些东西。今日既然遇见，把她拿住，还要追问拐的东西呢。你这老婆子趁早儿走罢。倘若不依，公子说咧，就把你送县。"婆子闻听，只急的嚎啕痛哭，又被众恶奴往外面拖拽。这婆子如何支撑得住，便脚不沾地往外去了。

王朝见此光景，便与马汉送目。马汉会意，必是跟下去打听底细。二人随后也就出来，刚走到二层殿的夹道，只见外面进来一人，迎头拦住，道："有话好说。这是什么意思？请道其详。"声音洪亮，身材高大，紫微微一张面皮，黑漆漆满部髭须，又是军官打扮，更显得威严壮健。王、马二人见了，便暗暗喝采称羡。忽听恶奴说道："朋友，这个事你别管。我劝你有事治事，无事趁早儿请，别讨没趣儿。"那军官听了冷笑，道："天下人管天下事，哪有管不得的道理。你们不对我说，何不对着众人说说？你们如不肯说，何妨叫那妈妈自己说说呢？"众恶奴闻听，道："伙计，你们听见了，这个光景他是管定了。"

忽听婆子道："军官爷爷，快救婆子性命呀！"旁边恶奴顺手就要打那婆子。只见那军官把手一隔，恶奴便倒退了好几步，呲牙咧嘴，把胳膊乱捽。王、马二人看了，暗暗欢喜。又听军官道："妈妈不必害怕，慢慢讲来。"那婆子哭着，道："我姓王，这女儿乃是我街坊。因她母亲病了，许在花神庙烧香。如今她母亲虽然好了，尚未复元，因此求我带了她来还愿，不想竟被他们抢去。求军官爷搭救搭救。"说罢，痛哭。只见那军官听了，把眉一皱，道："妈妈不必啼哭，我与你找来就是了。"

谁知众恶奴方才见那人把手略略一隔，他们伙计就呲牙咧嘴，便知这军官手头儿沉。大约婆子必要说出根由，怕军官先拿他们出气，他们便一个个溜了，来到后面，一五一十，俱告诉花花太岁。这严奇一听，便气冲牛斗，以为今日若不显显本领，以后别人怎能甘心佩服呢？便一声断喝："引路！"众恶奴狐假虎威，来至前面，嚷道："公子来了！公子来了！"众人见严奇来到，一个个俱替军官担心，以为太岁不是好惹的。

此时王、马二人看的明白，见恶霸前来，知道必有一番较量，惟恐军官寡不敌众。"若到为难之时，我二人助他一膀之力。"哪知那军官早已看见，撇了婆子，便迎将上去。众恶奴指手画脚，道："就是他，就是他！"严奇一看，不由的暗暗吃惊道："好大身量！我别不是他的对手罢。"便发话道："你这人好生无礼，谁叫你多管闲事？"只见那军官抱拳陪笑，道："非是在下多管闲事，因那婆子形色仓皇①，哭的可怜。恻隐②之心，人皆有之，望乞公子贵手高抬，开一线之恩，饶他们去罢。"说毕，就是一揖。

严奇若是有眼力的，就依了此人，从此做个相识，只怕还有个好处。谁知这恶贼见军官谦恭和蔼，又是外乡之人，以为可以欺负，竟敢拿鸡蛋往鹅卵石上碰，登时把眼一翻，道："好狗才，谁许你多管！"冷不防嗖的就是一脚，迎面踢来。这恶贼原想着是个暗算，趁着军官作下揖去，不能防备，这一脚定然鼻青脸肿。哪知那军官不慌不忙，瞧着脚临切近，略一扬手，在脚面上一拂，口中说道："公子休得无礼！"此话未完，只见公子嗳呀一声，半天挣扎不起。众恶奴一见，便嚷道："你这厮竟敢动手！"一拥齐上，以为好汉打不过人多。谁知那人只用手往左右一分，一个个便东倒西歪，哪个还敢上前。

忽听那边有人喊了一声："闪开！俺来也！"手中木棍高扬，就照军官

① 仓皇——匆忙而带着慌张。

② 恻(cè)隐——对受苦难的人表示同情；不忍。

劈面打来。军官见来得势猛，将身往旁边一跨。不想严奇刚刚的站起，恰恰的太岁头就受了此棍，吧的一声，打了个脑浆迸裂。众恶奴发了一声喊道："了不得了！公子被军汉打死了！快拿呀，快拿呀！"早有保甲地方并本县官役，一齐将军官围住。只听那军官道："众位不必动手，俺随他们到县就是了。"众人齐说道："好朋友，好朋友！敢作敢当，这才是汉子呢！"

忽见那边走过两个人来，道："众位，事要公平。方才原是他用棍打人，误打在公子头上。难道他不随着赴县么？理应一同解县才是。"众人闻听，道："讲得有理。"就要拿那使棍之人。那人将眼一瞪，道："俺史丹不是好惹的！你们谁敢前来！"众人吓的往后倒退。只见两个人之中有一人道："你慢说是史丹，就是屎蛋，也要推你一推。"说时迟，那时快，顺手一掠，将那棍也就逼住。拢过来往怀里一带，又向外一推，真成了屎蛋咧，咕哩咕噜滚在一边。那人上前按住，对保甲道："将他锁了。"你道这二人是谁？原来是王朝、马汉。

又听军官说道："俺遭逢此事所为何来，原为救那女子。如今为人不能为彻，这便如何是好？"王、马二人听了，满口应承："此事全在我二人身上，朋友，你只管放心。"军官道："既如此，就仰仗二位了。"说罢，执手随众人赴县去了。

这里王、马二人带领婆子到后面。此时众恶奴见公子已死，也就一哄而散，谁也不敢出头。王、马二人一直进了敞厅，将女子领出交付婆子，护送出庙，问明了住处姓名（恐有提问质对之事），方叫她们去了。二人不辞辛苦，直奔祥符县而来。到了县里，说明姓名。门上急忙回禀了县官。县官立刻请二位到书房坐了。王、马二人将始末情由，说了一遍。"此事皆系我二人目睹，贵县不必过堂，立刻解往开封府便了。"正说间，外面拿进个略节来，却是此案的名姓；死的名严奇，军官名张大，持棍的名史丹。县官将略节递与王、马二人，便吩咐将一干人犯多派衙役，立刻解往开封。

王、马二人先到了开封府，见了展爷、公孙先生，便将此事说明。公孙策尚未开言，展爷忙问道："这军官是何形色？"王、马二人将脸盘儿身量儿说了一番。展爷听了大喜，道："如此说来，别是他罢？"对着公孙先生伸出大指。公孙策道："既如此，少时此案解来，先在外班房等候，悄悄叫展兄看看。若要不是那人，也就罢了；倘若是那人冒名，展兄不妨直呼其名,使他不好改口。”众人听了,俱各称善。

王、马二人又找了包兴,来到书房,回禀了包公,深赞张大的品貌,行事豪侠。包公听了,虽不是寄柬留刀之人,或者由这人身上也可以追出那人的下落,心中也自暗暗忖度。王、马又将公孙策先生叫南侠偷看,也回明了。包公点了点头,二人出来。

不多时,此案解到,俱在外班房等候。王、马二人先换了衣服,前往班房,见放着帘子。随后展爷已到,便掀起帘缝一瞧,不由的满心欢喜,对着王、马二人悄悄道:“果然是他。妙极,妙极!”王、马二人连忙问道:“此人是谁?”展爷道:“贤弟休问。等我进去呼出名姓,二位便知。二位贤弟即随我进来,劣兄给你们彼此一引见,他也不能改口了。”王、马二人领命。

展爷一掀帘子,进来道:“小弟打量是谁?原来是卢方兄到了。久违呀,久违!”说着,王、马二人进来。展爷给引见,道:“二位贤弟不认得么?此位便是陷空岛卢家庄,号称钻天鼠名卢方的卢大员外。二位贤弟快来见礼。”王、马急速上前。展爷又向卢方道:“卢兄,这便是开封府四义士之中的王朝、马汉两位老弟。”三个人彼此执手作揖。卢方到了此时,也不能说我是张大,不是姓卢的。人家连家乡住处俱各说明,还隐瞒什么呢?卢方反倒问展爷道:“足下何人?为何知道卢方的贱名。”展爷道:“小弟名唤展昭。曾在茉花村芦花荡为邓彪之事,小弟见过尊兄,终日渴想至甚,不想今日幸会。”卢方听了,方才知道便是号御猫的南侠。他见展爷人品气度和蔼之甚,毫无自满之意,便想起五弟任意胡为,全是自寻苦恼,不觉暗暗感叹,面上却陪着笑,道:“原来是展老爷。就是这二位老爷,方才在庙上多承垂青看顾,我卢方感之不尽。”三人听了,不觉哈哈大笑,道:“卢兄太外道了,何得以老爷相呼?显见得我等不堪为弟了。”卢方道:“三位老爷太言重了。一来三位现居皇家护卫之职,二来卢方刻下乃人命重犯,何敢以弟兄相称?岂不是太不知自量了么?”展爷道:“卢兄过于能言了。”王、马二人道:“此处不是讲话的所在,请卢兄到后面一叙。”卢方道:“犯人尚未过堂,如何敢蒙如此厚待?断难从命。”展爷道:“卢兄放心,全在小弟等身上。请到后面,还有众人等着要与老兄会面。”卢方不能推辞,只得随着三人来到后面公厅,早见张、赵、公孙三位随降阶而迎。展爷便一一引见,欢若平生。

来到屋内,大家让卢方上坐。卢方断断不肯,总以犯人自居,“理当侍立，能够不罚跪，足见高情。”大家哪里肯依。还是愣爷赵虎道：“彼此见了，放着话不说，且自闹这些个虚套子。卢大哥，你是远来，你就上面坐。”说着，把卢方拉至首座。卢方见此光景，只得从权①坐下。王朝道：“还是四弟爽快。再者卢兄从此什么犯人咧，老爷咧，也要免免才好，省得闹的人怪肉麻的。”卢方道：“既是众位兄台抬爱，拿我卢某当个人看待，我卢方便从命了。”

左右伴当献茶已毕。还是卢方先提起花神庙之事。王、马二人道：“我等俱在相爷台前回明，小弟二人便是证见。凡事有理，断不能难为我兄。”只见公孙先生和展爷，彼此告过失陪，出了公所，往书房去了。

未知相爷如何，下回分解。

① 从权——采用权宜的手段。

第四十五回

义释卢方史丹抵命　误伤马汉徐庆遭擒

且说公孙先生同展爷去不多时，转来道："相爷此时已升二堂，特请卢兄一见。"卢方闻听，只打量要过堂了，连忙立起身来，道："卢方乃人命要犯，如何这样见得相爷？卢方岂是不知规矩的么？"展爷连声道："好"，一回头吩咐伴当，快看刑具。众人无不点头称羡。少时，刑具拿到，连忙与卢方上好。大家围随，来至二堂以下。王朝进内禀道："卢方带到。"忽听包公说道："请。"

这一声连卢方都听见了，自己登时反倒不得主意了，随着王朝来至公堂，双膝跪倒，匍匐①在地。忽听包公一声断喝，道："本阁着你去请卢义士，如何用刑具拿到？是何道理？还不快快卸去！"左右连忙上前，卸去刑具。包公道："卢义士，有话起来慢慢讲。"卢方哪里敢起来，连头也不敢抬，便道："罪民卢方身犯人命重案，望乞相爷从公判断，感恩不尽。"包公道："卢义士休如此迂直，花神庙之事本阁尽知。你乃行侠尚义，济弱扶倾。就是严奇丧命，自有史丹对抵，与你什么相干？他等强恶助纣为虐，本阁已有办法，即将史丹定了误伤的罪名，完结此案。卢义士理应释放无事，只管起来，本阁还有话讲。"展爷向前悄悄道："卢兄休要辜负相爷一片爱慕之心，快些起来，莫要违悖钧谕。"卢方到了此时，概不由己，朝上叩头。展爷顺手将他扶起。包公又咐咐看座。卢方哪里敢坐，鞠躬侍立，偷眼向上观瞧，见包公端然正坐，不怒而威，那一派的严肃正气，实令人可畏而又可敬，心中暗暗夸奖。

忽见包公含笑问道："卢义士因何来京？请道其详。"一句话问的个卢方紫面上套着紫，半晌，答道："罪民因寻盟弟白玉堂，故此来京。"包公又道："是义士一人前来，还有别人？"卢方道："上年初冬之时，罪民已遣韩彰、徐庆、蒋平三个盟弟一同来京。不料自去冬至今，杳无音信。罪民

① 匍匐（púfú）——趴。

因不放心，故此亲身来寻。今日方到花神庙。”包公听卢方直言无隐，便知此人忠厚笃实①，遂道：“原来众义士俱各来了。义士既以实言相告，本阁也就不隐瞒了。令弟五义士在京中做了几件出类拔萃之事，连圣上俱各知道，并且圣上还夸他是个侠义之人，钦派本阁细细访查。如今义士既已来京，肯替本阁代为细细访查么？”卢方听至此，连忙跪倒，道：“白玉堂年幼无知，惹下滔天大祸，致干圣怒，理应罪民寻找擒拿到案，任凭圣上天恩，相爷的垂照。”包公见他应了，便叫：“展护卫。”“有。”“同公孙先生好生款待，恕本阁不陪。留去但凭义士，不必拘束。”卢方听了，复又叩头起来，同定展爷出来。

到了公所之内，只见酒肴早已齐备，却是公孙先生预先吩咐的。仍将卢方让至上座，众人左右相陪。饮酒之间，便提此事。卢爷是个豪爽忠诚之人，应了三日之内有与无必来复信，酒也不肯多饮，便告别了众人。众人送出衙外，也无赘话烦言，彼此一执手，卢方便扬长去了。

展爷等回至公所，又议论卢方一番，为人忠厚老诚豪侠。公孙策道：“卢兄虽然诚实，惟恐别人却不似他。方才听卢方之言，说那三义已于客冬之时来京，想来也必在暗中探访。今日花神庙之事，人人皆知解到开封府，他们如何知道立刻就把卢兄释放了呢？必以为人命重案，寄监收禁。他们若因此事夤夜前来淘气，却也不可不防。”众人听了，俱各称“是”，“似此如之奈何？”公孙策道：“说不得大家辛苦些，出入巡逻。第一保护相爷要紧。”

此时天已初鼓，展爷先将里衣扎缚停当，佩了宝剑，外面罩了长衣，同公孙先生竟进书房去了。这里四勇士也就各各防备，暗藏兵刃，俱各留神小心。

单言卢方离了开封府之时，已将掌灯，又不知伴当避于何处，有了寓所不曾。自己虽然应了找寻白玉堂，却又不知他落于何处，心内思索竟自无处可归。忽见迎面来了一人，天色昏黑看不真切。及至临近一看，却是自己伴当，满心欢喜。伴当见了卢方，反倒一怔，悄悄问道：“员外如何能够回来？小人已知员外解到开封，故此急急进京城内，找了下处，安放了行李，带上银两，特要到开封府去与员外安置，不想员外竟会回来了。”卢

---

① 笃(dǔ)实——忠诚老实。

方道:“一言难尽,且到下处再讲。”伴当道:“小人还有一事,也要告禀员外呢。”

说着话,伴当在前引路,主仆二人来到下处。卢方掸尘净面之时,酒饭已然齐备。卢方入座,一壁饮酒,一壁对伴当悄悄说道:“开封府遇见南侠,给我引见了多少朋友,真是人人义气,个个豪杰。多亏了他们在相爷跟前竭力分析,全推在那姓史的身上,我是一点事儿没有。”又言:“包公相待甚好,义士长、义士短的称呼,赐座说话。我便偷眼观瞧相爷,真好品貌,真好气度,实在是国家的栋梁,万民之福。后来问话之间,就提起五员外来了。相爷觌面吩咐,托我找寻,我焉有不应的呢。后来大家又在公所之内,设了酒肴。众朋友方说出五员外许多的事来,敢则他作的事不少,什么寄柬留刀,与人辨冤,夜间大闹开封,与南侠比试。这还庶乎可以,谁知他又到皇宫内苑题什么诗,又杀了总管太监。你说五员外胡闹不胡闹?并且还有奏摺内夹纸条儿,又是什么盗取黄金。我也说不了许多了。我应了三日之内,找的着找不着必去复信,故此我就回来了。你想,哪知五员外下落?我往哪里去找呢?你方才说还有一事,是什么事呢?”伴当道:“若依员外说来,找五员外却甚容易。”卢方听了欢喜,道:“在哪里呢?”伴当道:“就是小人寻找下处之时,遇见了跟二爷的人。小人便问他:‘众位员外在哪里居住?’他便告诉小人,说在庞太师花园后楼名叫文光楼,是个堆书籍之所,同五员外都在那里住着呢。小人已问明了庞太师的府第,却离此不远,出了下处,往西一片松林,高大的房子便是。”卢方听了,满心畅快,连忙用毕了饭。

此时天气已有初更,卢方便暗暗装束停当,穿上夜行衣靠,吩咐伴当看守行李,悄悄的竟奔了庞吉府的花园文光楼而来。到了墙外,他便施展飞檐走壁之能,上了文光楼,恰恰遇见白玉堂独自一人在那里。见面之时,不由得长者之心落下几点忠厚泪来,白玉堂却毫不在意。卢方述说了许多思念之苦,方问道:“你三个兄长往哪里去了?”白玉堂道:“因听见大哥遭了人命官司,解往开封府;他们哥儿三方才俱换了夜行衣服,上开封府了。”卢方听了,大吃一惊,暗道:“他们这一去必要生出事来,岂不辜负相爷一团美意?倘若有些差池①,我卢某何以见开封众位朋友呢?”想至

① 差池——意外的事。

此，坐立不安，好生的着急。直盼到交了三鼓，还不见回来。

你道韩彰、徐庆、蒋平为何去了许久？只因他等来到开封府，见内外防范甚严，便越墙从房上而入。刚来到跨所大房之上，恰好包兴由茶房而来，猛一抬头见有人影，不觉失声道："房上有人！"对面便是书房，展爷早已听见，甩去长衣，拔出宝剑，一伏身斜刺里一个健步，往房上一望，见一人已到檐前。展爷看的真切，从囊中一伸手掏出袖箭，反背就是一箭钉去；只见那人站不稳身体，一歪掉下房来。外面王、马、张、赵已然赶进来了，赵虎紧赶一步按住那人，张龙上前帮助绑了。

展爷正要纵身上房，忽见房上一人把手一扬，向下一指。展爷见一缕寒光竟奔面门，知是暗器，把头一低，刚刚躲过。不想身后是马汉，肩头之下已中了弩箭。展爷一飞身已到房上，竟奔了使暗器之人。那人用了个风扫败叶势，一顺手就是一朴刀，一片冷光奔了展爷的下三路。南侠忙用了个金鸡独立回身势，用剑往旁边一削。只听当的一声，朴刀却短了一段。只见那人一转身，越过房脊。

又见金光一闪，却是三棱鹅眉刺，竟奔眉攒而来。展爷将身一闪，刚用宝剑一迎，谁知钢刺抽回，剑却使空。南侠身体一晃，几乎栽倒，忙一伏身，将宝剑一拄，脚下立住。用剑逼住面门，长起身来，再一看时，连个人影儿也不见了。展爷只得跳下房来，进了书房，参见包公。

此时已将捆缚之人带至屋内。包公问道："你是何人？为何黉夜至此？"只听那人道："俺乃穿山鼠徐庆，特为救俺大哥卢方而来，不想中了暗器遭擒。不用多言，只要叫俺见大哥一面，俺徐庆死也甘心瞑目。"包公道："原来三义士到了。"即命左右松了绑，看座。徐庆也不致谢，也不逊让，便一屁股坐下，将左脚一伸，顺手将袖箭拔出，道："是谁的暗器？拿了去。"展爷过来接去。徐庆道："你这袖箭不及俺二哥的弩箭。他那弩箭有毒，若是着上，药性一发，便不省人事。"正说间，只见王朝进来，禀道："马汉中了弩箭，昏迷不醒。"徐庆道："如何？千万不可拔出，见血封喉，立刻即死。若不拔出，还可以多活一日，明日这时候，也就呜呼了。"包公听了，连忙问道："可有解药没有？"徐庆道："有呵！却是俺二哥带着，从不传人。受了此毒，总在十二个时辰之内用了解药，即刻复生。若过了十二个时辰，纵有解药，也不能好了。这是俺二哥独得的奇方，再也不告诉人的。"包公见他说话虽然粗鲁，却是个直爽之人，堪与赵虎称为伯仲。徐庆忽又问道:“俺大哥卢方在哪里?”包公便说:“昨晚已然释放,卢义士已不在此了。”徐庆听了,哈哈大笑,道:“怪道人称包老爷是个好相爷,忠正为民。如今果不虚传,俺徐庆倒要谢谢了。”说罢,扑通趴在地下,就是一个头,招的众人不觉要笑。

徐庆起来,就要找卢方去。包公见他天真烂漫,不拘礼法,只要合了心就乐,便道:“三义士,你看外面已交四鼓,黉夜之间哪里寻找?暂且坐下,我还有话问你。”徐庆却又坐下。包公便问白玉堂所作之事,愣爷徐庆一一招承。“惟有劫黄金一事,却是俺与二哥、四弟并有柳青,用蒙汗药酒将那群人药倒,我们盗取了黄金。”众人听了,个个点头舒指。徐庆正在高谈阔论之时,只见差役进来禀道:“卢义士在外求见。”包公听了,急着展爷请来相见。

不知卢方来此为了何事,下回分解。

第四十六回

设谋诓药气走韩彰　遣兴济贫忻逢赵庆

且说卢方又到开封府求见，你道却为何事？只因他在文光楼上盼到三更之后，方见韩彰、蒋平回来。二人见了卢方更觉诧异，忙问道："大哥如何能在此呢？"卢方便将包相以恩相待、释放无事的情由，说了一遍。蒋平听了，对着韩、白二人道："我说不用去，三哥务必不依。这如今闹的倒不成事了。"卢方道："你三哥哪里去了？"韩彰把到了开封、彼此对垒的话，说了一遍。卢方听了，只急的搓手，半晌，叹了口气，道："千不是，万不是，全是五弟不是。"蒋平道："此事如何抱怨五弟呢？"卢方道："他若不找什么姓展的，咱们如何来到这里？"韩彰听了，却不言语。蒋平道："事已如此，也不必抱怨了。难道五弟有了英名，你我作哥哥的不光彩么？只是如今，依大哥怎么样呢？"卢方道："再无别说，只好劣兄将五弟带至开封府，一来恳求相爷在圣驾前保奏，二来当面与南侠赔个礼儿，庶乎事有可圆。"白玉堂听了，登时气的双眉紧皱，二目圆睁，若非在文光楼上，早已怪叫吆喝起来，便怒道："大哥，此话从何说起？小弟既来寻找南侠，便与他誓不两立。虽不能他死我活，总得要叫他甘心拜服于我，小弟方能出这口恶气。若非如此，小弟至死也是不从的。"蒋平听了，在旁赞道："好兄弟！好志气！真与我们陷空岛争气！"韩彰在旁瞅了蒋平一眼，仍是不语。卢方道："据五弟说来，你与南侠有仇么？"白玉堂道："并无仇隙。"卢方道："既无仇隙，你为何恨他到如此地步呢？"玉堂道："小弟也不恨他，只恨这'御猫'二字。我也不管他是有意，我也不管是圣上所赐，只是有个御猫，便觉五鼠减色，是必将他治倒方休。如不然，大哥就求包公回奏圣上，将南侠的'御猫'二字去了，或改了，小弟也就情甘认罪。"卢方道："五弟，你这不是为难劣兄么？劣兄受包相知遇之恩，应许寻找五弟。此今既已见着，我却回去求包公改'御猫'二字，此话劣兄如何说得出口来?”白玉堂听了冷笑,道:“哦!敢则大哥受了包公知遇[1]之恩?既如此,就该拿了小弟去请功候赏呵!”

只这一句,又把个卢方噎的默默无言,站起身来出了文光楼,跃身下去,便在后面大墙以外走来走去,暗道:“我卢方交结了四个兄弟,不想为此事,五弟竟如此与我翻脸。他还把我这长兄放在心里么?”又转想包公相待的那一番情义,自己对众人说的话,更觉心中难受,左思右想,心乱如麻。一时间浊气上攻,自己把脚一跺,道:“嗳!莫若死了,由着五弟闹去,也省得我提心吊胆。”想罢,一抬头,只见那边从墙上斜插一枝杈丫,甚是老干,自己暗暗点头,道:“不想我卢方竟自结果在此地了!”说罢,从腰间解下丝绦往上一扔,搭在树上,将两头比齐。刚要解扣,只见这丝绦哧、哧、哧自己跑到树上去了。卢方怪道:“怪事!怎么丝绦也会活了呢?”

正自思忖,忽见顺着枝干下来一人,却是蒋四爷,说道:“五弟糊涂了,怎么大哥也背晦了呢?”卢方见了蒋平,不觉滴下泪来,道:“四弟,你看适才五弟是何言语?叫劣兄有何面目生于天地之间?”蒋平道:“五弟此时一味的心高气傲,难以治服。不然,小弟如何肯随和他呢?须要另设别法,折服于他便了。”卢方道:“此时你我往何方去好呢?”蒋平道:“赶着上开封府。就算大哥方才听见我等到了,故此急急前来赔罪,再者也打听打听三哥的下落。”卢方听了,只得接丝绦将腰束好,一同竟奔开封府而来。

见了差役,说明来历。差役去不多时,便见南侠迎了出来,彼此相见。又与蒋平引见。随即来到书房,刚一进门,见包公穿着便服在上面端坐,连忙双膝跪倒,口中说道:“卢方罪该万死,望乞恩相赦宥。”蒋平也就跪在一旁。徐庆正在那里坐着,见卢方与蒋平跪倒,他便顺着座儿一溜也就跪下了。包公见他们这番光景,真是豪侠义气,连忙说道:“卢义士,他等前来,原不知本阁已将义士释放,故此为义气而来。本阁也不见罪。只管起来,还有话说。”卢方等听了,只得向上叩头,立起身来。

包公见蒋平骨瘦如柴,形如病夫,便问:“此是何人?”卢方一一回禀包公,方知就是善泅水的蒋泽长,忙命左右看座,连展爷与公孙策俱各坐了。包公便将马汉中了毒药弩箭、昏迷不醒的话,说了一回。依卢方就要回去向韩彰取药,蒋平拦道:“大哥若取药,惟恐二哥当着五弟总不肯给

---

① 知遇——旧指得到赏识或重用。

的;莫若小弟使个计策将药诓来,再将二哥激发走了,剩了五弟一人,孤掌难鸣,也就好擒了。”卢方听说,便问计将安出。蒋平附耳道:“如此如此,二哥焉有不走之理。”卢方听了,道:“这一来,你二哥与我岂不又分散了么?”蒋平道:“目下虽然分别,日后自然团聚。现在外面已交五鼓,事不宜迟,且自取药要紧。”连忙向展爷要了纸笔墨砚,提笔一挥而就,折叠了叫卢方打上花押,便回明包公,仍从房上回去,又近又快。包公应允。蒋平出了书房,将身一纵,上房越脊,登时不见。众人无不称羡。

单说蒋爷来至文光楼,还听见韩彰在那里劝慰白玉堂。原来玉堂的余气还未消呢。蒋平见了二人,道:“我与大哥将三哥好容易救回,不想三哥中了毒药袖箭,大哥背负到前面树林,再也不能走了,小弟又背他不动。只得二哥与小弟同去走走。”韩爷听了,连忙离了文光楼。蒋平便问:“二哥,药在何处?”韩彰从腰间摘下个小荷包来,递与蒋平。蒋平接过,摸了摸却有两丸,急忙掏出;将衣边钮子咬下两个,咬去鼻儿,滴溜圆;又将方才写的字帖裹了裹,塞在荷包之内,仍递与韩彰。将身形略转了几转,他便抽身竟奔开封府而来。

这里韩爷只顾奔前面树林,以为蒋平拿了药去,先解救徐庆去了,哪里知道他是奔了开封府呢!韩二爷来到树林,四下里寻觅,并不见有大哥、三弟,不由心下纳闷;摸摸荷包,药仍二丸未动,更觉不解。四爷也不见了。只得仍回文光楼,来见了白玉堂,说了此事,未免彼此狐疑。韩爷回手又摸了摸荷包,道:“呀!这不像药。”连忙叫白玉堂敲着火种,隐着光亮一看,原来是字帖儿裹着钮子。忙将字儿打开观看,却有卢方花押,上面写着叫韩彰绊住白玉堂作为内应,方好擒拿。白玉堂看了,不由的设疑,道:“二哥就把小弟绑起,交付开封府就是了。”韩爷听了,急道:“五弟休出此言,这明是你四哥恐我帮助于你,故用此反间之计。好,好,好!这才是结义的好弟兄呢!我韩彰也不能作内应,也不能帮扶五弟,俺就此去也。”说罢,立起身来,出了文光楼,跃身去了。

这时蒋平诓了药,回转开封府,已有五鼓之半,连忙将药研好,一半敷伤口,一半灌将下去。不多时,马汉回转过来,吐了许多毒水,心下方觉明白。大家也就放心。略略歇息,天已大亮。到了次日晚间,蒋平又暗暗到文光楼,谁知玉堂却不在彼,不知投何方去了。

卢方又到下处,叫伴当将行李搬来。从此开封府又添了陷空岛的三义帮扶着访查此事,却分为两班:白日却是王、马、张、赵细细缉访,夜晚却是南侠同着三义暗暗搜寻。

不想这一日,赵虎因包公入闱,闲暇无事,想起王、马二人在花神庙巧遇卢方,暗自想道:"我何不也出城走走呢?"因此扮了个客人的模样,悄悄出城,信步行走。正走着,觉得腹中饥饿,便在村头小饭铺内,意欲独酌吃些点心。刚然坐下,要了酒,随意自饮。只见那边桌上有一老头儿,却是外乡形景,满面愁容,眼泪汪汪,也不吃,也不喝,只是瞅着赵爷。赵爷见他可怜,便问道:"你这老头儿瞅俺作甚?"那老者见问,忙立起身来,道:"非是小老儿敢瞧客官。只因腹中饥饿,缺少钱钞,见客官这里饮酒,又不好启齿,望乞见怜。"赵虎听了,哈哈大笑,道:"敢则是你饿了?这有何妨呢。你便过来,俺二人同桌而食,有何不可。"那老儿听了欢喜,未免脸上有些羞惭。及至过来,赵爷要了点心馍馍,叫他吃。他却一壁吃着,一壁落泪。赵爷看了,心中不悦,道:"你这老头儿好不晓事。你说饿了,俺给你吃,你又哭什么呢?"老者道:"小老儿有心事,难以告诉客官。"赵爷道:"原来你有心事,这也罢了。我且问你,你姓什么?"老儿道:"小老儿姓赵。"赵虎道:"嗳哟!原来是当家子。"老者又接着道:"小老儿姓赵名庆,乃是管城县的承差。只因包三公子太原进香……"赵虎听了,道:"什么包三公子?"老者道:"便是当朝丞相包相爷的侄儿。"赵虎道:"哦,哦!包三公子进香,怎么样?"老者道:"他故意的绕走苏州,一来为游山玩景,二来为勒索州县的银两。"赵虎道:"竟有这等事?你讲,你讲!"老者道:"只因路过管城县,我家老爷派我预备酒饭,迎至公馆款待。谁想三公子说铺垫不好,预备的不佳,他要勒索程仪三百两。我家老爷乃是一个清官,并无许多银两。又说小人借水行舟,希图这三百两银子,将我打了二十板子。幸喜衙门上下俱是相好,却未打着。后来见了包三公子,将我吊在马棚,这一顿马鞭子打的却不轻。还是应了另改公馆,孝敬银两,方将我放出来。小老儿一时无法,因此脱逃,意欲到京寻找一个亲戚。不想投亲不着,只落得有家难奔,有国难投。衣服典当已尽,看看不能糊口,将来难免饿死,作定他乡之鬼呀!"说罢,痛哭。赵爷听至此,又是心疼赵庆,又是气恨包公子,恨不得立刻拿来出这口恶气,因对赵庆道:"老人家,你负此沉冤,何不写个诉呈在上司处分析呢?"

未知赵庆如何答对,下回分解。

第四十七回

错递呈权奸施毒计　巧结案公子辨奇冤

且说赵虎暗道："我家相爷赤心为国，谁知他的子侄如此不法。我何不将他指引到开封府，看我们相爷怎么办理，是秉公呵，还是徇私呢？"想罢，道："你正该写个呈子分析。"赵庆道："小老儿上京投亲，正为递呈分诉。"赵虎道："不知你想在何处去告呢？"赵庆道："小老儿闻得大理寺文大人那里颇好。"赵爷道："文大人虽好，总不如开封府包太师那里好。"赵庆道："包太师虽好，惟恐这是他本家之人，未免要有些袒护①，于事反为不美。"赵虎道："你不知道，包太师办事极其公道，无论亲疏，总要秉正除奸。若在别人手里告了，他倒可托个人情，或者官府作个人情，那倒有的。你要在他本人手里告了，他便得秉公办理，再也不能偏向的。"赵庆听了有理，便道："既承指教，明日就在太师跟前告就是了。"赵虎道："你且不要忙。如今相爷现在场内，约于十五日后，你再进城，拦轿呈诉。"当下叫他吃饱了。却又在兜肚内摸出半锭银子来。道："这还有五六天工夫呢，莫不成饿着么？拿去做盘费用罢。"赵庆道："小老儿既蒙赏吃点心，如何还敢受赐银两？"赵虎道："这有什么要紧，你只管拿去。你若不要，俺就恼了。"赵庆只得接过来，千恩万谢的去了。

赵虎见赵庆去后，自己又饮了几杯，才出了饭铺。也不访查了，便往旧路归来，心中暗暗盘算，倒替相爷为难："此事若接了呈子，生气是不消说了，只是如何办法呢？"自己又嘱咐："赵虎呀，赵虎！你今日回开封府，可千万莫露风声，这是要紧的呀！"他虽如此想，哪里知道凡事不可预料。他若是将赵庆带到开封府，倒不能错，谁知他又细起心来了，这才闹的错大发了呢。

赵虎在开封府等了几天，却不见赵庆鸣冤，心中暗暗辗转道："那老儿说是必来，如何总未到呢？难道他是个诓嘴吃的？若是如此，我那半锭

---

① 袒(tǎn)护——对错误的思想行为无原则地支持或保护。

银子,花的才冤呢。”

你道赵庆为何不来?只因他过了五天,这日一早赶进城来。正走在热闹丛中,忽见两旁人一分,嚷道:“闪开,闪开!太师爷来了,太师爷来了!”赵庆听见“太师”二字,便煞住脚步,等着轿子临近,便高举呈词,双膝跪倒,口中喊道:“冤枉呀,冤枉!”只见轿已打杵,有人下马接过呈子,递入轿内。不多时,只听轿内说道:“将这人带到府中问去。”左右答应一声,轿夫抬起轿来,如飞的竟奔庞府去了。

你道这轿内是谁?却是太师庞吉。这老奸贼得了这张呈子,如拾珍宝一般,立刻派人请女婿孙荣与门生廖天成。及至二人来到,老贼将呈子与他等看了,只乐得手舞足蹈,屎滚尿流,以为此次可将包黑参倒了。又将赵庆叫到书房,好言好语,细细地问了一番,便大家商议,缮起奏摺,预备明日呈递。又暗暗定计,如何行文搜查勒索的银两,又如何到了临期,使他再不能更改。洋洋得意,乐不可言。

至次日,圣上临殿。庞吉出班,将摺子谨呈御览。圣上看了,心中有些不悦,立刻宣包公上殿,便问道:“卿有几个侄儿?”包公不知圣意,只得奏道:“臣有三个侄男,长、次俱务农;惟有第三个却是生员,名叫包世荣。”圣上又问道:“你这侄儿,可曾见过没有?”包公奏道:“微臣自在京供职以来,并未回家。惟有臣的大侄见过,其余二侄、三侄俱未见过。”仁宗天子点了点头,便叫陈伴伴将此摺递与包卿看。包公恭敬捧过一看,连忙跪倒,奏道:“臣子侄不肖,理应严拿,押解来京,严加审讯。臣有家教不严之罪,也当从重究治。仰恳天恩,依律施行。”奏罢,便匍匐在地。圣上见包公毫无遮饰之词,又见他惶愧至甚,圣心反觉不安,道:“卿家日夜勤劳王事,并未回家,如何能够知道家中事体?卿且平身。俟押解来京时,朕自有道理。”包公叩头,平身归班。圣上即传旨意,立刻行文,着该府州县无论包世荣行至何方,立即押解,驰驿来京。

此钞一发,如星飞电转,迅速之极。不一日,便将包三公子押解来京。刚到城内热闹丛中,见那壁厢一骑马飞也似跑来,相离不远,将马收住,滚鞍下来,便在旁边屈膝禀道:“小人包兴奉相爷钧谕,求众押解老爷略留情面,容小人与公子微述一言,再不能久停。”押解的官员听是包太师差人前来,谁也不好意思的,只得将马勒住,道:“你就是包兴么?既是相爷有命,容你与公子见面就是了。但你主仆在哪里说话呢?”那包兴道:“就在这边饭铺罢，不过三言两语而已。”这官员便吩咐将闲人逐开。此时看热闹的人山人海，谁不知包相爷的人情到了。又见这包三公子人品却也不俗，同定包兴进铺，自有差役暗暗跟随。不多会，便见出来。包兴又见了那位老爷，屈膝跪倒，道：“多承老爷厚情，容小人与公子一见，小人回去必对相爷细禀。”那官儿也只得说：“给相爷请安。”包兴连声答应，退下来，抓鬃上马，如飞的去了。

这里押解三公子的先到兵马司挂号，然后便到大理寺听候纶音。谁知此时庞吉已奏明圣上，就交大理寺，额外添派兵马司、都察院三堂会审。圣上准奏。你道此贼又添此二处为何？只因兵马司是他女婿孙荣，都察院是他门生廖天成，全是老贼心腹，惟恐文彦博审的袒护，故此添派二处。他哪里知道文老大人忠正办事，毫无徇私呢。

不多时，孙荣、廖天成来到大理寺与文大人相见。皆系钦命，难分主客。仍是文大人居了正位，孙、寥二人两旁侧坐。喊了堂威，便将包世荣带上堂来，便问他如何进香，如何勒索州县银两。包三公子因在饭铺听了包兴之言，说相爷已在各处托嘱明白，审讯之时不必推诿，只管实说，相爷自有救公子之法，因此三公子便道：“生员奉祖母之命太原进香，闻得苏杭名山秀水极多，莫若趁此进香就便游玩。只因路上盘川缺少，先前原是在州县借用。谁知后来他们俱送程仪，并非有意勒索。”文大人道：“既无勒索，那赵显谟如何休致①？”包世荣道：“生员乃一介儒生，何敢妄干国政？他休致不休致，生员不得而知，想来是他才力不佳。”孙荣便道：“你一路逢州遇县，到底勒索了多少银两？”包世荣道：“随来随用，也记不清了。”

正问至此，只见进来一个虞侯，却是庞太师寄了一封字儿，叫面交孙姑老爷的。孙荣接来看了，道：“这还了得！竟有如此之多。”文大人便问道：“孙大人，却是何事？”孙荣道：“就是此子在外勒索的数目，家岳已令人暗暗查来。”文大人道：“请借一观。”孙荣便道：“请看。”递将过去。文大人见上面有各州县的销耗数目，后面又见有庞吉嘱托孙荣极力参奏包公的话头。看完了也不递给孙荣，便笼入袖内，望着来人说道：“此系公堂之上，你如何擅敢妄传书信，是何道理？本当按照搅乱公堂办理，念你

① 休致——古时官员致仕退休称“休致”。

是太师的虞侯,权且饶恕。左右,与我用棍打出去!”虞侯吓了个心惊胆怕。左右一喊,连忙逐下堂去。文大人对孙荣道:“令岳做事太率意了。此乃法堂,竟敢遣人送书,于理说不过去罢?”孙荣连连称“是”,字柬儿也不敢往回要了。

廖天成见孙荣理曲,他却搭讪着问包世荣道:“方才押解官回禀,包太师曾命人拦住马头要见你说话,可是有的?”包世荣道:“有的。无非告诉生员不必推诿,总要实说,求众位大人庇佑[①]之意。”廖天成道:“那人叫什么名字?”包世荣道:“叫包兴。”廖天成立刻吩咐差役,传包兴到案,暂将包世荣带下去。

不多时,包兴传到。孙荣一肚子闷气无处发挥,如今见了包兴,却做起威来,道:“好狗才! 你如何擅敢拦住钦犯,传说信息! 该当何罪? 讲!”包兴道:“小人只知伺候相爷,不离左右,何尝拦住钦犯,又胆敢私传信息? 此事包兴实实不知。”孙荣一声断喝,道:“好狗才! 还敢强辩! 拉下去,重打二十。”可怜包兴无故遭此惨毒,二十板打得死而复苏,心中想道:“我跟了相爷多年,从来没受过这等重责。相爷审过多少案件,也从来没有这般的蛮打。今日活该,我包兴遇见对头了。”早已横了心,再不招认此事。孙荣又问道:“包兴,快快招上来!”包兴道:“实实没有此事,小人一概不知。”孙荣听了,怒上加怒,吩咐:“左右,请大刑!”只见左右将三根木往堂上一撂。包兴虽是懦弱身躯,他却是雄心豪气,早已把死付于度外。何况这样刑具,他是看惯的了,全然不惧,反冷笑道:“大人不必动怒。大人既说小人拦住钦犯,私传信息,似乎也该把我家公子带上堂来,质对质对才是。”孙荣道:“哪有工夫与你闲讲。左右,与我夹起来!”

文大人在上实实看不过、听不上,便叫左右把包世荣带上,当面对证。包世荣上堂,见了包兴,看了半天,道:“生员见的那人,虽与他相仿,只是黑瘦些,却不是这等白胖。”孙荣听了,自觉着有些不妥。

忽见差役禀道:“开封府差主簿公孙策赍有文书,当堂投递。”文大人不知何事,便叫领进来。公孙策当下投了文书,在一旁站立。文大人当堂拆封,将来文一看,笑容满面,对公孙策道:“他三个俱在此么?”公孙策道:“是,现在外面。”文大人道:“着他们进来。”公孙策转身出去。文大人方将来文与孙、廖二

---

① 庇(bì)佑——保佑。

人看了，两个贼登时就目瞪痴呆，面目更色，竟不知如何是好。

不多时，只见公孙策领进了三个少年，俱是英俊非常，独有第三个尤觉清秀。三个人向上打恭。文大人立起身来，道："三位公子免礼。"大公子包世恩、二公子包世勋却不言语，独有三公子包世荣道："家叔多多上复文老伯，叫晚生亲至公堂，与假冒名的当堂质对。此事关系生员的名分，故敢冒昧直陈，望乞宽宥。"

不料大公子一眼看见当堂跪的那人，便问道："你不是武吉祥么？"谁知那人见了三位公子到来，已然吓得魂不附体；如今又听大爷一问，不觉的抖衣而战，哪里还答应的出来呢！文大人听了，问道："怎么，你认得此人么？"大公子道："他是弟兄两个，他叫武吉祥，他兄弟叫武平安。原是晚生家的仆从。只因他二人不守本分，因此将他二人撵出去了。不知他为何又假冒我三弟之名前来？"文大人又看了看武吉祥，面貌果与三公子有些相仿，心中早已明白，便道："三位公子请回衙署。"又向公孙策道："主簿回去，多多上复阁台，就说我这里即刻具本复奏，并将包兴带回，且听纶音便了。"三位公子又向上一躬，退下堂来。公孙策扶着包兴，一同回开封去了。

且说包公自那日被庞吉参了一本，始知三公子在外胡为，回到衙中，又气又恨又惭愧：气的是大老爷养子不教；恨的是三公子年少无知，在外闯此大祸，恨不能自己把他拿住，依法处治；所愧者自己励精图治①，为国忘家，不想后辈子侄不能恪守②家范，以致生出事来，使他在大廷之上碰头请罪，真真令人羞死。从此后，有何面目忝③居相位呢？越想越烦恼。这些日连饮食俱各减了。后来又听得三公子解到，圣上派了三堂会审，便觉心上难安。偏偏又把包兴传去，不知为着何事。正在踌躇不安之时，忽见差役带进一人，包公虽然认得，一时想不起来。只见那人朝上跪倒，道："小人包旺，与老爷叩头。"包公听了，方想起果是包旺，心是暗道："他必是为三公子之事而来。"暂且按住心头之火，问道："你来此何事？"包旺道："小人奉了太老爷太夫人、大老爷大夫人之命，带领三位公子前来与

① 励精图治——振作精神，想办法把国家治理好。

② 恪(kè)守——谨慎而恭敬地遵守。

③ 忝(tiǎn)——谦辞，表示辱没他人，自己有愧。

相爷庆寿。”包公听了，不觉诧异，道：“三位公子在哪里？”包旺道：“少刻就到。”包公便叫李才同定包旺在外立等：“三位公子到了，急刻领来。”二人领命去了。包公此时早已料到此事有些蹊跷了。

少时，只见李才领定三位公子进来。包公一见，满心欢喜。三位公子参见已毕。包公搀扶起来，请了父母的安好，候了兄嫂的起居。又见三人中，惟有三公子相貌清奇，更觉喜爱。便叫李才带领三位公子进内，给夫人请安。包公既见了三位公子，便料定那个是假冒名的了，立刻请公孙先生来，告诉了此事，急办文书，带领三位公子到大理寺当面质对。

此时展爷与三义士、四勇士俱各听见了，惟有赵虎暗暗更加欢喜。展南侠便带领三义、四勇来到书房，与相爷称贺。包公此时把连日闷气登时消尽，见了众人进来，更觉欢喜畅快，便命大家坐了，就此将此事测度了一番。然后又问了问这几日访查的光景，俱各回言并无下落。还是卢方忠厚的心肠，立了个主意，道：“恩相为此事甚是焦心，而且钦限又紧，莫若恩相再遇圣上追问之时，且先将卢方等三人奏知圣上，一来且安圣心，二来理当请罪。如能够讨下限来，岂不又缓一步么？”包公道：“卢义士说的也是，且看机会便了。”正说间，公孙策带领三位公子回来，到了书房参见。

未知后事如何，下回分解。

第四十八回

访奸人假公子正法　贬佞党真义士面君

且说公孙策与三位公子回来，将文大人之言，一一禀明。大公子又将认得冒名的武吉祥也回了。惟有包兴一瘸一拐，见了包公，将孙荣蛮打的情节，述了一遍。包公安慰了他一番，叫他且自歇息将养。众人彼此见了三位公子，也就告别了。来至公厅，大家设席与包兴压惊。里面却是相爷与三位公子接风掸尘，就在后面同定夫人、三位公子，叙天伦之乐。

单言文大人具了奏摺，连庞吉的书信与开封府的文书，俱各随摺奏闻。天子看了，又喜又恼：喜的是包卿子侄并无此事；恼的是庞吉屡与包卿作对，总是他的理亏。“如今索性与孙荣等竟成群党，全无顾忌，这不是有意要陷害大臣么？”便将文彦博原摺案卷人犯，俱交开封府问讯。

包公接到此旨，看了案卷，升堂。略问了问赵庆，将武吉祥带上堂来，一鞫①即服。又问他：“同事者有多少人？”武吉祥道：“小人有个兄弟名叫武平安，他原假充包旺，还有两个伴当。不想风声一露，他们就预先逃走了。”包公因庞吉私书上面，有查来各处数目，不得不问，果然数目相符。又问他：“有个包兴曾给你送信，却在何处？说的是何言语？”武吉祥便将在饭铺内说的话，一一回明。包公道：“若见了此人，你可认得么？”武吉祥道：“若见了面，自然认得。”包公叫他画招，暂且收监。包公问道：“今日当值的是谁？”只见下面上来二人，跪禀道：“是小人江樊、黄茂。”包公看了，又添派了马步快头耿春、郑平二人，吩咐道：“你四人前往庞府左右细细访查，如有面貌与包兴相仿的，只管拿来。”四个人领命去了。包公退堂来至书房，请了公孙先生来，商议具摺复奏，并定罪名处分等事，不表。

且言领了相谕的四人，暗暗来到庞府，分为两路细细访查。及至两下里四个人走个对头，俱各摇头。四人会意，这是没有的缘故。彼此纳闷，

① 鞫(jū)——审问。

可往哪里去寻呢？真真事有凑巧，只见那边来了个醉汉，旁边有一人用手相搀，恰恰的仿佛包兴。四人喜不自胜，就迎了上来。只听那醉汉道：“老二呀！你今儿请了我了，你算包兴兄弟了；你要是不请我呀，你可就是包兴的儿子了。”说罢，哈哈大笑。又听那人道：“你满嘴里说的是什么？喝点酒儿混闹，这叫人听见是什么意思。”说话之间，四人已来到跟来，将二人一同获住，套上铁链，拉着就走。这人吓得面目焦黄，不知何事。那醉汉还胡言乱语的讲交情过节儿，四个人也不理他。

及至来到开封府，着二人看守，二人回话。包公正在书房与公孙先生商议奏折，见江樊、耿春二人进来，便将如何拿的，一一禀明。包公听了，立刻升堂，先将醉汉带上来，问道：“你叫什么名字？”醉汉道：“小人叫庞明，在庞府账房里写账。”包公问道：“那一人他叫什么？”庞明道：“他叫庞光，也在庞府账房里。我们俩是同手儿伙计。”包公道：“他既叫庞光，为何你又叫他包兴呢？讲！”庞明说：“这个……那个……他是什么件事情。他是那末……这末件事情呢。”包公吩咐：“掌嘴！”庞明忙道：“我说。我说。他原当过包兴，得了十两银子。小人才呕着他，喝了他个酒儿，就是说兄弟咧，儿子咧。我们原本玩笑，并没有打架拌嘴，不知为什么就把我们拿来了？”

包公吩咐，将他带下去，把庞光带上堂来。包公看了，果然有些仿佛包兴，把惊堂木一拍，道：“庞光，你把假冒包兴情由，诉上来！”庞光道：“并无此事呀！庞明是喝醉了，满口里胡说。”包公叫提武吉祥上堂当面认来。武吉祥见了庞光，道：“合小人在饭铺说话的，正是此人。”庞光听了，心下慌张。包公吩咐：“拉下去，重打二十大板。”打的他叫苦连天，不能不说，便将庞吉与孙荣、廖天成在书房如何定计，“恐包三公子不应，故此叫小人假扮包兴，告诉三公子只管应承，自有相爷解救。别的小人一概不知。”包公叫他画了供，同武吉祥一并寄监，俟参奏下来再行释放。庞明无事，叫他去了。

包公仍来至书房，将此事也叙入折内。定了武吉祥御刑处死。“至于庞吉与孙荣、廖天成私定阴谋，拦截钦犯，传递私信，皆属挟私陷害。臣不敢妄拟罪名，仰乞圣聪明示，睿鉴①施行。”此本一上，仁宗看毕，心中十

---

① 睿(ruì)鉴——明鉴。睿，看得深远。

分不悦，即明发上谕："庞吉屡设奸谋，频施毒计，挟制首相，谗害大臣，理宜贬为庶民，以惩其罪；姑念其在朝有年，身为国戚，着仍加恩赏太师衔，赏食全俸，不准入朝从政，倘再不知自励，暗生事端，即当从重治罪。孙荣、廖天成阿附①庞吉结成党类，实属不知自爱，俱着降三级调用。余依议。钦此。"此旨一下，众人无不称快。包公奉旨，用狗头铡将武吉祥正法。庞光释放。赵庆也着他回去，额外赏银十两。立刻行文到管城县。赵庆仍然在役当差。

此事已结，包公便庆寿辰。圣上与太后俱有赏赍。至于众官祝贺，凡送礼者俱是璧回。众官也多有不敢送者，因知相爷为人忠梗无私。不必细述。

过了生辰，即叫三位公子回去。惟有三公子包公甚是喜爱，叫他回去禀明了祖父祖母与他父母，仍来开封府在衙内读书，自己与他改正诗文，就是科考也甚就近。打发他等去后，办下谢恩摺子，预备明日上朝呈递。

次日入内，递摺请安。圣上召见，便问访查的那人如何。包公趁机奏道："那人虽未拿获，现有他同伙三人自行投到。臣已讯明，他等是陷空岛卢家庄的五鼠。"圣上听了，问道："何以谓之五鼠？"包公奏道："是他五个人的绰号：第一是盘桅鼠卢方，第二是彻地鼠韩彰，第三是穿山鼠徐庆，第四是混江鼠蒋平，第五是锦毛鼠白玉堂。"圣上听了，喜动天颜，道："听他们这些绰号，想来就是他们本领了。"包公道："正是，现今惟有韩彰、白玉堂不知去向，其余三人俱在臣衙内。"仁宗道："既如此，卿明日将此三人带进朝内，朕在寿山福海御审。"包公听了，心下早已明白，这是天子要看看他们的本领，故意的以御审为名。若果要御审，又何必单在寿山福海呢？再者包公为何说盘桅鼠、混江鼠呢？包公为此筹划已久，恐说出"钻天"、"翻江"，有犯圣忌，故此改了。这也是怜才的一番苦心。

当日早朝已毕，回到开封，将此事告诉了卢方等三人；并着展爷与公孙先生等明日俱随入朝，为照应他们三人。又嘱咐了他三人多少言语，无非是敬谨小心而已。

到了次日，卢方等绝早的就披上罪衣罪裙。包公见了，吩咐："不必，俟圣旨召见时再穿不迟。"卢方道："罪民等今日朝见天颜，理宜奉公守法。若临期再穿，未免简慢，不是敬君上之理。"包公点头，道："好，所论

① 阿(ē)附——迎合，依附。

极是。若如此，本阁可以不必再嘱咐了。”便上轿入朝。展爷等一群英雄跟随来至朝房，照应卢方等三人，不时的问问茶水等项。卢方到了此时，惟有低头不语。蒋平也是暗自沉吟。独有愣爷徐庆东瞧西望，问了这里，又打听那边，连一点安顿气儿也是没有。忽见包兴从那边跑来，口内打哧，又点手儿。展爷已知是圣上过寿山福海那边去了，连忙同定卢方等，随着包兴往内里而来。包兴又悄悄嘱咐卢方道：“卢员外不必害怕。圣上要问话时，总要据实陈奏。若问别的，自有相爷代奏。”卢方连连点头。

刚来到寿山福海，只见宫殿楼阁，金碧交辉，宝鼎香烟，氤氲结彩；丹墀之上，文武排班。忽听钟磬之音嘹亮，一对对提炉，引着圣上，升了宝殿。顷刻，肃然寂静。却见包公牙笏①上捧定一本，却是卢方等的名字，跪在丹墀。圣上宣到殿上，略问数语。出来了老伴伴陈林，来到丹墀之上，道：“旨意带卢方、徐庆、蒋平。”此话刚完，早有御前侍卫将卢方等一边一个架起胳膊，上了丹墀。两边的侍卫又将他等一按，悄悄说道：“跪下。”三人匍匐在地。侍卫往两边一闪。圣上叫卢方抬起头来，卢方秉正向上。仁宗看了，点了点头，暗道：“看他相貌出众，武艺必定超群。”因问道：“居住何方？结义几人？作何生理？”卢方一一奏罢。圣上又问他因何投到开封府。卢方连忙叩首，奏道：“罪民因白玉堂年幼无知，惹下滔天大祸。全是罪民素日不能规箴②、忠告、善导，致令酿成此事。惟有仰恳天恩，将罪民重治其罪。”奏罢叩头。

仁宗见他情甘替白玉堂认罪，真不愧结盟的义气，圣心大悦。忽见那边忠烈祠旗杆上黄旗，被风刮得忽喇喇乱响；又见两旁的飘带，有一根绕在杆上，一根却裹住滑车。圣上却借题发挥，道：“卢方，你为何叫作盘桅鼠？”卢方奏道：“只因罪民船上篷索断落，罪民曾爬桅结索，因此叫为盘桅鼠，实乃罪民末技。”圣上道：“你看那旗杆上飘带缠绕不清，你可能够上去解开么？”卢方跪着，扭项一看，奏道：“罪民可以勉力巴结。”圣上命陈林将卢方领下丹墀，脱去罪衣罪裙，来到旗杆之下。他便挽掖衣袖，将身一纵，蹲在夹杆石上。只用手一扶旗杆，两膝一拳，只听哧、哧、哧、哧犹

---

① 牙笏(hù)——古代君臣在朝廷上相见时手中所拿的狭长板子，用玉、象牙或竹制成，上面可以记事。

② 规箴(zhēn)——劝告、劝诫。

如猿猴一般,迅速之极,早已到了挂旗之处,先将绕在旗杆上的飘带解开。只见他用腿盘旗杆,将身形一探,却把滑车上的飘带也就脱落下来。此时圣上与群臣看的明白,无不喝采。忽又见他伸开一腿,只用一腿盘住旗杆,将身体一平,双手一伸,却在黄旗一旁,又添上了一个顺风旗。众人看了,谁不替他担惊。忽又用了个拨云探月架式,将左手一甩,将那一条腿早离了杆。这一下把众人吓了一跳,及至看时,他早用左手单挽旗杆,又使了个单展翅。下面自圣上以下,无不喝采连声。猛见他把头一低,滴溜溜顺将下来,仿佛失手的一般。却把众人吓着了,齐说:"不好!"再一看时,他却从夹杆石上跳将下来,众人方才放心。天子满心欢喜,连声赞道:"真不愧'盘桅'二字。"陈林仍带卢方,上了丹墀,跪在旁边。

看第二名的叫彻地鼠韩彰,不知去向。圣上即看第三的名叫穿山鼠徐庆,便问道:"徐庆。"徐庆抬起头,道:"有。"他连声答应的极其脆亮。天子把他一看,见他黑漆漆的一张面皮,光闪闪两个环睛,卤莽①非常,毫无畏惧。

不知仁宗看了,问出什么话来,下回分解。

① 卤(lǔ)莽——说话做事不经过考虑;轻率。也作鲁莽。

第四十九回

金殿试艺三鼠封官　佛门递呈双乌告状

话说天子见那徐庆卤莽非常，因问他如何穿山。徐庆道："只因我……"蒋平在后面悄悄拉他，提拨道："罪民，罪民。"徐庆听了，方说道："我罪民在陷空岛连钻十八孔，故此人人叫我罪民穿山鼠。"圣上道："朕这万寿山也有山窟，你可穿得过去么？"徐庆道："只要是通的，就钻的过去。"圣上又派了陈林，将徐庆领至万寿山下。徐庆脱去罪衣罪裙。陈林嘱咐他道："你只要穿山窟过去，应个景儿即便下来，不要耽延工夫。"徐庆只管答应。谁知他到了半山之间，见个山窟，把身子一顺，就不见了。足有两盏茶时，不见出来。陈林着急，道："徐庆，你往哪里去了？"忽见徐庆在南山尖之上，应道："唔！俺在这里。"这一声连圣上与群臣俱各听见了。卢方在一旁跪着，暗暗着急，恐圣上见怪。谁知徐庆应了一声，又不见了。陈林更自着急，等了多回，方见他从山窟内穿出。陈林连忙招手，叫他下来。此时徐庆已不成模样，浑身青苔，满头尘垢。陈林仍把他带至丹墀，跪在一旁。圣上连连夸奖："果真不愧'穿山'二字。"

又见单上第四名混江鼠蒋平。天子往下一看，见他匍匐在地，身材渺小。及至叫他抬起头来，却是面黄肌瘦，形如病夫。仁宗有些不悦，暗想道："看他这光景，如何配称混江鼠呢？"无奈何，问道："你既叫混江鼠，想来是会水了？"蒋平道："罪民在水中能开目视物，能在水中整个月住宿，颇识水性，因此唤作混江鼠。这不过是罪民小巧之技。"仁宗听说"颇识水性"四字，更不喜悦，立刻吩咐备船，叫陈林进内："取朕的金蟾来。"少时，陈伴伴取到。天子命包公细看。只见金漆木桶之中，内有一个三足蟾，宽有三寸，长有五寸，两个眼睛如琥珀一般，一张大口恰似胭脂，碧绿的身子，雪白的肚儿，更衬着两个金眼圈儿，周身的金点儿，实实好看，真是希奇之物。包公看了，赞道："真乃奇宝！"天子命陈林带着蒋平上一只小船。却命太监提了木桶，圣上带领首相及诸大臣，登在大船之上。

此时陈林看蒋平光景，惟恐他不能捉蟾，悄悄告诉他道："此蟾乃圣上心爱之物。你若不能捉时,趁早言语,我与你奏明圣上,省得吃罪不起。”蒋平笑道:“公公但请放心,不要多虑。有水靠求借一件。”陈林道:“有,有。”立刻叫小太监拿几件来。蒋平挑了一身极小的,脱了罪衣罪裙,穿上水靠,刚刚合体。只听圣上那边大船上太监手提木桶,道:“蒋平,咱家这就放蟾了。”说罢,将木桶口儿向下,底儿向上,连蟾带水俱各倒在海内。只见那蟾在水皮之上发愣。陈林这里紧催蒋平:“下去,下去,快下去!”蒋平他却不动。不多时,那蟾灵性清醒,三足一晃,就不见了。蒋平方向船头,将身一顺,连个声息也无,也不见了。

天子那边看的真切,暗道:“看他入水势,颇有能为。只是金蟾惟恐遗失。”眼睁睁往水中观看,半天不见影响。天子暗说:“不好,朕看他懦弱身躯,如何禁得住在水中许久!别是他捉不住金蟾,畏罪自溺死了罢?这是怎么说!朕为一蟾,要人一命,岂是为君的道理!”正在着急,忽见水中咕嘟嘟翻起泡来。此泡一翻,连众人俱各猜疑了:这必是沉了底儿了。仁宗好生难受。君臣只顾远处观望,未想到船头以前,忽然水上起波,波纹往四下一开,发了一个极大的圈儿,从当中露出人来,却是面向下,背朝上。圣上看了,不由的一怔。猛见他将腰一拱,仰起头来,却是蒋平在水中跪着,两手上下合拢。将手一张,只听金蟾在掌中呱呱的乱叫。天子大喜,道:“岂但颇识水性,竟是水势精通了。真是好混江鼠,不愧其称!”忙吩咐太监将木桶另注新水。蒋平将金蟾放在里面,跪在水皮上,恭恭敬敬向上叩了三个头。圣上及众人无不夸赞。见他仍然踏水奔至小船,脱了衣靠。陈林更喜,仍把他带往金銮殿来。

此时圣上已回转殿内,宣包公进殿,道:“朕看他等技艺超群,豪侠尚义。国家总以鼓励人才为重,朕欲加封他等职衔,以后也令有本领的各怀向上之心。卿家以为何如?”包公原有此心,恐圣上设疑,不敢启奏。今一闻此旨,连忙跪倒,奏道:“圣上神明,天恩浩荡。从此大开进贤之门,实国家之大幸也。”仁宗大悦,立刻传旨,赏了卢方等三人也是六品校尉之职,俱在开封供职。又传旨,务必访查白玉堂、韩彰二人,不拘时日。包公带领卢方等谢恩。天子驾转回宫。

包公散朝,来到衙署。卢方等三人从新又叩谢了包公。包公甚喜,却又谆谆嘱咐:“务要访查二义士、五义士,莫要辜负圣恩。”公孙策与展爷、王、马、张、赵俱各与三人贺喜。独有赵虎心中不乐,暗自思道:“我们辛苦了多年，方才挣得个校尉。如今他三人不发一刀一枪，便也是校尉，竟自与我等为伍。若论卢大哥，他的人品轩昂，为人忠厚，武艺超群，原是好的。就是徐三哥直直爽爽，就合我赵虎的脾气似的，也还可以。独有那姓蒋的三分不像人，七分倒像鬼，瘦的那个样儿，眼看着成了干儿了，不是筋连着也就散了。他还说动话儿，尖酸刻薄，怎么配与我老赵同堂办事呢？”心中老大不乐。因此每每聚谈饮酒之间，赵虎独独与蒋平不对。蒋爷毫不介意。

他等一壁里访查正事，一壁里彼此聚会，又耽延了一个月的光景。这一天，包公下朝，忽见两个乌鸦随着轿呱呱乱叫，再不飞去。包公心中有些疑惑。又见有个和尚迎轿跪倒，双手举呈，口呼“冤枉”。包兴接了呈子，随轿进了衙门。包公立刻升堂，将诉呈看毕，把和尚带上来，问了一堂。原来此僧名叫法明，为替他师兄法聪辨冤。即刻命将和尚暂带下去。忽听乌鸦又来乱叫。及至退堂，来到书房。包兴递了一盏茶，刚然接过，那两个乌鸦又在檐前呱呱乱叫。包公放下茶杯，出书房一看，仍是那两个乌鸦。包公暗暗道：“这乌鸦必有事故。”吩咐李才，将江樊、黄茂二人唤进来。李才答应。不多时，二人跟了李才进来，到书房门首。包公就差他二人跟随乌鸦前去，看有何动静。江、黄二人忙跪下，禀道：“相爷叫小人跟随乌鸦往哪里去？请即示下。”包公一声断喝，道：“哇！好狗才！谁许你等多说？派你二人跟随，你就跟随。无论是何地方，但有形迹可疑的，即便拿来见我。”说罢，转身进了书房。

江、黄二人彼此对瞧了瞧，不敢多言，只得站起，对乌鸦道：“往哪里去？走呀！”可煞作怪，那乌鸦便展翅飞起，出衙去了。二人哪敢怠慢，赶出了衙门，却见乌鸦在前。二人不管别的，低头看看脚底下，却又仰面瞧瞧乌鸦，不分高低，没有理会，已到城外旷野之地。二人吁吁带喘，江樊道：“好差使！两条腿跟着带翅儿的跑。”黄茂道：“我可玩不开了，再要跑，我就要暴脱了。你瞧我这浑身汗都透了。”忽见那边飞了一群乌鸦来，连这两个裹住。江樊道：“不好咧！完了，咱们这两个呀呀儿哟了。好汉打不过人多。”说着话，两个便坐在地下，仰面观瞧。只见左旋右舞，飞腾上下，如何分得出来呢？江、黄二人为难：“这可怎么样呢？”猛听得那边树上呱呱乱叫。江樊立起身来一看，道：“伙计，你在这里呢。好呀！他两个会玩呀，敢则躲在树里藏着呢。”黄茂道：“知道是不是呢？”江樊道:“咱们叫他一声儿,老鸦呀! 该走咧!”只见两个乌鸦飞起,向着二人乱叫,又往南飞去了。江樊道:“真奇怪。”黄茂道:“别管他,咱们且跟他到那里。”二人赶步向前,刚然来至宝善庄,乌鸦却不见了。见有两个穿青衣的,一个大汉,一个后生。江樊猛然省悟,道:“伙计,二青呀。”黄茂道:“不错,双皂呀。”二人说完,尚在游疑。

只见那二人从小路上岔走。大汉在前;后生在后,赶不上大汉,一着急却跌倒了,把靴子脱落了一只,却露出尖尖的金莲来。那大汉看见,转回身来将她扶起,又把靴子拾起叫她穿上。黄茂早赶过来,道:“你这汉子,要拐那妇人往哪里去?”一伸手就要拿人。哪知大汉眼快,反把黄茂腕子拢住,往怀里一领,黄茂难以挣扎,就顺水推舟的爬下了。江樊过来嚷道:“故意的女扮男装,必有事故。反将我们伙计摔倒。你这厮有多大胆?”说罢,才要动手。只见那大汉将手一晃,一转眼间右胁里就是一拳。江樊往后倒退了几步,身不由己的也就仰面朝天的躺下了。他二人却好,虽则一个爬着,一个躺着,却骂不绝口,又不敢起来合他较量。只听那大汉对后生说:“你顺着小路过去,有一树林;过了树林,就看见庄门了。你告诉庄丁们,叫他等前来绑人。”那假后生忙忙顺着小路去了。不多时,果见来了几个庄丁,短棍铁尺,口称:“主管,拿什么人?”大汉用手往地下一指,道:“将他二人捆了,带至庄中,见员外去。”庄丁听了,一齐上前,捆了就走。绕过树林,果见一个广梁大门。江、黄二人正要探听探听。一直进了庄门,大汉将他二人带至群房,道:“我回员外去。”不多时,员外出来,见了公差江樊,只吓得惊疑不止。

不知为了何事,下回分解。

第五十回

彻地鼠恩救二公差　白玉堂智偷三件宝

且说那员外迎面见了两个公差，谁知他却认得江樊，连忙吩咐家丁快快松了绑缚，请到里面去坐。

你道这员外却是何等样人？他姓林，单名一个春字，也是个不安本分的。当初同江樊他两个人原是破落户①出身，只因林春发了一注外财，便与江樊分手。江樊却又上了开封府当皂隶②，暗暗的熬上了差役头目。林春久已听得江樊在开封府当差，就要仍然结识于他。谁知江樊见了相爷秉正除奸，又见展爷等英雄豪侠，心中羡慕，颇有向上之心。他竟改邪归正，将夙日③所为之事一想，全然不是在规矩之中，以后总要做好事当好人才是。不想今日被林春主管雷洪拿来，见了员外，却是林春。

林春连称"恕罪"，即刻将江樊、黄茂让至待客厅上。献茶已毕，林春欠身道："实实不知是二位上差，多有得罪，望乞看当初的分上，务求遮盖一二。"江樊道："你我原是同过患难的，这有什么要紧，但请放心。"说罢，执手，别过头来就要起身。这本是个脱身之计。不想林春更是奸滑油透的，忙拦道："江贤弟，且不必忙。"便向小童一使眼色。小童连忙端出一个盘子，里面放定四封银子。林春笑道："些须薄礼，望乞笑纳。"江樊道："林兄，你这就错了。似这点事儿有甚要紧，难道用这银子买嘱小弟不成？断难从命。"林春听了，登时放下脸来，道："江樊，你好不知时务。我好意念昔日之情，赏脸给你银两，你竟敢推托，想来你是仗着开封府藐视④于我。好，好！"回头叫声："雷洪，将他二人吊起来，给我着实拷打！立刻叫他写下字样，再回我知道。"

---

① 破落户——指先前有钱有势而后来败落的人家。

② 皂隶——旧时衙门里的差役。

③ 夙(sù)日——平时；平常。

④ 藐(miǎo)视——轻视；小看。

雷洪即吩咐庄丁捆了二人,带至东院三间屋内。江樊、黄茂也不言语,被庄丁推到东院,甚是宽阔。却有三间屋子,是两明一暗。正中柁上有两个大环,环内有链,链上有钩。从背缚之处伸下钩来,钩住腰间丝绦,往上一拉,吊的脚刚沾地,前后并无倚靠。雷洪叫庄丁搬个座位坐下,又吩咐庄丁用皮鞭先抽江樊。江樊到了此时,便把当初的泼皮施展出来,骂不绝口。庄丁连抽数下。江樊谈笑自若,道:"松小子!你们当家的惯会打算盘,一点荤腥儿也不给你们吃,尽与你们豆腐,吃的你们一点囊劲儿也没有。你这是打人呢?还是与我去痒痒呢?"雷洪闻听,接过鞭子来,一连抽了几下。江樊道:"还是大小子好,他到底儿给我抓抓痒痒,孝顺孝顺我呀。"雷洪也不理他,又抽了数下。又叫庄丁抽黄茂。黄茂也不言语,闭眼合睛,惟有咬牙忍疼而已。江樊见黄茂挨死打,惟恐他一哼出来,就不是劲儿了。他却拿话往这边领着,说:"你们不必抽他了。他的困大,抽着抽着,就睡着了。你们还是孝顺我罢。"雷洪听了,不觉怒气填胸,向庄丁手内接过皮鞭子来,又打江樊。江樊却是嬉皮笑脸,闹的雷洪无法,只得歇息歇息。

此时日已衔山,将有掌灯时候,只听小童说道:"雷大叔,员外叫你老吃饭呢。"雷洪叫庄丁等皆吃饭去。自己出来,将门带上,扣了了吊儿,同小童去了。这屋内江、黄二人,听了听外面寂静无声,黄茂悄悄说道:"江大哥,方才要不是你拿话儿领过去,我有点玩不开了。"江樊道:"你等着罢,回来他来了,这顿打那才够驼的呢!"黄茂道:"这可怎么好呢?"忽见从里间屋内出来一人,江樊问道:"你是什么人?"那人道:"小老儿姓豆。只因同小女上汴梁投亲去,就在前面宝善庄打尖。不想这员外由庄上回来,看见小女就要抢掠。多亏了一位义士姓韩名彰,救了小老儿父女二人,又赠了五两银子。不料不识路径,竟自走入庄内,却就是这员外这里。因此被他仍然抢回,将我拘禁在此。尚不知我女儿性命如何?"说着,说着,就哭了。江、黄二人听了,说是韩彰,满心欢喜,道:"咱们倘能脱了此难,要是找着韩彰,这才是一件美差呢!"

正说至此,忽听了吊儿一响,将门闪开一缝,却进来了一人。火扇一晃,江、黄二人见他穿着夜行衣靠,一色是青。忽听豆老儿说:"这原来是恩公到了。"江、黄听了此言,知是韩彰,忙道:"二员外爷,你老快救我们才好!"韩彰道:"不要忙。"从背后抽出刀来,将绳缚割断,又把铁链钩子摘下,江、黄二人已觉痛快。又放了豆老儿。那豆老儿因捆他的工夫大了,又有了年纪,一时血脉不能周流。韩彰便将他等领出屋来,悄悄道:“你们在何处等等?我将林春拿住,交付你二人,好去请功。再找找豆老的女儿在何处。只是这院内并无藏身之所,你们在何处等呢?”忽见西墙下有个极大的马槽,扣在那里,韩彰道:“有了,你们就藏在马槽之下,如何呢?”江樊道:“叫他二人藏在里面罢,我是闷不惯的。我一人好找地方,另藏在别处罢。”说着,就将马槽一头掀起,黄茂与豆老儿跑进去,仍然扣好。

二义士却从后面上房,见各屋内灯光明亮,他却伏在檐前往下细听。有一个婆子说道:“安人,你这一片好心,每日烧香念佛的,只保佑员外平安无事罢。”安人道:“但愿如此,只是再也劝不过来的。今日又抢了一个女子来,还锁在那边屋里呢。不知又是什么主意?”婆子道:“今日不顾那女子了。”韩爷暗喜,幸而女子尚未失身。又听婆子道:“还有一宗事最恶呢。原来咱们庄南有个锡匠叫什么季广,他的女人倪氏合咱们员外不大清楚。只因锡匠病才好了,咱们员外就叫主管雷洪定下一计,叫倪氏告诉他男人,说他病时曾许下在宝珠寺烧香。这寺中有个后院,是一块空地,并丘着一口棺材,墙却倒塌不整。咱们雷洪就在那里等他。”安人问道:“等他作什么?”婆子道:“这就是他们定的计策。那倪氏烧完了香,就要上后院子小解,解下裙子来,搭在丘子上。及至小解完了,就不见了,因此他就回了家了。到了半夜里,有人敲门,嚷道:‘送裙子来了!’倪氏叫他男人出去,就被人割了头去了。这倪氏就告到祥符县说,庙内昨日失去裙子,夜间夫主就被人杀了。县官叫罢,就疑惑庙内和尚身上,即派人前去搜寻,却于庙内后院丘子旁边,见有浮土一堆。刨开看时,就是那条裙子,包着季广的脑袋呢!差人就把本庙的和尚法聪捉去,用酷刑审问。他如何能招呢?谁知法聪有个师弟名叫法明,募化①回来,听见此事,他却在开封府告了。咱们员外听见此信,恐怕开封府问事利害,万一露出马脚来,不大稳便,因此又叫雷洪拿了青衣小帽,叫倪氏改妆藏在咱们家里——就在东跨所,听说今晚成亲。你老人家想想,这是什么事?平白无故的生出这等毒计。”

---

① 募(mù)化——和尚、道士等求人施舍财物。

韩爷听毕，便绕至东跨所，轻轻落下，只听屋内说道："那开封府断事如神。你若到了那里，三言两语包管露出马脚来，那还了得！如今这个法子，谁想的到你在这里呢？这才是万年无忧呢。"妇人说道："就只一宗，我今日来时遇见两个公差，偏偏的又把靴子掉了，露出脚来，喜的好在拿住了。千万别把他们放走了。"林春道："我已告诉雷洪，三更时把他们结果了就完了。"妇人道："若如此，事情才得干净呢。"韩二爷听至此，不由气往上撞，暗道："好恶贼！"却用手轻轻的掀起帘栊，来至堂屋之内。见那边放着软帘，走至跟前，猛然将帘一掀，口中说道："嚷，就是一刀！"却把刀一晃，满屋明亮。林春这一吓不小，见来人身量高大，穿着一身青靠，手持明亮亮的刀，借灯光一照，更觉难看，便跪倒哀告，道："大王爷饶命！若用银两，我去取去。"韩彰道："俺自会取，何用你去。且先把你捆了再说。"见他穿着短衣，一回头看见丝绦放在那里，就一伸手拿过来，将刀咬在口中，用手将他捆了个结实；又见有一条绢子，叫林春张开口给他塞上。再看那妇人时，已经哆嗦在一堆，顺手提将过来，却把拴帐钩的绦子割下来，将妇人捆了；又割下了一副飘带，将妇人的口也塞上。正要回身出来找江樊等，忽听一声嚷，却是雷洪到东院持刀杀人去了，不见江、黄、豆老，连忙呼唤庄丁搜寻，却在马槽下搜出黄茂、豆老，独独不见了江樊，只得来禀员外。韩爷早迎至院中，劈面就是一刀。雷洪眼快，用手中刀尽力一磕，几乎把韩爷的刀磕飞。韩彰暗道："好力量！"二人往来多时。韩爷技艺虽强，吃亏了力软；雷洪的本领不济，便宜力大，所谓"一力降十会"。韩爷看看不敌。猛见一块石头飞来，正打在雷洪的脖项之上，不由的向前一栽。韩爷手快，反背就是一刀背，打在脊梁骨上。这两下才把小子闹了个嘴吃屎。韩爷刚要上前，忽听道："二员外，不必动手，待我来。"却是江樊，上前将雷洪绑了。

原来江樊见雷洪呼唤庄丁搜查，他却隐在黑暗之处。后见拿了黄茂、豆老，雷洪吩咐庄丁："好生看守，待我回员外去。"雷洪前脚走，江樊却后边暗暗跟随。因无兵刃，走着，就便拣了一块石头子儿在手内拿着。可巧遇韩爷同雷洪交手，他却暗打一石，不想就在此石上成功。韩爷又搜出豆女，交付与林春之妻，吩咐候此案完结时，好叫豆老儿领去。复又放了黄茂、豆老。江樊等又求韩爷护送，韩爷便把窃听设计谋害季广、法聪含冤之事，一一叙说明白。江樊又说："求二员外亲至开封府去。"并言卢方等已然受职。韩爷听了,却不言语,转眼之间,就不见了。

江、黄二人却无奈何,只得押解三人来到开封,把二义士解救以及拿获林春、倪氏、雷洪,并韩彰说的谋害季广、法聪冤枉之事,俱各禀明了。包公先差人到祥符县提法聪到案,然后立刻升堂,带上林春、倪氏、雷洪等一干人犯,严加审讯。他三人皆知包公断事如神,俱各一一招认。包公命他们俱画招具结收禁,按例定罪。仍派江樊、黄茂带了豆老儿到宝善庄,将他女儿交代明白。

及至法聪提到,又把原告法明带上堂来,问他等乌鸦之事。两人发怔,想了多时,方才想起。原来这两个乌鸦是宝珠寺庙内槐树上的,因被风雨吹落,两个乌鸦将翎摔伤。多亏法聪好好装在笸箩内将养,任其飞腾自去,不意竟有鸣冤之事。包公听了点头,将他二人释放无事。

此案已结。包公来到书房,用毕晚饭。将有初鼓之际,江、黄二人从宝善庄回来,将带领豆老儿将他女儿交代明白的话,回了一遍。包公念他二人勤劳辛苦,每人赏银二十两。二人叩谢,一齐立起。刚要转身,又听包公唤道:“转来。”二人连忙止步,向上侍立。包公又细细询问韩彰,二人从新细禀一番,方才出来。

包公细想:“韩彰不肯来,是何缘故?并且告诉他卢方等圣上并不加罪,已皆受职。他听了此言应当有向上之心,如何又隐避而不来呢?”猛然省悟,道:“哦!是了,是了,他因白玉堂未来,他是决不肯先来的。”正在思索之际,忽听院内拍的一声,不知是何物落下。包兴连忙出去,却拾进一个纸包儿来,上写着“急速拆阅”四字。包公看了,以为必是匿名帖子,或是其中别有隐情。拆开看时,里面包定一个石子,有个字柬儿,上写着:“我今特来借三宝,暂且携归陷空岛。南侠若到卢家庄,管叫御猫跑不了。”包公看罢,便叫包兴前去看视三宝,又令李才请展护卫来。

不多时,展爷来到书房,包公即将字柬与展爷看了。展爷忙问道:“相爷可曾差人看三宝去了没有?”包公道:“已差包兴看视去了。”展爷不胜惊骇,道:“相爷中了他‘拍门投石问路’之计了。”包公问道:“何以谓之‘投石问路’呢?”展爷道:“这来人本不知三宝在于何处,故写此字令人设疑。若不使人看视,他却无法可施;如今已差人看视,这是领了他去了。此三宝必失无疑了。”正说到此,忽听那边一片声喧。展爷吃了一惊。

不知所嚷为何,下回分解。

第五十一回

寻猛虎双雄陷深坑　获凶徒三贼归平县

且说包公正与展爷议论石子来由,忽听一片声喧,乃是西耳房走火。展爷连忙赶至那里,早已听见有人嚷道:“房上有人!”展爷借火光一看,果然房上站立一人,连忙用手一指,放出一枝袖箭,只听噗哧一声。展爷道:“不好!又中计了。”一眼却瞧见包兴在那里张罗救火,急忙问道:“印官看视三宝如何?”包兴道:“方才看了,纹丝没动。”展爷道:“你再看看去。”正说间,三义、四勇俱各到了。

此时耳房之火已然扑灭,原是前面窗户纸引着,无甚要紧。只见包兴慌张跑来,说道:“三宝真是失去不见了!”展爷即飞身上房。卢方等闻听,也皆上房。四个人四下搜寻,并无影响。下面却是王、马、张、赵,前后稽查也无下落。展爷与卢爷等仍从房上回来,却见方才用箭射的,乃是一个皮人子,脚上用鸡爪丁扣定瓦栊,原是吹臌了的。因用袖箭打透,冒了风,也就摊在房上了。愣爷徐庆看了,道:“这是老五的。”蒋爷捏了他一把。展爷却不言语。卢方听了,好生难受,暗道:“五弟做事太阴毒了。你知我等现在开封府,你却盗去三宝,叫我等如何见相爷?如何对的起众位朋友?”他哪里知道相爷处还有个知照帖儿呢。四个下得房来,一同来至书房。

此时包兴已回禀包公,说三宝失去。包公叫他不用声张,恰好见众人进来参见包公,俱各认罪。包公道:“此事原是我派人瞧的不好了。况且三宝也非急需之物,有甚稀罕。你等莫要声张,俟明日慢慢访查便了。”

众英雄见相爷毫不介意,只得退出,来到公所之内。依卢方还要前去追赶。蒋平道:“知道五弟向何方而去?不是望风扑影么?”展爷道:“五弟回了陷空岛了。”卢方问道:“何以知之?”展爷道:“他回明了相爷,还要约小弟前去,故此知之。”便把方才字柬上的言语念出。卢方听了,好不难受,惭愧满面,半晌道:“五弟做事太任性了。这还了得,还是我等赶了他去为是。”展爷知道卢方乃是忠厚热肠,忙拦道:“大哥是断断去不得的。”卢方道:“却是为何?”展爷道:“请问大哥赶上五弟,合五弟要三宝不要?”卢方道:“焉有不要之理。”展爷道:“却又来! 合他要,他给了便罢;他若不给,难道真个翻脸拒捕,从此就义断情绝了么? 我想此事,还是小弟去的是理。”蒋平道:“展兄,你去了恐有些不妥,五弟他不是好惹的。”展爷听了不悦,道:“难道陷空岛是龙潭虎穴不成?”蒋平道:“虽不是龙潭虎穴,只是五弟做事令人难测,阴毒得狠。他这一去必要设下埋伏,一来陷空岛大哥路径不熟,二来不知道他设下什么圈套。莫若小弟明日回禀了相爷,先找我二哥。我二哥若来了,还是我等回到陷空岛将他稳住,做为内应,大哥再去,方是万全之策。”展爷听了,才待开言,只听公孙策道:“四弟言之有理。展大哥莫要辜负四弟一番好意。”展爷见公孙先生如此说,只得将话咽住,不肯往下说了,惟有心中暗暗不平而已。

到了次日,蒋平见了相爷,回明要找韩彰去。并因赵虎每每有不合之意,要同张龙、赵虎同去。包公听说要找韩彰,甚合心意,因问向何方去找。蒋平回道:“就在平县翠云峰。因韩彰的母亲坟墓在此峰下,年年韩彰必于此时拜扫,故此要到那里寻找一番。”包公甚喜,就叫张、赵二人同往。张龙却无可说。独有赵虎一路上合蒋平闹了好些闲话,蒋爷只是不理。张龙在中间劝阻。

这一日打尖吃饭,刚然坐下,赵虎就说:“咱们同桌儿吃饭,各自会钱,谁也不必扰谁,你道好么?”蒋爷笑道:“很好,如此方无拘束。”因此各自要的各自吃,我也不吃你的,你也不吃我的。幸亏张龙惟恐蒋平脸上下不来,反在其中周旋打和儿。赵虎还要说闲话,蒋爷只有笑笑而已。及至吃完,堂官算账,赵虎务必要分账。张龙道:“且自算算,柜上再分去。”到柜上问时,柜上说蒋老爷已然都给了。却是跟蒋老爷的伴当,进门时就把银包交付柜上,说明了如有人问,就说蒋老爷给了。天天如此,张龙好觉过意不去。蒋平一路上听闲话、受作践,不一而足。

好容易到了翠云峰,半山之上有个灵佑寺。蒋平却认得庙内和尚,因问道:“韩爷来了没有?”和尚答道:“却未到此扫墓。”蒋平听了,满心欢喜,以为必遇韩彰无疑,就与张、赵二人商议,在此庙内居住等候。赵虎前后看了一回,见云堂宽阔豁亮,就叫伴当将行李安放在云堂,同张龙住了。蒋平就在和尚屋内同居。偏偏的庙内和尚俱各吃素。赵虎他却耐不得,向庙内借了碗盏家伙,自己起灶,叫伴当打酒买肉,合心配口而食。

伴当这日提了竹筐,拿了银两,下山去了。不多时,却又转来。赵虎见他空手回来,不觉发怒,道:“你这厮向何方去了多时,酒肉尚未买来?”抡掌就要打。伴当连忙往后一退,道:“小人有事回爷。”张龙道:“贤弟且容他说。”赵虎掣回拳来,道:“快讲!说的不是,我再打。”伴当道:“小人方才下山,走到松林之内,见一人在那里上吊。见了是救呀,是不救呢?”赵虎说:“那还用问吗?快些救去,救去!”伴当道:“小人已救下来,将他带来了。”赵虎笑道:“好小子!这才是。快买酒肉去罢。”伴当道:“小人还有话回呢。”赵虎道:“好唠叨!还说什么?”张龙道:“贤弟且叫他说明,再买不迟。”赵虎道:“快,快快的!”伴当道:“小人问他为何上吊,他就哭了。他说他叫包旺。”赵虎听了,连忙站起身来,急问道:“叫什么?”伴当道:“叫包旺。”赵虎道:“包旺怎么样?讲,讲,讲!”伴当说:“他奉了太老爷太夫人、大老爷、大夫人之命,特送三公子上开封府衙内攻书。昨晚就在山下前面客店之中住下。因月色颇好,出来玩赏,行到松林,猛然出来了一只猛虎,就把他相公背了走了。”赵虎听到此,不由怪叫吆喝,道:“这还了得!这便怎么处?”张龙道:“贤弟不必着急,其中似有可疑。既是猛虎,为何不用口叼呢,却背了他去了?这个光景必然有诈。”叫伴当将包旺忙让进来。

不多时,伴当领进,赵虎一看果是包旺。彼此见了让坐,道受惊。包旺因前次在开封府见过张、赵二人,略为谦让,即便坐了。张、赵又细细盘问了一番,果是虎背了去了。此时包旺便说:“自开封回家,一路平安。因相爷喜爱三公子,禀明太老爷太夫人、大老爷大夫人,就命我护送赴署。不想昨晚住在山下店里,公子要踏月,走至松林,出来一只猛虎把公子背了去。我今日寻找一天,并无下落,因此要寻自尽。”说罢,痛哭。张、赵二人听毕,果是虎会背人,事有可疑。他二人便商议晚间在松林搜寻,倘然拿获,就可以问出公子的下落来了。

此时伴当已将酒肉买来,收拾妥当。叫包旺且免愁烦,他三人一处吃毕饭,赵虎喝的醉醺醺的就要走。张龙道:“你我也须装束伶便,各带兵刃。倘然真有猛虎,也可除此一方之害。咱们这个样儿,如何与虎斗呢?”说罢,脱去外面衣服,将搭包勒紧。赵虎也就扎缚停当。各持了利刃,叫包旺同伴当在此等候。他二人下了山峰,来到松林之下,趁着月色,赵虎大呼小叫道:“虎在哪里?虎在哪里?”左一刀,右一晃,混砍乱晃。忽见那边树上跳下二人,咕噜噜的就往西飞跑。

原来有二人在树上隐藏,远远见张、赵二人奔入林中,手持利刃,口中乱嚷:“虎在哪里?”又见明亮亮的钢刀,在月光之下一闪一闪,光芒冷促。这两个人害怕,暗中计较道:“莫若如此如此,这般这般。”因此跳下树来,往西飞跑。张、赵二人见了,紧紧追来。却见前面有破屋二间,墙垣倒塌,二人奔入屋内去了。张、赵也随后追来。愣爷不管好歹,也就进了屋内,又无门窗户壁,四角俱空,哪里有个人影。赵虎道:“怪呀!明明进了屋子,为何不见了呢?莫不是见了鬼咧?或者是什么妖怪?岂有此理!”东瞧西望,一步凑巧,忽听哗啷一声,蹲下身一摸,却是一个大铁环钉在木板上边。张龙也进屋内,觉得脚下咕咚、咕咚的响,就有些疑惑。忽听赵虎说:“有了,他藏在这下边呢。”张龙说:“贤弟如何知道?”赵虎说:“我揪住铁环了。”张龙道:“贤弟千万莫揭此板。你就在此看守。我回到庙内将伴当等唤来,多拿火亮,岂不拿个稳当的。”赵虎却耐烦不得,道:“两个毛贼有甚要紧,且自看看再做道理。”说罢,一提铁环,将板掀起,里面黑洞洞任什么看不见。用刀往下一试探,却是土基台阶。“哼!里面必有蹊跷,待俺下去。”张龙道:“贤弟且慢!……”此话未完,赵虎已然下去。张龙惟恐有失,也就跟将下去。谁知下面台阶狭窄,而且赵爷势猛,两脚收不住,咕噜噜竟自滚下去了,口内连说:“不好,不好!”里面的二人早已备下绳索,见赵虎滚下来,哪肯容情,两人服侍一个人,登时捆了个结实。张爷在上面听见赵虎连说“不好,不好”,不知何故,一时不得主意,心内一慌,脚下一跐,也就溜下去了。里面二人早已等候,又把张爷捆缚起来。这且不言。

再说包旺在庙内,自从张、赵二人去后,他方细细问明伴当,原来还有蒋平,他三人是奉相爷之命前来访查韩二爷的,因问:“蒋爷现在哪里?”伴当便说:“赵爷与蒋爷不睦,一路上把蒋爷欺负苦咧,到此还不肯同住。幸亏蒋爷有涵容,全不计较,故此自己在和尚屋内住了。”包旺听了,心下明白。直等到天有三更,未见张、赵回来,不由满腹狐疑,对伴当说:“你看已交半夜,张、赵二位还不回来,其中恐有差池。莫若你等随我同见蒋爷去。”伴当也因夜深不得主意,即领了包旺来见蒋爷。

此时蒋平已然歇息。忽听说包旺来到,又听张、赵二人捉虎未回,连忙起来,细问一番,方知他二人初鼓已去,自思:“他二人此来,原是我在相爷跟前撺掇。如今他二人若有失闪,我却如何复命呢?”忙忙束缚伶便,背后插了三棱鹅眉刺,吩咐伴当等:“好生看守行李,千万不准去寻我等。”别了包旺,来至庙外,一纵身先步上高峰峻岭,见月光皎洁,山色晶莹,万籁无声,四围静寂。

蒋爷侧耳留神,隐隐闻得西北上犬声乱吠,必有村庄。连忙下了山峰,按定方向奔去,果是小小村庄。自己蹑足潜踪,遮遮掩掩,留神细看,见一家门首站立二人,他却隐在一棵大树之后。忽见门开处,里面走出一人,道:“二位贤弟,黄夜到此何干?”只听那二人道:“小弟等在地窖子里拿了二人,问他却是开封府的校尉。我等听了不得主意,是放好?还是不放好呢?故此特来请示大哥。”又听那人说:“哎呀!竟有这等事!那是断断放不得的。莫若你二人回去,将他等结果,急速回来。咱三人远走高飞,趁早儿离开此地要紧。”二人道:“既如此,大哥就归着行李,我们先办了那宗事去。”说罢,回身竟奔东南。蒋泽长却暗暗跟随。二人慌慌张张的,竟奔破房而来。

此时蒋爷从背后拔出钢刺,见前面的已进破墙,他却紧赶一步,照着后头走的这一个人的肩窝就是一刺,往怀里一带;那人站不稳跌倒在地,一时挣扎不起。蒋爷却又窜入墙内,只听前面的问道:“外面什么咕咚一响?……”话未说完,好蒋平!钢刺已到,躲不及,右肋上已然着重,嗳呀一声,翻筋斗栽倒。四爷赶上一步,就势按倒,解他腰带,三环五扣的捆了一回。又到墙外,见那一人方才起来,就要跑。真好泽长!赶上前踢倒,也就捆缚好了,将他一提提到破屋之内。

事有凑巧,脚却扫着铁环。又听得空洞之中似有板盖,即用手提环,掀起木板,先将这个往下一扔。侧耳一听,只听咕噜、咕噜的落在里面,摔的哎呀一声。蒋爷又听,无甚动静,方用钢刺试步而下。到了里面一看,却有一间屋子大小,是一个瓮洞窖儿,那壁厢点着个灯挂子。再一看时,见张、赵二人捆在那里。张龙羞见,却一言不发。赵虎却嚷道:“蒋四哥,你来的正好!快快救我二人呀!”蒋平却不理他,把那人一提,用钢刺一指,问道:“你叫何名?共有几人?快说!”那人道:“小人叫刘豸[①],上面那个叫刘獬[②],方才邓家洼那一个叫武平安:原是我们三个。”蒋爷又问道:“昨晚你等假扮猛虎背去的人呢?放在哪里?”刘豸道:“那是武平安

① 豸——音 zhì。

② 獬——音 xiè。

背去的，小人们不知。就知昨晚上他亲姐姐死了，我们帮着抬埋的。”蒋平问明此事，只听那边赵虎嚷道：“蒋四哥，小弟从此知道你是个好的了。我们两个人没有拿住一个，你一个人拿住二名。四哥敢则真有本事，我老赵佩服你了。”蒋平就过来，将他二人放起。张、赵二人谢了。蒋平道：“莫谢，莫谢，还得上邓家洼呢。二位老弟随我来。”三人出了地窖，又将刘獬提起，也扔在地窖之内，将板盖又压上一块石头。

蒋平在前，张、赵在后，来至邓家洼。蒋平指与门户，悄悄说：“我先进去，然后二位老弟叩门。两下一挤，没他的跑儿。”说着，一纵身体，一股黑烟，进了墙头，连个声息也无。赵虎暗暗夸奖。张龙此时在外叩门，只听里面应道：“来了。”门未开时，就问：“二位可将那二人结果了?”及至开门时，赵虎道：“结果了!”披胸就是一把，揪了个结实。武平安刚要挣扎，只觉背后一人揪住头发，他哪里还能支持，立时缚住。三人又搜寻一遍，连个人也无，惟有小小包裹放在那里。赵虎说：“别管他，且拿她娘的。”蒋爷道：“问他三公子现在何处。”武平安说：“已逃走了。”赵虎就要拿拳来打。蒋爷拦住，道：“贤弟，此处也不是审他的地方，先押着他走。”三人押定武平安到了破屋，又将刘豸、刘獬从地窖里提出，往回里便走，来到松林之内，天已微明。却见跟张、赵的伴当寻下山来，便叫他们好好押解。一同来到庙中，约了包旺，竟赴平县而来。

谁知县尹已坐早堂，为宋乡宦失盗之案。因有主管宋升，声言窝主是学究方善先生，因有金镯为证，正在那里审问方善一案，忽见门上进来，禀道：“今有开封府包相爷差人到了。”县尹不知何事，一面吩咐“快请”，一面先将方善收监。

这里才吩咐，已见四人到了前面。县官刚然站起，只听有一矮胖之人说道：“好县官呀！你为一方之主，竟敢纵虎伤人，并且伤的是包相爷的侄男。我看你这纱帽，是要戴不牢的了。”县官听了发怔，却不明白此话，只得道：“众位既奉相爷钧谕前来，有话请坐下慢慢的讲。”吩咐看座，坐了。包旺先将奉命送公子赴开封、路上如何住宿、因步月如何遇虎、将公子背去的话，说了一遍。蒋爷又将拿获武平安、刘豸、刘獬的话，说了一遍，并言俱已解到。

县官听得已将凶犯拿获，暗暗欢喜，立刻吩咐：“带上堂来。”先问武平安将三公子藏于何处。武平安道：“只因那晚无心中背了一个人来，回到邓家洼小人的姐姐家中。此人却是包相爷的三公子包世荣。小人与他有杀兄之仇,因包相审问假公子一案,将小人胞兄武吉祥用狗头铡铡死。小人意欲将三公子与胞兄祭灵。"赵虎听至此,站起来举手就要打,亏了蒋爷拦住。又听武平安道:"不想小人出去打酒买纸锞的工夫,小人姐姐就放三公子逃走了。"赵爷听到此,又哈哈的大笑,说:"放得好,放得好!底下怎么样呢?"武平安道:"我姐姐叫我外甥邓九如找我,说三公子逃走了。小人一闻此言,急急回家。谁知我姐姐竟自上了吊死咧!小人无奈,烦人将我姐姐掩埋了。偏偏的我外甥邓九如,他也就死了。"

未知如何,下回分解。

第五十二回

感恩情许婚方老丈　投书信多亏宁婆娘

且说蒋平等来到平县。县官立刻审问武平安。武平安说他姐姐因私放了三公子后，竟自自缢身死。众人听了已觉可惜，忽又听说他外甥邓九如也死了，更觉诧异。县官问道："邓九如多大了？"武平安说："今年才交七岁。"县官说："他小小年纪，如何也死了呢？"武平安道："只因埋了他母亲之后，他苦苦的合小人要他妈。小人一时性起，就将他踢了一顿脚，他就死在山洼子里咧。"赵虎听到此，登时怒气填胸，站将起来，就把武平安尽力踢了几脚，踢的他满地打滚。还是蒋、张二人劝住。又问了问刘豸、刘獬，也就招认因贫起见，就帮着武平安每夜行劫度日，俱供是实，一齐寄监。县官又向蒋平等商议了一番，惟有赶急访查三公子下落要紧。

你道这三公子逃脱何方去了？他却奔到一家，正是学究方善，乃是一个饱学的寒儒。家中并无多少房屋，只是上房三间，却是方先生同女儿玉芝小姐居住，外有厢房三间做书房。那包世荣投到他家，就在这屋内居住。只因他年幼书生，自小娇生惯养，哪里受的这样辛苦，又如此惊吓，一时之间就染起病来。多亏了方先生精心调理，方觉好些。

一日，方善上街给公子打药，在路上拾了一只金镯，看了看拿到银铺内去瞧成色；恰被宋升看见，讹成窝家，扭到县内已成讼案。即有人送了信来。玉芝小姐一听她爹爹遭了官司，哪里还有主意咧！便哭哭啼啼。家中又无别人，幸喜有个老街坊，是个婆子，姓宁，为人正直爽快，爱说爱笑，人人皆称她为宁妈妈。这妈妈听见此事，有些不平，连忙来到方家，见玉芝已哭成泪人相似。宁妈妈好生不忍。玉芝一见如亲人一般，就央求她到监中看视。

那妈妈满口应承，即到了平县。谁知那些衙役快头俱与她熟识，众人一见，彼此玩玩笑笑，便领她到监中看视。见了方先生，又向众人说些浮情照应的话，并问官府审的如何。方先生说："自从那时，刚要过堂，不想为什么包相爷的侄儿一事，故此未审。此时县官竟为此事为难，无暇及此。”方善又问了问女儿玉芝，就从袖中取出一封字柬递与宁妈妈，道：“我有一事相求：只因我家外厢房中住着个荣相公，名唤世宝，我见他相貌非凡，品行出众，而且又是读书之人，堪与我女儿配偶，求妈妈玉成其事。”宁婆道：“先生现遇此事，何必忙在此一时呢？”方善道：“妈妈不知，我家中并无多余的房屋，而且又无仆妇丫鬟，使怨女旷夫未免有瓜田李下①之嫌；莫若把此事说定了，他与我有翁婿之谊，玉芝与他有夫妻之分，他也可以照料我家中，别人也就没的说了。我的主意已定，只求妈妈将此封字柬与相公看了；倘若不允，就将我一番苦心向他说明，他再无不应之理。全仗妈妈玉成。”宁妈妈道：“先生只管放心，谅我这张口说了，此事必应。”方善又嘱托照料家中，宁婆一一应允。

急忙回来，见了玉芝，先告诉她先生在监之事，又悄悄告诉她许婚之意。“现有书信在此，说这荣相公人品学问俱是好的，也活该是千里婚姻一线牵。”那玉芝小姐见有父命，也就不言语了。婆婆问道：“这荣相公在书房里么？”玉芝无奈，答道：“现在书房，因染病才好，尚未痊愈。”妈妈说：“待我看看去。”

来到厢房门口，故意高声问道：“荣相公在屋里么？”只听里面应道：“小生在此。不知外面何人？请进屋内来坐。”妈妈来到屋内一看，见相公伏枕而卧，虽是病容，果然清秀，便道：“老身姓宁，乃是方先生的近邻。因玉芝小姐求老身往监中探望她父亲，方先生却托我带了一个字柬给相公看看。”说罢，从袖中取出递过。三公子拆开看毕，说道：“这如何使得！我受方恩公莫大之恩尚未答报，如何趁他遇事，却又定他的女儿。这事难以从命。况且又无父母之命，如何敢做？”宁婆道：“相公这话就说差了。此事原非相公本心，却是出于方先生之意。再者他因家下无人，男女不便，有瓜李之嫌，是以托老身多多致意。相公既说受他莫大之恩，何妨应允了此事，再商量着救方先生呢？”三公子一想：“难得方老先生这番好心，而且又名分攸关，倒是应了的是。”宁婆见三公子沉吟，知他有些允意，又道：“相公不必游疑。这玉芝小姐谅相公也未见过，真是生的端庄美貌，赛画似的。而且贤德过人，又兼诗词歌赋，无不通晓，皆是跟她父亲学的。至于女工针黹，更是精巧非常。相公若是允了，真是天配良缘

---

①　瓜田李下——比喻容易引起嫌疑的地方。

哪!”三公子道:“多承妈妈分心,小生应下就是了。”宁婆道:“相公既然应允,大小有点聘定,老身明日也好回复先生去。”三公子道:“聘礼尽有,只是遇难逃奔,不曾带在身边,这便怎么处?”宁婆婆道:“相公不必为难。只要相公拿定主意,不可食言就是了。”三公子道:“丈夫一言既出,如白染皂,何况受方夫子莫大之恩呢!”宁婆道:“相公实在说的不错。俗语说的好:‘知恩不报恩,枉为世上人。’再者女婿有半子之劳,想个什么法子救救方先生才好呢?”三公子说:“若要救方夫子,极其容易。只是小生病体甫愈[①],不能到县。若要寄一封书信,又怕无人敢递去,事在两难。”宁妈妈说:“相公若肯寄信,待老身与你送去如何?就是怕你的信不中用。”三公子说:“妈妈只管放心,你要敢送这书信,到了县内叫他开中门,要见县官,面为投递;他若不开中门,县官不见,千万不可将此书信落于别人之手。妈妈,你可敢去么?”宁妈妈说:“这有什么呢?只要相公的书信灵应,我可怕怎的?待我取笔砚来,相公就写起来。”说着话,便向那边桌上拿了笔砚,又在那书夹子里取了个封套笺纸,递与三公子。

三公子拈笔在手,只觉得手颤,再也写不下去。宁妈妈说:“相公素日喝冷酒吗?”三公子说:“妈妈有所不知,我病了两天,水米不曾进,心内空虚,如何提的起笔来?必须要进些饮食方可写,不然我实实写不来的。”宁婆道:“既如此,我做一碗汤来,喝了再写如何?”公子道:“多谢妈妈。”宁婆离了书房,来到玉芝小姐屋内,将话一一说了。“只是公子手颤不能写字,须进些羹汤,喝了好写。”玉芝听了此话,暗道:“要开中门见官府亲手接信,此人必有来历。”忙与宁妈商议,又无荤腥,只得做碗素面汤,滴上点香油儿。宁妈妈端到书房,向公子道:“汤来了。”公子挣扎起来,已觉香味扑鼻,连忙喝了两口,说:“很好!”及至将汤喝完,两鬓额角已见汗,登时神清气爽,略略歇息,提笔一挥而就。宁妈妈见三公子写信不加思索,迅速之极,满心欢喜,说道:“相公写完了,念与我听。”三公子说:“是念不得的。恐被人窃听了去,走漏风声,那还了得。”

宁妈妈是个精明老练之人,不戴头巾的男子,惟恐书中有了舛错,自己到了县内是要吃眼前亏的。她便搭讪着,袖了书信,悄悄的拿到玉芝屋内,叫小姐看。小姐看了,不由暗暗欢喜,深服爹爹眼力不差,便把不是荣

① 甫愈——刚刚好。

相公,却是包公子,他将名字颠倒瞒人耳目,以防被人陷害的话说了。“如今他这书上写着,奉相爷谕进京,不想行至松林,遭遇凶事,险些被害的情节。妈妈只管前去投递,是不妨事的。这书上还要县官的轿子接他呢。”婆子听了,乐的两手拍不到一块,急急来至书房,先见了三公子,请罪道:“婆子实在不知是贵公子,多有简慢,望乞公子爷恕罪!”三公子说:“妈妈悄言,千万不要声张!”宁婆道:“公子爷放心。这院子内一个外人没有,再也没人听见。求公子将书信封妥,待婆子好去投递。”三公子这里封信,宁妈妈便出去了。

不多时,只见她打扮的齐整,虽无绫罗缎疋①,却也干净朴素。三公子将书信递与她。她仿佛奉圣旨的一般,打开衫子,揣在贴身胸前拄腰子里。临行又向公子福了福,方才出门,竟奔平县而来。

刚进衙门,只见从班房里出来了一人,见了宁婆,道:“哟! 老宁,你这个样怎么来了? 别是又要找个主儿罢?”宁婆道:“你不要胡说。我问你,今儿个谁的班?”那人道:“今个是魏头儿。”一壁说着,叫道:“魏头儿,有人找你,这个可是熟人。”早见魏头出来。宁婆道:“原来是老舅该班呢吗。辛苦咧! 没有什么说的,好兄弟,姐姐劳动劳动你。”魏头儿说:“又是什么事? 昨日进监探老方,许了我们一个酒儿,还没给我喝呢。今日又怎么来了?”宁婆道:“口子大小总要缝,事情也要办。姐姐今儿来,特为此一封书信,可是要觌面见你们官府的。”魏头儿听了,道:“哎哟! 你越闹越大咧。衙门里递书信,或者使得;我们官府,也是你轻易见得的? 你别给我闹乱儿了。这可比不得昨日是私情儿。”宁婆道:“傻兄弟,姐姐是做什么的? 当见的我才见呢,横竖不能叫你受热。”魏头儿道:“你只管这末说,我总有点不放心。倘或闹出乱子,那可不是玩的。”旁边有一人说:“老魏呀,你忒②胆小咧! 她既这末说,想来有拿手,是当见的。你只管回去。老宁不是外人,回来可得喝你个酒儿。”宁婆道:“有咧,姐姐请你二人。”

说话间,魏头儿已回禀了出来,道:“走罢! 官府叫你呢。”宁婆道:“老舅,你还得辛苦辛苦。这封信本人交与我时,叫我告诉衙内,不开中

---

① 疋(pǐ)——同“匹”。

② 忒(tuī)——太。

门不许投递。”魏头儿听了，将头一摇，手一摆，说：“你这可胡闹！为你这封信要开中门，你这不是搅么？”宁妈说：“你既不开，我就回去。”说罢，转身就走。魏头儿忙拦住，道：“你别走呀！如今已回明了，你若走了，官府岂不怪我？这是什么差事呢！你真这么着，我了不了呀！”宁婆见他着急，不由笑道：“好兄弟，你不要着急。你只管回去，你就说我说的，此事要紧，不是寻常书信，必须开中门方肯投递。管保官府见了此书不但不怪——巧咧，咱们姐们还有点彩头儿呢。”孙书吏在旁听宁婆之话有因，又知道她素日为人再不干荒唐事，就明白书信必有来历，是不能不依着他，便道：“魏头儿，再与她回禀一声，就说她是这末说的。”魏头儿无奈，复又进去，到了当堂。

此时蒋、张、赵三位爷连包旺四个人，正与县官要主意呢。忽听差役回禀，有一婆子投书，依县官是免见。还是蒋爷机变，就怕是三公子的密信，便在旁说：“容她相见何妨。”去了半晌，差役回禀，又说：“那婆子要叫开中门方投此信，她说事有要紧。”县官闻听此言，不觉沉吟，料想必有关系，吩咐道：“就与她开中门，看她是何等书信。”差役应声开放中门，出来对宁婆道：“全是你缠不清。差一点我没吃上，快走罢！”宁婆不慌不忙，迈开半尺的花鞋，咯噔、咯噔进了中门，直上大堂，手中高举书信，来到堂前。县官见婆子毫无惧色，手擎书信，县官吩咐差役将书接上来。差役将要上前，只听婆子道：“此书须太爷亲接，有机密事在内，来人吩咐的明白。”县官闻听事有来历，也不问是谁，就站起来，出了公座，将书接过。婆子退在一旁。拆阅已毕，又是惊骇，又是欢悦。蒋平已然偷看明白，便向前道：“贵县理宜派轿前往。”县官道：“那是理当如此。”此时包旺已知有了公子的下落，就要跟随前往。赵虎也要跟，蒋爷拦住，道：“你我奉相谕，各有专司，比不得包旺，他是当去的，咱们还是在此等候便了。”赵虎道：“四哥说的有理，咱们就在此等罢。”差役、魏头儿听得明白，方才放心。只见宁婆道：“婆子回禀老爷，既叫婆子引路，他们轿夫腿快，如何跟的上？与其空轿抬着，莫若婆子坐上，又引了路，又不误事，又叫包公子看着，知是太爷敬公子之意。”县官见她是个正直稳实的老婆儿，即吩咐：“既如此，你即押轿前往。”

未识后文如何，下回分晓。

第五十三回

蒋义士二上翠云峰　展南侠初到陷空岛

且说县尹吩咐宁婆坐轿去接。那轿夫头儿悄悄说:“老宁呀,你太受用了。你坐过这个轿吗?”婆子说:“你夹着你那个嘴罢。就是这个轿子,告诉你说罢,姐姐连这回坐了三次了。”轿夫头儿听了也笑了,吩咐摘杆。宁婆迈进轿杆,身子往后一退,腰儿一哈,头儿一低,便坐上了。众轿夫俱各笑道:“瞧不起她,真有门儿。”宁婆道:“唔!你打量妈妈是个怯条子呢。孩子们给安上扶手,你们若走得好了,我还要赏你们稳轿钱呢。”此时包旺已然乘马,又派四名衙役跟随,簇拥着去了。

县官立刻升堂,将宋升带上,道他诬告良人,掌了十个嘴巴,逐出衙外。即吩咐带方善。方善上堂,太爷令去刑具,将话言明,又安慰了他几句。学究见县官如此看待,又想不到与贵公子联姻,心中快乐之极,满口应承:“见了公子,定当替老父台分解。”县官吩咐看座,大家俱各在公堂等候。

不多时,三公子来到,县官出迎,蒋、赵、张三位也都迎了出来。公子即要下轿,因是初愈,县官吩咐抬至当堂,蒋平等也俱参见。三公子下轿,彼此各有多少谦逊的言词。公子向方善又说了多少感激的话头。县官将公子让至书房,备办酒席,大家逊坐。三公子与方善上坐,蒋爷与张、赵左右相陪,县官坐了主位。包旺自有别人款待,饮酒叙话。县官道:“敝境出此恶事,幸将各犯拿获。惟邓九如虽说已死,尚有蹊跷,经派员前往山洼勘察,并无尸首下落,此事还须细查。相爷跟前,还望公子善言。”公子满口应承,却又托付照应方夫子并宁妈妈。惟有蒋平等因奉相谕访查韩彰之事,说明他三人还要到翠云峰探听探听,然后再与公子一同进京,就请公子暂在衙内将养。他等也不待席终,便先告辞去了。

这里方先生辞了公子,先回家看视女儿玉芝,又与宁妈妈道乏。他父女欢喜之至,自不必说。三公子处自有包旺精心服侍。县官除办公事有闲暇之时,必来与公子闲谈,一切周旋,自不必细表。

且说蒋平等三人复又来到翠云峰灵佑寺庙内，见了和尚，先打听韩二爷来了不曾。和尚说道："三位来的不巧。韩二爷昨日就来与老母亲扫坟墓，今早就走了。"三人听了，不由的一怔。蒋爷道："我二哥可曾提往哪里去么?"和尚说："小僧已曾问过。韩爷说：'丈夫以天地为家，焉有定踪。'信步行去，不知去向。"蒋爷听了，半晌，叹了一口气，道："此事虽是我做的不好，然而皆因五弟而起，致令二哥飘蓬无定。如今闹的连一个居住之处也是无有，这便如何是好呢?"张龙说："四兄不必为难，咱们且在这邻近左右访查访查，再做理会。"蒋平无奈，只得说道："小弟还要到韩老伯母坟前看看，莫若一同前往。"说罢，三人离了灵佑寺，慢慢来到墓前，果见有新化的纸灰。蒋平对着荒丘，又叹息了一番，将身跪倒拜了四拜，真个是"乘兴而来，败兴而返"。赵虎说："既找不着韩二哥，咱们还是早回平县为是。"蒋平道："今日天气已晚，赶不及了，只好仍在庙中居住，明早回县便了。"三人复回至庙中，同住在云堂之内。次日即回平县而去。

你道韩爷果真走了么？他却仍在庙内，故意告诉和尚："倘若他等找来，你就如此如此的答对他们。"他却在和尚屋内住了。偏偏此次赵虎务叫蒋爷在云堂居住，因此失了机会。不必细述。

且言蒋爷三人回到平县见了三公子，说明未遇韩彰，只得且回东京，定于明日同定三公子起身。县官仍用轿子送公子进京，已将旅店行李取来，派了四名衙役，却先到了方先生家叙了翁婿之情，言明到了开封禀明相爷，即行纳聘。又将宁妈妈请来道乏，那婆子乐个不了。然后大家方才动身，竟奔东京而来。

一日，来到京师，进城之时，蒋、张、赵三人一伸坐骑，先到了开封，进署见过相爷，先回明未遇韩彰，后言公子遇难之事，从头至尾，说了一遍。相爷叫他们俱各歇息去了。不多时，三公子来到，参见了包公。包公问他如何遇害。三公子又将已往情由，细述了一番。事虽凶险，包公见三公子面上毫不露遭凶逢险之态，惟独提到邓九如深加爱惜。包公察公子的神情气色，心地志向，甚是合心。公子又将方善被诬、情愿联姻、侄儿因受他大恩擅定姻盟的事，也说了一遍。包公疼爱公子，满应全在自己身上。三公子又赞"平县县官很为侄儿费心，不但备了轿子送来，又派了四名衙役护送"。包公听了，立刻吩咐赏随来的衙役轿夫银两，并写回信道乏道谢。

不几日间，平县将武平安、刘豸、刘獬一同解到。包公又审讯了一番，与原供相符，便将武平安也用狗头铡铡了，将刘豸、刘獬定了斩监候。此案结后，包公即派包兴赍了聘礼，即行接取方善父女，送到合肥县小包村，将玉芝小姐交付大夫人好生看待，候三公子考试之后，再行授室。自己具了禀帖，回明了太老爷太夫人、大兄嫂二兄嫂，联此婚姻，皆是自己的主意，并不提及三公子私定一节。三公子又叫包兴暗暗访查邓九如的下落。方老先生自到了包家村，独独与宁老先生合的来。包公又派人查买了一顷田，纹银百两，库缎四疋，赏给宁婆，以为养老之资。

且言蒋平自那日来到开封，到了公所，诸位英雄俱各见了，单单不见了南侠，心中就有些疑惑，连忙问道："展大哥哪里去了？"卢方说："三日前起了路引，上松江去了。"蒋爷听了着急，道："这是谁叫展兄去的？大家为何不拦阻他呢？"公孙先生说："劣兄拦至再三，展大哥断不依从。自己见了相爷，起了路引，他就走了。"蒋平听了跌足，道："这又是小弟多说的不是了！"王朝问道："如何是四弟多说的不是呢？"蒋平说："大哥想前次小弟说的言语，叫展大哥等我等找了韩二哥回来做为内应，句句原是实话。不料展大哥错会了意，当做激他的言语，竟自一人前去。众位兄弟有所不知，我那五弟做事有些诡诈，展大哥此去若有差池，这岂不是小弟多说的不是了么？"王朝听了，便不言语。蒋平又说："此次小弟没有找着二哥。昨在路上又想了个计较，原打算我与卢大哥、徐三哥，约会着展兄同到茉花村，找着双侠丁家二兄弟，大家商量个主意，找着老五，要了三宝，一同前来以了此案，不想展大哥竟自一人走了。此事倒要大费周折了。"公孙策说："依四弟怎么样呢？"蒋爷道："再无别的主意，只好我弟兄三人明日禀明相爷，且到茉花村，见机行事便了。"大家闻听，深以为然。这且不言。

原来南侠忍心耐性等了蒋平几天不见回来，自己暗想道："蒋泽长说话带激，我若真个等他，显见我展某非他等不行。莫若回明恩相，起个路引，单人独骑前去。"于是展爷就回明此事，带了路引，来到松江府，投了文书，要见太守。太守连忙请到书房。展爷见这太守年纪不过三旬，旁边站一老管家。正与太守谈话时，忽见一个婆子把展爷看了看，便向老管家招手儿。管家退出，二人咬耳。管家点头后，便进来向太守耳边说了几句，回身退出。太守即请展爷到后面书房叙话。展爷不解何意，只得来到后面。刚然坐下，只见丫鬟仆妇簇拥着一位夫人，见了展爷，连忙纳头便拜，连太守等俱各跪下。展爷不知所措，连忙伏身还礼不迭，心中好生纳闷。忽听太守道："恩公，我非别人，名唤田起元，贱内就是金玉仙，多蒙恩公搭救，脱离了大难，后因考试得中，即以外任擢用。不几年间，如今叨恩公福庇，已做太守，皆出于恩公所赐。"展爷听了，方才明白，即请夫人回避。连老管家田忠与妻杨氏俱各与展爷叩头，展爷并皆扶起。仍然到外书房，已备得酒席。

饮酒之间，田太守因问道："恩公到陷空岛何事？"展爷便将奉命捉钦犯白玉堂，一一说明。田太守吃惊，道："听得陷空岛道路崎岖，山势险恶，恩公一人如何去得？况白玉堂又是极有本领之人，他既归入山中，难免埋伏圈套，恩公须熟思之方好。"展爷道："我与白玉堂虽无深交，却是道义相通，平素又无仇隙，见了他时，也不过以'义'字感化于他。他若省悟，同赴开封府了结此案，并不是谆谆①与他对垒，以死相拼的主意。"太守听了，略觉放心。展爷又道："如今奉恳太守，倘得一人熟识路径，带我到卢家庄，足见厚情。"太守连连应允："有，有。"即叫田忠将观察头领余彪唤来。不多时，余彪来到。见此人出五旬年纪，身量高大，参见了太守，又与展爷见了礼。便备办船只，约于初鼓起身。

展爷用毕饭，略为歇息，天已掌灯。急急扎束停当，别了太守，同余彪登舟，撑到卢家庄，到飞峰岭下将舟停住。展爷告诉余彪说："你在此探听三日，如无音信，即刻回府禀告太守。候过旬日，我若不到，府中即刻详文到开封府便了。"余彪领命。

展爷弃舟上岭。此时已有二鼓，趁着月色来至卢家庄。只见一带高墙极其坚固，有个哨门是个大栅栏关闭，推了推却是锁着。折腰捡了一块石片，敲着栅栏，高声叫道："里面有人么？"只听里面应道："什么人？"展爷道："俺姓展，特来拜访你家五员外。"里面说："莫不是南侠称御猫、护卫展老爷么？"展爷道："正是，你家员外可在家么？"里面的道："在家，在家，等了展老爷好些日了。略为少待，容我禀报。"展爷在外呆等多时，总不见出来，一时性发，又敲又叫。忽听得从西边来了一个人，声音却是醉了的一般，嘟嘟囔囔道："你是谁呀？半夜三更这末大呼小叫的，连点规矩也没有！你若等不得，你敢进来，算你是好的！"说罢，他却走了。

展爷不由的大怒，暗道："可恶这些庄丁们，岂有此理！这明是白玉

① 谆(zhūn)谆——恳切。

堂吩咐，故意激怒于我。谅他纵有埋伏，吾何惧哉！”想罢，将手扳住栅栏，一翻身两脚飘起，倒垂势用脚扣住，将手一松，身体卷起，斜刺里抓住墙头，两脚一拱上了墙头。往下窥看，却是平地。恐有埋伏，却又投石问了一问，方才转身落下，竟奔广梁大门而来。仔细看时，却是封锁，从门缝里观时，黑漆漆诸物莫睹。又到两旁房屋看了看，连个人影儿也无。只得复往西去，又见一个广梁大门，与这边的一样。上了台阶一看，双门大开，门沿底下天花板上高悬铁丝灯笼，上面有朱红的“大门”二字。迎面影壁上挂着一个绢灯，上写“迎祥”二字。展爷暗道：“姓白的必是在此了，待我进去看看如何？”一面迈步，一面留神，却用脚尖点地而行。转过影壁，早见垂花二门，迎面四扇屏风，上挂方角绢灯四个，也是红字“元”、“亨”、“利”、“贞”。这二门又觉比外面高了些。展爷只得上了台阶，进了二门，仍是滑步而行。正中五间厅房却无灯光，只见东角门内隐隐透出亮儿来，不知是何所在。展爷即来到东角门内，又是台阶，比二门又觉高些。展爷猛然省悟，暗道：“是了，他这房子一层高似一层，竟是随山势盖的。”

上了台阶，往里一看，见东面一溜五间平台轩子，俱是灯烛辉煌，门却开在尽北头，展爷暗说：“这是什么样子？好好五间平台，如何不在正中间开门，在北间开门呢？可见山野与人家住房不同，只知任性，不论样式。”心中想着，早已来到游廊。到了北头，见开门处是一个子口风窗。将滑子拨开，往怀里一带，觉得甚紧，只听咯吱吱、咯吱吱乱响。开门时见迎面有桌，两边有椅，早见一人进里间屋去了，并且看见衣衿是松绿的花氅，展爷暗道：“这必是白老五，不肯见我，躲向里间去了。”连忙滑步跟入里间，掀起软帘，又见那人进了第三间，却露了半面，颇似玉堂形景。又有一个软帘相隔，展爷暗道：“到了此时，你纵然羞愧见我，难道你还跑的出这五间轩子去不成？”赶紧一步，已到门口，掀起软帘一看，这三间却是通柁，灯光照耀真切。见他背面而立，头戴武生巾，身穿花氅，露着藕色衬袍，足下官靴，俨然[1]白玉堂一般。展爷呼道：“五贤弟请了，何妨相见。”呼之不应，及至向前一拉，那人转过身来，却是一灯草做的假人。展爷说声：“不好！吾中计也！”

未知如何，下回分晓。

---

① 俨(yǎn)然——形容很像。

第五十四回

通天窟南侠逢郭老　芦花荡北岸获胡奇

且说展爷见了是假人,已知中计,才待转身,哪知早将锁簧踏着,登翻了木板,落将下去。只听一阵锣声乱响,外面众人嚷道:“得咧！得咧!”原来木板之下,半空中悬着一个皮兜子,四面皆是活套。只是掉在里面往下一沉,四面的网套儿往下一拢,有一根大绒绳总结扣住,再也不能挣扎。

原来五间轩子犹如楼房一般,早有人从下面东明儿开了槅扇,进来无数庄丁将绒绳系下,先把宝剑摘下来,后把展爷捆缚住了。捆缚之时,说了无数的刻薄挖苦话儿。展爷到了此时,只好置若罔闻①,一言不发。又听有个庄丁说:“咱们员外同客饮酒,正入醉乡。此时天有三鼓,暂且不必回禀,且把他押在通天窟内收起来。我先去找着何头儿,将这宝剑交明,然后再去回话。”说罢,推推拥拥的往南而去。走不多时,只见有个石门,却是由山根开錾②出来的,虽是双门,却是一扇活的,那一扇是随石的假门,假门上有个大铜环。庄丁上前用力把铜环一拉,上面有消息将那扇活门撑开,刚刚进去一人,便把展爷推进去。庄丁一松手,铜环往回里一拽,那扇门就关上了。此门非从外面拉环,是再不能开的。展爷到了里面,觉得冷森森一股寒气侵人,原来里面是个嘎嘎形儿,全无抓手,用油灰抹亮,惟独当中却有一缝,望时可以见天。展爷明白叫通天窟。借着天光,又见有一小横匾,上写“气死猫”三个红字,匾是粉白地的。展爷到了此时,不觉长叹一声,道:“哎！我展熊飞枉自受了朝廷的四品护卫之职,不想今日误中奸谋,被擒在此。”

刚然说完,只听有人叫“苦”,把个展爷倒吓了一跳,忙问道:“你是何人？快说。”那人道:“小人姓郭名彰,乃镇江人氏。只因带了女儿上瓜州投亲,不想在渡船遇见头领胡烈,将我父女抢至庄上,欲要将我女儿与什

---

① 置若罔闻——放在一边不管,好像没听见一样。

② 开錾(zàn)——在砖石上开凿。

么五员外为妻。我说我女儿已有人家，今到瓜州投亲就是为完成此事。谁知胡烈听了，登时翻脸，说小人不识抬举，就把我捆起来，监禁在此。”展爷听罢，气冲牛斗，一声怪叫道：“好白玉堂呀！你作的好事，你还称什么义士！你只是绿林①强寇一般。我展熊飞倘能出此陷阱，我与你誓不两立！”郭彰又问了问展爷因何至此，展爷便说了一遍。

忽听外面嚷道：“带刺客！带刺客！员外立等。”此时已交四鼓。早见嗯噜噜石门已开。展爷正要见白玉堂，述他罪恶，替郭老辨冤，急忙出来，问道：“你们员外可是白玉堂？我正要见他！”气忿忿的迈开大步，跟庄丁来至厅房以内。见灯烛光明，迎面设着酒筵，上面坐一人白面微须，却是白面判官柳青，旁边陪坐的正是白玉堂。他明知展爷已到，故意的大言不惭，谈笑自若。

展爷见此光景，如何按纳得住，双眼一瞪，一声叱喝道：“白玉堂！你将俺展某获住，便要怎么？讲！”白玉堂方才回过头来，佯②作吃惊，道：“嗳呀！原来是展兄。手下人如何回我说是刺客呢？实在不知。”连忙过来，亲解其缚，又谢罪道：“小弟实实不知展兄驾到，只说擒住刺客。不料却是‘御猫’，真是意想不到之事！”又向柳青道：“柳兄不认得么？此位便是南侠展熊飞，现授四品护卫之职，好本领，好剑法，天子亲赐封号‘御猫’的便是。”展爷听了冷笑，道：“可见山野的绿林，无知的草寇，不知法纪。你非君上，也非官长，何敢妄言‘刺客’二字，说的无伦无理。这也不用苛责于你。但只是我展某今日误堕于你等小巧奸术之中，遭擒被获。可惜我展某时乖运蹇，未能遇害于光明磊落之场，竟自葬送在山贼强徒之手，乃展某之大不幸也！”白玉堂听了此言，心中以为展爷是气忿的话头，他却嘻嘻笑道：“小弟白玉堂行侠尚义，从不打劫抢掠，展兄何故口口声声呼小弟为山贼盗寇？此言太过，小弟实实不解。”展爷恶唾一口，道：“你此话哄谁！既不打劫抢掠，为何将郭老儿父女抢来，硬要霸占人家有婿之女？那老儿不允，你便把他囚禁在通天窟内。似此行为，非强寇而何？还敢大言不惭，说‘侠义’二字，岂不令人活活羞死，活活笑死！”玉堂听了，惊骇非常，道：“展兄，此事从何说起？”展爷便将在通天窟遇郭老的

---

① 绿(lù)林——泛指聚集山林间的反抗官府或抢劫财物的集团。

② 佯(yáng)——假装。

话,说了一遍。白玉堂道:“既有胡烈,此事便好办了。展兄请坐,待小弟立剖此事。”急令人将郭彰带来。

不多时,郭彰带到,伴当对他指着白玉堂,道:“这是我家五员外。”郭老连忙跪倒,向上叩头,口称:“大王爷爷,饶命呀,饶命!”展爷在旁听了呼他大王,不由哈哈大笑,忿恨难当。白玉堂却笑着,道:“那老儿不要害怕,我非山贼盗寇,不是什么大王寨主。”伴当在旁道:“你称呼员外。”郭老道:“员外在上,听小老儿诉禀。”便将带领女儿上瓜州投亲,被胡烈截住为给员外提亲,因未允将小老儿囚禁在山洞之内,细细说了一遍。玉堂道:“你女儿现在何处?”郭彰道:“听胡烈说,将我女儿交在后面去,不知是何去处。”白玉堂立刻叫伴当近前,道:“你去将胡烈好好唤来,不许提郭老者之事。倘有泄露,立追狗命!”伴当答应,即时奉命去了。

少时,同胡烈到来。胡烈面有得色,参见已毕。白玉堂已将郭老带在一边,笑容满面,道:“胡头儿,你连日辛苦了!这几日船上可有什么事情没有?”胡烈道:“并无别事。小人正要回禀员外,只因昨日有父女二人乘舟过渡,小人见他女儿颇有姿色,却与员外年纪相仿。小人见员外无家室,意欲将此女留下与员外成其美事,不知员外意下如何?”说罢,满面忻然①,似乎得意。白玉堂听了胡烈一片言语,并不动气,反倒哈哈大笑,道:“不想胡头儿你竟为我如此挂心。但只一件,你来的不多日期,如何深得我心呢?”

原来胡烈他是弟兄两个,兄弟名叫胡奇,皆是柳青新近荐过来的。只听胡烈道:“小人既来伺候员外,必当尽心报效;倘若不秉天良,还敢望员外疼爱?”胡烈说至此,以为必合了玉堂之心。他哪知玉堂狠毒至甚,耐着性儿,道:“好,好!真正难为你。此事可是我素来有这个意呀?还是别人告诉你的呢?还是你自己的主意呢?”胡烈此时惟恐别人争功,连忙道:“是小人自己巴结,一团美意,不用员外吩咐,也无别人告诉。”白玉堂回头向展爷道:“展兄可听明白了?”展爷已知胡烈所为,便不言语了。

白玉堂又问:“此女现在何处?”胡烈道:“已交小人妻子好生看待。”白玉堂道:“很好。”喜笑颜开,凑到胡烈跟前,冷不防用了个冲天炮泰山势,将胡烈踢倒,急掣宝剑,将胡烈左膀砍伤,疼的个胡烈满地打滚。上面柳青看了,白脸上青一块、红一块,心中好生难受,又不敢劝解,又不敢拦

---

① 忻(xīn)然——“忻”同“欣”,高兴的样子。

阻。只听白玉堂吩咐伴当："将胡烈搭下去，明日交松江府办理。"立刻唤伴当到后面将郭老女儿增娇，叫丫鬟领至厅上，当面交与郭彰。又问他："还有什么东西？"郭彰道："还有两个棕箱。"白爷连忙命人即刻抬来，叫他当面点明。郭彰道："钥匙现在小老儿身上，箱子是不用检点的。"白爷叫伴当取了二十两银子赏了郭老，又派了头领何寿带领水手二名，"用妥船将他父女二人连夜送到瓜州，不可有误。"郭彰千恩万谢而去。

此时已交五鼓，这里白爷笑盈盈地道："展兄，此事若非兄台被擒在山窟之内，小弟如何知道胡烈所为，险些儿坏了小弟名头。但小弟的私事已结，只是展兄的官事如何呢？展兄此来必是奉相谕叫小弟跟随入都，但是我白某就这样随了兄台去么？"展爷道："依你便怎么样呢？"玉堂道："也无别的。小弟既将三宝盗来，如今展兄必须将三宝盗去。倘能如此，小弟甘拜下风，情愿跟随展兄上开封府去；如不能时，展兄也就不必再上陷空岛了。"此话说至此，明露着叫展爷从此后隐姓埋名，再也不必上开封府了。展爷听了，连声道："很好，很好。我须要问明，在于何日盗宝？"白玉堂道："日期近了，少了，显得为难展兄。如今定下十日限期，过了十日，展兄只可悄地回开封府罢。"展爷道："谁与你斗口。俺展熊飞只定于三日内就要得回三宝，那时不要改口。"玉堂道："如此很好。若要改口，岂是丈夫所为。"说罢，彼此击掌。白爷又叫伴当将展爷送到通天窟内。可怜南侠被禁在山沿之内，手中又无利刃，如何能够脱此陷阱。暂且不表。

再说郭彰父女跟随何寿来到船舱之内，何寿坐在船头顺流而下。郭彰悄悄向女儿增娇道："你被掠之后，在于何处？"增娇道："是姓胡的将女儿交与他妻子，看承的颇好。"又问："爹爹如何见的大王，就能够释放呢？"郭老便说起在山洞内遇见开封府护卫展老爷号御猫的，"多亏他见了员外，也不知是什么大王，分析明白，才得释放"。增娇听了，感念展爷之至。正在谈论之际，忽听后面声言："头里船不要走了，五员外还有话说呢，快些拢住呀！"何寿听了，有些迟疑，道："方才员外吩咐明白了，如何又有话说呢？难道此时反悔了不成？若真如此，不但对不过姓展的，连姓柳的也对不住了；慢说他等，就是我何寿，以后也就瞧不起他了。"

只见那只船弩箭一般，及至切近，见一人噗的一声，跳上船来，趁着月色看时，却是胡奇，手持利刃，怒目横眉，道："何头儿且将他父女留下，俺要替哥哥报仇。"何寿道："胡二哥此言差矣。此事原是令兄不是，与他父女何干！再者我奉员外之命送他父女，如何私自留下与你？有什么话，你找员外去，莫要耽延我的事体。”胡奇听了，一瞪眼，一声怪叫道：“何寿！你敢不与我留下么？”何寿道：“不留便怎么样？”胡奇举起朴刀，就砍将下来。何寿却未防备，不曾带得利刃，一哈腰提起一块船板，将刀迎住。此时郭彰父女在舱内叠叠连声喊叫：“救人呀，救人！”胡奇与何寿动手，究竟跳板轮转太夯①，何寿看看不敌，可巧脚下一跐，就势落下水去。两个水手一见，噗咚、噗咚也跳在水内。胡奇满心得意，郭彰五内②着急。

忽见上流头赶下一只快船，上有五六个人，已离此船不远，声声喝道：“你这厮不知规矩！俺这芦花荡从不害人。你是晚生后辈呀，如何擅敢害人，坏人名头？俺来也！你往哪里跑？”将身一纵，要跳过船来。不想船离过远，脚刚踏着船边，胡奇用朴刀一搠，那人将身一闪，只听噗咚一声，也落下水去。船已临近，上面嗖、嗖、嗖跳过三人，将胡奇裹住，各举兵刃。好胡奇！力敌三人，全无惧怯。谁知那个先落水的，探出头来偷看热闹。见三个伙伴逼住胡奇，看看离自己不远，他却用两手把胡奇的踝子骨揪住，往下一拢，只听噗咚掉在水内。那人却提定两脚不放，忙用篙钩搭住，拽上船来捆好，头向下，脚朝上，且自控水。众人七手八脚，连郭彰父女船只驾起，竟奔芦花荡而来。

原来此船乃丁家夜巡船，因听见有人呼救，急急向前，不料拿住胡奇，救了郭老父女。赶至泊岸，胡奇已醒，虽然喝了两口水，无甚要紧。大家将他扶在岸上，推拥进庄。又差一个年老之人背定郭增娇，差个少年有力的背了郭彰，一同到了茉花村，先差人通报大官人、二官人去。

此时天有五鼓之半。这也是兆兰、兆蕙素日吩咐的，倘有紧急之事，无论三更半夜，只管通报，决不嗔怪。今日弟兄二人听见拿住个私行劫掠谋害人命的，却在南荡境内，幸喜擒来，救了二人，连忙来到待客厅上。先把郭增娇交在小姐月华处，然后将郭彰带上来，细细追问情由。又将胡奇来历问明，方知他是新近来的，怨得不知规矩则例。正在讯问间，忽见丫鬟进来，道：“太太叫二位官人呢。”

不知丁母为着何事，下回分晓。

---

① 夯（bèn）——同“笨”。

② 五内——五脏。

第五十五回

透消息遭困螺蛳轩　设计谋夜投蚯蚓岭

且说丁家弟兄听见丁母叫他二人说话，大爷道："原叫将此女交在妹子处，惟恐夜深惊动老人家，为何太太却知道了呢？"二爷道："不用猜疑，咱弟兄进去，便知分晓了。"弟兄二人往后而来。

原来郭增娇来到月华小姐处，众丫鬟围着她问。郭增娇便说起如何被掠，如何遭逢姓展的搭救。刚说到此，跟小姐的亲近丫鬟，就追问起姓展的是何等样人。郭增娇道："听说是什么御猫儿，现在也被擒困住了。"丫鬟听到展爷被擒，就告诉了小姐。小姐暗暗吃惊，就叫她悄悄回太太去，自己带了郭增娇来到太太房内。太太又细细的问了一番，暗自思道："展姑爷既来到松江，为何不到茉花村，反往陷空岛去呢？或者是兆兰、兆蕙明知此事，却暗暗的瞒着老身不成。"想到此，疼女婿的心盛，立刻叫他二人。

及至兆兰二人来到太太房中，见小姐躲出去了，丁母面上有些怒色，问道："你妹夫展熊飞来到松江，如今已被人擒获，你二人可知道么？"兆兰道："孩儿等实实不知。只因方才问那老头儿，方知展兄早已在陷空岛呢。他其实并未上茉花村来，孩儿等再不敢撒谎的。"丁母道："我也不管你们知道不知道。哪怕你们上陷空岛跪门去呢，我只要我的好好女婿便了。我算是将姓展的交给你二人了，倘有差池，我是不依的。"兆蕙道："孩儿与哥哥明日急急访查就是了，请母亲安歇罢。"二人连忙退出。

大爷道："此事太太如何知道的这般快呢？"二爷道："这明是妹子听了那女子言语，赶着回太太。此事全是妹子撺掇的。不然，见了咱们进去，如何却躲开了呢？"大爷听了，倒笑起来了。二人来到厅上，即派妥当伴当四名，另备船只，将棕箱抬过来，护送郭彰父女上瓜州，"务要送到本处，叫他亲笔写回信来。"郭彰父女千恩万谢的去了。

此时天已黎明。大爷便向二爷商议，以送胡奇为名，暗暗探访南侠的消息。丁二爷深以为然。次日，便备了船只，带上两个伴当，押着胡奇并原来的船只,来到卢家庄内。早有人通知白玉堂。白玉堂已得了何寿从水内回庄,说胡奇替兄报仇之信;后又听说胡奇被北荡的人拿去,将郭彰父女救了,料定茉花村必有人前来。如今听说丁大官人亲送胡奇而来,心中早已明白,是为南侠,不是专门的为胡奇。略为忖度,便有了主意,连忙迎出门来,各道寒暄,执手让到厅房,又与柳青彼此见了。丁大爷先将胡奇交代。白玉堂自认失察之罪,又谢兆兰护送之情,谦逊了半晌,大家就座。便吩咐将胡奇、胡烈一同送往松江府究治,即留丁大爷饮酒畅叙。兆兰言语谨慎,毫不露于形色。

酒至半酣,丁大爷问起:"五弟一向在东京,作何行止?"白玉堂便夸张起来:如何寄柬留刀,如何忠烈祠题诗,如何万寿山杀命,又如何搅扰庞太师误杀二妾,渐渐说到盗三宝回庄。"不想目下展熊飞自投罗网,已被擒获。我念他是个侠义之人,以礼相待。谁知姓展的不懂交情,是我一怒,将他一刀……"刚说到此,只听丁大爷不由的失声道:"哎哟!"虽然哎哟出来,却连忙收神,改口道:"贤弟,你此事却闹大了。岂不知姓展的乃朝廷的命官,现奉相爷包公之命前来?你若真要伤了他的性命,便是背叛,怎肯与你甘休?事体不妥,此事岂不是你闹大了么?"白玉堂笑吟吟地道:"别说朝廷不肯甘休,包相爷那里不依;就是丁兄昆仲,大约也不肯与小弟甘休罢!小弟虽然糊涂,也不至到如此田地,方才之言特取笑耳。小弟已将展兄好好看承,候过几日,小弟将展兄交付仁兄便了。"丁大爷原是个厚道之人,吃白玉堂这一番奚落,也就无话可说了。

白玉堂却将丁大爷暗暗拘留在螺蛳轩内,左旋右转,再也不能出来。兆兰却也无可如何,又打听不出展爷在于何处,整整的闷了一天。到了掌灯之后,将有初鼓,只见一老仆从轩后不知从何处过来,带领着小主约有八九岁,长的方面大耳,面庞儿颇似卢方。那老仆向前参见了丁大爷,又对小主说道:"此位便是茉花村丁大员外,小主上前拜见。"只见这小孩子深深打了一恭,口称:"丁叔父在上,侄儿卢珍拜见。奉母亲之命,特来与叔父送信。"丁兆兰已知是卢方之子,连忙还礼,便问老仆道:"你主仆到此何事?"老仆道:"小人名叫焦能。只因奉主母之命,惟恐员外不信,特命小主跟来。我的主母说道:'自从五员外回庄以后,每日不过早间进内请安一次,并不面见,惟有传话而已。所有内外之事,任意而为,毫无商酌。'我家主母也不计较于他。谁知上次五员外把护卫展老爷拘留在通天窟内，今闻得又把大员外拘留在螺蛳轩内。此处非本庄人不能出入，恐怕耽误日期，有伤护卫展老爷，故此特派小人送信。大员外须急急写信，小人即刻送到茉花村，交付二员外，早为计较方好。”又叫卢珍道：“家母多多拜上丁叔父。此事须要找着我爹爹，大家共同计议，方才妥当。叫侄儿告诉叔父，千万不可迟疑，愈速愈妙。”丁大爷连连答应，立刻修起书来，交给焦能，连夜赶到茉花村投递。焦能道：“小人须打听五员外安歇了，抽空方好到茉花村去。不然，恐五员外犯疑。”丁大爷点头，道：“既如此，随你的便罢了。”又对卢珍道：“贤侄回去，替我给母亲请安。就说一切事体，我已尽知，是必赶紧办理，再也不能耽延，勿庸挂念。”卢珍连连答应，同定焦能，转向后面，绕了几个蜗角，便不见了。

且说兆蕙在家，直等了哥哥一天不见回来。到掌灯后，却见跟去的两个伴当回来，说道：“大员外被白五爷留住了，要盘桓几日方回来。再者大员外悄悄告诉小人说：‘展姑爷尚然不知下落，须要细细访查。’叫告诉二员外，太太跟前就说展爷在卢家庄颇好，并没什么大事。”丁二爷听了，点了点头，道：“是了，我知道了。你们歇着去罢。”两个伴当去后，二爷细揣此事，好生的游疑，这一夜何曾合眼。

天未黎明，忽见庄丁进来报道：“今有卢家庄一个老仆名叫焦能，说给咱们大员外送信来了。”二爷道：“将他带进来。”不多时，焦能进来，参见已毕，将丁大爷的书信呈上。二爷先看书皮，却是哥哥的亲笔；然后开看，方知白玉堂将自己的哥哥拘留在螺蛳轩内，不由的气闷。心中一转，又恐其中有诈，复又生起疑来：“别是他将我哥哥拘留住了，又来诓我来了罢？”

正在胡思，忽又见庄丁跑进来，报道：“今有卢员外、徐员外、蒋员外俱各由东京而来，特来拜望，务祈一见。”二爷连声道：“快请。”自己也就迎了出来。彼此相见，各叙阔别之情，让到客厅。焦能早已上前参见。卢方便问道：“你如何在此？”焦能将投书前来，一一回明。二爷又将救了郭彰父女，方知展兄在陷空岛被擒的话，说了一遍。卢方刚要开言，只听蒋平说道：“此事只好众位哥哥们辛苦辛苦，小弟是要告病的。”二爷道：“四哥何出此言？”蒋平道：“咱们且到厅上再说。”

大家也不谦逊，卢方在前，依次来到厅上，归座献茶毕。蒋平道：“不是小弟推诿，一来五弟与我不对劲儿，我要露了面，反为不美；二来我这儿日肚腹不调，多半是痢疾，一路上大哥、三哥尽知。慢说我不当露面，就是众哥哥们去也是暗暗去，不可叫老五知道。不过设着法子，救出展兄，取了三宝。至于老五不定拿的住他拿不住他，不定他归服不归服。巧咧，他见事体不妥，他还会上开封府自行投首呢。要是那末一行，不但展大哥没趣儿，就是大家都对不起相爷。那才是一网打尽，把咱们全着吃了呢。”二爷道：“四哥说的不差，五弟的脾气竟是有的。”徐庆道：“他若真要如此，叫他先吃我一顿好拳头。”二爷笑道：“三哥又来了，你也要摸得着五弟呀！”卢方道：“似此如之奈何？”蒋平道：“小弟虽不去，真个的连个主意也不出么？此事全在丁二弟身上。”二爷道：“四哥派小弟差使，小弟焉敢违命。只是陷空岛的路径不熟，可怎么样呢？”蒋平道：“这倒不妨。现有焦能在此，先叫他回去，省得叫老五设疑。叫他于二鼓时在蚯蚓岭接待丁二弟，指引路径如何？”二爷道：“如此甚妙。但不知派我什么差使？”蒋平道：“二弟，你比大哥、三哥灵便，沉重就得你担。第一先救展大哥，其次取回三宝。你便同展大哥在五义厅的东竹林等候，大哥、三哥在五义厅的西竹林等候，彼此会了齐，一拥而入。那时五弟也就难以脱身了。”大家听了，俱各欢喜。先打发焦能立刻回去，叫他知会丁大爷放心，务于二更时在蚯蚓岭等候丁二爷，不可有误。焦能领命去了。

这里众人饮酒吃饭，也有闲谈的，也有歇息的。惟有蒋平攒眉挤眼的，说肚腹不快，连酒饭也未曾好生吃。看看天色已晚，大家饱餐一顿，俱各装束起来。卢大爷、徐三爷先行去了。丁二爷吩咐伴当：“务要精心伺候四老爷，倘有不到之处，我要重责的。”蒋平道：“丁二贤弟只管放心前去。劣兄偶染微疾，不过歇息两天就好了，贤弟治事要紧。”

丁二爷约有初更之后，别了蒋平，来到泊岸，驾起小舟，竟奔蚯蚓岭而来。到了临期，辨了方向，与焦能所说无异。立刻弃舟上岭，叫水手将小船放到芦苇深处等候。兆蕙上得岭来，见蚰蜒小路，崎岖难行，好容易上到高峰之处，却不见焦能在此。二爷心下纳闷，暗道：“此时已有二更，焦能如何不来呢？”就在平坦之地，趁着月色往前面一望，便见碧澄澄一片清波，光华荡漾，不觉诧异，道：“原来此处还有如此的大水！”再细看时，汹涌异常，竟自无路可通，心中又是着急，又是懊悔，道：“早知此处有水，就不该在此约会，理当乘舟而入。又不见焦能，难道他们另有什么诡计么？”

正在胡思乱想，忽见顺流而下，有一人竟奔前来。丁二爷留神一看，早听见那人道："二员外早来了么？恕老奴来迟。"兆蕙道："来的可是焦管家么？"彼此相迎，来至一处。兆蕙道："你如何踏水前来？"焦能道："哪里的水？"丁二爷道："这一带汪洋，岂不是水？"焦能笑道："二员外看差了，前面乃青石潭，此是我们员外随着天然势修成的。慢说夜间看着是水，就是白昼之间远远望去，也是一片大水。但凡不知道的，早已绕着路往别处去了。惟独本庄俱各知道，只管前进，极其平坦，全是一片一片青石砌成。二爷请看，凡有波浪处全有石纹，这也是一半天然，一半人力凑成的景致，故取名叫做青石潭。"说话是，已然步下岭来。到了潭边，丁二爷慢步试探而行，果然平坦无疑，心下暗暗称奇，口内连说："有趣，有趣。"又听焦能道："过了青石潭，那边有个立峰石，穿过松林，便是上五义厅的正路。此路比进庄门近多了，员外记明白了。老奴也就要告退了，省得俺家五爷犯想生疑。"兆蕙道："有劳管家指引，请治事罢。"只见焦能往斜刺里小路而去。

丁二爷放心前进，果见前面有个立峰石。过了石峰，但见松柏参天，黑黯黯的一望无际，隐隐的见东北一点灯光，嗯悠、嗯悠而来。转眼间，又见正西一点灯光也奔这条路来。丁二爷便测度必是巡更人，暗是隐在树后，正在两灯对面。忽听东北来的说道："六哥，你此时往哪里去？"又听正西来的道："什么差使呢，冤不冤咧，弄了个姓展的关在通天窟内。员外说李三一天一天的醉而不醒、醒而不醉的，不放心，偏偏的派了我帮着他看守。方才员外派人送了一桌菜、一坛酒给姓展的。我想他一个人也吃不了这些，也喝不了这些。我合李三儿商量商量，莫若给姓展的送进一半去，咱们留一半受用。谁知那姓展的不知好歹，他说菜是剩的，酒是浑的，坛子也摔了，盘子碗也砸了，还骂了个河涸①海干。老七，你说可气不可气？因此我叫李三儿看着，他又醉的不能动了，只得我回员外一声儿。这个差使，我真干不来。别的罢了，这个骂，我真不能答应。老七，你这时候往哪里去？"那东北来的道："六哥，再休提起。如今咱们五员外也不知是什么咧。你才说弄了个姓展的，我还没细打听呢。我们那里还有个姓柳的呢，如今又添上茉花村的丁大爷，天天一块吃喝，吃喝完了把他们送

① 河涸（hé）——河水干涸。

往咱们那个瞒心昧己的窟儿里一关,也不叫人家出来,又不叫人家走,仿佛怕泄了什么天机似的。六哥,你说咱们五员外脾气儿改的还了得么?目下又合姓柳的、姓丁的喝呢。偏偏那姓柳的要瞧什么‘三宝’,故此我奉员外之命特上连环窟去。六哥,你不用抱怨了,此时差使,只好当到那儿是那儿罢。等着咱们大员外来了,再说罢。”正西的道:“可不是这么呢,只好混罢咧。”说罢,二人各执灯笼,分手散去。

不知他二人是谁,且听下回分解。

第五十六回

救妹夫巧离通天窟　获三宝惊走白玉堂

且说那正西来的姓姚行六，外号儿摇晃山；那正东北来的姓费行七，外号儿叫爬山蛇。他二人路上说话，不提防树后有人窃听。姚六走的远了；这里费七被丁二爷追上，从后面一伸手将脖项掐住，按倒在地，道："费七，你可认得我么？"费七细细一看，道："丁二爷，为何将小人擒住？"丁二爷道："我且问你，通天窟在于何处？"费七道："从此往西去不远，往南一稍头，便看见随山势的石门，那就是通天窟。"二爷道："既如此，我合你借宗东西，将你的衣服腰牌借我一用。"费七连忙从腰间递过腰牌，道："二员外，你老让我起来，我好脱衣裳呀。"丁二爷将他一提，拢住发绺，道："快脱。"费七无奈，将衣裳脱下。丁二爷拿了他的搭包，又将他拉到背眼的去处，拣了一棵合抱的松树，叫他将树抱住，就用搭包捆缚结实。费七暗暗着急，道："不好！我别要栽了罢。"忽听丁二爷道："张开口。"早把一块衣襟塞住，道："小子，你在此等到天亮，横竖有人前来救你。"费七哼了一声，口中不能说，心里却道："好德行！亏了这个天不甚凉，要是冷天，饶冻死了，别人远远的瞧着，拿着我还当做旱魃①呢。"

丁二爷此时已将腰牌掖起，披了衣服，竟奔通天窟而来。果然随山石门，那边又有草团瓢三间。已听见有人唱："有一个柳迎春哪，他在那个井呵，井呵唔边哪，汲亦汲亦水哟！"丁二爷高声叫道："李三哥，李三哥。"只听醉李道："谁呀？让我把这个巧腔儿唱完了呵。"早见他趔趄趔趄地出来，将二爷一看，道："嗳呀！少会呀，尊驾是谁呀？"二爷道："我姓费行七，是五员外新挑来的。"说话间，已将腰牌取出，给他看了。醉李道："老七，休怪哥哥说，你这个小模样子伺候五员外，叫哥哥有点不放心呀。"丁二爷连忙喝道："休得胡说！我奉员外之命，因姚六回了员外，说姓展的挑眼将酒饭摔砸了，员外不信，叫我将姓展的带去，与姚六质对质对。"醉

① 旱魃(bá)——传说中引起旱灾的怪物。

李听了，道："好兄弟，你快将这姓展的带了去罢！他没有一顿不闹的，把姚六骂的不吐核儿，却没有骂我。什么缘故呢？我是不敢上前的。再者那个门我也拉不动他。"丁二爷道："员外立等，你不开门，怎么样呢？"醉李道："七兄弟，劳你的驾罢！你把这边假门的铜环拿住了，往怀里一带，那边的活门就开了。哥哥喝醉了，哪里有这样的力气呢？你拉门，哥哥叫姓展的，好不好？"丁二爷道："既是如此……"上前拢住铜环，往怀里一拉，轻轻的门就开了。醉李道："老七，好兄弟！你的手头儿可以。怨得五员外把你挑上呢。"他又扒着石门，道："展老爷，展老爷，我们员外请你老呢。"只见里面出来一人，道："黉夜之间，你们员外又请我作什么？难道我怕他有什么埋伏么？快走，快走！"

丁二爷见展爷出来，将手一松，那石门已然关闭。向前引路，走不多远，便煞住脚步，悄悄地道："展兄可认得小弟么？"展爷猛然听见，方细细留神，认出是兆蕙，不胜欢喜，道："贤弟从何而来？"二爷便将众兄弟俱各来了的话说了。又见迎面有灯光来了，他二人急闪入林后，见二人抬定一坛酒，前面是姚六，口中抱怨，道："真真的咱们员外，也不知是安着什么心。好酒好菜的供养着他，还讨不出好来。也没见这姓展的太不知好歹，成日家骂不绝口。"

刚说到此，恰恰离丁二爷不远。二爷暗暗将脚一钩，姚六往前一扑，口中哎呀道："不好！"咕咚——咔嚓——噗哧。咕咚，是姚六爬下了；咔嚓，是酒坛子砸了；噗哧，是后面的人躺在撒的酒上了。丁二爷已将姚六按住，展爷早把那人提起。姚六认得丁二爷，道："二员外，不干小人之事。"又见揪住那人的是展爷，连忙央告，道："展老爷，也没有他的事情。求二位爷饶恕。"展爷道："你等不要害怕，断不伤害你等。"二爷道："虽然如此，却放不得他们。"于是将他二人也捆缚在树上，塞住了口。

然后展爷与丁二爷悄悄来到五义厅东竹林内，听见白玉堂又派了亲信伴当白福，快到连环窟催取三宝。展爷便悄悄地跟了白福而来。到了竹林冲要之地，展爷便煞住脚步，竟等截取三宝。不多时，只见白福提着灯笼，托着包袱，嘴里哼哼着唱《滦州影》。他可一壁唱着，一壁回头往后瞧。越唱越瞧的利害，心中有些害怕，觉得身后呲拉、呲拉的响。将灯往身后一照，仔细一看，却是枳荆扎在衣襟之上，口中嘟囔道："我说是什么响呢？怪害怕的。原来是他呀！"连忙撂下灯笼，放下包袱，回身摘去枳荆。转脸儿一看，灯笼灭了，包袱也不见了。这一惊非小，刚要找寻，早有人从背后抓住，道："白福，你可认得我么?"白福仔细看时，却是展爷，连忙央告，道："展老爷，小人白福不敢得罪你老，这是何苦呢?"展爷道："好小子，你放心，我断不伤害于你。你须在此歇息歇息，再去不迟。"说话间，已将他双手背剪。白福道："怎么? 我这么歇息么!"展爷道："你这么着不舒服，莫若爬下。"将他两腿往后一撩，手却往前一按。白福如何站得住，早已爬伏在地。展爷见旁边有一块石头，端起来，道："我与你盖上些儿，看夜静了着了凉。"白福嗳呀道："展老爷，这个被儿太沉！小人不冷，不劳展老爷疼爱我。"展爷道："动一动我瞧瞧，如若嫌轻，我再给你盖上一个。"白福忙接言道："展老爷，小人就只盖一个被的命；若要再盖上一块，小人就折受死了。"展爷料他也不能动了，便奔树根之下来取包袱，谁知包袱却不见了。展爷吃这一惊，可也不小。

正在诧异间，只见那边人形儿一晃，展爷赶步上前。只听噗哧一声，那人笑了。展爷倒吓了一跳，忙问道："谁?"一壁问，一壁看，原来是三爷徐庆。展爷便问："三弟几时来的?"徐爷道："小弟见展兄跟下他来，惟恐三宝有失，特来帮扶。不想展兄只顾给白福盖被，却把包袱抛露在此。若非小弟收藏，这包袱又不知落于何人之手了。"说话间，便从那边一块石下将包袱掏出，递给展爷。展爷道："三弟如何知道此石之下，可以藏得包袱呢?"徐爷说："告诉大哥说，我把这陷空岛大小去处，凡有石块之处或通或塞，别人皆不能知，小弟没有不知道的。"展爷点头道："三弟真不愧穿山鼠了。"

二人离了松林，竟奔五义厅而来。只见大厅之上中间桌上设着酒席，丁大爷坐在上首，柳青坐在东边，白玉堂坐在西边，左胁下带着展爷的宝剑。见他前仰后合，也不知是真醉呀，也不知是假醉，信口开言道："小弟告诉二位兄长说，总要叫姓展的服输到地儿，或将他革了职，连包相也得处分，那时节小弟心满意足，方才出这口恶气。我只看将来我那些哥哥们怎么见我? 怎么对得过开封府?"说罢，哈哈大笑。上面丁兆兰却不言语。柳青在旁，连声夸赞。

外面众人俱各听见。惟独徐爷心中按捺不住，一时性起，手持利刃，竟奔厅上而来，进得门来，口中说道："姓白的，先吃我一刀!"白玉堂正在那里谈的得意，忽见进来一人手举钢刀，竟奔上来了，忙取腰间宝剑，罢咧，不知何时失去。（谁知丁大爷见徐爷进来，白五爷正在出神之际，已将宝剑窃到手中。）白玉堂因无宝剑，又见刀临切近，将身向旁边一闪，将椅子举起往上一迎，只听拍的一声，将椅背砍得粉碎。徐爷又抡刀砍来。白玉堂闪在一旁，说道："姓徐的，你先住手，我有话说。"徐爷听了，道："你说，你说！"白玉堂道："我知你的来意，知道拿住展昭，你会合丁家兄弟前来救他。但我有言有先，已向展昭言明，不拘时日，他如能盗回三宝，我必随他到开封府去。他说只用三天，即可盗回。如今虽未满限，他尚未将三宝盗回。你明知他断不能盗回三宝，恐伤他的脸面，今仗着人多，欲将他救出，三宝也不要了，也不管姓展的怎么回复开封府，怎么觍颜见我。你们不要脸，难道姓展的也不要脸么？"徐爷闻听，哈哈大笑，道："姓白的，你还作梦呢！"即回身大叫："展大哥，快将三宝拿来！"早见展爷托定三宝，进了厅内，笑吟吟的道："五弟，劣兄幸不辱命。果然未出三日，已将三宝取回，特来呈阅。"

白玉堂忽然见了展爷，心中纳闷，暗道："他如何能出来呢？"又见他手托三宝，外面包的包袱还是自己亲手封的，一点也不差，更觉诧异。又见卢大爷、丁二爷在厅外站立，心中暗想道："我如今要随他们上开封府，又灭了我的锐气；若不同他们前往，又失却前言。"正在为难之际，忽听徐爷嚷道："姓白的，事到如今，你又有何说？"白玉堂正无计脱身，听见徐爷之言，他便拿起砍伤了的椅子向徐爷打去。徐爷急忙闪过，持刀砍来。白玉堂手无寸铁，便将葱绿氅脱下，从后身脊缝撕为两片，双手抡起，挡开利刃，急忙出了五义厅，竟奔西边竹林而去。卢方向前说道："五弟且慢，愚兄有话与你相商。"白玉堂并不答言，直往西去。丁二爷见卢大爷不肯相强，也就不好追赶。只见徐爷持刀紧紧跟随。白玉堂恐他赶上，到了竹林密处，即将一片葱绿氅搭在竹子之上。徐爷见了，以为白玉堂在此歇息，蹑足潜踪，赶将上去，将身子往前一窜，往下一按，一把抓住，道："老五呀！你还跑到哪里去？"用手一提，却是半片绿氅，玉堂不知去向。此时白玉堂已出竹林，竟往后山而去。看见立峰石，又将那片绿氅搭在石峰之上，他便越过山去。这里徐爷明知中计，又往后山追来，远远见玉堂在那里站立，连忙上前。仔细一看，却是立峰石上搭着半片绿氅，已知玉堂去远，追赶不及。暂且不表。

且说柳青正与白五爷饮酒，忽见徐庆等进来，徐爷就与白五爷交手，见他二人出了大厅就不见了，自己一想："我若偷偷儿的溜了，对不住众人；若与他等交手，断不能取胜。到了此时，说不得仗着胆子，只好充一充朋友。"想罢，将桌腿子卸下来，拿在手中，嚷道："你等既与白五弟在神前结盟，死生共之，既有今日，何必当初？真乃叫我柳某好笑！"说罢，抡起桌腿，向卢方就打。卢方一肚子的气正无处可出，见柳青打来，正好拿他出出气。见他临近，并不招架，将身一闪躲过，却使了个扫堂腿。只听噗通一声，柳青仰面跌倒。卢爷叫庄丁将他绑了。庄丁上前将柳青绑好。柳青白馥馥一张面皮，只羞得紫微微满面通红，好生难看。

卢方进了大厅，坐在上面。庄丁将柳青带到厅上。柳青便将二目圆睁，嚷道："卢方！敢将柳某怎么样？"卢爷道："我若将你伤害，岂是我行侠尚义所为！所怪你者，实系过于多事耳。至我五弟所为之事，无须与你细谈，叫庄丁将他放了去罢。"柳青到了此时，走也不好，不走也不好。卢方道："既放了你，你还不走，意欲何为？"柳青道："走可不走么？难道说我还等着吃早饭么？"说着话，搭搭讪讪的就溜之乎也。

卢爷便向展爷、丁家兄弟说道："你我仍须到竹林里寻找五弟去。"展爷等说道："大哥所言甚是。"正要前往，只见徐爷回来，说道："五弟业已过了后山，去的踪影不见了。"卢爷跌足道："众位贤弟不知，我这后山之下乃松江的江岔子。越过水面，那边松江极是捷径之路，外人皆不能到。五弟在山时，他自己练的独龙桥，时常飞越往来，行如平地。"大家听了，同声道："既有此桥，咱们何不追了他去呢？"卢方摇头道："去不得，去不得！名虽叫独龙桥，却不是桥；乃是一根大铁链，有桩二根，一根在山根之下，一根在那泊岸之上，当中就是铁链。五弟他因不知水性，他就生心暗练此桥，以为自己能够在水上飞腾越过，也是一片好胜之心。不想他闲时治下，竟为今日忙时用了。"众人听了，俱各发怔。

忽听丁二爷道："这可要应了蒋四哥的话了。"大家忙问什么话。丁二爷道："蒋四哥早已说过，五弟不是没有心机之人。巧咧，他要自行投到，把众兄弟们一网打尽。看他这个光景，当真的他要上开封府呢。"卢爷、展爷听了，更觉为难，道："似此如之奈何？我们岂不白费了心么？怎么去见相爷呢？"丁二爷道："这倒不妨。还好，幸亏将三宝盗回，二位兄长也可以交差，盖的过脸儿去。"丁大爷道："天已亮了，莫若俱到舍下，与蒋四哥共同商量个主意才好。"

卢爷吩咐水手预备船只，同上茉花村；又派人到蚯蚓湾芦苇深处，告诉丁二爷昨晚坐的小船也就回庄，不必在那里等了；又派人到松林，将姚六、费七、白福等松放回来。丁二爷仍将湛卢宝剑交与展爷佩带。卢爷进内略为安置，便一同上船，竟奔茉花村去了。

且说白玉堂越过后墙，竟奔后山而来。到了山根之下，以为飞身越渡，可到松江，仔细看时，这一惊非小。原来铁链已断，沉落水底。玉堂又是着急，又是为难，又恐后面有人追来。忽听芦苇之中，咿呀、咿呀摇出一只小小渔船。玉堂满心欢喜，连忙唤道："那渔船快向这边来，将俺渡到那边，自有重谢。"只见那船上摇橹的却是个年老之人，对着白玉堂道："老汉以捕鱼为生，清早利市，不定得多少大鱼。如今渡了客官，耽延工夫，岂不误了生理?"玉堂道："老丈，你只管渡我过去，到了那边，我加倍赏你如何?"渔翁说："既如此，千万不可食言！老汉渡你就是了。"说罢，将船摇到山根。

不知白玉堂上船不曾，且听下回分解。

第五十七回

独龙桥盟兄擒义弟　开封府包相保贤豪

且说白玉堂纵身上船，那船就是一晃，渔翁连忙用篙点住，道："客官好不晓事。此船乃捕鱼小船，俗名划子，你如何用猛力一趁？幸亏我用篙撑住，不然连我也就翻下水去了。好生的荒唐呀！"白玉堂原有心事，恐被人追上，难以脱身。幸得此船肯渡，他虽然叨叨数落，却也毫不介意。那渔翁慢慢的摇起船来，撑到江心，却不动了，便发话道："大清早起的，总要发个利市。再者俗语说的是，'船家不打过河钱'。客官有酒资拿出来，老汉方好渡你过去。"白玉堂道："老丈，你只管渡我过去，我是从不失信的。"渔翁道："难，难，难，难！口说无凭，多少总要凭信的。"白玉堂暗道："叵耐①这厮可恶！偏我来的仓猝②，并未带得银两。也罢，且将我这件衬袄脱下给他。幸得里面还有一件旧衬袄，尚可遮体。候渡到那面，再作道理。"想罢，只得脱下衬袄，道："老丈，此衣足可典当几贯钱钞，难道你还不凭信么？"渔翁接过抖开来，看道："这件衣服若是典当了，可以比捕鱼有些利息了。客官休怪，这是我们船家的规矩。"

正说间，忽见那边飞也似的赶了一只渔船来，口中说道："好呀！清早发利市，见者有分，须要沽酒③请我的。"说话间，船已临近。这边的渔翁道："什么大利市，不过是件衣服。你看看，可典多少钱钞？"说罢，便将衣服掷过。那渔人将衣服抖开一看，道："别管典当多少，足够你我喝酒的了。老兄，你还不口头馋么？"渔翁道："我正在思饮，咱们且吃酒去。"只听嗖的一声，已然跳到那边船上。那边渔人将篙一支，登时飞也似的去了。

白玉堂见他们去了，白白的失去衣服，无奈何，自己将篙拿起来撑船。可煞作怪，那船不往前走，只是在江心打转儿。不多会，白玉堂累的通身

---

① 叵(pǒ)耐——不可容忍。

② 仓猝(cù)——匆忙。也作仓促。

③ 沽(gū)酒——买酒。沽，买。

是汗，喘吁不止，自己发恨，道："当初与其练那独龙桥的，何不下工夫练这渔船呢？今日也不至于受他的气了。"正在抱怨，忽见小小舱内出来一人，头戴斗笠，猛将斗笠摘下，道："五弟久违了！世上无有十全的人，也没有十全的事，你抱怨怎的？"白玉堂一看，却是蒋平，穿着水靠，不由的气冲霄汉，一声怪叫道："嗳哟！好病夫！哪个是你五弟？"蒋爷道："哥哥是病夫，好称呼呀！这也罢了。当初叫你练练船只，你总以为这没要紧，必要练那出奇的玩意儿。到如今，你那独龙桥哪里去了？"白玉堂顺手就是一篙，蒋平他就顺手落下水去。白玉堂猛然省悟，道："不好，不好！他善识水姓，我白玉堂必被他暗算。"两眼尽往水中注视。再将篙拨船时，动也不动，只急得他两手扎煞。

急见蒋平露出头来，把住船边，道："老五呀！你喝水不喝？"白玉堂未及答言，那船已然底儿朝天，把个锦毛鼠弄成水老鼠了。蒋平恐他过于喝多了水，不是当要的；又恐他不喝一点儿水，也是难缠的，"莫若叫他喝两三口水，趁他昏迷之际，将就着到了茉花村，就好说了。"他左手揪住发绺，右手托定腿洼，两足踏水，不多时，即到北岸，见有小船三四只在那里等候。这是蒋平临过河拆桥时，就吩咐下的。船上共有十数人，见蒋爷托定白玉堂，大家便嚷道："来了，来了！四老爷成了功了！上这里来。"蒋爷来至切近，将白玉堂往上一举。众水手接过，便要控水。蒋爷道："不消，不消。你们大家把五爷寒鸦赴水的背剪了，头面朝下，用木杠即刻抬至茉花村。赶到那里，大约五爷的水也控净了，就苏醒过来了。"众水手只得依命而行，七手八脚的捆了，用杠穿起，扯连、扯连抬着个水淋淋的白玉堂，竟奔茉花村而来。

且说展熊飞同定卢方、徐庆，兆兰、兆蕙相陪，来到茉花村内。刚一进门，二爷便问伴当道："蒋四爷可好些了？"伴当道："蒋四爷于昨晚二员外起身之后，也就走了。"众人诧异，道："往哪里去了？"伴当道："小人也曾问来，说：'四爷病着，往何方去呢？'四爷说：'你不知道，我这病是不要紧的；皆因有个约会等个人，却是极要紧的。'小人也不敢深问，因此四爷就走了。"众人听了，心中纳闷，惟独卢爷着急，道："他的约会，我焉有不知的？从来没有提起，好生令人不解。"丁大爷道："大哥不用着急，且到厅上坐下，大家再作商量。"说话间，来到厅上。丁大爷先要去见丁母。众人俱言："代为叱名请安。"展爷说："俟事体消停，再去面见老母。"丁大爷一一领命，进内去了。丁二爷吩咐伴当：“快快去预备酒饭。我们俱是闹了一夜的了，又渴又饥。快些，快些！”伴当忙忙的传往厨房去了。少时，丁大爷出来，又一一的替老母问了众人的好，又向展爷道：“家母听见兄长来了，好生欢喜，言事情完了，还要见兄长呢。”展爷连连答应。早见伴当调开桌椅，安放杯箸。上面是卢方，其次展昭、徐庆，兆兰、兆蕙在主位相陪。

刚然入座，才待斟酒，忽见庄丁跑进来，禀道：“蒋老爷回来了，把白五爷抬来了。”众人听了，又是惊骇，又是欢喜，连忙离座出厅，俱各迎将出来。到了庄门，果见蒋四爷在那里吩咐，把五爷放下抽杠解缚。此时白玉堂已然吐出水来，虽然苏醒，尚不明白。卢方见他面目焦黄，浑身犹如水鸡儿一般，不觉泪下。展爷早赶步上前，将白玉堂扶着坐起，慢慢唤道：“五弟醒来，醒来。”不多时，只见白玉堂微睁二目，看了看展爷，复又闭上，半晌，方嘟囔道：“好病夫呀！淹得我好，淹得我好！”说罢，哇的一声，又吐出许多清水，心内方才明白了。睁眼往左右一看，见展爷蹲在身旁，卢方在那里拭泪，惟独徐庆、蒋平二人，一个是怒目横眉，一个是嬉皮笑脸。白玉堂看见蒋爷，便要挣扎起来，道：“好病夫呀！我是不能与你干休的。”展爷连忙扶住，道：“五弟且看愚兄薄面，此事始终皆由展昭而起。五弟如有责备，你就责备展昭就是了。”丁家弟兄连忙上前扶起玉堂，说道：“五弟且到厅上去沐浴更衣后，有什么话再说不迟。”白玉堂低头一看，见浑身连泥带水好生难看，又搭着处处皆湿，遍体难受得很，至此时也没了法子了，只得说：“小弟从命。”

大家步入庄门，进了厅房。丁二爷叫小童掀起套间软帘，请白五爷进内。只见澡盆、堂布、香肥皂、胰子、香豆面。床上放着洋布汗遢①中衣、月白洋绉套裤、靴、袜、绿花氅、月白衬袄、丝绦、大红绣花武生头巾，样样俱是新的。又见小童端了一瓷盆热水来，放在盆架之上，请五老爷坐了，打开发纂，先将发内泥土洗去，又换水添上香豆面洗了一回，然后用木梳通开，将发纂挽好，扎好网巾。又见进来一个小童，提着一桶热水注在澡盆之内，请五老爷沐浴。两个小童就出来了。白玉堂即将湿衣脱去，坐在矮凳之上，周身洗了，用堂布擦干，穿了中衣等件。又见小童进来，换了热水，请五老爷净面。然后穿了衣服，戴了武生巾。其衣服靴帽尺寸长短，

① 汗遢（tā）——夏天贴身穿的中式小褂。

如同自己一样，心中甚为感激丁氏弟兄，只是恼恨蒋平，心中忿忿。

只见丁二爷进来，道："五弟沐浴已毕，请到堂屋中谈话饮酒。"白玉堂只得随出，见他仍是怒容满面。卢方等立起身来，说："五弟这边坐，叙话。"玉堂也不言语，见方才之人皆在，惟不见蒋爷，心中纳闷。只见丁二爷吩咐伴当摆酒。片时工夫，已摆得齐整，皆是美味佳肴。丁大爷擎杯，丁二爷执壶，道："五弟想已饿了，且吃一杯暖一暖寒气。"说罢，斟上酒来，向玉堂说："五弟请用。"白玉堂此时欲不饮此酒，怎奈腹中饥饿，不作脸的肚子咕噜噜的乱响，只得接杯一饮而尽。又斟了门杯。又给卢爷、展爷、徐爷斟了酒。大家入座。

卢爷道："五弟已往之事，一概不必提了。无论谁的不是，皆是愚兄的不是。惟求五弟同到开封府，就是给为兄的作了脸了。"白玉堂闻听，气冲斗牛，不好向卢方发作，只得说："叫我上开封府，万万不能！"展爷在旁插言道："五弟不要如此，凡事必须三思而后行，还是大哥所言不差。"玉堂道："我管什么'三思'、'四思'，横竖我不上开封府去。"展爷听了玉堂之言，有许多的话要问他，又恐他有不顺情理之言，还是与他闹是不闹呢？

正在思想之际，忽见蒋爷进来，说："姓白的，你别过于任性了。当初你向展兄言明盗回三宝，你就同他到开封府去；如今三宝取回，就该同他前往才是。即或你不肯同他前往，也该以情理相求，为何竟自逃走？不想又遇见我救了你的性命，又亏丁兄给你换了衣服，如此看待，为的是成全朋友的义气。你如今不到开封府，不但失信于展兄，而且对不住丁家弟兄。你义气何在？"白玉堂听了，气的喊叫如雷，说："好病夫呀！我与你势不两立了！"站起来，就奔蒋爷拼命。丁家弟兄连忙上前拦住，道："五弟不可，有话慢说。"蒋爷笑道："老五呀，我不与你打架。就是你打我，我也不还手。打死我，你给我偿命。我早已知道你是没见过大世面的，如今听你所说之言，真是没见过大世面。"白玉堂道："你说我没见过大世面，你倒要说说我听。"

蒋爷笑道："你愿听，我就说与你听。你说你到过皇宫内院，忠义祠题诗，万代寿山前杀命，奏折内夹带字条，大闹庞府杀了侍妾。你说这都是人所不能的。这原算不了奇特，这不过是你仗着有飞檐走壁之能，黑夜里无人看见，就遇见了皆是没本领之人。这如何算的是大能干呢？如何算得见过大世面呢？如若是见过世面，必须在光天化日之中，瞻仰过包相爷升堂问事,那一番的威严,令人可畏。未升堂之时,先是有名头的皂班、各项捕快、各项的刑具、各班的皂役,一班一班的由角门而进,将铁链夹棍各样刑具往堂上一放。又有王、马、张、赵将御铡请出。喊了堂威,左右排班侍立。相爷从屏风后步入公座。那一番赤胆忠心、为国为民一派的正气,姓白的,你见了也就威风顿减。这些话仿佛我薄你。皆因你所为之事都是黑夜之间,人皆睡着,由着你的性儿,该杀的就杀,该偷的就偷拿了走了;若在白昼之间,这样事全是不能行的。我说你没见过大世面,所以不敢上开封府去,就是这个缘故。"

白玉堂不知蒋爷用的是激将法,气得他三尸神暴出,五陵豪气飞空,说:"好病夫!你把白某看作何等样人?慢说是开封府,就是刀山箭林,也是要走走的。"蒋爷笑嘻嘻道:"老五哇,这是你的真话呀?还是仗着胆子说的呢?"玉堂嚷道:"这也算不了什么大事,也不便与你撒谎。"蒋爷道:"你既愿意去,我还有话问你。这一起身虽则同行,你万一故意落在后头,我们可不能等你;你若逃了,我们可不能找你。还有一件事更要说明,你在皇宫内院干的事情,这个罪名非同小可。到了开封府,见了相爷必须小心谨慎,听包相爷的钧谕,才是大丈夫所为。若是你仗着自己有飞檐走壁之能,血气之勇,不知规矩,口出胡言大话,就算不了行侠尚义英雄好汉,就是个浑小子,也就不必上开封府去了。你就请罢,再也不必出头露面了。"白玉堂是个心高气傲之人,如何能受得这些激发之言,说:"病夫!如今我也不合你论长论短。俟到了开封府,叫你看看白某是见过大世面,还是没有见过大世面,那时再与你算账便了。"蒋爷笑道:"结咧!看你的好好劲儿了。好小子!敢作敢当,才是好汉呢!"

兆兰等恐他二人说翻了,连忙说道:"放着酒不吃,说这些不要紧的话作什么呢?"丁大爷斟了一杯酒,递给玉堂;丁二爷斟了一杯酒,递与蒋平,二人一饮而尽。然后大家归座,又说了些闲话。白玉堂向着蒋爷道:"我与你有何仇何恨?将我翻下水去,是何缘故?"蒋爷道:"五弟,你说话太不公道。你想想你作的事哪一样儿不利害,哪一样儿留情分,甚至说话都叫人磨不开。就是今日,难道不是你先将我一篙打下水去么?幸亏我识水性,不然我就淹死了。怎么你倒恼我?我不冤死了么?"说的众人都笑起来了。丁二爷道:"既往之事,不必再说。莫若大家喝一回,吃了饭,也该歇息歇息了。"说罢,才要斟酒。

展爷道:“二位贤弟且慢,愚兄有个道理。”说罢,接过杯来,斟了一杯,向玉堂道:“五弟,此事皆因愚兄而起。其中却有区别。今日当着众位仁兄贤弟俱各在此,小弟说一句公平话,这件事实系五弟性傲之故,所以生出这些事来。如今五弟既愿到开封府去,无论何事,我展昭与五弟荣辱共之。如五弟信的,就饮此一杯。”大家俱称赞道:“展兄言简意深,真正痛快。”白玉堂接杯一饮而尽,道:“展大哥,小弟与兄台本无仇隙,原是义气相投的。诚然是小弟少年无知不服气的起见。如到开封府,自有小弟招承,断不累及吾兄。再者小弟屡屡唐突[①]冒昧,蒙兄长的海涵,小弟也要敬一杯,赔个礼才是。”说罢,斟了一杯,递将过来。大家说道:“理当如此。”展爷连忙接过,一饮而尽,复又斟上一杯,道:“五弟既不挂怀劣兄,五弟与蒋四兄也要对敬一杯。”蒋爷道:“甚是,甚是。”二人站起来,对敬了一杯。众人俱各大乐不止。然后归座,依然是兆兰、兆蕙斟了门杯,彼此畅饮。又说了一回本地风光的事体,到开封府应当如何的光景。

酒饭已毕,外面已备办停当。展爷进内与丁母请安禀辞,临别时留下一封谢柬,是给松江府知府的,求丁家弟兄派人投递。丁大爷、丁二爷送至庄外,眼看着五位英雄带领着伴当数人,蜂拥去了。一路无话。

及至到了开封府,展爷便先见公孙策商议,求包相保奏白玉堂;然后又与王、马、张、赵彼此见了。众人见白玉堂少年英雄,无不羡爱。白玉堂到此时也就循规蹈矩[②],诸事仗卢大爷提拔。

展爷与公孙先生来到书房,见了包相,行参已毕,将三宝呈上。包公便吩咐李才送到后面收了。展爷便将自己如何被擒,多亏茉花村双侠打救,又如何蒋平装病,悄地里拿获白玉堂的话,说了一遍。“惟求相爷在圣上面前递折保奏。”包公一一应允,也不升堂,便叫将白玉堂带到书房一见。展爷忙到公所道:“相爷请五弟书房相见。”白玉堂站起身来就要走。蒋平上前拦住,道:“五弟且慢,你与相爷是亲戚?是朋友?”玉堂道:“俱各不是。”蒋爷道:“既无亲故,你身犯何罪,就是这样见相爷,恐于理上说不去。”白玉堂猛然省悟,道:“亏得四哥提拔,险些儿误了大事。”

未知如何,且听下回分解。

---

① 唐突——乱闯;冒犯。

② 循规蹈矩——遵守规矩。